ともだち

めんどくさい奴らとのこと

ゲッツ板谷
絵 西原理恵子

徳間書店

本書は実話をもとにした物語です。

著者

目次

ともだち
めんどくさい奴らとのこと

6	序章
13	1 大鼻毛マン
30	2 かねのありか
45	3 親友
68	4 高屋神社での話
94	5 引きつけ合う磁石
103	6 退学と停学
125	7 人間の鮮度
139	8 勉強できない勉強
144	9 横取りマン
157	10 大ピンチ
179	11 合田元年
192	12 直な女と躊躇う女
205	13 合田、東京に来る
215	14 自分勝手な散弾銃
226	15 福袋先生
238	16 交差する障害
244	17お前らに何がわかる!
256	18 募るイラつき
262	19 ウルトラ人間コースター
272	20 テロリスト
283	21 満身創痍
290	22 メルトダウン
296	23 おかしい……
304	24 有華の世界
316	25 ダメ押し
319	26 三者三様
333	27 一本背負い
346	28 罰
357	29 めんどくさくないめんどくささ

登場人物の相関図

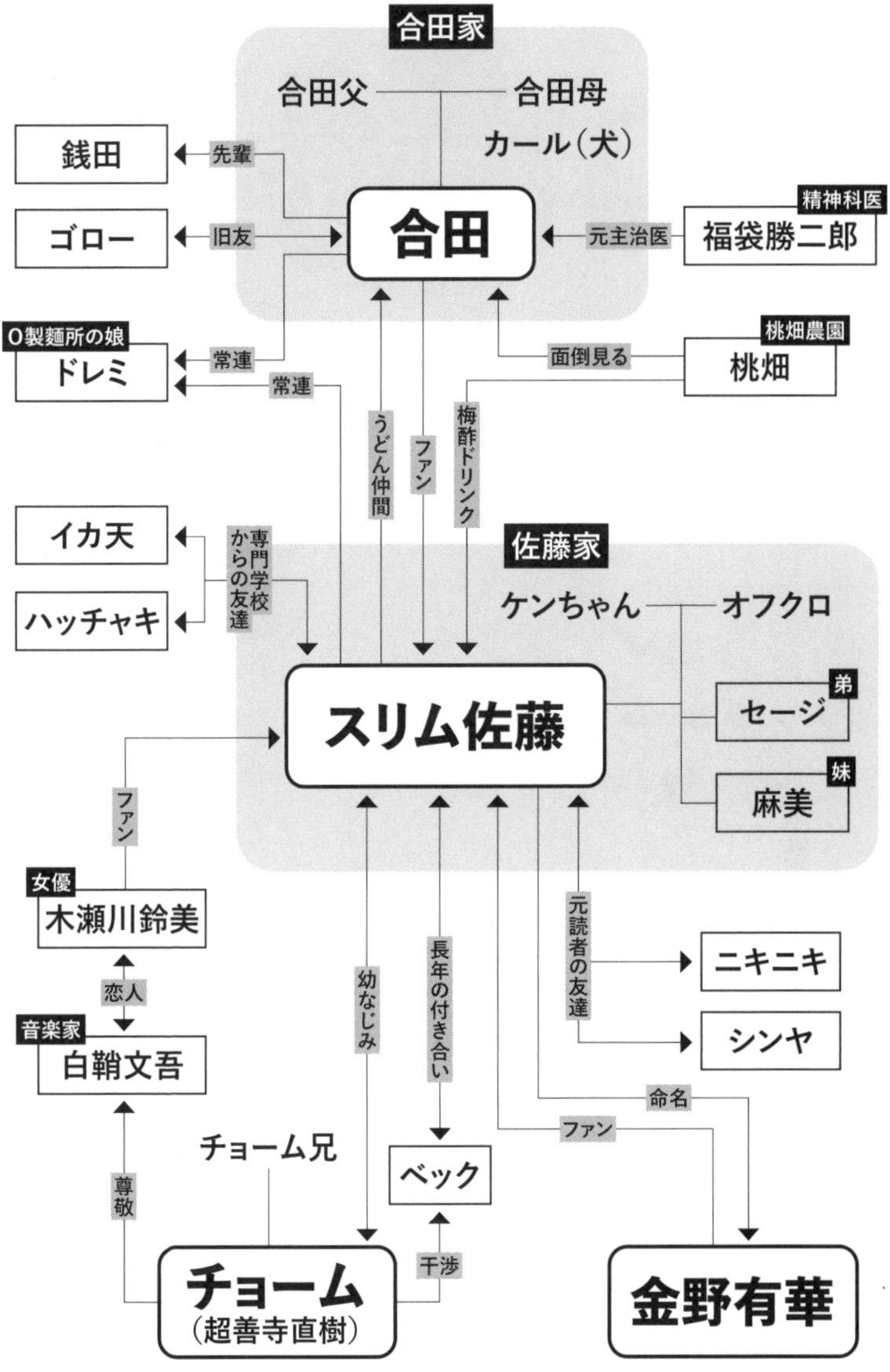

合田家
合田父
合田母
カール（犬）
合田
銭田
先輩
ゴロー
旧友
精神科医
福袋勝二郎
元主治医
O製麺所の娘
ドレミ
常連
常連
桃畑農園
桃畑
面倒見る
うどん仲間
ファン
梅酢ドリンク
イカ天
ハッチャキ
専門学校からの友達
佐藤家
ケンちゃん
オフクロ
スリム佐藤
弟
セージ
妹
麻美
ファン
女優
木瀬川鈴美
恋人
音楽家
白鞘文吾
幼なじみ
長年の付き合い
元読者の友達
ニキニキ
シンヤ
命名
ファン
チョーム兄
ベック
尊敬
干渉
チョーム
（超善寺直樹）
金野有華

登場人物紹介

スリム佐藤

ライター。40代になってすぐの頃脳出血で倒れ、2カ月意識を失うが、復活する。

チョーム

スリムの幼馴染で家族ぐるみの付き合い。アパレル店を廃業後、電工技師に転身。

合田

スリムのツイッター(現X)アカウントのフォロワー。香川県在住。

セージ

スリムの弟。名古屋で働いていたが、地元・立川に戻る。

シンヤ

八王子在住の元ヤン。スリムの本の読者で、今は友人。

金野有華

漫画家。スリムのHPへの漫画寄稿が出版社の目に留まり、売れっ子になる。

白鞘文吾

音大の声楽科卒のフリーの音楽家。人気女優を彼女に持つ。

合田父

合田を痩せさせれば双子の兄弟に見える激似ぶり。

合田母

女優の赤木春恵の体重を半分にしたような感じ。

ドレミ

O製麺所の厨房で、体調を崩した父を継いでうどんを打つ。

ニキニキ

広告代理店勤務。スリムの本の読者で、今は友人。

桃畑

桃畑農園の社長。自社の梅酢ドリンクが高血圧に効くと好評。

カール

合田家で飼われている柴犬。

ハッチャキ

スリムの専門学校時代の友人。地元・福岡から東京に戻る。

ベック

スリムの元担当編集者。現在はPCソフトの製作会社で働く。

序章

40代になったばかりのオレは、その日、東京郊外の立川市にある自室で小説の原稿を書いていた。が、書き始めて10分と経《た》たないうちに襲ってくる猛烈な睡魔。

（変だなぁ……。さっき6時間くらい眠って目覚めたばかりなのに）

頭を振っても冷たいお茶を飲んでも依然として眠気は覚めなかったので、再び隣の寝室で横になることにした。そして、目が覚めるとナント、2カ月が経っていた……。

それから5年後の1月。一人で車のハンドルを握り、立川市の自宅から約750キロ離れた香川県に向かって中央高速を飛ばしていた。たった一人で、そんなに遠くまで車で向かうのは初めてのことだった。山梨県の勝沼インター手前のトンネルを抜けて少し走ると、右手に背の低い山々に囲まれているジオラマの街のような甲府盆地が広がっていた。

（今までこんな普通の景色をマジマジと見たことはなかったけど、ハンパないスケール感だなぁ……）

さらに車を進ませると右手に大きな九谷五彩《くたにごさい》の水面をたたえた諏訪湖が顔を出し、その先の岡谷ジャンクションを名古屋方面へと進む。カーナビに目をやると、香川県高松市までは、まだ500キロ以上もある。人生初の一人旅の緊張感、そして、まだ道程は3分の1も過ぎていないというプレッシャーが、オレの心を嘲笑《あざわら》うかのようにくすぐっていた。

香川県に一人旅をするのには理由があった。まだ物書きになって数年しか経ってない20代後半の頃、約4年間にわたって毎月2泊3日で各県を回り、優良パチンコ店を探すという連載をパチンコ専門誌に持っていた。が、ぶっちゃげたことを言えば、優良パチンコ店を探すなんて調査は二の次、三の次で、一番の目的はその県の名物料理を食べまくることにあったのだ。そして、その全国の名物料理を胃袋におさめていった結果、明確になったことが1つあった。北海道のジンギスカン、山形の芋煮汁、茨城の鮟鱇《あんこう》のどぶ汁、静岡の桜エビのかき揚げ、広島のお好み焼き、宮崎の地鶏の炭火焼き等、その名物を提供する食堂や屋台の中でホントに旨いモノを出す店はせいぜい2~3軒で、あとは真似をしているだけの、ことさら特筆すべきもない店ばかりだったのだ。もちろん、それはオレが特に大好きなラーメンや蕎麦にも言え、その取材旅行中、仕事仲間たちとその県で一番旨い麺類を出す店を探し当てることにも夢中になっていた。

が、その麺類の中でオレが最も興味が薄かったのが、うどんだった。ま、そうは言っても秋田の稲庭うどん、東京・埼玉の武蔵野うどん、群馬の水沢うどん、山梨の吉田うどん、富山の氷見《ひみ》うどん、三重の伊勢うどん、兵庫のぼっかけうどん、岡山のホルモンうどん、長崎の五島うどんなど、一応各地のうどんは食べてきたが、オレにとってその魅力はラーメンや蕎麦の比じゃなかった。ただ、唯一食べていなかったのが讃岐《さぬき》うどんで、元々オレはそのうどんが何県の名物かもわかっていなかったのだ。のちに30代も半ばを過ぎて東京にも讃岐うどんのチェーン店が出てきたので一応食べてはみたが、やはりもう1回食べたいとは思わなかった。そして、改めて思ったのだ。うどんというものは、やっぱり大雑把で、少なくとも若者を夢中にさせる食べ物ではないな、ということを。しかし、オレはそれが間違いだったことをのちに知ることになる。

高速道路はその後、愛知県を少し入ったところにある小牧ジャンクションで東名高速と合流し、そのまま名神高速に入った。そして、20分も走っていると岐阜県の養老サービスエリアが出てきたので、そこでこのドライブ初めての休憩を取ることにした。

ところが……、

(ああんっ、ダメだ!!)

養老サービスエリアで小便をした後、少しだけ昼寝をしようと停めていた車のシートを後ろに倒して目を閉じたが、30秒もしないうちに自分は興奮していて全く眠れそうにないことがわかった。オレはシートを元に戻すと、すぐに車をスタートさせた。残りの距離は400キロを切っていた。ところが、そこから十数キロ走って関ケ原町に入ったと同時に、さっきまでは晴れていたというのに突然雪が降ってきた。戦国時代、天下分け目の戦いが行われたことでも有名なこの関ケ原は、富士山近くの御殿場市と高度などの環境が非常に似ているらしく、周囲は晴れていても突然雪が降ったりすることがままあるらしいのだ。雪はその後もまるで吹雪《ふぶ》いているように降り続け、路側帯などは見る見る真っ白になった。が、オレは2カ月前に車のタイヤを冬用のスタッドレスタイヤに変えていたこともあり、不思議に落ち着いていて、その白くなった道を少しだけ速度を落として走り続けた。

滋賀県に入る頃には、雪はピタリと止《や》んでいた。というより、ついさっきまで雪が降っていたことがウソのように再び晴れた景色が現れ、ふとカーナビに目をやると、香川県高松市までの距離はあと300キロちょいになっていた。その後、オレはアカペラでブルーハーツの唄を歌い続け、再びカーナビに視線をやると残りは約200キロ。そして、前方左上に出てきた高速の巨大看板を見ると、『京都南』という文字が目に飛び込んできた。

オレが初めて香川県で讃岐うどんを食べたのは、今から1年前だった。学生時代の仲間2人と広島に引っ越した友達の実家に車で遊びに行き、そこで1泊して、そのまま東京に戻ろうかと思ったものの、せっかくここまで来たということで、オレが前々から行きたかった小豆島《しょうどしま》に行くことになった。そこで何を見たかったのかというと、オレは身長が40メートル以上ある巨大な大仏や観音像を見るのが趣味という変な奴で、その小豆島にまだ生で目にしたことのない、身長が60メートル以上もある小豆島大観音という巨大仏が建っていたのである。かくしてオレたちは、岡山から四国フェリーで小豆島に渡り、その巨大仏をシッカリと見物した後、その日のうちには東京に帰らなきゃいけなかったので早速岡山へと戻るフェリー乗り場に向かおうと思ったのだが、まだその便が港に来るまでに1時間以上あった。

よって、その小豆島大観音から100メートルほど離れた場所にうどん屋を見つけたので、何の気なしにその店でうどんを食べることにした。

そのツユを一口飲んだ途端、舌が小刻みに震えた。ホントに驚いた……。ツユの色こそ前に大阪で食べたうどんのツユの色と殆《ほとん》ど変わらなかったが、何と言ったらいいのか、一口飲んだだけで旨味が何層にも分かれているのがハッキリとわかった。何だ、この液体は？　何の冗談だ、これは!?　とにかく、そう思った。続いて麺を口にしてみると、ツユを飲んだ時のような強烈なインパクトは感じなかったものの、麺がまさに生きているような、かと言って強いコシがあるというのではなくて、でも、打ち立ての麺を茹《ゆ》でたという、麺の表面が微妙に反《そ》り返っているのを感じた。そう、麺にエッジが立っていたのだ。

その後、オレたちは高速を飛ばして東京へと帰ったが、自宅に着いてから、あの衝撃的な旨さのうどんを食わせる店があった小豆島は実はオレが今まで一度も訪れたことの無かった讃岐うどんの本場、香川県の島だということに気づいたのである。それにしても何なんだ、僅《わず》か2～3口啜《すす》っただけの時点で、あそこまで濃密にその旨さを伝えてくる食べ物って……。

京都から大阪の豊中インターを越え、その後、第二神明道路をしばらく走っているうちに高松市までの距離は150キロを切っていた。既に運転の不安は全く無くなっていた。そして、カーステで竹原ピストルの歌を4曲聞き終わる頃には、高速は垂水《たるみ》ジャンクションから初めて通行する神戸淡路鳴門自動車道へと入り、淡路島へと向かう明石海峡大橋を渡っていた。車体は横からの風で大きく左右に揺れることもあったが、そんなことは全く気にならず、オレは40代も後半に差し掛かっているというのに、まるで生まれて初めて東京ディズニーランドを訪れる地方の中学生のように、己のテンションが張り裂けんばかりに上がっているのを感じていた。

2度目に讃岐うどんを食べたのは、小豆島で食べたうどんに衝撃を受けた8カ月後、前回一緒に行った学生の時の友達の1人、イカ天という渾名《あだな》の奴と出発した2泊3日の讃岐弾丸ツアーでだった。実は前回の小豆島での讃岐うどんをイカ天もたいそう気に入り、今度は香川県本土で讃岐うどんを食べてみようという話になったのだ。そして、ようやくイカ天と休日が重なった8カ月後の春先に、まずは車で和歌山県のホテル浦島というユニークな宿泊施設に向かって、そこで1泊。2日目はソコから和歌山港へ行き、前回と同じく車ごとフェリーに乗って今度は四国の徳島県に入り、ソコから香川県へと向かった。

事前に香川県のガイド雑誌を買っていたオレは、夕飯をそこに載っていた「G内」という老舗のうどん屋で取ることにし、鶏肉の入った「かしわうどん」を食べた。汁を啜った途端に、喉の奥が尋常じゃない喜びに震えていた。そして、高松市内のビジネスホテルで1泊したオレたちは、最終の3日目には「S井」という店で、タコが練り込まれたチクワがうどんの上に乗っかっている「タコチクぶっかけうどん」、高級料亭のような店構えの「Y田」という店では「ぶっかけおろしうどん」という、これまた濃いツユと大根おろしをうどんにかけた名物メニューを堪能。続いてかなり満腹になっていたが、少し離れた宇多津町《うたづちょう》というところまで車をブッ飛ばして「O泉」といううどん屋、そこで「冷や天おろし」という、うどんや数種類の天ぷらが盛られた器の上から自分で濃い汁をぶっかけるというメニューを食べたが、これがあれだけ腹が一杯だったというのに旨過ぎてアッという間に完食してしまったのである。で、ようやくソコでタイムアップとなり、オレたちは既に暗くなりかけた瀬戸中央自動車道を使って本州へと戻り、そのまま高速を明け方近くまでブッ飛ばし東京に帰ってきたのだ。

それにしても、どの店のうどんもホントに旨かった。特に最後に食べた「O泉」の冷や天おろしの味、それがいつまでも舌の奥に痺れるようにして残っていた。それから5日後、イカ天が一冊の本を持ってオレの家に現れた。それは約800軒の香川県にある殆どの讃岐うどん屋が紹介されているガイドブックで、先日の旅行中にオレが宿の近くの公衆トイレに行っている時にイカ天が近くにあった本屋で買ったという。イカ天は弾丸旅行から帰ってきてからソレに目を通したらしかったが、1ページに5軒ずつのうどん屋を紹介しているその本を見ていたら何故だか急に気分が悪くなったみたいで、だからお前にやると言って、そのガイドブックを置いていった。

それからというもの、オレはその本から目が離せなくなった。店の様々な情報に加えて、その店の外観を写した写真が載っており、その隣にはその店一番のお勧めメニューの写真が並んでいた。オレは、それらの写真を一枚一枚丁寧に何度も眺めた。僅か数カ月前までオレが知っていたうどんのメニューといったら、かけうどん、天プラうどん、カレーうどん、ざるうどん、タヌキうどん、キツネうどん、鍋焼きうどんぐらいのものだったが、そのガイドブックには30種類以上の、中には初めて見るメニューも沢山載っていたのである。

（たった数軒のうどんを食べただけじゃ、讃岐うどんの本場香川のうどん屋の味のランキングを示すピラミッドなど到底作れない。自分が今まで出会った名物の中でも、この讃岐うどんはダントツに奥が深い。ああ……知りたい。他にどんな旨いうどんを出す店があるのかハンパなく知りたいっ）

ということで、それから4カ月後の今、オレは半ば強引に仕事の休みを8日間作り、こうして車を走らせ一人で香川県に乗り込むことにしたのだ。8日間で一体何軒のうどんを食べられるかはわからないが、この舌で香川県にある自分がピックアップしたうどんを次々と味わい、大雑把でもいいから味のランキングを示すうどん屋のピラミッドを作らない限りは、落ち着いて夜もロクロク眠れなかったのだ。

車は遂に淡路島を抜け、大鳴門橋を渡ってさらに走ると、ようやく香川県内に入っていた。窓の外に見えるポコポコした小さな山が所々に点在している田舎の景色。そんな可愛らしい風景と、これから始まる自分一人だけの冒険に対する興奮とが心の中で混ざり合い、そして、爆竹のようにパチパチと弾け始めていた。

が、この時のオレは、そんな中年の心のざわめきを軽くフッ飛ばすような怪物が、自分を今か今かと待ち構えていることなど当然知る由もなかった。

1 大鼻毛マン

昨日は、高松市の大きなアーケード街の中にある「ウルトラホテル」という名のビジネスホテル、そこに夕方チェックインした。そして、スグにホテルの駐車場に戻り、前回イカ天と2人で訪れたパッと見、大名屋敷にも見える立派な外観の「Y田」というどん屋の住所をカーナビに打ち込んだ。「Y田」では、今回は肉ぶっかけうどんというメニューを頼んだ。冷たいうどんの上に牛肉がのっており、その上から濃い目のツユをかけて、そのままズルズルと食べるうどんだ。

一口啜った時点で顔面が綻《ほころ》ぶのがわかった。やっぱり旨いのだ、それも当たり前に。ホテルの部屋に戻ると急に体が重くなった。オレは、とりあえず穿《は》いていたジャージのズボンを脱ぎ、ホテル特有のピーンっと両脇から張られた掛け布団をこじ開けるようにその中に入り、10秒と経たないうちに深い眠りに落ちていた。

翌朝、2階にあるロビーにエレベーターで降りると、その狭いスペースがそのまま朝食バイキングの会場になっていた。が、いくら無料とはいえ、安宿のそんな飯などを食べてはいられない。オレは自宅から車で750キロ走ってココにうどんを食いにきたのだ。ホテルの駐車場で働いている60代ぐらいのオッちゃんから預けていた車のキーを受け取ると、早速本日1軒目のうどん屋に向かうことにした。

ちなみに、香川県は日本で一番小さな県だ。形はクロワッサンを真横から見たような感じで、そのほぼ真ん中に県庁所在地の高松市があり、美味しいと評判の讃岐うどんの店の殆どは、高松を含めた県の西側にあるのである。そして今、向かっているのは、高松の1つ西隣の坂出《さかいで》市にあるうどん屋だった。実はこの店は、1週間前ぐらいにオレがツイッター（現X）で香川県にうどんの食いまくりに行くと書いたら、すぐにその香川が地元だという「赤目」というハンドルネームのフォロワーが、3〜4軒の旨いというどん屋を教えてくれたのだ。その中の一軒が坂出市にある、なんと昼の11時半〜12時半の1時間しか営業していない店だった。

高松市のメイン通りを駅から離れるようにして15分ほどまっすぐ走り、カーナビが示す通りに大きな交差点を西に曲がってさらに10分ほど走ると、昨日も頻繁に目にしたようなポコポコした小さな山が出てきた。また、時々何だか人工的な貯水池のようなものもポツポツと現れるようになった。とにかく車の量は東京と比べると信じられないくらい少なく、建物も結構な間隔を空けてポツポツと建っているだけになっていた。

数分後、オレは「Hの出製麵所」の駐車場に車を停めた。そして、車からオレの右足が一歩外に出た時だった。

（んっ？）

少し離れたところからオレの方に向かってダッシュしてくる二人組の姿が見えた。いや、関係ないだろう。だって、ここはオレの地元から750キロも離れた香川県なんだし、その上、オレはタレントでも何でもないんだから……。そう思いながら改めて、その二人組の方に目をやった。が、そいつらは間違いなくオレに向かって突き進んできていた。一人は黒縁メガネをかけた小柄な男。もう一人は短髪の、芸人ウド鈴木に少し感じが似た男だった。

（何っ!?　何っ!?　何っ!?　一体オレが何をやったっていうんだよっ!?）

「あ、あの……ス、スリム佐藤さんですよねっ!?」

黒縁メガネの男はオレの真横でようやく足を止めると、息を弾ませながらそんな言葉を掛けてきた。『スリム佐藤』。それは間違いなく15年前からのオレのペンネームだった。それまでのオレは、もう一人のイラストレーターと「右心房と左心室」というペンネームで活動していた。が、その左心室という名のイラストレーターが全然仕事をしないので、オレはそのコンビを解散した。そして、物書きの仕事を右心房という名で続けるのも何だったので、思い切ってペンネームを変えることにした。が、どうにもいいペンネームが浮かばない。そんな時、親戚の叔父さんが死んで急遽葬儀に出ることになった。ところが、黒いスーツはあったのだが、Yシャツが1枚も無く、オレは地元の立川駅前にある服屋に向かった。その店はビッグサイズの店だった。昔から食うことが大好きだったオレは、身長は174センチと普通だったが、体重が100キロ以上もあるデブだったのだ。なのでTシャツなどは3Lとか4Lじゃないと着れなく、もちろんYシャツなどもそのサイズだった。

「お客さん。アナタは3Lって言ってるけど、首元とかが太いから着るんだったら5Lだねぇ」

3LのYシャツを試着していると、服屋の痩せぎすなオジさん店員にそんな声を掛けられた。

「5L!? いや、それじゃデカいよっ。デカ過ぎる!」

「じゃあ、これを着てみなさいよ」

そう言って、今度は二回りぐらい大きなYシャツを持ってきて、それをオレに着させるオジさん。

「ほらっ、首元なんかピッタリじゃない。それだったら、一番上にあるボタンだって余裕でハメられますよ」

「いや、確かに首元は苦しくなくなったけど、ほら、見てみなよ。体の方がブカブカで、これじゃあテルテル坊主だよっ」

「いやいや、だからお客さんはスリムなの、ね。スリム!」

「はぁ? 何言ってんの……」

今にも怒りださんばかりのオレに、オジさんは変わらず冷静な言葉を掛けてきた。

「お客さんは、ただの5Lじゃなくて、体は細いから5Lスリム! それがお客さんのサイズだから」

「5Lスリムって……ラ、ラッパーの名前じゃあるまいし」

「お客さん、アッチにある大きな棚の右半分が全部5LスリムのYシャツだから。スリム。どれもこれもみんなスリムだから、オールスリム!!」

その時、オレの自宅に次回の連載の打ち合わせに来ていて、その服屋にたまたま付き合ってくれていた編集者が床を転げ回りながら笑っていた。かくしてオレは体重が3ケタもあるのにスリム、本名にそれをつけて「スリム佐藤」になってしまったというわけだ。

「あ、あの、実はボク、まだスリムさんが右心房という名でパチンコ雑誌に原稿を書いていた頃、右心房と左心室名義で出版した単行本に編集部までソレを買って送ったら、それにお二人がサインをしてくれるってフェアがありまして。そ、それで10冊買って、ソレを全部編集部に送ったら、ホントにその10冊全部に右心房さんのサインが書いてあったんですよ」

全く覚えていなかった……。

「で、1週間前に、その右心房さんっ。つ、つまり、スリム佐藤さんが香川に来るってツイッターに書いてあったんで、ガハハハハハハッ!! それで赤目って名前でうどん屋の情報を送って、もしかしたら、このHの出製麺所に今日あたり来るんじゃないかと思いまして、それでココで張ってたんですよっ。ガハハハハハハハハハハハハッ!!」

この黒縁メガネの男、ガハハハッ!!はいいけど、それにしてもなんて気持ちの悪い奴なんだと思った。

髪はボサボサ。近くで見るとメガネのレンズは脂まみれで、しかも、両方の鼻の穴からは鼻毛が筆の先のようにゴッソリと出ていた。もう一人のウド鈴木似の方も、年は多分40過ぎだというのに、ジャージの上下の中にピンク色のアニオタまがいのTシャツを着ていたが、そんなことはまるで気にならないほど、とにかく黒縁メガネの男が発している妖気が尋常じゃなかった。元々そんなに数が多くないオレの本の読者というのは、オレが身内のバカなんかのことを面白オカしく書いたり、昔グレていた頃のことをストレートに書いてあったりするのが好きでファンになってきた者が多いので、何と言ったらいいのか、知的な読者は殆どいない代わりにアクが強いというか、とにかく一癖も二癖もありそうな奴が多かった。が、この黒縁メガネは一目見ただけで、それとは次元が違うことが容易にわかった。

（とにかく一刻も早くコイツらからバックレなきゃ！）

頭の中は、それ一色になっていた。

「これからHの出製麺所に行くんですよねっ？　あと5分で営業開始の11時半ですからね。ガハハハハハハハハッ!!」

（だから何がオカしいんだよっ、コイツ？）

「じゃあ、早速行きましょうか。既に20人ぐらいが並んでますよ」

（えっ、一緒に来るつもりなのかよっ!?）

少しして、その店の前に出来ている行列の最後尾に着くオレたち3人。が、オレの頭の中では依然として緊急警戒警報が鳴り続けていた。

「この店の営業時間が短いのは、とにかく出来たての麺をお客さんに味わってほしいからなんですよ。スリムさん、何注文しますか？　皆、釜玉を注文するみたいですけど。ガハハハハハハッ!!」

「キミは、いつも何を注文してんの？」

黒縁メガネの顔も見ずに、逆にそんな質問をしてみた。

「いつもって……いや、ボクもこの店は初めてなんですよ。ガハハハハハハハッ!!」

（ダメだ、マトモに相手にしちゃいけない。とにかく、その釜玉を食べたら、とっとと車に乗って自分が行きたいと思ってる次の店に行こう！）

店内の大きなテーブル、そこに着いて釜玉うどんを頼んだ後も、相変わらず黒縁メガネはハンパないペースでしゃべりかけてきた。いや、さらにギアが上がっていた。

「つまり、釜玉っていうのは卵かけご飯のご飯がうどんに変わっただけのものなんですよ。いや、でも香川でもその釜玉が流行《はや》り始めたのは、そんな前のことじゃないんですよ。ガハハハハハハッ!! スリムさんは釜玉を……」

「ちょっと、オレとお前は今日初めて会ったばかりなのに、どうしてそんなペースでしゃべったり笑ったりするんだよおおおっ!?」

気がつくと正面に座っている黒縁メガネを怒鳴っており、次の瞬間には店内が静まりかえっていた。

「い、いや、あの……」

途端に口ごもる黒縁メガネ。構うもんかと思った。こんな奴に貴重な旅行を潰されてたまるかっ。

「……いや、しゃべりかけてないと、相手がスグにいなくなっちゃうんですよ」

急に真面目な顔になって、そんな言葉を返してくる黒縁メガネ。オレはその答えに何て返していいかわからず、暫《しばら》く絶句するしかなかった。すると、黒縁メガネはさらに自分の情けなさを吐露するかのように言葉を続けた。

「ま、しゃべらず遠慮してても結局相手はいなくなっちゃうんですが、それでもしゃべってた方が少しでも長く一緒にいてくれるんですよ」

(ううっ……)

オレは、不覚にも今まで生きてきて初めての種類の衝撃、それに全身を包まれていた。人間という生き物は、大抵どんな奴でも見栄を張るものである。ところが、まだ会ってから15分と経っちゃいないのに、いきなりケツの穴を見せてくるような、こんな正直な対応をされたのは生まれて初めてのことだった。が、オレは再び気を引き締め、自分のペースを崩されないようにと心に誓っていた。

その後、オレは坂出市から2つ隣の善通寺市《ぜんつうじし》にある「K井うどん」という店に車で向かっていた。ルームミラーに目をやると、後部座席に並んで座っている黒メガネとウド鈴木似。

（ダメだなぁ～、オレって……。この8日間は1人でサクサクとうどん屋を回る予定が、2日目にして、こんな訳のわからない奴を2人も車に乗せてんだから。しかも、さっきのうどん代3人分を払ったのもオレだし……）

「なぁ、キミらって、どういう関係なんだよっ？」

背後から黒縁メガネたちの会話や笑い声が相変わらず響いていたが、オレはそれを殆どまともには聞いておらず、が、この2人のことを最低限は知っとこうということで、黒縁メガネの言葉を吹き飛ばすようにして尋ねてみた。

「ああ、ボクの先輩なんです、銭田《ぜにだ》さんは」そんな答えを返してくる黒メガネ。

「ぜ、銭田？　……え、高校か何かの先輩なの？」

「いえ、ボクが昔、働いてたゲーセンによく客として来てたのが銭田先輩で、もうかれこれ付き合いは15年ぐらいになるんですよ」

「え、銭田先輩は今、仕事は何をしてんの？」

「いつも工事現場で働いているんですけど、2カ月ぐらい前に上司と口ゲンカして会社辞めちゃって、今は何もしてないんですよっ」

相変わらず銭田先輩になり代わって答える黒縁メガネ。

「ところで、キミは何をやってんの？」

そう言って、黒縁メガネの方に一瞬振り向くオレ。

「あ、自分ですか？　何もやってません。ガハハハハハハハハッ、無職ですぅ」

（予想通りだな……）

「でも、毎月国から7万円を貰ってるんで、それで何とか生きてるんですよ」

「え……何で国が毎月7万円もくれるの？」

「ボク、統合失調症って病気を患《わずら》ってて、それで障害者手帳を交付されてるから、早い話が仕事が出来ないってことで、国が毎月生活費をくれてるんですよ、ガハハハハハハハハハッ!!」

「と、とうごうしゅっちょう症？」

「まぁ、ちょっとややこしい病気ですよっ、ガハハハハハハハッ!!」

（そのとうごう何とかって病名は初めて聞くけど、要するにこの男はかなり重たい病気にかかってて、不用意な態度を取って怒らせたら何をするかわからないっていう厄介な奴なのか……。そんな奴をわざわざ自分の車に乗せて……）

「K井うどん」に入っても黒縁メガネのしゃべくりは一向に止まらず、その上、奴のうどんをすする速度が尋常じゃなかった。まず1回の箸でうどんをつまむ量が常人の3倍で、しかも、それを口に持っていく速さも常人の3倍。つまり、3掛ける3の9倍の速さでうどんを食べるのだ。よって、オレは冷静にうどんの味を吟味することなど出来なくなり、K井うどんから出ると黒縁メガネが自分の軽自動車を停めているという「Hの出製麺所」の駐車場に一旦戻り、その後、2台で近くにあったファミレスまで行き、そこでコーヒーを飲むことにした。

（しかし、オレは本物のバカなのか？　何でコイツらと2軒のうどん屋を回り、高くないとはいえ、その飲食費のすべてを自分が払っているというのに、またもやファミレスにまで来てお茶なんか飲んでいるのか。黒縁メガネの車の後ろを走っている時、どこかの路地を勝手に曲がってバックレちゃえば良かったのに……）

「ちなみに、スリムさん。今回のこの旅も何かの雑誌の取材なんですかっ？」

「いやいや、オレは5年前にちょっとした病気を患っちゃって、まだそのリハビリをしてるようなもんなんだよ」

「ちょっとした病気って、えっ、あの脳出血のことですよね？」

「キミは詳しいなぁ……」

「ガハハハハハハハハハハッ!! そりゃスリムさんのことなら大抵は知ってますよっ。でも、この5年の間にも6冊ぐらい単行本を出してるし、もう完璧に復活したんですよね、ガハハハハハハッ!!」

心の中で溜息を吐いていた。確かに5年間にもわたるリハビリで、脳出血の後遺症は8割方は完治していた。が、高次脳機能障害という後遺症だけは残っており、それが昔のようなペースで文章を書くことを邪魔していたのである。てか、そもそもこの黒縁メガネは、どれだけマトモなのかもわからない。オレがもう少し利口なら、初めにコイツらが駆け寄ってきた時点で追い払っているに違いなかった。

「スリムさん、僕が知ってる一番ウマいうどん屋はS崎って店なんですけど、このコーヒーを飲んだらその店に行きましょうよ」

「いや、今朝から2軒のうどん屋に行ってるし、まだ腹一杯だよ」

「でも、S崎のうどんなら凄く旨いから、余裕で食べられると……」

「ところで、キミは何て名前なの？ ソッチの人は銭田先輩って教えてもらったけど」

うどんの話を聞くのはめんどくさかったので、大して聞きたくもなかった質問でソレを遮っていた。

「あ、自分ですかっ？ ゴウダです。合うに田んぼの田って書いて合田です、ガハハハハハハハハハッ!!」

(だから何がオカしいんだよっ？)

「とにかく今から行きませんか、そのS崎に。その店なら自分も何度も食べに行ってるし……」

「で、いくつなの、キミは？」

またしても相手の話を質問で遮っていた。

「自分ですかっ？ 36歳です、ガハハハハハハハハッ!!」

「(また笑ってるし……)じゃあ、銭田先輩はいくつなの？」

「……42です」

「うえええええ～～～～!?　よっ、よんじゅうにいいいっ!?」

銭田の答えを耳にした瞬間、そんな大絶叫を上げる合田。

「おい、何でそんなに驚いてんだよっ!?」

ファミレスの周囲の視線を気にしながらも、その理由を合田に尋ねていた。

「いや、もちろんボクより上だということは知ってましたけど、えっ、銭田先輩って、もう40を過ぎてんですかっ!?」

「よ、40を過ぎてんですかって……だ、だってキミは車の中で、銭田先輩とはもう15年ぐらいの付き合いになるって言ってたじゃん。なのに何で相手の年も知らないんだよっ!?」

気がつくとオレまで大声になっていた。

「いや、銭田先輩の家の住所とか、誕生日とか電話番号とか血液型まで完璧に暗記してるんですけど、生まれた年だけは知らなくて」

「だったらフツー聞かねえか、そんなこと!?」

さらに熱くなるオレ。

「いや……。実はコレは銭田先輩にも言ってなかったんですけど」

そう言いながら、気まずそうに銭田の顔を盗み見る合田。

「今から1年前ぐらいに、ボクと銭田先輩が推《お》してる地元のアイドルグループの『おぴっぴラブリーズ』のスペシャルライブ、それが高松のアーケード街の中にあるライブハウスで開催されることになったんですけどね。そのライブハウスって50人ぐらいしか客が入れなかったから、行きたい奴は自分の住所を『おぴっぴラブリーズ』の公式ホームページ宛に送って、で、当たった奴の家だけに特別入場券っていうのが送られてきて、結局そのライブの券は銭田先輩しか当たらなかったんですよ」

そこまで一気に話すと、カラカラに渇いた喉を潤すために自分のアイスコーヒーをストローも使わずガブガブ飲み、合田は再び話を続けた。

「ところが、そのライブがある日って銭田先輩は仕事の出張で愛媛の現場にどうしても行かなくちゃいけなくなって、結局先輩はその券をボクにくれたんです。で、当日、ライブハウスの前に行ったら、そのライブを見る奴らに紙が配られて、そこに自分の名前とか住所を書く欄があって、もちろんボクは銭田先輩のことは丸暗記してたから、1つ残らずサラサラ記入してったんですよ。でも、生年月日の生まれた年だけがわからなくて……」

「で、どうしたの？」

急《せ》かすように尋ねるオレ。

「だから……生まれた年のところだけ書かずに提出したんです」

「そしたら？」

「係員が『生まれた年が書いてないけど、アナタは何年に生まれたの？』って訊いて来たんです」

「……で、何って答えたの？」

「わかりません、って答えました」

「わ、わかりませんって……」

「結局それで会場には入れてもらえず、気がついたら1周するのに40分以上はかかる高松のアーケード街を訳もわからず2周してました……」

「ププッ……プッ！　グハハッ、グハハハハハハハッ!!　自分の生まれた年がわかりませんって……グハハハハハハハハハッ!!」

「ガハハハハハハハハハッ!!　ホ、ホントにあの時はっ、ガハハハハハハハッ!!　泣きそうになりましたよっ、ガハハハハハハハハハッ!!」

「グハハハハハハハッ!!　いや、でも、実際に一番怖かったのは、グハハハハハッ!!　かっ……係員のニイちゃんだぞっ。グハハハハハハハッ!!　だって細かな誕生日の月日までわかってんのに、生まれた年がわかんないって、グハハハハハハハハッ!!」

こんなに本気で笑ったのは、何年ぶりかのことだった。が、それでも緊急警戒警報の音は小さくはなっていなかった。

翌日からの3日間、オレは本腰を入れて香川県内の気になっているうどん屋を次々と回った。

合田たちと別れ、今度こそ人生初の完全なる一人旅だというのに、自分がこんなに心を高揚させながら知らない土地を回っているということが、まだ信じられなかった。でも、訪れる店、どの店の讃岐うどんも文句なく美味しく、しかも、どのメニューも300円前後ときてる。もひとつオマケに、その讃岐うどん屋が田舎のオバアちゃんの家みたいなところもあれば、こんな山奥にある農作業場のような店なのに何で人がこんなに並んでんの!?といった一軒一軒が強烈な個性を持っているのだ。そう、この香川県自体が巨大なディズニーランドで、各讃岐うどん屋が、その中にあるアトラクションのような感じなのだ。車のハンドルを握っている自分を包んでいる確かな幸福感。が、時折、あの顔と笑い声がオレの心に降ってきた。

合田にはもちろんケータイ番号は教えなかった。ファミレスの駐車場で合田らと別れる時も、奴は明日はどの店を回るのかとか、高松のどのビジネスホテルに泊まってるのかとか、そういうことを幾度となく尋ねてきた。が、オレは何一つ教えなかった。だってそうだろう、しゃべる隙間がある限り、そこに深夜ラジオのDJのような言葉とあの笑いを突っ込んでくるのだ。しかも、奴はオレに香川のうどん屋を教えるのだが、蓋を開けてみれば自らもその店に行ったことがないのである。そりゃ最後にファミレスで大笑いはしたが、再び奴らに会うためにコッチから連絡することなどありえるはずがない。オレは今回、1軒でも多くの店で美味しい讃岐うどんを食べるために、こうして750キロも走ってココまでやってきたのだ。それをわざわざ……あんな奴らと……。

その晩、ホテルの部屋で改めてケータイのツイッター画面を見ると、オレは以前から無意識に「赤目」という奴をフォローしており、ツイッターにアップしたここ数日間のうどんの写真ほぼすべてにその赤目からの「いいね」が入っていた。オレは何度も迷ったが、その赤目に『明日は何か予定あるの？』というダイレクトメールを送ってしまった。すると20秒も経たないうちに、

『こんばんは。スリムさん。もちろん、ボクも銭田先輩も何の予定もありませんよ』

という返信が……。てか、この早さで答えが返ってくるって、このメッセージが届いて2秒以内ぐらいに文字を打たないと、こんなに早い返信は無理だろう。オレからの連絡を待つ、その奴の執念に遅まきながら自分の心が後ずさりを始めたのを感じた。

（お前、ホントにいいのかっ!?）

頭の中でそんな文句が弾けた。が、オレは赤目、つまり、合田に次のような言葉を返していた。

『オレはウルトラホテルに泊まってるから明日、その前で待ち合わせしようぜ』

「あっ、スリムさん。ありましたよ、ありました！　ガハハハハハハハッ!!　あそこの看板に『O製麺所』って店名が書いてありますよっ。ガハハハハハハハハッ!!」

翌6日目。オレたち3人は、オレの車で高松の近郊にある綾川町《あやがわちょう》、その山間部にある一軒のうどん屋の前に来ていた。このうどん屋も例のガイド本でチェックしておいた店で、写真に載っている名物の肉うどんがホントに旨そうだった。

が、昨日は2軒連続で、その肉うどんを食べていたため、今日はどうしても肉うどんという気にはなれず、その代わりにオレは釜バターうどんというメニューをそのO製麺所で食べてみようと思った。それはカルボナーラ風うどんとも言われているらしく、

茹でたてのうどんにバター、生卵、少しの醤油、黒胡椒を混ぜて食べると、まさしくスパゲッティのカルボナーラを食べているような気分になるらしい。

「えっ、釜バターうどん？」

オレたちの注文を店員のオバちゃんから伝え聞いたギョロ目のオッさんが、少し迷惑そうな声を出した。が、そのスポーツ刈りのオッさんは黙ってうどんを茹で始め、それから10分もしないうちに釜バターうどんがオレたちのいるテーブルに運ばれてきた。

「うわぁ～、ムチャクチャ旨いですねぇ～、これ。ガハハハハハハッ!!　なんですか、これ」

目を丸くしながら、そんなことを例によって必要以上の大声で話し、また、その合間に笑いを入れてくる合田。

「あれっ、お兄さんは県外の人ぉ～？」

合田に声を掛けるオバちゃんの一人。が、その店員は他のオバちゃんたちと比べると明らかに若かった。

「いや、県内、県内。俺は観音寺から来たんよ」

その女店員には一瞥もくれず、そんな一言を吐き出す合田。

「え、キミは観音寺に住んでるの？」

「あ、はい。え、何でですかぁ？」

「いや、実はオレ、事前に香川県のことを調べるために地図を見てたら、観音寺っていう住所があってさ。しかも、そこには確か、中学の時に社会科か何かの教科書に載ってた、巨大な銭を象《かたど》った砂絵があるんだろ？」

「はい、ガハハハハハハハッ!!　あります、有明浜ってところに〝銭形砂絵〟っていうのが。縦が122メートル、横が90メートルもあるんですよっ。じゃあ、スリムさん。これから、その銭形砂絵に行ってみましょうよっ、ね」

「い、いや……そんなに慌てるなよ。そ、そこはまた今度な」

香川に来てから7日目の朝も、オレは高松のウルトラホテルの前で合田&銭田先輩組と合流していた。

それにしても考えれば考えるほど、自分でも普通じゃないのはわかっていた。30代と40代の男たちが平日の朝から、まるで中学生のように集合してうどん屋を回っているのである。っていうか、明日にはもう東京に帰るというのに、香川に来てからこのトリオで過ごす日が今日で3日目にも及んでいるのである。

オレはポンコツのバカなのか？　もしくは、実は凄い寂しがり屋なのか？

この日もオレたちは、4軒の讃岐うどん屋で食事をして腹がパンパンになり、暗くなり始めた夕方の4時半頃に高松市内にあるファミレスに入ってコーヒーを飲んでいた。

「あ、そういえばスリムさんって、ガハハハハハハッ!!　甘いものは好きですよねぇ？」

コーヒーが出てきてスグに合田がそんな質問をしてきた。

「まぁな……。え、何で？」

「いや、美味しいチョコレートとか昨日探したんですけど、ガハハハハハッ!!　よく考えたらスリムさんが好きなチョコレートを自分は知らなくて。で、全然大したものじゃないんですけど、コレも香川の名物なんで持って帰って下さい」

そう言って、自分の例の薄汚い大きなバッグから何かを出してくる合田。

「何、それ？」

「あ、瓦せんべいです。スリムさんは明日帰るから、お土産を渡さなきゃいけないと思いまして」

「おお、悪いじゃん……」

不覚にも少し感動していた。まさかこの男がオレにお土産を持ってくるなんて。が、その一枚一枚がやたらとデカいだけの瓦せんべいは本気で要らなかった。

「……あの、俺も」

少しして銭田もオレに包みを差し出してきた。

「え、銭田先輩まで!?　おい、そんなに気を使うなよ」

オレは、そう言いながらも、その白いビニールの包みを開けてみた。………しらたきが2袋入っていた。


夕刻の7時20分。高松市のオレの宿泊先「ウルトラホテル」、その近くにある駐車場で自分の車にロックをかけ、そのキーを管理人のオッちゃんに渡すと、オレは合田と銭田に改めて向き直った。

「じゃあ、オレは明日の昼前には東京に向かって出発するから、これでバイバイだな」

「スリムさんって今、好きなお菓子ってあるんですかっ?」

「いや、お菓子は特には……」

「じゃあ、アイスはどうですか？　香川県には〝しょうゆソフトクリーム〟っていう──」

「いや、合田くん、もういいよっ、もういいから！」

縋《すが》り付いてこようとする合田に必死でブレーキをかけるオレ。そんな攻防が何度か繰り返されたが、やがて合田はまるで漫画に出てくるキャラクターのようにガクッと肩を落として黙った。

「……またツイッターでやり取りしようぜ、な」

ようやく自分の黒い軽自動車に乗り込もうとする合田にそんな声を掛けると、奴は微《かす》かに頭を下げながら静かに笑った。なんて寂しげな顔だと思った。芥川龍之介が書いた「蜘蛛の糸」。その糸を犍陀多《かんだた》のように登れるかと思ったが、やっぱり途中でプツリと切れてしまった。そんなストーリーが浮かぶような顔だった。でも、これでいいんだ。オレのような細々とした活動をしてる物書きとツルんでも、おまえにはうどん代以外に何もやれるものは無いんだよ。……これでいいんだ。


東京に戻った2日後の夜。オレは思い出したかのように自分のパソコンで『統合失調症』という病気を調べてみた。それには次のようなことが書いてあった。

『以前は精神分裂病と呼ばれていた。幻覚や妄想、まとまりのない思考や行動、意欲の欠如などの症状を示す精神疾患。思春期から青年期にかけて発病することが多い。また、罹患率《りかんりつ》も100人に1人と高い』

（100人に1人って……そ、そんなに多くの人が患ってんのかよ!?）

オレは、思わず心の中で驚きの声を上げていた。そして、自分のすぐ近いところにあったある事を思い出していた。

（これって確か、チョームの兄ちゃんが患ってる病名と同じだよなぁ……）

2 かねのありか

京王線笹塚駅近くにある喫茶店、そこでオレは有《あり》華《か》に香川県でのことを話していた。

「とにかく複雑な出汁《だし》が効いたツユが他所《よそ》のうどんのツユとは別物でな。おまけに麺もコシがあるっていうんじゃなくて、とにかく頂度いい柔らかさなんだよ。そんなうどん屋が香川県にはゴロゴロあるんだぜ。いや、本場で食べる讃岐うどんの旨さは天井知らずだよ」

「うわ～っ、スリムさんの話を聞いてるだけで涎《よだれ》が出てきましたよ。でも、何でそんなうどんが美味しい店が香川県だけに集まってるんですかね？」

「……えっ？」

有華からの言葉にオレの口が止まった。

「いや、だって出汁になる小魚だって、香川の瀬戸内海で取れたモノを今は東京にだってスグに送れるじゃないですか。使ってる小麦粉だって、同じように東京にスグ送れるし。なのに何で東京には美味しいうどん屋があまり無くて、香川県に集中してるんですか。例えば、博多の豚骨ラーメンだってとっくの昔に東京に送りだされて、さんざん研究されて、今ではすっかり東京流の豚骨ラーメン屋が何軒もあるでしょ」

「そう言われてみれば、そうだよなぁ……」

「あ、でも最近、また新しい讃岐うどんの大手チェーンが全国に出てきて、なんかアメーバのようにその数を増やしてるんですよねぇ」

「いやいやいやいや、あんなの香川県に行ったら話にならないよ。ま、実際に香川県で讃岐うどんを食べたことが無い奴らなら、あれで十分かもしれないけどさ。一回地元の旨い店の味を知っちゃったら、ハッキリ言って比べものにならないっつーの」

そう言って、わざと余裕があるような顔で笑うオレ。

「じゃあ、何で香川の讃岐うどんは、スリムさんをそんなに夢中にさせるほど旨いんですか？　やっぱ、水とかが全然違うんですかね？」

「いや、香川県は元々雨の量が少なくてさ。車で色々なところを走ったんだけど、所々に貯水池が作られててよ。ホテルのフロントの人が言ってたんだけど、四国のド真ん中には横に大きな山脈が二本走っててな。その山脈が香川の南に位置する太平洋に面した高知県、その日本一降水量が多いって言われてる地の雨雲をその山脈がダブルで遮断してるから、逆に香川は日本一雨が少ない県らしいんだよ」

「じゃあ、何が武器になって、あの県のうどんを特別旨くしてるんでしょうかね？」

「武器って……う～ん、そんなこと考えたことも無かったなぁ～」


　有華は元々はオレの本の一読者だった。今から6年前、オレのホームページに彼女から初めてメールが届いた。


『私は今、風俗の仕事をしています。2カ月前から東京に出てきて、風俗店で働き始めました。それと並行して今、個人的に漫画も描いています。もし良かったら、それを大好きなスリムさんに見てもらいたくてメールしました。会ってくれるならお返事ください』

　こんなことが書いてあった。

　当時40歳だったオレは仕事がピークに忙しく、たまに女からメールが来たり、各編集部を通してファンレターみたいなものも送られてきたが、自分が風俗嬢をやっていることを堂々と宣言した上で、こういうメールを送ってくる奴は初めてだった。が、この頃はホントに時間に余裕が無く、が、風俗嬢なのに漫画を描いているというところに面白さを感じたオレは、幼馴染でイタリアのブランドものを扱うブティックをやっているチョーム、奴に次のようなことを電話で頼んだ。

「オレは各連載をこなしていくのでいっぱいいっぱ

いだからよ。とにかく、お前にその風俗をやってる奴のメール先を教えるからさ。実際に会ってみて、単なるクルクルパーか、一本筋が通ってる奴かを判断して知らせて欲しいんだよ」

ちなみに、チョームの本名は超《ちょう》善《ぜん》寺《じ》直樹。オレが小学2年生の時に広島県からオレの家の真ん前に引っ越してきた同級生で、もちろん〝ちょうぜんじ〟という舌がもつれてしまいそうなその珍名で奴のことを呼ぶ奴は皆無に等しく、最初の頃はクラスメイトたちにチョーとか、チョーくんと呼ばれていたが、その後なぜかムがついて〝チョーム〟という呼び名で落ち着いた。

風俗嬢のメールアドレスを教えた10日後の晩、オレの家に久しぶりに顔を出すチョーム。

「おお、コーちゃん。例の風俗をやってる娘に一応5回会ってみたんだけどよぉ〜」

ちなみに、オレの本名は宏一《こういち》なので、地元の友達には〝コーちゃん〟と呼ばれていた。

「ごっ……5回も!? お前、ひょっとして……」

「バカ、変なことなんかやってねえよっ」

そんなセリフを吐き出すと、左手の甲でオレの胸を軽く叩いてくるキツネ目のチョーム。

「初回は新宿で会ったんだけど、その後、俺の川崎でやってるブティックに2日に1回ぐらいの割合で顔を出してくるようになってさ。ま、結論から言うと、スゲー真面目な奴だよ」

「ま、真面目？」

そう聞き直しながらも、オレは自分の予感が半分ぐらい当たっていると思った。いや、何か下らないことを考えている奴なら、風俗嬢をやってるなんて言葉で人んちの門を叩いてくるような真似はせず、最初は普通にシレーっと現れて、その後、徐々に小さな爆弾を落としてくるはずなのだ。

「で、これが彼女が描いた漫画のコピーなんだけどよ。……読んでみ」

オレの居間にあるテーブル、その上にチョームは計4～5枚のコピー用紙を広げた。

(う～ん……)

漫画の絵は、お世辞にも上手いとは言えなかった。ただ、その漫画のネーム、つまり、セリフやストーリーには、たったの4～5枚の漫画だったにもかかわらず、不思議とその先に限り無い展開が広がっているような気がした。でも、「待て!」という声がオレの中で響いた。冷静に考えたらオレは単なる文筆家で、漫画家でもなければ、漫画雑誌で編集をやっている者でもないのだ。

チョームが帰った後でもオレは考えていた。そして、その風俗嬢に、チョームが世田谷区の下北沢の販売所を1日借りてイタリアのブランドものの洋服を売るフェアを10日後にやるので良かったらソコで会おう、とメールした。

当日オレが、昼過ぎにチョームに貰った地図を頼りに下北沢の販売所に行くと、その風俗嬢はもう来ていてチョームと話していた。

「おう、コーちゃん。この娘なんだけどさ」

そう言って、白いタンクトップに白いパンタロンを穿《は》いた女性の背中にそっと手をやるチョーム。

「あっ、こんにちは～～～!」

満面の笑みで頭を下げてくるショートカットの女。歌手の宇多田ヒカルに似た感じの割と美人だった。

「おっ……お、おう」

思わず声が上ずってしまい、それを誤魔化すために矢継ぎ早に質問をしていた。

「キミって、いくつなの?」

「あ……25ですぅ～」

「25か……。ま、まだ若いんだなぁ」

「いや、風俗の世界じゃ25っていったら、そろそろトウが立ってきたって言われますよ」

そう言って明るく笑う宇多田ヒカル似。9月になっても気温は下がらず、おまけにその日は超晴天だったということもあるが、その笑顔と彼女の身を覆っている白いタンクトップとパンタロンが妙に眩《まぶ》しかった。

「あ、それで……あの、私の漫画はどうでしたか?」

「漫画?　……ああ、良かったよ!　うん、良かった」

「え、ホントですかぁ?」

オレの真意を探っているような顔になる宇多田ヒカル似。

「いや、ホントだって!　確かに絵はダメな小学男子が描いたような感じだったけど、とにかくネームが良かったよ。いや、冗談抜きで」

「ホントですかぁ?」

宇多田ヒカル似は今度は少し照れたようにそう言うと、続いて次の言葉を吐いた。

「実は今日、スリムさんに新たなお願いがありまして……」

「えっ、何?」

一瞬ハンパない豪速球が飛んできそうな気がして、思わず胃袋をキューっと窄《すぼ》めていた。

「実は私にペンネームを付けて欲しいんですよ」

そう言って、オレの顔を上目遣いで見る宇多田ヒカル似。

「ぺ、ペンネーム!?　まだ漫画家にもなってないのにぃ?」

「いや、もしプロの漫画家になれたら、その時に慌てないためにも」

「てか、オレは漫画家じゃなくて文筆家、もっとラフに言っちゃうと単なるフリーのライターだよ?」

「いや、それでメチャメチャ笑える本を何冊も出してるスリムさんにペンネームを付けてもらえれば、こんなに嬉しいことはないですよ」

「か、変わってるなぁ〜、お前さんも………」

オレは面食らっていたが、と同時に宇多田ヒカル似の迷いの無い前向きさにストレートに感心していた。

「つーことで、付けてやれよ、コーちゃん」

そう言って、まるで宇多田ヒカル似の保護者のように彼女の背後に立ち、ニヤニヤしながらそんな言葉を掛けてくるチョーム。

「ち、ちなみに、キミの苗字って何っていうの?」

気がつくと、そんな質問をしていた。

「〝こんの〟です。純金の金に野原の野と書いて金野といいます」

「金野かぁ……」


1週間後。一応ペンネームを考えたと宇多田ヒカル似にメールを送ると、それなら直接教えて欲しいから、明日は夕方6時から渋谷の店で働くので、その前に立川まで来るという。で、午後3時に立川の駅ビルの中の喫茶店で彼女と会ったオレは、早速そのペンネームを伝えることにした。

「ペンネームと言っても、可愛いヤツとかはオレには考えられないからさ……」

「ええ」

そう答えてニコニコしながらも、オレの顔をジッと見る宇多田ヒカル似。ふと、自分が考えたペンネームが急に恥ずかしく感じてきたが、今さらそれを引っ込めるわけにもいかず、オレは少し高い崖から下の海に飛び込むようなつもりで言葉を続けた。

「ほら、キミの名前って金野だろ。で、読み方によっちゃ〝かねの〟とも読めるじゃん。で、一応は金を稼ぐために漫画家を目指すわけだから、ペンネームは〝かねのありか〟。つまりね……」

オレはそこまで言うと、ポケットから赤いマジックペンを取り出し、テーブル上のケースの中にあるペーパーナプキンを1枚取り、そこに次のような文字を書いた。

『金野有華』

宇多田ヒカル似は暫くの間、黙ってそのナプキンに書かれた文字を見つめていた。再びオレの中に恥ずかしさが発生してきた。こんなふざけたペンネームを毎日寝る1時間前に、計1週間もかけて考えていた自分が、とんでもない間抜けな生き物に思えてきた。が、やがて宇多田ヒカル似の表情が徐々に明るくなり、次のような言葉が飛んできた。

「ありがとうございます！　金野有華、気に入りましたっ。早速今日から使わせてもらいます」

「……ホント、それでいいの？」

「はい、かねのありか。私にピッタリです！」

そう言うと、有華はそのペーパーナプキンを大事そうに自分のズボンのポケットに仕舞い込んだ。

「ちなみに、キミって今、どこに住んでんの？」

ホッとしながらも、オレはそんなことを有華に訊いていた。

「明大前です」

「え……そこに1人で住んでんの？」

「いえ、エッチ漫画を描いてる漫画家さんが借りてるマンション、その一室に住まわせてもらってます」

「え、それは女の漫画家なの？」

「いえ、男です。年は多分スリムさんと同い歳だと思います」

「え、何でその人のところに住んでるの？」

そう訊きながらも、思っていた以上にショックを受けている自分がいた。

「私、その人の漫画も昔から大好きで……。ある時、その人が連載してる漫画雑誌を読んでたら、その人が欄外の告知で『ＳＥＸフレンド募集、希望者は当編集部まで手紙を下さい』って書いてあったんですよ」

言葉が出なかった……。

「で、応募したら、どうやら希望者は私1人だったみたいで、早速編集部からその漫画家さんの連絡先を教えてもらって、それまで住んでた名古屋から出てきたんですけど、フタを開けてみたら、その漫画家さんは妻子持ちでして……。でも、奥さんとは別居してて、で、その漫画家さんが借りてるマンションの使ってない部屋が1つありまして、今はソコに住んでます」

（はい、やっちゃいました、オレ……）

頭の中でそんな声がハッキリと聞こえた。SEXフレンド募集で迷わず名古屋から出てくる……。そういう女だったのだ。で、オレはそんな女のために、この1週間というもの、漫画家でも何でもない女のペンネームを必死に考えていたのである。

「で、ある日たまたま暇だったんで、新聞に挟んである広告の裏側に落書きをしてたんですよ。そしたら、その漫画家さんに『お前、素人にしたら結構漫画描けるじゃん！』って言われまして」

もう、どーでもよかった。いや、自分はいつの間にかこの有華に恋をしていて、でも、相手は自分のことなど男として眼中になかったからイジけているのではないのだ。オレにだって一応は嫁がいるし息子もいる。急に腹が立ってきた理由は、2人の漫画家とライターのことをほぼ同時に好きだと言って、その両方の世話になろうとしているデリカシーの無さだった。

「ま、その漫画家さんは一般的には売れっ子でもないので、でも、今にも廃刊になりそうな雑誌の1ページに私が漫画を描けるようにしてくれて……」

「じゃあ、その漫画家にペンネームも付けてくれって頼めばよかったじゃんっ。そこまで親切にされてんなら、普通そういうことはソッチに頼むだろうが！　……悪いけど、オレ帰るわっ」

翌日から、オレは仕事以外でボーっとしている時は、決まって有華のことを考えるようになった。

仕事で色々な男たちに抱かれ、その漫画家のマンションに帰れば当然のごとく、その漫画家にも抱かれる有華。その一方でオレに自分のペンネームを考えてくれと言ってご機嫌を取り、そして、新しい仕事先を紹介してもらおうという作戦。繰り返しそんな図式がオレの頭の中に浮かび上がってきて、その度に年甲斐もなく胸が苦しくなり、決まってその後、その胸の苦しさが怒りに変わった。

そんなある日、仕事帰りにいつものようにチョームがオレの家に顔を出した。

「う～ん……確かにそりゃコーちゃんは面白くないかもしれないけど、別にコーちゃんを利用してやろうってつもりで近づいてきたわけじゃないと思うぜ。ホントに今まで出版されたコーちゃんの本は全部買ってるみたいだし、その上、知り合いなんかにも読ますために同じ本を10冊以上買ったこともあるって言ってたしよぉ」

そう言って、オレの部屋の仕事机の上にある灰皿にタバコの火を落とすチョーム。そして彼は、いつものように早口で話を続けた。

「それにあの娘、バイだって言ってたしよ」

「え……何だよ、バイって？」

「バイセクシャル。……つまり、男でも女でもイケるってことだよ」

「ふへっ!?」

そんな声を思わず出してしまい、チョームの前だったが恥ずかしくなった。

「でも、どっちかっていうとSEXをするなら女の方が全然好きで、男は自分が帰るところに1人いればいいって言ってたなぁ」

そう言い終えると、また新しいタバコにチョームは火をつけ、その間も惜しい感じで話を続けた。

「要するに、その漫画家の作品もホントに好きで、コーちゃんもあの娘から聞いたと思うけど、SEXフレンドを雑誌で募集してたから実際に会えると思って東京に出てきてさ。で、その漫画家は嫁さんと別居してたから、そのマンションに居着いただけの話で、それと並行してコーちゃんを利用するなんてことを考える娘じゃねえと思うぜ」

その後、チョームはオレの家の1階の居間に下りてゆき、いつものようにオレの嫁とTVゲームを始めた。

確かに今までオレの前に現れたことのない〝自由

形〟の女だった。オレは吸い殻が山盛りになった灰皿の中から、まだ吸えそうな1本をつまみ上げると、それに火をつけ、唇を肛門のような形にしながら丸い煙を連続して吐いていた。

（で、どうするんだよ、お前……）


3日後。オレは有華のケータイに連絡した。電話に出た彼女は当然ながら最初は硬かった。

『いや……も、もう、スリムさんから連絡が来ることは無いと思ってましたから』

「ホント、この前は更年期障害のババアみたいに怒っちゃって、わ、悪かったな」

『いえ、自分勝手なことばかり言ったのは、コッ……コッチの方ですから、はい……』

「今日は、お願いがあって電話したんだけどさ」

『えっ……な、何ですか？』

依然として言葉が乾いている有華。

「実はさ、オレ、『週刊ユウヒ芸能』って雑誌から前々から連載をしてくれないかって頼まれててさ。で、来月からオレは、その週刊誌のインチキ記者になって、毎週どこかで開かれてる色々な記者会見に出席して、それを面白オカしく記事にするっていう2ページものの連載を始めることになったんだけどな。毎週その左ページの隅っこの方に漫画スペースが入るんだけど、そこで漫画を描いてくれよ」

『……え、誰がですか？』

「お前だよ。金野有華だよ！」

『…………………………』

「なに黙ってんだよ？」

『いや……し、週刊ユウヒ芸能っていったら、どこのコンビニでも売ってる有名な雑誌じゃないですか！』

「その雑誌の編集長に、組んでやりたい漫画家の女のコがいるんだけど、彼女の漫画を載せてくれるなら、その連載を引き受けますよって言ったら、是非それでお願いしますって言ってきたから話を決めたんだよ」

『…………………………………』

「お前は、頻繁に故障する北朝鮮のラジオかっ？　どうするっ、やるの、やらないの？」

『あっ……えっ……や、やります、やらせて下さい！』

で、アッという間にその連載は始まったのだが、マスコミに向けた記者会見というのは、大小様々なモノがあり、毎日のように都内のドコかで開かれているのである。で、オレと金野有華のコンビと週刊ユウヒ芸能の担当編集者の3人は、毎週その中でも派手だったり、途方もなく下らなかったりする会見を選んで出向き、時にはハンパなく白々しい質問をしたりして、それを笑える記事にしていったのである。

ちなみに、どんな記者会見があったかと言うと、有名美少女タレントの母親のヌード本の発表記者会見とか、昔、保険金をせしめるために外国で自分の妻を殺したという容疑が掛かりながらも無罪になった男が、今度映画に役者として出演するという報告会見。さらに、某女性タレントと彼女の元マネージャーが結婚したが、そのマネージャーが妻にＤＶ行為をして離婚になったが、その元マネージャーの方が今度は突然プロレスラーとしてデビューするという発表会見とか、もう下世話極まりない会見を選んで、それを次々と記事にしていったのである。

評判の方は悪くはなかったが案の定、有華の漫画は最初は酷かった。その8～12コマの漫画にはオレと有華が出てくるのだが、短髪でサングラスをかけてるオレが、どう見ても小学生が描いたおネエ系の土方の親分といった感じで、漫画の内容はさておき、毎回そのキャラを見る度《たび》にオレは落ち込んだ。ネームの方もひねりが足りないというか、その会見自体をそのまま漫画にしてるといった感じで、オレは何度か「会見の流れなんかはオレが原稿で書くから、有華はもっと自分が感じたことを描きなよ」というアドバイスをした。が、それ以上のことは決して言わなかった。有華が最初にオレのところに持ってきた漫画を見た時の彼女のネーム作りの才能、それを信じて、いつかはそれが花開いてくると思ったからだ。

そんなことより、とにかくオレが驚いたのは、記者会見場への行き帰りに有華がオレの車の助手席からしゃべってくる話の面白さだった。その内容は100%実体験話で、有華曰《いわ》く、彼女は顔の一部も整形しているが、最も自分の体を改造した箇所は胸で、そこには食塩水を入れたパックが左右の乳房の中に1つずつ入っているとのこと。しかも、有華は風俗の仕事をする前はナント、看護師の仕事をしており、美容整形外科で働いている時は夜になると同僚の看護師2~3人と組んで、もちろん医師には内緒でお互いの体に麻酔注射を打ち合い、脂肪吸引の手術とかをし合っていたらしい。

また、名古屋にいた頃はC級のAV作品にも出たらしく、素っ裸で駅前の横断歩道を渡ったり、街中をフラフラしたりして、遂には住人に警察を呼ばれ、撮影隊全員が畑の中にダイブして身を隠してたら、そのうち誰かがうつ伏せのままワンワン泣き出し、顔を上げて見てみたら、それは素っ裸の男優だったとのこと。さらにその後、名古屋でようやく彼氏が出来て、その彼との待ち合わせ場所に歩いて向かってたら、3人組の肉体労働者風のオッさんたちとすれ違った時に「よぅ、ネエちゃん。俺たちと一発やらねえかぁ~?」と声を掛けられたので「別にいいけど」と答えてホテルに行った。で、有華は計4人で組んず解《ほぐ》れつの行為をするかと思ったら、オッさんたちは急に静かになって、少ししたらその中の1人が「じゃあ、1番目はボクでお願いします……」と言ってきて、結局順番に3人とやった。で、そうこうしてるうちに彼氏と待ち合わせてる時間はとっくに過ぎていて、焦って待ち合わせ場所に走って向かったら彼氏はカンカンで、何で遅れたのかしつこく何度も訊いてきたので正直に答えたら、彼氏はその場にへたり込んで大声で泣き出した。そして有華も感動して一緒に大声で泣いてしまい、その彼氏とは、それまでで最長の2年間も付き合ったという。つーことで、とにかくお前はまだ25年しか生きてねえのに、どういう具の詰まり方をしてんだよと呆気《あっけ》にとられることが止めどもなく出てくるのである。

オレは、その有華との週刊誌上での連載を気に入っていた。有華のとんでもない実話を聞きながら下世話な記者会見に出席し、その下世話さをさらに捻った読者をププッと吹き出させる記事を書く。オレは、これ以外にも、もう1つの週刊誌の連載、3つの月刊誌での連載も並行してやっており正直ヘトヘトだったが、とにかく有華の話を聞く、その車の中の時間が異常に楽しかったのである。

暫くして、オレは自分のホームページに有華の部屋を作ってやり、そこで車の中でオレに話しているような実話を漫画にして描いてみろよと言ったら、有華はそこで水を得た魚のように次々と自分の漫画をアップしていったのである。また、そんな時に週刊ユウヒ芸能の編集長から連絡があり、あと3～4カ月分の連載分を加えたら、それを単行本にしましょうという話が飛んできて、オレはそれをすぐに有華に伝え、「印税はオレとお前で半々にするから、これでお前も超小金持ちになるな」と言って高らかに笑った。

オレの脳の血管が切れたのは、その2日後のことだった。

オレと有華の連載は、その瞬間に終わった。オレは4カ月後に退院したが、脳の方はまだ全然元に戻っておらず、最低限の連載をそのリハビリとして必死で続けたが、週刊ユウヒ芸能の仕事はごく自然に立ち消えていた。しかも、オレが退院した3カ月後、大好きだったオフクロも肺癌によって他界した。目の前が急に真っ暗になってしまった。

ちなみに、有華は風俗の仕事は一切辞めたらしく、それなのに一銭もお金が入ってこないオレのホームページに作った彼女の漫画部屋に淡々と新作をアップしていた。

（悪いな、有華……）

オレは、その漫画を見る度にそう思った。再び彼女にはお金になる仕事を振ってやりたかったが、とにかくその時のオレは自分の原稿を少しでもまともにすることでいっぱいいっぱいで、他人の助けをする余裕などは1ミリも無かった。

2年後。有華からオレのケータイに連絡が入り、今度オレのホームページに描いた彼女の漫画をまとめたもの、それを単行本にするという話が小さな出版社から来ているとのこと。そして、それを載せちゃっていいかと聞いてきたので、オレは喜びながら「勿論いいよ！」と答え、その単行本の最後に彼女がいかに凄い爆弾を持っているかという解説を書いたのである。ま、結局その単行本は大して売れなかったが、有華にも2〜3の出版社から連載の仕事が入り、おまけに一緒に住んでいた例の男の漫画家が嫁と正式に離婚し、隠れるように住んでいたマンションにも、ようやく堂々と住めるようになったという。

オレも仕事の方は一時の勢いは無くなっていたが、それでもホントに少しずつだが脳出血の後遺症が緩和されてきて、また1つでも多くの連載が来るように、が、今度はちゃんと休む時間を作って仕事をやっていたのである。そして、脳出血を患った5年後の1月。オレはどうしても一軒でも多くの香川県にある讃岐うどん屋に行きたくて、単身でその地へと向かった。そして、8日後に東京に戻ってきたオレは、さらにその5日後に有華と会って、その旅での一連のことを話したというわけだ。

「今度香川に行くことがあったら是非、私も一緒に連れてってくださいよぉ」

　笹塚の喫茶店を出た後、有華を明大前駅近くの沿道で車から降ろした時に、彼女がそんなセリフを吐いた。

「ああ、わかったよ」

　オレはそう笑いながら答えると、小さく手を振ってから車のアクセルを踏んだ。

3 親友

オレが小学2年の時、ウチの真ん前に引っ越してきたチョーム一家。が、最初の頃は、オレは2つ歳上のチョームの兄とばかり遊んでいた。で、2週間も経たない頃、チョームの母親から「この子は佐藤くんと同学年だから仲良くしてあげてね」と言われて改めて弟のチョームを紹介されたのだ。

その時のチョームは切れ長の、全く感情が表れないような猫目で、鼻・口・耳と他のパーツも小さいので、黙っていると能面のように怖く感じる少年で、最初は兄の陰に隠れるようにして大人しくしていたせいか、オレにとって奴の印象は驚くほど薄かった。が、日が経つにつれ、チョーム本来の活発さが弾け始め、放課後になるとクラスメイトたちと校庭でノビノビと軟式野球などをやるようになった。ちなみに、オレたちが通っていた小学校は、どの学年も2クラスしか無く、2年が終わった時と4年が終わった時にクラス替えがあったが、チョームとクラスが同じになったことは一度も無かった。その上、オレは小学2年の後半から近所のスパルタ塾に入れられたので、奴とゆっくりと遊ぶことは滅多に無かった。

が、オレは私立の中学受験に失敗し、中学もチョームと同じ地元の市立中学に通うことになった。オレは軟式テニス部と塾に精を出すようになり、チョームは野球部に入って1年の頃からレギュラーになった。最も驚かされたのは、中学に入ったチョームが信じられないくらい女にモテ始めたことだ。顔だって相変わらずのキツネ目で、ヘアースタイルだって野球部だったのでスポーツ刈りで、背だって決して高い方ではなかったが、とにかく学校で人気が高かった女子生徒たち、ソイツらからチョームは次々と告《こく》られ、その数は3年間で15人にも及んだ。にもかかわらずチョームは誰とも付き合わず、が、3年の時には野球部のキャプテンになり、しかも、クラスの学級長にもなっていた。そう、クラブでもクラスでも皆をまとめ上げる人気者になっていたのだ。

　オレたちが中学3年になった頃から、地元の暴走族の改造バイクが学校の周囲を走り回るようになった。そして、その中には人相が凶悪になったチョームの兄も混ざっていた。

　それに呼応したわけではないが、オレやチョームもズンドーとかボンタンというダボダボの学生ズボンを穿くようになったが、オレは小学2年からの勉強の貯金があったため、割といい大学の付属高校に入った。もちろん、チョームも部活のキャプテンと学級長をやっていたので当然、希望の都立高校に入れると思いきや、なぜか99%大丈夫と言われていたその高校の受験に落ちてしまったのである。結局チョームは、ド不良や年の離れたオッさんなんかが通う地元の夜間高校に通いながら、昼間は自動車会社で働くことになった。

　オレは高校に入ると殆ど学校にも行かず、ド真面目なオフクロとは正反対の、ヤクザをやっていたオフクロの弟の事務所に出入りしたりして、とにかく遊びまくった。小学2年の頃から友達と遊ぶ時間が極端に少なかったため、夢中でそれを補おうとしたのだ。当然、地元の暴走族にも入り、他の地区のツッパリには目が合っただけでも無条件でケンカをふっかけていた。また当時の遊びで最も夢中になっていたのが、地元の友達たちと土曜の晩から訪れるディスコだった。その当時は新宿の歌舞伎町の中だけでも10軒以上のディスコがあり、オレたちはヤートラ（ヤクザトラッド）と呼ばれるイタリアンカラーの派手な服を身に纏《まと》い、そのディスコ内でのケンカやナンパに明け暮れた。ところが、オレたちは安物のイタリアンカラーの服で満足していたのだが、チョームは平日の昼間は働いていたために結構な金を持っていて、改造バイクはもちろんのこと、とにかく着る物にお金をかけていた。

　時代はバブルになる少し前の、ＤＣブランドブームがふくらみ始めていた頃。ビギ、ニコル、コムデギャルソン、ワイズ。そんな国内ブランドの高額な服をチョームは次々と買い、ディスコに来る時は上から下まで真っ白のオシャレなスーツ姿で歌舞伎町を闊歩していることも珍しくなかった。が、お洒落に対するチョームの欲求は、まだまだそんなものでは満足しなかった。国内ブランドの次は、ジョルジオ アルマーニやドルチェ&ガッバーナなどの海外ブランドの服を買い漁るようになり、チョームの部屋に遊びに行くと、まるでそこは小さなブティックのように高そうな服が並んでいたのである。

（コイツは今、仕事でトラックなどを作ってるけど、夜間高校を卒業したらどうするんだろう？　洋服の高級ブランド企業なんていうのはハンパなく人気があるだろうから、高い洋服を買ってソレを着まくってるだけじゃ、そこに就職なんかは出来ねえだろうしなぁ……）

オレはチョームに対して、そんな心配をしていた。が、本来もっと心配しなきゃいけなかったのは自分自身のことで、高校時代は使ったノートが1冊だけという全く勉強をしなかったオレは、大学への推薦枠にも漏れ、学科試験が簡単だという噂だけを頼りに美術大学を目指し、が、受験勉強もろくすっぽやらなかったので2浪もして、入ったのは美術の専門学校という有り様だった。

一方、チョームはというと、夜間高校を卒業すると地元・立川にあった百貨店の中の、全く垢抜けない中高年向けの服屋でアルバイトとして働き始めた。が、それと並行して、とにかく都内にあるDCブランドの各メーカーに履歴書を送りまくり、遂に某メーカーに採用されることになった。が、配置されたのは都内にあるブティックの販売員ではなく、オレらの家がある東京都下の多摩地区の倉庫勤務。そこに集められた服を各ブティックに持っていったりする、完全な裏方の仕事だった。が、チョームは嬉しそうに毎日出勤し、また、この時に同じ社のブティックの一軒で販売員をしていた同い歳の女と初めて付き合い始めた。オレも何度か一緒に飯を食ったりしたが、ハキハキとした感じのイイ娘で、おまけに結構な美人だった。

自分のホントに進みたい世界、そこに片足を突っ込み、垢抜けた明るい彼女を作って楽しそうに仕事をしているチョーム。奴のことが何だか急に羨《うらや》ましく見えてきた。

そんなある日、オレの離れの部屋にチョームが段ボールに入った数着の服を持ってきた。そして、それは自分が勤めているDCブランドの服だが、値札の半額でいいから専門学校の友達に売ってくれないかと言う。で、オレにはそのお礼として、売れた服の値札に書いてある金額の1割をくれるということだった。

翌日、オレはその中の何枚かのシャツを学校に持っていくと、半額にしたって6000〜7000円はする服が僅か2分で売れてしまった。で、その翌日には車で残りの服全部を学校に持っていくと、今度も僅か5分もしないうちに全部が売れてしまったのである。それをチョームに報告してお金を渡すと、2日後には段ボール3箱一杯に詰まった服を持ってきて、それも売ってくれという。結局、その段ボール3箱の服も僅か4日間で殆ど売り切り、残ったのはどうしようかとチョームに訊くと、じゃあ、それは値札の7割引きで売ってくれとの指示があり、その通りにしたら服は一着の残りもなく売り切れてしまった。それからというもの、チョームは何日かに1箱のペースでオレの離れの部屋に服を持ってきて、オレは専門学校だけでなく、美大受験の予備校時代の知り合い、はたまた高校の同級生にも声を掛けていた。

で、ある日、チョームが分厚い封筒をオレに差し出してきたので「何だよ?」と聞くと、それはこれまでのコーちゃんの給料だよと言ってきて、数えてみたら40万円あった。それで調子に乗ったオレは、その金でチョームが持ってきた服の中から自分が気に入った服を値札の2割で次々と買い漁り、また、予備校の同級生だった女が八王子市の山の中にある女子大の学生寮に知ってる友達がいると言えば、夜中にその寮の近くまで大量の服を車に積んで持っていき、20名以上も集まってきた女子大生たちに、その殆どを売りつけるということもしていたのである。

　そんなチョーム祭りも、ある日を境にピタリと終わった。チョームにもっと服を持ってきてくれと言うと、「もう服は一着も無い」という言葉が返ってきた。そして、奴は70万円が入った封筒をオレに差し出してきて、それが残りの給料だと言った。オレとすれば合計で２００万円以上の金を貰い、おまけに自分の持っている服の8割ぐらいがＤＣブランドのお洒落《しゃれ》なものになったということで、まるで夢のような3カ月ちょいだった。そして、最後に今まで決して訊かなかった、ある質問をチョームにしていた。

「ところで、多分会社にも秘密な、あんな大量の服をチョームはどうして自由にできたんだよ？」

「いや、実はよ……」

　理由を聞いて、オレは笑い狂っていた。

　チョームが勤務しているＤＣブランドの倉庫、そこにはその年の秋冬モノの大量の売れ残りの服が戻ってきていた。で、会社の上層部は社員たちにスーパーの買い物袋の中くらいの大きさぐらいのビニール袋を渡し、その中に入るだけの売れ残りの服を計５０００円で売ってやると言ってきたらしいのだ。そこでチョームは、そのビニール袋に洋服を小さく折ったりして詰めるだけ詰め、家に帰ってその上代金額がいくらになるか調べたところ、全部で24万円にもなったという。

　倉庫に勤務してるスタッフは、これ幸いと、そのブランドものの洋服をニンジンの詰め放題のようにキツキツに折り畳んでビニール袋に詰め、それを何袋も買ったという。で、普通の奴ならそこで止めておくのだが、チョームは倉庫に戻ってきた服が残っている限りそれらを買い続け、遂には自宅の部屋にも納まりきれなくなってオレの離れの部屋に持ってきたらしいのだ。ちなみに、オレは売った服のお金はチョームから預かった手持ち金庫の中に入れて、それをそのままチョームに渡していたが、奴が最近平気な顔をして高級スポーツカーなどを購入していた理由がそれでわかった。そう、オレの手持ち金庫は、時には3〜4キロの重さになっていた。この当時のDCブランドブームというのはこんなメチャメチャなやり取りが成立してしまうほど、ホントに熱を帯びたものだったのだ。

それから数カ月ほどして、チョーム一家は突然隣町に引っ越すことになった。理由は詳しくは聞かなかったが、チョームのお母さんの体の具合が悪くなり、もっと緑があるノンビリとした土地で養生をするためだという。また、その寂しさに加えて、オレ自身にも自分の人生を真剣に考えていなかった天罰が一気に下りてきていた。自分が通っていた3年制のデザインの専門学校、そこを卒業する際、オレはある1つのことだけはハッキリとわかった。それは〝自分はデザインには向いてない〟ということだった。高校を出て、浪人時代も含めると計5年間もデザインの勉強をしてきたが、フタを開けてみると何の意味もなかったのである。

学校を卒業したと同時に、オレはプータローになっていた。年齢は23。情けなかったが、朝起きると離れの部屋から家族が生活している母屋に行き、その居間に寝転ぶともう体が動かなかった。このままじゃいけない、こんなことをやってる場合じゃないことはわかっていたが、どうしても行動する気が起きず、オフクロや親父、妹や弟が職場や学校に行ってガラ〜ンとしている居間で、とにかく天井とテレビ画面を交替に眺めていた。

オレ宛の家の電話もプータローを始めたうちは割

と掛かってきたが、そのうち殆ど掛かってこなくなり、オフクロなんかがいる時でも「友達から電話だよ」と言われても決まって「いないって言ってくれ」ということを1~2カ月も繰り返しているうちに誰からも……いや、チョーム以外からは掛かってこなくなった。奴はオレが全く電話に出なくても、必ず2日に1本は電話を掛けてきた。が、いくら相手が親友のチョームでも、何もやる気が起きずに家でボーっとしている姿を見られるのは嫌だった。

「お前、チョームくんの電話だけは出てやりなよっ。もう半年近くも電話を掛けてきてて、いつもいないって言われてるのにウチに来ないっていうのは、逆から言えばお前に気を遣ってるからだぞっ。っていうか、その前にせめてバイトでも何でもやれよ！」

相変わらずオフクロにはそう怒鳴られていたが、それでも外部との接触を取る気にはなれなかった。そして、ある日を境にチョームからの電話がピタッと止まった。これで自分は完全な一人になってしまったと思った。そんなある日のことだった。

「コーイチ、電話だよ」

朝、居間で寝転がっていると久々にオフクロがそんな声を掛けてきた。

「だから、オレは電話には……」

そこまで言った次の瞬間、オフクロが今まで見たこともない形相になってオレの左耳をつかんだかと思うと、モノ凄い力でオレを数メートル離れた家の電話器があるところまで連れてゆき、それでようやっとオレの左耳から手を離したと思ったら、それと入れ替わるように受話器を押し当ててきた。

『あ、コーちゃん』

チョームの声だった。オレはバツが悪くて「ああ……」とか「おお……」といった声しか出せないでいると、チョームは次のようなことを言ってきたのである。

『情けないことに俺、膀胱癌になっちゃってさ。手術は2日前に一応済んだんだけど、まだ当分の間は入院することになっちゃってよ。いや、まいったわ』

チョームは、そんなとんでもないセリフを吐きながらも少し照れたように笑った。

その日を皮切りにオレは連日、チョームが入院している立川の病院に通った。1週間目に病院の門のところでチョームの両親に偶然会った。

「直樹の膀胱にできた癌は全部取るには取ったけど、腸や胃にも転移しているらしくてね。これからは抗ガン剤治療が始まるんだけど、先生の話ではそれで治る確率は……4割ぐらいみたいだよ」

チョームの親父さんは、顔色が悪いチョームのオフクロさんの肩を支えるように右手で抱きながら、そんなことまで教えてくれた。

オレは、それからも濃い密度で病院に見舞いに通った。が、チョームの髪の毛や眉毛はアッという間に抜け落ち、日によっては抗ガン剤の激しい副作用に耐えるのに精一杯でオレとは一言もしゃべれないこともあって、そういう時は1回だけ手を握って黙って家に帰った。そんな地獄の治療が1年続いた。

そして、チョームは奇跡的に癌を克服していた。

チョームが退院した3日後、久しぶりに奴をオレの家の母屋に呼んで、メンバーはオレの家族だけだったが退院のささやかなお祝いパーティを開いた。

「直ちゃんは、いつから洋服の会社に戻るの？」

チョームのグラスにオレンジジュースを注ぎながらウチのオフクロがそう尋ねると、次のような答えが返ってきた。

「あ、社員と言っても契約だったんで、もう俺が戻る椅子は無いっスよ。大丈夫っス。来週から、また新しいところを探しますから」

そして、それから数週間もしないうちにチョームはバッタ屋、要はアパレルメーカーの売れ残った在庫やニセモノのブランド品を大量に激安で仕入れて、それを別の販売業者や小さな服屋などに売りまくる仕事を始めたのである。で、半年もすると、その商売はすっかり軌道に乗ったと思ったのだが、チョームが大量に商品を卸していた名古屋の洋服屋の社長が突然自殺をしてしまい、結局は6000万円分の商品を納入したものの、お金も商品も1つも戻ってこないという大打撃を食らってしまったのである。で、普通の商売をしていれば、こういうケースは証拠を揃えて相手側に正面から請求すればいいのだが、扱っているモノが真っ赤なニセモノのブランド品だったために表沙汰にも出来ず、その6000万円はチョームがそのまま背負い込むことになってしまった。

が、そんな時でもチョームは頻繁にオレの離れに遊びに来ていて、オレとバカ話をし合ってはゲラゲラ笑っていたのである。結局、その6000万円の借金は、詳細までは教えてくれなかったが、バッタ屋でかなり危ない橋を何本も渡ったらしく、半年ちょっとで見事ゼロになったという。

オレは、特にこの2～3年のチョームの一連の行動力を尊敬するしかなかった。僅か10年前ぐらいは中学生だったオレと同級の小坊が、1年かけて大変な癌を克服し、また6000万円もの借金を半年ちょっとで返してしまったのである。しかも、先週ウチのオフクロがチョームの親父さんとたまたま駅ビルで会った時に、ズーッと体の具合が良くなかったチョームのオフクロさんが難病のパーキンソン病になってしまったことを打ち明けられたというのだ。それなのにチョームは、まるで何も無かったかのようにオレの家に遊びに来ていたのである。

一方、オレはというと、中学2年までは確かに勉強に勤《いそ》しんでたが、その後、ドロップアウトして何の目的も無いまま高校を卒業すると、ただ働きたくないということでデザインの勉強をする方向に進み、が、案の定、学校を出てもデザインの方に就職する意志もなく、急に追い詰められたように固まってしまっただけの話だった。そう、チョームと比べると大人と子供ぐらいの開きがあったのだ。

が、幸運というのは突然手を伸ばしてくるもので、ある時からオレは予備校の友達からの紹介でパチンコ雑誌に文章を書かせてもらうことになった。もちろん、文章なんかを書く勉強をしたこともないし、ましてやパチンコなんて昔ちょっと打ったことがある程度だったので、そんなライターの仕事なんかは長くは続かないだろうと思っていた。が、とにかくオレは25まで野放図に過ごしてきた人生を少しでも挽回するため夢中になって文章を書いた。書くネタが無い時は変な友達のことや、それこそ親父や弟といった、ちょっと抜けている家族のことを面白おかしく書いた。

例えば、ウチのバアさんは前からオレのオフクロの古くなったパンストの脚の部分を切り、ソコを結んで帽子にするようになった。肌色のパンストを被っている時などは、ツルッぱげのバアさんが脳天にタケコプターをつけているようにしか見えず、近所の者の笑い声が聞こえたり、小学生が騒いでいたりすると、必ずバアさんがその近くを歩いているのである。

一方、オレの親父のケンちゃんは会社の夏祭りの時に酔っ払って、違う3人の上司を数年置きにバックドロップしてしまい、そのために永遠に係長止まりだった。また、会社の忘年会でロボットダンスをやることになり、食事中も歯磨きの最中も必死で首を真横にカクンカクンと動かす練習を続けていたのだが、どんなにやっても肩が左右に動いているだけだった。そして、その練習を始めて4日目の夕飯中、そのカクンカクンのやり過ぎでゲロを垂直に吐いたのである。さらに、暴走族に入っていたオレが新宿までバイクで走ることになった時、そのタマリ場に「いい加減、暴走行為は止めろっ!!」と自転車で乗り込んできたにもかかわらず、なぜかケンちゃんは2コ上の族の先輩に気に入られ、その先輩から缶ビールを勧められた。そして10分後、ナント、その先輩の改造車に乗り込むケンちゃん。さらに1時間後、新宿駅の西口からスグの公園脇でオレたちの族はひと休みすることになったので、オレは先輩の車に向かってダッシュし、その後部席にいるケンちゃんに「親子で族の集会に参加してるバカがどこにいるんだよっ!!」と怒鳴りつけた。するとケンちゃんから「酒飲みゃ関係ねえんだよっ！」という言葉が返ってきて、しかも、その時にそう叫んだケンちゃんは、オレと中学でクラスメイトだったズベ公の肩を抱いていたのである。

また、オレの弟のセージは、10歳の時に親戚の結婚式で新婦に花束を渡した後、司会者に「ボクは将来、何になりたいの?」と尋ねられ、真顔で「馬！」と回答。さらに、高校生になると近所のペットショップでバイトをしようとしたのだが、履歴書の趣味の欄に「ボクをグイグイとリードしてくれる人」、扶養家族の欄には「7人家族。それと犬が1個います」という答えを書いて、そのバイトには当然のごとく落ちた。もひとつオマケに、短大を卒業したセージは、運送会社のドライバーになったものの、半年後に〝トラックが青じゃないから〟という理由で、その会社を辞めた数年後、何故か某自動車メーカーの下請けの支社の1つの営業所の所長に就任。ところが、その翌日セージが呆然とした顔で会社から帰ってきたので、「何かあったのか?」と尋ねたところ、荷台の左右の壁がガバッと上にあがるガルウイング式のトラックから荷物を下ろし終えたセージは、そのトラックを車庫に入れようとしたのだが、荷台の両壁を閉めるのを忘れて車庫をフッ飛ばしてしまった。つまり、セージの所長としての初仕事がソレだったのだ。……とまぁ、こんなことを書いて、少しずつ連載ページを増やしていったのである。

一方、チョームはというと、もうバッタ屋はこりごりだったらしく、近所の床屋を休みの月曜だけ何週かタダで借りると、そこで自分が抱えていたバッタもんの洋服を激安で叩き売った。そして、今度はドコかで知り合ったイタリア製のブランドものの服を扱っているオッサン、彼とイタリアに行って、そこで最低限のことを教えられると、次からは一人でイタリアに乗り込んだ。そこでフィレンツェに住んでいる日本とブラジルのハーフの女性をコーディネーター＆通訳として雇い、実際に各服屋で仕入れを開始。で、3カ月に一度の間隔でイタリア行きを繰り返し、仕入れた服を代官山の外れにあるビルの1階を自分のブティックとして借り、とにかく得意のしゃべくりを存分に発揮して売りまくったのである。

「いや、コーちゃん。やっぱバッタものと違って、イタリアのブランドものの洋服は何から何まで全然違うよ。俺はこういう服を扱いたかったんだよな」

　時々、仕事の打ち合わせの帰りにチョームのブティックに寄ると決まって奴はそんなことを口にし、その後、必ず店の近くにあるトンカツ屋で夕飯を御馳走してくれた。


　その後、オレにも数は少ないがファンが付き、ライターの仕事でようやく飯が食えるようになった。1カ月のうちの半分は自宅で原稿を書き、あと半分は専門学校時代から付き合っていたデザイナーをやっている彼女のマンションに居候《いそうろう》して仕事をしていた。チョームは初めのうちはオレが自宅にいる時にだけ仕事帰りに遊びに来たが、そのうち高円寺にあるオレの彼女のマンションにもちょくちょく顔を出すようになって、大抵3人でいつまでもバカ話をしてゲラゲラ笑っていた。

　そして、オレが30歳の時にその彼女と結婚したが、仕事はさらに忙しくなってきて、パチンコ関連以外の、例えば海外旅行記の2〜3週間の取材や、週刊で連載してたインタビューものの取材日以外は自宅に籠りっきりで原稿を書いていたのである。また、仕事を辞めて専業主婦になった嫁は昼頃にノンビリと起きたと思ったら、そのまま夕方の6時頃までテレビゲームをやっていて、夜9時頃になると代官山から神奈川県川崎市生田にブティックを移したチョームが週に5～6日はウチに来て、嫁と2人で明け方の4時頃までゲームをやっていた。そう、ウチの嫁のゲーム時間には第1部と第2部があったのだ。でも、オレは怒らなかった。怒ってるヒマもなかったし、彼女と一緒にゲームをすることで連日のようにウチに来るチョームが満足するなら、それならそれでいいと思った。

そんなある日、オレは超久々に隣町に引っ越したチョームの自宅を訪れた。チャイムを押すと、暫くしてチョームの兄ちゃんがドアを開けた。オレは少し緊張しながら「あの……な、直樹くんいますか？」と訊いた。

「直樹は今、近所に買い物に行ってますから、2階の直樹の部屋に上がって待っててくださいよ」

「ち、ちょっと、お兄さん。ふざけないで下さいよ……。何、オレなんかに敬語使ってるんスかっ？」

「とにかく上がってください。多分、10分ぐらいで帰ってくると思いますから」

「…………………」

もう、それ以上言葉が出なかった。

オレが、まだ中学を卒業しないうちから家の前などで会って挨拶しても、何も返してこないばかりか、逆にグッと睨《にら》みつけてくるようになったチョームの兄。もちろん、暴走族の溜まり場でも一際《ひときわ》ビッとしている先輩で、隣町の暴走族の頭をやっている奴の自宅の玄関を鉄パイプでメチャクチャに叩き壊し、中にいたその男も鉄パイプで何発も殴ったりして、1カ月ほど鑑別所に入っていたこともある筋金入りの悪い先輩だった。そのチョームの兄貴が、久々に会ったらいきなりオレに敬語を使ってきたのである……。

その後、チョームの部屋で待っていると、20分ぐらいしてようやくチョームが現れた。そして、声を極力小さくしながら、さっきのお兄さんの対応を話したところ、チョームからこんな話があった。

チョームの兄ちゃんは、ここに引っ越してきてスグにオカしくなり、もう10年近くも病院に通っているとのこと。どうオカしくなったかと言うと、隣の家の人たちが自分の悪口をズーーッと言っているということで、この約10年の間に50回近く隣家に殴り込もうとした。その度にチョームの親父やチョームが必死で止めていたという。

オレは、この10年のチョーム家の中で起こっていた地獄、それを今更になって知り、唖然《あぜん》とするしかなかった。そして、そのショックが少し治まってきた頃、この家に入ってくる時に気にかかったこともチョームに訊くことにした。

「なぁ、1階の居間のドアの隙間からちょっと見えちゃったんだけど、あの部屋のド真ん中にベッドで寝てた人って誰？」

「……ああ、オフクロだよ。何かオフクロが入院してる病院側の対応がとにかく雑だったみたいで、3年前から家の中で親父が一人で面倒を見てるんだけど、オフクロは殆ど寝たきりなんだよ」

頭の中で何かが崩れるような音がした。そして、それから少しして、オレはチョームの家の近くのファミレスの中で怒鳴っていた。

「お前が24の時に膀胱癌にかかったのはオレに知らせてきたけど、それからも大変なことが次々起きてんのに何でオレに一切言わねえんだよっ!!　後で知ったけど、あの膀胱癌で一旦退院した後も、お前は腸閉塞や痔瘻《じろう》になったりして大変だったみてえじゃねえか！」

「…………」

「しかも、仕事で大変だったり、6000万円も借金を作ったことだって殆ど言わなかったし、お前のオフクロがパーキンソン病になって今は自宅で寝たきりになってることだってオレは全然知らなかったしよっ。お前の兄ちゃんがずいぶん前からオカしくなってたってことだって今日、お前の家に行かなきゃわかんなかったことじゃねえか!!　何で毎日のようにオレんちに来てんのに、自分の家で起こってるそんな大変なことをお前はオレに言わねえんだよっ!?　それで親友のつもりなのかよっ!?」

いつの間にか、ファミレスの中が水を打ったように静かになっていた。そして、暫くすると小さく流れ続けていたファミレス内のBGMの音、それをやさしく消すかのようにチョームが珍しく穏やかに話し始めた。

「いや……だって、いちいちそんなことを言ったって暗くなるだけだろ。俺はそんな気持ちを晴らすためにコーちゃんやコーちゃんの嫁に会いに行ってんだから、これからだっていちいち家庭内の、素人に話したってどうなるもんでもねえことをああだこうだと話すつもりはないよ」

「……………」

何も返せなかった。と同時に、キザったらしい言い方だが、なんてハードボイルドな生き方をしている奴なんだと思った。

その後もオレの仕事は忙しく、夜になると相変わらず1階からウチの嫁とチョームのホラーゲームをやっている時の叫び声が響いていた。そして、オレが36の時、ウチに男の子が生まれたが、正直チョームはあんまり嬉しそうな顔をしなかった。それまではオレの家ではチョームが一番歓迎される存在だったのに、自分より上の人間が突然出てきてしまったのだ。

で、オレもそんなチョームに少し気を遣い、奴が夜の9時頃ウチに来るとオレと2時間ぐらい居間でダベり、11時頃になると息子を完全に寝かしつけた嫁が居間に現れ、それから彼女とタッチするように一人で2階の仕事部屋へと上がった。

そんなある日、ウチに来たチョームが珍しくイライラしていたので「どうしたんだよ?」と何度も尋ねると、自分の兄が暴走族時代の友達に次々と借金をし、その額が300万円ぐらいになってしまった。が、本来ならそのくらいの金額では破産宣告はしないものだが、チョームの親父さんは息子は金を返せないと判断し、彼の代わりに破産宣告の手続きをしてやったという。で、とにかくチョームは、ウチの親父はオフクロの介護だけでも大変なのに、その上、そんな親父に自分の借金の後始末をさせるなんて、どうしても自分の兄が許せないとのことだった。

オレはチョームを何とか落ち着かせようとした。で、前述したが、その数日後にオレのところに自分は風俗嬢だというメールを寄越してきた有華、彼女が単なる困ったちゃんか、もしかしたら一本筋が通った奴かを会って調べてくれという頼み事をしたのである。おしゃべり好きのチョームにとって、新しいキャラとしゃべることが何よりの気分転換にもなると思ったのだ。

それから数年後の、オレが41の時に、チョームの親父さんが胆石による肝不全で死亡した。今時、胆石で死ぬ者など珍しいと言われたが、チョームの親父さんは自分の妻の介護が大変で自らの具合が悪くても病院には行かず、それが祟《たた》って死んでしまったとのことだった。チョームの親父さんが亡くなった当日、オレは慌ててチョームの自宅に駆けつけると、1階の居間でチョームの親父さんが顔に白い布をかけられたまま寝ていた。そして、チョームの了承を得て、その白い布を取ってみた。チョームの親父さんの真っ黒になった顔……。その時、部屋のどこからか何かを啜るような音が聞こえたので、ふと、そちらの方を見ると、介護用ベッドにマネキン人形のように横たわっているチョームのオフクロさん、その目の周りがビショビショに濡れて微かに光っていた。次の瞬間、車に轢《ひ》かれて前足の骨を折ってしまった小鹿、その悲鳴のようなか弱い声がオレの喉から響いたかと思うと、目からも洪水のような涙が湧き出した。そして、その時にオレはチョームの泣き顔も生まれて初めて目にしたのである。

結局、チョームのオフクロさんは近くの老人ホームで園長をやっていたウチのオフクロのアドバイス通り、隣町の中規模な病院に長期入院することになった。チョームの親父さんが亡くなった10日後、ふとウチに顔を出すチョーム。お互いチョームの両親のことは、あえて話さなかった。代わりに珍しく女の話になった。チョームは二十歳《はたち》の時に同じアパレル会社に勤務していた女と膀胱癌になった1年を挟むようにして3年間付き合った後は、恋人が出来たのはたったの2度だけで、しかも、そのどちらも2～3カ月もしないうちに別れてしまった。

チョームは女にはガツガツしてなかった。一度あまりにも一人でいる時期が長かったので、オレは「ひょっとしてオレの嫁とチョームって出来てんじゃねえかぁ?」と言うと、まるで狂ったかのように笑い出し、そんなに笑うことないじゃんとウチの嫁を怒らせたこともあった。また、その日、オレが「チョームは中学の時に一生分の女が来ちゃったんじゃねえかぁ? お前、そのくらいモテてたもんな」と言うと、久々に一重の鋭い目を崩して嬉しそうにニヤニヤしていた。

まぁ、それ以後もオレは、ほぼ一日中原稿書き。チョームはブティックでの仕事とウチでの嫁とのファミコンの生活を送っていたが、思い出してみると、それ以外にもチョコチョコと色々なことがあった。

年に1回ほどだが、オレの学生時代の友達の嫁に連れられてウチに遊びに来るガキがいたのだが、コイツがハンパない暴れ者だった。奴が5歳になった時もウチに遊びにきて、オレが趣味で集めていたフィギュアなどをベタベタした手で触りまくり、そのうちの一体の右腕をポッキリ折りやがったのを見たオレはチョームに電話を入れた。そして、そのガキの母親をオレのオフクロと一緒に駅近くの百貨店に出掛けさせ、そのガキを後でゲームセンターに連れてってやると言って家の中でテレビを観させていたところに、ブティックを早仕舞いしたチョームが到着。ちなみに、基本的にはチョームは子供が大嫌いで、とにかくムカつくガキを見つけると容赦がなかった。

チョームは、着いたと同時にオレの家の1階のドアをすべてロックしてくれと指示してきた。

「早くゲーセンにつれてけよぉぉぉっ、デブジジイ!!　早くしろよおおお～～～っ!!」

居間の中から飛んでくるそんな罵声を聞くと、チョームは「クックックックッ、たまらんガキやなぁ～」と言いながら居間の中に入った。

「……な、何だよ、この変な顔のジジイはっ?」

「お前はココにお母さんと来たのか?」

「そうだよっ、うるせえな!」

「でも、あの人はお前の本当のお母さんなんかじゃねえぞ」

「何言ってんの、この人?　バカじゃないの、アンタ?」

「あの人はお前とズーッと一緒にいるけどな、ホントは俺のお母さんなんだわ。その証拠に、もうココには戻ってこないから」

「ウソつくんじゃねえよっ、バカジジイ!」

「ウソじゃねえよ。あんな美人なお母さんから、お前みてえな変な顔したガキが生まれるわけねえだろ。何だ、そのゲロみてえな顔は?　道路で死んでる犬だって、お前の顔を見たらビックリして時速30キログらいで走り出すわ。お前の本当の名前は、パフュー・クルゼイロ。背中にもそう彫ってあるから見てみろ」

「ウソつけっ、そんなの彫ってねえよ!」

「お前のお母さんのフリをしてる人が、薬を塗って見えないようにしてるんだよ。それからお前、頭の形が明らかに変っ!　何の冗談だ、その右上がりの側頭部は?　そこに栓でもついてて、ラム酒か何かを入れて熟成させてんのか?　みっともねえっ。よく今まで生きてこれたな。大人相手に生意気コイてる暇があったら、どっかの大工に頼んで、その頭の端っこをカンナか何かで削ってもらえ。……あれれ、ひょっとして泣いちゃってんの？」

「な、泣いてなんかねえよっ、バカジジイ！」

「もう1つ、お前に言っとくことがある。オレの名前はバカジジイじゃなくてカラスだ。お前のお母さんのフリをしてる俺の本当のお母さん。彼女が俺を産む時、そのあまりの痛さに1回だけまぶたが下から上に向かって閉じたらしい。だから、俺はカラス。高校入試の時も名前の欄に『カラス』と書いて、その高校に補欠で合格した。よって、俺はカラスだ。まず、お前はそれを認めることから始めればいい。……俺の名前を言ってみろ」

「嫌だよっ、そんなことおおおっ!!　……うっ、ううううう」

「いいか、泣いたってお前のお母さんのフリをしてた人はロブスターサンドを食うぞ。それも、とびっきりモミアゲの長い恋人とっ。もう一度だけ言う。俺の名前を言ってみろおおおおおおおおおっ!!　俺の名前はああああああああああっ!?」

「う、うううううう……カ、カラス……うううううう……うわあああああ〜〜〜んんんっ、ぐぅわあああああ〜〜〜〜んんっ!!」

そう、チョームは言葉だけで、そのガキをとことん追い詰めて、また自分のブティックに戻っていったのだ。その後、ウチのオフクロと買い物から帰ってきたそのガキの母親が、自分の子供の泣き腫らした顔を見て「あ、あの……何かあったのぉ？」と訊いてきたので、次のように答えて難を逃れた。

「いや、なんかね。カ、カラス堂とかいう、へ、変な置き薬屋の営業マンが来てさぁ。ソ、ソイツに何か言われたらしくて、だから叩き出してやったんだよっ。冗談じゃない！って」

また、それと前後した夏のこと。

その晩、オレとチョームはオレの嫁の実家がある福島県小名浜《おなはま》、そこで開催された港祭りを楽しんだ後、チョームの車で常磐自動車道に乗って東京に戻っていた。すると、後ろを走っているスカイラインがズーッとライトをハイビームにして、オレたちを威嚇していたのである。

チョームは、ようやく左に車線変更し、右車線からオレたちの車を追い越させようとしたのだが、あろうことか、そのスカイラインも速度を落とし相変わらず真後ろからハイビームを浴びせ続けてきた。頭に来たチョームは、強制的に相手にオレたちの車を追い越させて、背後から鬼のような煽りを入れるために乗っていたパジェロを路肩に停止。ところが、いつになってもスカイラインはオレたちの車の50メートルほど後方の路肩に止まっていたのである。

その後、水戸インターの手前で再びパジェロを路肩に停車させたチョームは、頃合いを見計らってパジェロを急発進させて数百メートルほど進んだかと思うと、今度はUターンさせて高速道路を逆走し始めたのである！　そして、正面から走ってくるスカイラインにコッチもハイビームを浴びせながら突進。で、ハイビーム同士が相殺《そうさい》されるようにして、ようやく相手の正体が浮かび上がってきたのである。

品川ナンバー。スカイラインに乗っているのは、どうやら1人。そして、サングラスをかけたその男はナント、ペロペロキャンディのようなモノを舐めながらハンドルを握っていたのだ……。

ギシャシャシャシャ!!

直前でスカイラインが左車線に避けた。生の喜びでオレの体全体が痺れるように熱くなっていた。が、それも束の間、車を減速させると再びUターンしてスカイラインを猛スピードで追走し始めるチョーム。そして、常磐自動車道の終点である三郷《みさと》インター、その料金所に並ぶ車列でオレたちは遂にキャンディ野郎を捕らえた。オレは、スカイラインの運転席側の窓をチョームの車に積まれていた安全靴の先で蹴り破ると、キャンディ野郎を車から引きずり出した。

と、いつの間にかオレの真後ろに立っていたチョームが「コーちゃんは、このスカイラインを運転して、料金所を抜けたら左に着けとけよっ。ソイツは俺のパジェロに乗せるから。とにかく俺の言う通りにしろ。これ以上目立ったことをココでしてると、誰かに警察を呼ばれるだけだから」と告げてきた。

で、仕方なく言われたとおりにスカイラインに乗って、改めてその車内を見回したところ、至る所にチュッパチャップスとかの棒付きキャンディがザッと見ただけでも200本以上散乱。しかも、さらに不気味なことに、ダッシュボードには女が微笑んでいる写真が1枚、五寸釘で打ち付けられていたのである……。

料金所を抜けてスグの道路の路肩、そこに車を止めて待つこと約20分。ようやくチョームとキャンディ野郎がスカイラインのすぐ脇まで歩いてくると「どうもすみませんでした……」と深々と頭を下げるキャンディ野郎の肩を叩き、「とにかくちゃんとメシは食えよ」という言葉を返すチョーム。

その後、再びチョームの車で2人になり、奴から事情を聞いたところ、あのキャンディ野郎には婚約をした女がいたらしいのだが、半月前に、その娘が脇見運転の車にハネられて死亡してしまったという。そして、その娘の福島の実家に線香をあげに行った帰り道、彼女をハネたのとまったく同じ車種の、チョームのパジェロのスペシャル・エディションが偶然にも前を走っていて、気がついたらああいう行動を取っていたという。また、何で能天気にペロペロキャンディなんかを舐めていたのかというと、彼女が死んでからというもの、そのショックから何も喉を通らなかったらしいのだが、1週間ぐらい前にたまたま親戚の子供が忘れていったペロペロキャンディを舐めたら、それだけは身体が受け付けたらしく、それ以来、キャンディばかりを買うようになってしまったらしい。

とまぁ、チョームとつるんでいるとこんな香ばしい出来事も頻繁にあって、もちろんオレはそういう事件をコラムやエッセイという形で各誌の連載に書きまくり、オレの読者の中でもチョームが出てくる話は、オレの親父に関するブッ飛んだ話と人気を二分していたのである。オレにとってのチョームは、とにかく肝が据わった頼れる奴。もちろん、自身にも厳しいが他人にも厳しく、が、オレにだけは無条件で優しかった。そう、体格こそ丸っきり逆だが、なんかチョームといるとちょっとした凶暴なヤクザ、ソイツが例外的に可愛がってる愛人にでもなったような気分になることが多かったのだ。

で、そんな生活が続き、オレがもうすぐ42歳になろうという初夏にオレの脳の血管がブチ切れたのである。

もちろん、オレが入院してからチョームは毎日のように見舞いに来てくれた。しかも、オレの意識が回復するまでの最初の2カ月間は、自分のブティックを夕方3時に閉めて来てくれていたらしいのだ。お陰様で、意識が回復した2カ月後にはオレはリハビリ用の病院からも退院できたが、そのさらに2カ月後には肺癌を患っていたオレのオフクロが死んだ。その上、あろうことか、そのたった1週間後に今度はチョームの母親も他界してしまったのである……。

ウチの家族にもとんでもなく大きな穴が開いたが、チョームの家はさらに大変だった。病気の兄と2人っきりになってしまったのだ。しかも、その兄ともチョームがイタリアに洋服の仕入れに行ってる最中、チョームが可愛がってる2匹の猫にエサだけはあげてくれと頼んでいたにもかかわらず、チョームがイタリアから帰ってくると家の中が猫たちに荒らされてグチャグチャになっており、調べてみたら兄が猫たちに一度もエサをやっていないことが発覚。そして、超空腹になった2匹の猫が家の中の食べ物を探し回っていたってことがわかり、チョームは兄に激怒。それ以来、同じ家に住んでいるのに殆ど会話をしない兄弟になってしまったという。

　その後、日本はアメリカのリーマンショックの影響をモロに受け、景気がさらに悪くなり、その数年というものズーーッと自転車操業を続けていた自分のブティックをチョームは遂に閉めることになった。そして、その後は今までの職業とは一転して、マンションのボイラー室の電気工事を請け負う会社の契約社員になったのである。

　何が起こっても、オレの前では殆ど顔にも出さなかったチョーム。そして、自分の進路をたった一人で開発してきた逞《たくま》しく、が、優しい男だったチョーム。そんな彼が徐々にオカしくなってきたのは、ちょうどその頃からだった……。

4 高屋神社での話

前回の香川の旅から帰ってきた約2カ月半後の3月上旬。オレは再び一人でハンドルを握りながら香川に向かっていた。もちろん、その目的は再び本場の讃岐うどんを食べたいという願望が一番だったが、その陰に隠れるように、もう1つ理由があった。そう、とにかく合田に会いたかったのだ。

今回、合田たちと待ち合わせの場所にしたのはO製麺所だった。というのも今から3週間前ぐらいに、合田からO製麺所で撮った写真がDMで送られてきた。その写真には大きく合田とオレの姿が写っていたのだが、その背後に例の若い店員のオバちゃんがニッコリと笑いながら収まっていたのである。そして、その顔を改めてよく見たオレは、次のようなことを思った。

（こんな顔してたんだ、あのオバちゃん……。っていうか、オバちゃん、オバちゃんってオレは言ってるけど、まだ30代の前半ぐらいの年齢で、しかも愛嬌のありそうな、何か人を自然と引き寄せるような雰囲気を醸し出してる美人ちゃんじゃねえか）

そして、オレは合田に「待ち合わせはO製麺所の前な」と電話で告げると、合田は例の笑い声を上げながら「かしこまりました！」という小気味よい声を返してきた。脳出血を患って以来、オレは病院生活の影響をモロに受け、それまでの超夜型人間から真逆の超朝方人間になっていた。目が覚めるのは大体が午前4時～5時。その後、ツイッターに自分の体重と体脂肪率を記録し、約7000人のフォロワーに向かって〝今日も元気にプレイボ～～～～!!〟という言葉を送るのが朝の日課になっていた。もちろん、香川に向かうこの日も出発前にプレイボ～～～!!と書き込むと、それから30秒も経たないうちに合田から〝スリムさん、おはようございます！〟というDMが飛んできていた。

約束の午後1時半より20分早くO製麺所の前に着

いたが、案の定、合田と銭田はとっくに着いていたらしく、オレが車の助手席側の窓を開けて左に停まっている合田の黒い軽自動車の方を見ると、運転席に座っていた合田は「ガハハハハハハハハハハハハッ!!」とコチラを見ながら笑い出し、オレもつられるように「ブハハハハハハハハハハッ!!」と爆笑していた。

O製麺所の中に入っていくと「あっ、お久しぶりですぅ〜!」と、例の若いオバちゃん店員がすかさず声を掛けてきた。2カ月前に東京から1回来ただけだというのに、お久しぶりという言葉。オレは、改めて今回の待ち合わせ場所をO製麺所の前にして良かったと思った。

テーブル席に座ったオレたちは、前回と同じく釜バターうどん、つまり、カルボナーラうどんを注文。そして、やっぱりそのうどんは胃袋に染み渡るように美味しく、また、相変わらず合田は例の3掛ける3の9倍食いを繰り出して、1分もしないうちにカルボナーラうどんを完食していた。

「ドレミちゃんは今日も店の仕事を始める前に子供たちの弁当を作ったんやろ? 毎日大変やなぁ〜」

「いや、そなこと言うたら、小学校の子供がおる親御さんは皆大変やけんなぁ」

「ドレミちゃんの子供が通ってる小学校も昼ごはんは給食にすればええのになぁ〜。その方が親はどれだけ助かるか」

「いやいや、今の子たちは食べ物にいろいろアレルギーがあったりするので、一概に給食がいいとは言えないのよ」

店のカウンターに座っていた客たちに〝ドレミちゃん〟と呼ばれている例の若いオバちゃん店員。と同時に小学生になる子供がいることもわかり、また、やっぱりこのうどん屋の娘だろうということもわかった。

「車2台で動くのもバカみたいだから、合田くんの車をドコかに停めて、それでオレの車で動こうぜ」

「わかりましたっ。でも、どこにボクの車を停めときましょうか？　この辺は山の中だから駐車場もないし……。だからって、この店の前にズーーッと停めとくわけにもいかないですしねぇ」

オレにそんな言葉を返してくる合田。と………、

「あ、それやったら、この店の向こうの端っこに1台なら車を停められるスペースがあるけん、そこ停めといてええですよ」

突然そんな言葉を挟んでくるドレミ。

「いや、そんなこと……」

「いや、ウチは全然構わんよ。店も午後2時で閉めるし、出入りする人も誰もいないから」

ということで、ドレミの言葉に甘えて合田の車をO製麺所の車庫に停めさせてもらい、オレの車で次なるうどん屋へと向かった。なんか、この香川に新しい基地が出来たみたいで無性に嬉しかった。

次なるうどん屋は、O製麺所がある綾川町から15キロくらい離れた、丸亀市と坂出市に挟まれた宇多津町というところにある「O泉」という人気店だった。この店には以前も一度訪れたことがあるが、平日の昼時を外した時間帯だったので、オレたちはそのまま待たずに座れ、当然のごとく、その店の一番人気「冷や天おろし」を頼むことにした。

「スリムさん……。この冷や天おろしって900円近くもしますよ。高いっスね……」

小声でそんなことを言ってくる合田。

「いや、でも、天プラの中にかなりデカい海老天も2本入ってるから、それくらいはするって。てか、東京でコレ食べたら1500円近くは取られるよ」

「せっ……1500円!?」

目を丸くする合田。そして、暫くするとオレたちの前に、その冷や天おろしが運ばれてきた。

確かに凄い……。大き目のうどん皿、そのド真ん中に茹でたてのエッジの立ったうどんが盛り付けられ、その脇にはおろし生姜が乗った大根おろしが鎮座し、さらにその横には細かくカットされた関西ネ

ギの山。改めてうどんの麺を見ると、そこにはゴマがふりかけられており、さらにその上にはカボチャ天、サツマイモ天、しそ天がのっかり、その天プラをまとめるようにして2本の大きな海老天が尾をうどん皿から突き出して盛られていたのである。

「こ、これをうどんの上からバシャとかけちゃっていいんですかねっ？」

明らかに興奮した顔で、そう言いながら掛け汁が入った陶器のカップを持つ合田。で、オレも合田や銭田と同じく、その汁がうどん全体に満遍なくいき渡るようにゆっくりと丁寧に掛け、そして、今度は豪快に麺を口の中に啜り込んだところ……うわっ、やっぱりこの暴力的な旨さはハンパないや!!

もちろん、その濃い掛け汁も絶品だったが、その麺を改めて口にしてみると、今まで食べてきた讃岐うどんの麺と比べてみても1ランク上をいっているというか、とにかく噛みながら同時に笑いが出てきちゃいそうになるぐらい旨いのである。ふと、自分の正面に座っている合田、その5メートルぐらい後ろに大きなガラスが張られていて、その向こうで年の頃は60代中頃ぐらいの男が一心不乱にうどんを打っていた。不思議だった……。うどん粉の種類だって、そう何十種類とあるわけではなく、出汁だって香川にある店は殆どが同じく瀬戸内海で取れた小魚を使っているはずなのだ。おまけに少し前に調べてみたのだが、やはり香川は降水量が日本一少なく、ということは特に水がいいということも有り得ない。なのに何で、何でこうまでうどんの味が他県より旨いのか？　何か県ぐるみで秘密にしている秘伝のスパイスでもあるのだろうか？

「スリムさん、ボク、ピキン！ときちゃいましたよ……」

オレが色々考え事をしていると、不意に合田がそんな小声を掛けてきた。

「えっ、何が？」

「いや、実はこのO泉の店長だとか、あと高松空港の近くにある『M家』ってうどん屋の店長とかは元々『K泉』っていう近代の讃岐うどんの基本を作ったと言われている店で働いてた人たちで、ピーク時には、そのK泉は四国、中国、近畿に10店舗も出店してたんですけど、うどんの麺を打つ技術がホントに凄くて、昔はウチの親戚なんかも旨い、旨いって言ってたんですよ」

「え、合田くんは、そのK泉のうどんを食べたことがあるの？」

気がつくとオレは合田に真剣に質問していた。

「今までに何回かあったんですよっ。小学生の頃にK泉はボクの地元の観音寺にもあったので、1回両親に連れてってもらいましたしねぇ。あと、瀬戸大橋が出来る前は、本土と四国の香川を繋ぐのに岡山県の宇野港と香川県の高松港の間を行き来する宇高《うこう》連絡船っていうのがありまして。その船の中にうどんの屋台があって、そこの麺もK泉が作ってたらしくて、その連絡船に乗る度にその旨いうどんが食えるって、やっぱり小学生の時の自分はメチャメチャ楽しみにしてたんですよっ、ええ」

「ちなみに今、そのK泉っていううどん屋は？」

「いや、その後、香川には今の激安うどんチェーンなんかが台頭してきて苦戦をした挙句、バブル期に投資に失敗したなんて話もありまして、え～とぉ……あ、確か昨年末ですよ、潰れちゃったのは！」

いつの間にか、かなり大きくなってる合田の声。

「で、今、この店の冷や天おろしを食べた瞬間、その小学生の時に楽しみに食べてたうどんの味が、ボクの頭の中でピキーーン!!って繋がっちゃいましてもう大変ですよっ、今、頭の中がバック・トゥ・ザ・フューチャーですよっ。もう少しでドクがどこからか飛び出してくるんじゃないですかっ？　ガハハハハハハハハハハハッ!!」

「ご、合田くん！　もう少し小さい声でしゃべれよっ」

オレは合田を慌てて諫《いさ》めた後、その向こうで相変わらずキビキビとうどんを打っているオヤジに再び目がいっていた。

（多分あのオッサンが、そのK泉のうどん打ちの技術を完全に習得した店主なんだろうな……）

そして、今度はようやく大人しくなった合田の方を見て、次のようなことを感じていた。

（この男、もっとブッ壊れてるかと思ったけど、ちゃんと考えたり、冷静に判断することもできるんだなぁ……）

停めさせてもらっていた合田の車を取りに行くため、再びオレの車でO製麺所に向かっていると、珍しく銭田が口を開いた。銭田が言うには、明日、明後日の2日間だけは彼は個人的に頼まれた仕事の現場に行かなくちゃならないので、このうどん屋巡りを欠席させて欲しいということだった。

「いや、全然構わないよ。てか、移動式の学校じゃないんだから、そんなもん銭田先輩の予定を優先させて下さいよ」

「あ、じゃあ、スリムさん。明日はボクの家がある観音寺に来てくださいよっ」

唐突にそんな提案をしてくる合田。

「え、観音寺に？」

「ええ、スリムさんを是非お連れしたい名所もいくつかありますし」

「うん……まぁ、いいけどさ」

正直、オレはそこまで観音寺というところに惹《ひ》かれてはいなかった。自分が泊まっている高松市からは遠いし、また、その観音寺市にオレが訪れてみたいうどん屋は1軒も無かった。が、少なくとも今回の旅ではオレの方から合田らに一緒にうどん屋巡りに行こうと誘ったのだ。よって、合田のそのくらいの要望には応えてやらなければと思った。

「うわっ、店の出入り口に鎖が張られちゃってるよ！」

午後5時過ぎ。すっかり暗くなった中、O製麺所の敷地内に入ろうとしたところ3メートルほどの間隔のある店の庭へと入る出入り口が1本の鎖で閉じられていた。

「まさかボクらがこんなに遅くなるとは思わなくて、それで閉めちゃったんじゃ……」

「ん？」

合田の言葉を遮るようにして、その向かって右の門柱の上に白いモノが置いてあるのを発見したオレは、車から降りてソレを手に取っていた。それは小さな石の下に置かれた手紙だった。が、暗くて何が書いてあるのかわからずオレがオタオタしていると、銭田が自分のケータイを開いてオレの手元を照らしてくれた。

『スリムさん、ウチの店は14時には営業が終わり、15時半にはパートさんが帰ってしまうので門を閉めさせてもらいました。でも、鍵はかけず、鎖は右側の門柱の裏にある棒に巻き付けてあるだけなので、それを外して中に入って車を出した後、また同じように鎖を門柱の裏の棒に巻きつけるように張っておいていただけたら幸いです。また、余計なお世話かと思いましたが、門柱の裏につまらないものを置いておきましたので、良かったらそれを皆様で召し上がってください。ドレミ』

早速、門柱の裏を覗いてみると、小さな瓶に入ったものが3本置いてあり、その1本を手に取ってよく見てみると、それはドリンク式の整腸剤だった。

「ドレミちゃんは何でこんなモノを……」

「彼女は、ちゃんとわかってるんですよ」

オレの呟《つぶや》きに被せるようにして、すかさずそんな言葉を返してくる合田。

「ドレミさんはO製麺所内でのボクらの会話をちゃんと聞いていて、前回も、そして今回もスリムさんが讃岐うどんを食べ回るために香川に来てることを知ってるんですよ。だから食べ過ぎて腹を壊さないよう、それを置いといたんだと思いますよ」

（な、なるほど………。しかし、この合田は、この瓶を見ただけでそれがわかっちゃうって………）

翌朝。高松自動車道を香川最西にある大野原インターで降りたオレは、カーナビ通りに下道《したみち》を10分ほど走り、2階建ての築40年ぐらいの木造家屋の前で車を停めた。目の前には合田の黒い軽自動車が停まっていた。

オレは車から降りるとそのまま玄関へと回り、〝合田〟という表札に書かれた文字を確認してからチャイムを押した。と、次の瞬間、家の中から激しく響いてくる犬の鳴き声。そして、10秒ぐらいが経過した頃、「うるさいっ、カール！　静かにしろっ、カール！」という合田の声が聞こえ、やがて玄関の引き戸が彼によって開けられた。

「スリムさん、おはようございます。ガハハハハハハハハハハッ!!　どうぞ、お上がり下さい」

「あ……う、うん」

そう言って合田の家に上がろうとしたが、かなり大きな柴犬が土間に立っているオレに向かって相変わらずハンパない吠え方をしていた。と、その時……、

「静かにしなさいっ、カール！」

家の奥からそんな声が聞こえたかと思うと、その柴犬は急に大人しくなり、そして、女優の赤木春恵の体重を半分にしたようなオバちゃんが玄関先に出てきた。

「ああ、スリムさんですか。初めまして。いつもウチの子がお世話になっております」

「いやいや、おっ……お世話だなんて……」

「こんな田舎まで、よくおいで下さいました」

続いてそんな男の声がしたので正面を改めて見ると、合田の母親の背後から年配のガリガリの男がフラフラと歩み寄ってきていた。オレは思わず笑いそうになり、が、グッと堪えた。顔が合田に激似なのである。いや、もっと正確に言えば、合田を無理矢

理15キロぐらい減量させ、彼の顔からすべての野望と欲望を抜き取り、その代わりにそれと同じ量の人の良さを注入し直したら、きっと双子の兄弟になるくらい合田と彼の父親は似ていた。

その後、オレは1階の居間に通され、時々例の柴犬が寄ってくるのだが、手の平を近づけるとワン、ワン！と吠えながら2、3歩下がるという行動を繰り返しているうちに、合田の母親が低いテーブルの上に温かい日本茶と干し柿を持って再び居間に現れた。

「何やっとん！　干し柿なんてスリムさん食わんきに、早く下げろや」

いきなり母親のことを怒鳴りつける合田。

「いや、これは姫浜の婆ちゃんが、わざわざ自分の家の柿の木からもいで……」

「誰がもごうがスリムさんは食わんきに、早く下げえって！」

「いやいや、合田くん。オッ……オレ、干し柿は割と好きなんだよ、うん」

そう言って、2つ出された干し柿のうちの1個に反射的にガブりつくオレ。……田舎の土間の土に砂糖を振ったモノを口に無理矢理入れられたような感覚だった。元々オレは、今までにまともに干し柿なんか食ったことも無かった。だから、この干し柿が一般的な干し柿と比べて旨いか旨くないかは見当もつかなかったが、あえてその味を表現するなら純粋に不味《まず》かった。それでもオレは、その1個の残りを無理矢理口に入れて2～3回噛み砕くと、あとはお茶と一緒に一気に呑み込んでいた。

「さ、スリムさん。遠慮しないで、もう1個も。何だったら、まだ沢山あるんで持ってきましょうかぁ？」

「だからっ、干し柿はもういいきん！」

再び母親のことを怒鳴る合田。

「でも、スリムさんは既に1個はペロリと食べてんだから……」

「オトンは黙ってろよ！　スリムさんは今まで日本中の旨いものを食べまくってきてんだから、干し柿なんて旨いと思うわけないきん!!」

「いや、ご、合田くんっ。干し柿は結構旨いよ。うん、ホントに美味しいからっ！」

結局オレは、もう1個の干し柿も食べるハメになった。そして、もう干し柿は一生食わないことを深く心に誓った。

「コッチには仕事か何かで？」

ようやく2個目の干し柿を呑み込んでホッとしていると、合田の父親がそんなことを尋ねてきた。

「いや、実はオレ、本場の讃岐うどんに今頃になってハマっちゃって、ただそれを一日に何杯も食べに来てるだけなんスよ」

「じゃあ、新製品のカップのうどんか何かを作るために……」

「だからっ、商売で来てるんじゃなくて、趣味で来てるって言うとろうが！」

再び父親に噛み付く合田。

「趣味で来てるなんてスリムさんは言ってないだろっ。……すいませんねぇ、スリムさん。コイツは一人っ子で育ってきて、昔から世の中は自分のためだけに回ってるって……」

「そんなこと思ってないきん!!　勝手に人の性格を決めつけるなよっ、オマエは！」

「自分の父親をオマエとは何だっ」

「オマエで充分じゃ!!」

「や、止めろよっ、合田くん。オレは親子ゲンカを見にわざわざココまで来たわけじゃないんだぜ」

数分後、オレは自分の車の助手席に合田を乗せ、わざわざ玄関先まで見送りに出てきてくれた合田の両親に何度も頭を下げながら車を出発させた。

合田に両親に対しての口の利き方を改めて注意しようかと思った。が、止めておいた。オレだって自分の親父に対しての口の利き方は、なっちゃなかったからだ。その後、合田の案内通りに車を走らせ、10分もしないうちに大きな駐車スペースに車を停めると、そこからなだらかな山道を少しだけ歩いて登った。

「スリムさん、あそこに立って正面を見て下さいよ!!」

その低い山の頂上付近に着き、合田に言われた通り、その展望台のようなところから海岸の方向を見下ろしてみた。

「おお、あの砂で作られたバカでっかいオブジェが、社会の教科書にも載ってる銭形砂絵か……」

「ええ。琴弾《ことひき》公園の山頂展望台、つまりココから見下ろすのが一番いい眺めだって言われてるんですよっ!!」

「あの砂で作った銭って、どうやって形を整えてんだろ? だって、強風に吹きつけられたら、上の方から砂が徐々に飛んでっちゃうだろうしさぁ」

「オカンが言ってたんですけど、毎年春と秋にボランティアの人たちを使って形を整えているらしいですよ、ええ」

「それであの形がキープ出来るのかね? 砂とかにセメントとか混ぜてんじゃないの?」

オレはそんなことを言いながらも、自分はこの大きな砂絵には全く興味が湧かないことを静かに実感していた。巨大仏や巨大観音に惹かれる自分。が、それはあくまでも人の形をしていて、その巨大仏などに踏みつけられることを想像すると怖くて堪らなくなり、が、やがてソレがそのまま興奮へと昇華するから惹かれるのであって、ただデカいものを見せられても自分の心には何の波も立たないってことが改めてわかった。

「この砂絵を見ると健康で長生きし、さらにはお金持ちに……」

「合田くん、次のおすすめポイントに案内してよ」

得意になっている合田の言葉を打ち消すようにして、オレは早くも車の方に戻り始めていた。

続いて、合田が案内してくれたのは、その「寛永通宝」という文字が描かれた銭形砂絵、そこから車で10分ちょいの、またもや山の上だった。が、その稲積山《いなづみやま》は、標高が404メートルしかないにもかかわらず山頂部にある鳥居から下界を見ると観音寺市が一望でき、その右手には青々とした瀬戸内海が広がっていた。オレはその絶景にしばし言葉も出ず、ただそこからの眺めに見惚れていた。

「ほら、スリムさん。あの海岸線にあるのが有明浜で、あの木に囲まれてる中にさっき見た銭形砂絵があって、ボクの家はさらにその向こうの方にあるんですよ」

「合田くん……。オレ、今まで香川に来た中で一番感動してるわ、今」

「良かった。さっきの銭形砂絵ではスリムさんは大人しくなっちゃったから、ココでも白けてたらボク、この山から飛び下りるところでしたよ、ガハハハハハハハハハッ!!」

笑っている合田の顔を真近で見て、改めてあることに気づいたオレは、それを言うなら今しかないと思い、軽く1回息をつくと思い切って言葉を吐き出していた。

「どうでもいいけど、とっ……とりあえず、その鼻毛を何とかしなよ」

「えっ……は、鼻毛ですか?」

いきなりビックリしたような表情になる合田。

「いや、オレは全然気にならないからいいけど、おっ……女の人がその鼻毛を見たら途端に離れてっちゃうぞ」

「あっ……は、はい」

そう言いながら自分の鼻の穴に指先を突っ込む合田。

「いや、今はいいからっ。今日、家に帰ったらキレイにしなよ、な……。そ、それにしても」

合田に言いにくいことを言ってる気まずさを誤魔

化すためか、反射的に鳥居の1メートル先ぐらいにある石の階段、その最上部に腰掛けながら話題を変えていた。

「5年前、脳出血を患ってから、オレもよくここまで回復したよ。髄膜炎《ずいまくえん》とかも同時に患っちゃったから、担当医にはもう書く仕事は諦めた方がいいって言われてたのにな」

「でも、今も何本も連載を抱えてるでしょ。どうしてそこまで回復出来たんですか？」

そう言いながら、石段のオレの隣に腰を下ろしてくる合田。

「回復って言っても、毎日ほんのちょっぴりずつな……。でも、100％には、まだまだ戻ってないんだよ。今でも人に何かを伝える時、簡単なことなのにどう言っていいかわからなくなることだってしょっちゅうだしさ」

「そうなんですか……」

「てか、合田くん。一つ聞いていい？」

「はい、何でしょう!?」

オレからの問い掛けに再び元気な声に戻る合田。

「合田くんは今、患ってる統合何とかっていう……」

「統合失調症ですね」

「そうそう、その統合失調症って、いっ……いつ頃から患ったの？」

オレは自分より10歳も年下の、しかも、精神疾患を患ってる男に少し緊張しながら、そんな質問を放ってみた。

「ボク、生まれたのは山口県の下関で。元々ウチのオカンもオトンも香川県に住んでたんですけど、オカンの親戚が下関で土建屋をやってたんで、結婚を機にオトンがそこで左官屋をやらせてもらうために香川から移り住んだんですよ。で、すぐにボクが生まれまして。ところが、ボクは逆子の状態で生まれてきたらしくて、オカンの体から出てきて1分ぐらいは全く泣かなかったらしいんです」

「えっ……つまり、それはどういう……」

「オカンのアソコから体が出てきても、逆子だったから頭が完全に出てくるまでに1分ぐらい息が吸えず、その間に脳に空気がいかなかったらしいんですよ、ええ」

「えっ……つまり、それが統合失調症になった原因なの？」

「わかりません。で、中学生になった頃からグレてオトンを殴ったり、オカンにも蹴りを入れたり。しかも、その後で家の中でツバを吐いたりもしました」

「えっ……ご、合田くんが!?」

彼の言っていることがスグには信じられなかった。パッと見、合田は元ヤンだったようには見えなかった。が、確かにオレの本の読者には元ヤン風の奴らも一定量はいた。しかも、さっき合田の実家に行った時の親に対する態度を見ると、親の言いつけをよくきく子供じゃなかったことは確かだった。

「で、同じクラスにゴローっていう仲のいい友達がいて、ボクたち2人は高校へ行く気は無くて。地元の美容学校に入る面接を受けたんですけど、2人ともそこの先生に〝美容の勉強をやらして下さい〟という言葉が言えなかったんで、落ちちゃったんですよ、ええ」

「高校にはホントに行く気は無かったの？」

「……いや、ホントは行きたかったんですけど、ウチの親はそんなに稼ぎはよくなかったんで、また、そんな時に、相変わらずオトンとは頻繁《ひんぱん》にケンカをしとったんで、高校なんか誰が行くか！ってことになっちゃったんですよ」

「あ～あ～」

そう言って笑うオレ。

「結局、月に7万～8万円の給金で下関の家具屋に就職したんですよ。が、3～4カ月で辞めちゃいました」

「何で？」

「高校に行った友達たちが女と遊んでるのを見たら、自分の生活が急に嫌になっちゃいまして。しかも、そんな友達たちの家族から〝あの合田と付き合うとロクなもんにはならんから付き合うな〟って言われてたらしくて、そんなハンパなく格好悪い少年時代でしたよ、ガハハハハハハハハハハッ!!」

ここまでの合田の経歴を聞く限りでは、まぁ普通だなと思った。グレていたオレの周りにいた奴らも、高校に行かなかったり、また、高校へ行っても2～3カ月ももたないで退学になる奴も沢山いた。ついでに言えば、このオレだって中学を卒業してすぐに親父とケンカになり、親父の頭をビール瓶でブン殴ったこともあるし、高校生の頃はオフクロに飛び蹴りを入れて肋骨を3～4本折ったこともあった。もちろん、今となっては後悔してもしきれないのだが……。

「で、そんな時期にオトンも仕事が合わないって言って辞めてしまいまして、ボクが15歳の時にオトンのオカン、つまりボクの婆さんにウチの一家は香川県の観音寺に呼び戻されて、オトンには紹介で役所関係の仕事。ボクは、オトンの姉ちゃんの子供がやっている高松市内のパーマ屋で働くことになったんですよ。1日5000円で土・日・月働いて火曜に観音寺に帰る。そして、土曜日に再び高松へ、っていう生活が1年ぐらい続いたんです」

「なるほど……」

「ちなみにパチンコは既に中2で覚えてて、そのパーマ屋の手伝いをしてる時に今度は親戚に競輪に連れてってもらってソレも覚えちゃったんですよ。で、18歳の時にはパチンコで少し貯金があったんで、半分は婆さんに金を出してもらったんですけど、車を買ったんです」

「パチンコで少し貯金があったって、え、じゃあ、その時はパチプロだったの!?」

「ま、そういうことになりますね、ガハハハハハハハハハッ!!　でも、調子コイて車を乗り回してるうちに、そのうちパチンコにもあまり勝てなくなっちゃって。なので18～21歳ぐらいまでゲーセンでバイトをするようになって。で、そこに銭田先輩がしょっちゅう遊びに来てたんですよ」

「その頃からの付き合いだったのか……。確かに15年以上の付き合いだなぁ」

「ガハハハハハハハッ!!　そうなんですよ。で、22歳になって自販機の中にジュースを補塡する仕事を自分で見つけてきて、ソコにちゃんと就職したんです。そして、仕事が終わると前までバイトをしてたゲーセンに行って常連客と遊んで、1日に全く寝ないか、寝ても2～3時間っていう日々が続いたんですよ。そしたら、ある日倒れてしまって……」

　ゴロゴロゴロゴロ……。

　それまで晴天だった空に合田の話に合わせるかのように急に雷が鳴り響いた。

「気がつくと病院のベッドで拘束されてたんです」

　ゴロゴロゴロゴロ……。

　ガッ!　バリバリバリバリバリ!!

「えっ、拘束って、つまりは手足を紐か何かでベッドに結《ゆ》わい付けられてたの?」

「ええ、そうなんですよ。つまり、ボクは23歳の時に統合失調症を発症したんです」

　バリバリバリバリバリバリ!!

　ガッ!　……ドオオオオ～～～～ン!!

　遂には空が真っ暗になり、雨がポツポツ落ちてきていた。

「で、ある日、打たれていた点滴の針を自分で抜いて、とにかく暴れまくってたら別の病院に移されることになって。その時に同時に被害妄想と誇大妄想にもなったんです」

　雨が本降りになってきていた。が、合田の言葉はさらに熱くなっていた。

「で、3～4カ月後に閉鎖病棟からようやく出られて……。以後、時々は仕事に行くんですけど、嫌なバッキャロウな奴らに精神的に追い込まれて寝れなくなり、どの仕事も大体3カ月ぐらいで辞めちゃうんですっ。一回自分が前に働いてたレンタルビデオ屋に行ったことがあって、その時は頭の中では自分はその店のオーナーになっていて、レジに入っていた40万円ぐらいの金を取り、棚を次々に倒して、ちょうど仕事先に40万の借金があった銭田先輩にソレを渡してやろうと彼の自宅に持っていったんですけど、銭田先輩はたまたま留守で、自分の家に帰ると、そこに警官が何人も待っていて、丸亀署に連れて行かれて即、再入院ですよっ。で、隔離房に入れられて。そんなところに入れられたら、ドアを蹴ったり歩き回るしかないんですよ。それが26か27の時で、とにかく一週間置きぐらいに入退院を……」

「ごっ、合田くん！　とりあえず後ろにある、あの社務所の屋根の下に避難しようっ。これじゃあ完璧に風邪を引いちゃうよ！」


　雷も雨も15分も経たないうちにピタリと収まり、再び明るくなる稲積山の頂上一帯。オレは鳥居のところまで戻ると、もう一度そこから観音寺市と、その右手に広がる瀬戸内海を見渡していた。

「ホントに、抜群の眺めだなぁ……」

　その後、超空腹だったオレたちは、オレが作成したデータ表を元に観音寺市から三豊市《みとよし》にかけてのうどん屋を3軒回った。3軒ともそれなりには美味しかったが、今まで回ってきたO製麺所、K井うどん、O泉の方が明らかに旨いと思った。そう、ここにきてようやっと本場の讃岐うどん屋にも、自分なりにランクのようなものを付けられるようになってきた。そして、それが無性に嬉しかった。


　翌朝、再びオレは観音寺市にある合田の家を訪れた。この日は家には上がらずにスグに合田を助手席に乗せて出発することになったが、バックミラーに目をやると合田の母親がいつまでもこの車に手を振っていた。

「あっ、鼻毛!?」

合田家の近くの信号で止まった際、何の気無しに隣の合田の顔に目をやるとナント、鼻毛が出ていなかった。

「ガハハハハハハハハッ!! そうなんですよっ。昨夜、ハサミでチョキチョキって切ったんですよっ、ガハハハハハハハハッ!!」

「うんうん」

オレは嬉しそうに肯《うなず》きつつも、心の中では（でも、そのすぐ上にある密集している鼻毛の束は、そのままゴッソリと残ってるけどな……）という言葉を吐き出していた。


その後、坂出インターで高速を降りたオレたちは、合田が昔、何度か行ったことがあるらしい「Gうどん」という店に向かったのだが、県道から一本外れた道を走っていると、道幅は車1台がやっと通れるほど狭くなり、それより何より、こんな田んぼのど真ん中の詰まりのような場所にホントに人気のうどん屋なんかがあるのか?と思いながら、ある角を右に曲がったら、いきなり広い駐車場が眼の前に出現。そして、その一番手前の端っこには、この大きな駐車場とは似つかわしくないGうどんの古くて小さな店舗が建っていたのである。

「スリムさんっ。ここはキツネうどんが有名なんで、油揚げ以外はトッピングしない方がいいですからね」

が、オレはそんな合田のアドバイスを無視して、油揚げに加えてゲソ天も丼の中に入れた。そして、店の外にある簡易テーブルに座ってソレを食べたところ、なるほど合田の言う通り、ここの甘めのツユのうどんには油揚げが死ぬほど合い、ゲソ天はその絶妙なコラボを邪魔するだけの存在でしかなかった。

「スリムさん。ここから15キロぐらいしか離れてないんで、せっかくだからこれから丸亀城に行きませんか?」

Ｇうどんの店内から出た次の瞬間、またしても息をもつかせない勢いでそんな提案をしてくる合田。

「丸亀城？　……な、何があんの、そこって？」

「いや、城自体は一部しか残ってないんですけど、とにかく石垣が凄いんですよっ。アレを見るだけでも充分行く価値はありますよっ、ええ」

正直、そんなノリ気ではなかったが、かと言って今日は特にうどん屋以外には行く予定もなかったので、合田の言う通り丸亀城へと向かう下道をのんびりと走った。

「ちなみに、合田くんて今、仕事をしてないんだろ……。毎日何やってるの？」

「いやぁ～、実はこんなボクでも意外と忙しくて、ガハハハハハハハハッ!!　香川の地元系アイドルの『おぴっぴラブリーズ』の無料のミニコンサートがあったら必ず駆けつけるし、ほぼ毎日パトロールと称して、各スーパーなんかを回って半額パンや半額弁当を買ったり、週に最低でも１回はこれから行く丸亀城の中にある池の錦鯉や亀を見に行ったり、マンガの古本屋を回ったり、あっ……あと、回転してる洗濯物なんかを見てるのも好きですしねっ、ええ」

「せ、洗濯物って、家の洗濯機が回ってるところを上から眺めてんの？」

「そうなんですよっ、ガハハハハハハハッ!!　……あ、ちなみに昨日はボク、58分しか寝れませんでした」

「ご、58分って、寝てる時間を計ってんの？」

「そういうアプリをケータイに入れてるんですよっ、ガハハハハハハハハハッ!!」

「しかし、１時間も寝てないんじゃうどんも食ったし、そろそろ眠……」

「あっ……あの、スリムさんっ。スリムさんて時々、ツイッターに桃畑《ももはた》農園ってところから梅酢ドリンクを買ってるって書いてありますよねぇ？」

オレの言葉を黒板消しで消すかのように、そんなことを続いて訊いてくる合田。

「あ、うん。時々書いてるけど……」

「あの梅酢ドリンクって、そんなに体にいいんですかっ?」

「ま、まぁな……。いや、ほら、今から5年前にオレは脳出血を患って、その後、退院しても暫くは毎月病院から血圧を安定させる薬を処方されてたんだよ。んで、2年ぐらいは真面目に飲んでたんだけどさ。あれだけ吸ってたタバコを1本も吸わなくなったから、血圧も大丈夫になったろって思って、その薬を飲まなくなっちゃったんだよな」

「いいですねぇ〜」

「そんである日、家族や友達とタケノコ掘りに行ってさ。その後、その山を車で下っている時にオレは居眠り運転をして、路肩にあった崖に車が激突して大破しちゃったんだよ」

「えっ……そ、そんなことがあったんですかっ!?」

さすがに驚いたような表情になる合田。

「ま、幸いにも嫁や息子や後輩にも大したケガはなくて、しかも、運転手だったオレは奇跡的にもかすり傷さえ負ってなかったんだけど、その後、一応全員救急車に乗って病院に行ってさ。オレは血圧を計られたら上が222もあってな」

「に、222ですかっ!? ……ああ、それは事故を起こして興奮してるから」

「オレもそう思って翌日、今度は地元の病院で再度血圧を計ったんだけど、やっぱり220ぐらいあってさ。で、その医者には、このままだとアンタ50まで生きられないよって言われてさ。それからはその病院から処方される血圧の降圧剤を毎日飲み続けたんだけど、1カ月経っても190ぐらいまでしか下がらなくてよ」

「ス、スリムさんの血って、メチャメチャ熱いんですね」

「でな、そんな血圧の話を連載してた週刊誌に書いたら、ある日、その編集部付けで『スリムさんにコレを飲めば血圧はアッという間に下がりますよ、とお伝え下さい』というメッセージと共に梅酢ドリンクが6本も送られてきてさ。その送り主が、プロ野球球団のスポンサーもやってる桃畑農園の専務、つまり、初代社長の息子さんだったわけさ」

「そ、そんな人までスリムさんの本を読んでいるんですねっ!!」

急に堪らないほど嬉しそうな表情になる合田。

「ところが、それまでのオレは大嫌いな食べ物が2つあってさ。1つは梅干し、もう1つが酢だったんだよ」

「じゃあ、梅酢ドリンクなんて絶対ダメじゃないですかっ!!」

「そうなんだよ。だから4~5カ月ぐらいは、その梅酢ドリンクは貰ったはいいが絶対飲まないと思って、家の倉庫の中にブッ込んどいたんだよ。で、その後も病院から処方される降圧剤を飲み続けてたんだけど、血圧は依然として190から下がらなくてさ。ある日、倉庫の中からどうせダメだろと思いながらも、梅酢ドリンクを1本出して、ちょこっと飲んでみたんだよ」

「ガハハハハハハハハッ!! 大挑戦ですねっ」

「したら思ってたよりはマズくなくてさ。で、翌日も水で薄めて飲んだら、変に塩辛くもないし、いや、逆に結構イケるじゃんってなってさ。それから1週間ぐらい、朝と晩におちょこ1杯ずつ飲んでたら、190あった血圧が一気に130にまで下がっちゃってよ」

「うわっ、それ凄いじゃないですか!」

「それ以来、オレの血圧は上は130、下は70ぐらいで安定してさ」

「それから定期的に梅酢ドリンクを注文するようになったんですかっ?」

「うん。でも、毎回買った商品の5倍ぐらいの、例えば梅のワインとか梅干し自体のセットとかがオマケとして段ボールに入っててさ。だから頻繁にああやってツイッターでお礼を言ったりしてるんだよ」

「ボクもウチのオカンに買ってやろうかなぁ……。いや、ウチのオカンも血圧が高いんですよ」

心持ち真剣な表情になる合田。

「ああ、いいんじゃない。買ってあげなよ、ホントに血圧が下が……あ、でも、梅酢ドリンクって安くないぜ。720ミリリットルの瓶で5000円ぐらいするからな」

「それでどのくらい持つんですか？」

「う〜ん……オレみたいに朝と夜におちょこ1杯ずつ飲んで……大体3週間から1カ月ぐらいかな」

「なるほど……」


その晩、オレがホテルに戻ったのは夜の8時を過ぎた頃だった。

明日も早い時間に合田と待ち合わせたので、とにかく早く寝ようと思って狭いバスルームの浴槽にお湯をためて、その中にゆったりと横になった。


気がつくと昨日高屋神社で合田から聞いた話を思い出していた。病院のベッドに手足を紐で結わい付けられる。勤めていたレンタルビデオ屋のレジから40万円ぐらいの金を取り、棚を次々と倒して店内をグチャグチャにし、結局は何人もの警官に署に連れていかれた後に病院に即、再入院。隔離房に入れられてドアを蹴ったり部屋を歩き回るしかない毎日。そして、1週間置きに病院に入退院を繰り返していたという生活。……いや、今まで何日か合田と行動を共にしてて、確かに普通の奴とは違うところもあるけど、でも、オレはどうしても彼がそんなブッ飛んだ日々を送ってきたとは思えなかった。なぜなら、こうして一緒にうどん屋を回っていても何の支障も無いし、時には合田が統合失調症という精神疾患を抱えていることなどまるで忘れて行動していることだって多々あるのだ。

って言うか、オレは壊れてきちゃってるのか？ こんなに合田から濃く、そして、スピーディな付き合いを求められ、初めのうちはその濃さがどうにも鬱陶《うっとう》しかった。だが、そのうちに自分がそこまで必要とされているのかという喜びのようなものを感じるようになり、奴のスピーディな行動だって一人の時には何をしてるのか?と聞いたら割とのんびりと退屈な時を過ごしているにもかかわらず、オレと一緒の時は、とにかく1つでも多くの出来事やイベントを味わいたいって感じが合田の全身から放出されているのだ。

考えてみるとオレは今までに友達、それも同性にここまで強く求められたことはあるだろうか?……いや、待て。かと言ったって、オレには同性愛の気は1ミリもないし、その合田の濃さこそが精神疾患から来るものなんじゃないのか? いかん、何だか頭が痛くなってきた。早くバスタブから上がって、とにかく今日は早く寝よう。さすがに疲れた……。

今回の旅の4日目の朝は、オレが泊まっているウルトラホテル、そこと提携を結んでいる駐車場に合田&銭田と朝8時半に待ち合わせた。オレが5分前にその駐車場に行くと、もちろん合田と銭田はとっくに来ており、合田は自分の黒い軽自動車を既にその駐車場に停めておく手続きを済ませていた。

しかし、オレも早起きな方だが、この2人も凄い。オレは本日は朝5時に起き、顔を洗ってから体重と体脂肪率を計った後、それを自分のツイッターページに表記。と、待ってましたとばかりに、掛かってくる合田からの「おはようございます!」の電話。そして、合田はそれから自宅から30キロ弱離れた丸亀にあるという銭田の自宅に行き、さらにその丸亀から三十数キロ離れたこの高松に下道を使って来るのである。たかがうどんを食いに回るだけなのに、朝から多忙時の消防士のようなテンションで動いているのだ。

この日も高松、綾川町、まんのう町、善通寺にあるうどん屋を精力的に回り、もちろん2軒目は○製麺所に行き、3日前に合田の車を店の駐車場スペースに停めさせてくれ、しかも、整腸剤までくれたお礼を言うのも忘れなかった。が、ドレミはオレからの礼を軽く受け流すように笑った後、ちょっと困った顔になってオレに小声でしゃべり掛けてきた。

「あの、スリムさんたちって、いつもウチの店では釜バターうどんを食べて下さいますよね。ウチの母に今度あの3人が来たら言っといて欲しいって頼まれたんですが、ウチの一番の名物は肉うどんやから、今度もし来ることがあったら肉うどんを食べて欲しいって……」

「あ、そっ……そうなんだ。わかった、今度来る時は絶対肉うどんを食べますよ」

そう答えながら反射的にテーブル席から厨房の方を見ると、60代ぐらいのオバちゃんとバッチリ目が合った。オレは慌てて頭を下げると、そのオバちゃんも照れ笑いのようなものを浮かべながら頭を下げてきた。

（オレは東京に住んでるのに、今度来る時って……あ～あ、何だかわからんが凄く嬉しいなぁ……）

その後、超満腹状態で、善通寺のうどん屋から高松まで下道を通ってゆっくり戻ってきた時に、いつも曲がっている交差点のすぐ近くにディスカウントストアがあるのが目に入り、と同時にある事が頭にピン！と閃《ひらめ》いて、慌ててその駐車場に車を停めた。そして、合田と銭田には、すぐに戻ってくるから車の中で待っててくれと言って店内に向かって走った。そして、それから20分後ぐらいに例のウルトラホテルの近くにある駐車場、そこでオレは合田と銭田と向かい合っていた。

「オレは明日の午前中には、もう東京に向かうから今回はコレでサヨナラだな」

再び例の哀し気な表情になる合田。

「いや、でも、また3～4カ月後には来るから。今回も色々な讃岐うどん屋を回ったけど、まだまだ回りたい店も沢山あるからさ」

オレのそんな言葉を聞き、次があることを確信した合田の表情が急に明るくなり、間もなくして合田は自分の車の中にあったバッグを持ってきて、再びバカでかい瓦せんべいをオレに渡してきた。

「あ、俺からもコレを……」

そう言って、小さな何かを手渡ししてくる銭田。そして、その手を開いてみると、下手クソな城みたいな絵が描かれた箸置きが1個だけ出てきた。

(つーか、銭田先輩。オレは村の外れに立ってる忘れ地蔵じゃねえんだから、無理に土産物を持ってこなくたっていいからさ……)

その後、オレも銭田にさっきのディスカウントショップで買った小洒落たペンライトを土産として渡し、そして、合田にも小さな箱をビニール袋から出して渡した。

「なんですか、これ?」

「ブラジリアンワックスって言って、オレも使ってんだけど、鼻毛をゴッソリ取る棒でさ」

「ぼ、棒……ですか?」

「うん。つまり、固まった錠剤みたいなのをレンジで何十個かまとめて溶かして、それを棒の先にベッタリと付けて、そして少し冷えてきたら鼻の穴にソレを詰っ込むんだよ」

「えっ……」

急に怯えたような顔つきになる合田。

「で、15秒ぐらい待った後で、その棒を思いっきり引き抜くと、その先にビックリするぐらい多くの鼻毛がついてんだよ。いや、マジでビックリするほど簡単に取れちゃうから、騙《だま》されたと思ってやってみ、な」

「あ……わ、わかりました」

そして翌朝、大分慣れてきた香川県に別れを告げ瀬戸中央道を滑走していた。

（オレにとって香川はディズニーランドみたいな所だとしたら、さしずめ合田はミッキーマウスやな）

ふとルームミラーに目がいくと、そこに映っている自分の顔がホントに幸せそうだった。

5 引きつけ合う磁石

4泊5日の香川旅行から帰ってきたオレは、その翌日からツイッターで合田に呼びかけるようになった。

『合田く〜ん！　合田く〜ん！』

オレがそう打ち込むと、殆ど30秒以内に合田から『スリムさん、おはようございます！』とか『はい、何でしょうか、スリムさん』という言葉が返ってきて、その後、オレがまだ自分が行っていない香川県にある気になる讃岐うどん屋のことをツイートし、合田にその店のうどんを食べた感想を教えてくれないかと頼むのだ。と、オレのツイートに毎回秒で反応してくるだけでも凄いのに、合田はオレが頼んだ当日か、遅くてもその翌日には、そのうどん屋に行って味をちゃんとチェックしているのである。ちなみに、合田の舌の実力だが、他のモノに対してはどうだかわからないが、ことうどんに関しては奴も「O泉」は勿論のこと、「O製麺所」「Gうどん」「K井うどん」と各名店のうどんをオレと一緒に味わっていて、その都度割と真っ当な感想を言っていたので、オレも奴のうどん舌にはそれなりの信頼を寄せていた。なので100軒以上ピックアップしていたうどん屋のうち、合田が『いや、あの店のうどんを食べるのは1回で充分ですね』といった感想を返してきた店はリストから外すことにしたので、まだまだ数は沢山あるが、それでもオレが頭の中で描いている香川県の讃岐うどんピラミッドは小気味よいテンポで完成への階段を上がっていた。

オレがツイッター上でそんなことをやっていると、デザインの専門学校時代の友達のイカ天が、ツイッターのDMやケータイのメールなどで〝佐藤はツイッターの使い方を間違ってるぞ。ツイッターっていうのは、元々独り言を書き込むページで、佐藤みたいにアマチュア無線の文章版として使ってる奴なんか殆どいないからな〟と言ってくるのである。が、オレはそんなことは知ったこっちゃなかった。元々オレがツイッターを始めたキッカケだって、1年間で20キロ痩せるという連載をするにあたって、担当編集者に〝とにかくツイッターっていうやつに登録して、そこに体重と体脂肪率を毎日書き込んで下さい〟と言われ、まぁ、仕事だから言われた通りにしたのだ。で、1年後、オレは見事に20キロ以上のダイエットに成功し、そのツイッターもお役御免となったのである。が、その時にオレは、今までバカ正直に毎日体重と体脂肪率を計って記録してきたものを連載が終わったからと言って、そのままほっぽらかしにしたら勿体ないと思ったのだ。しかも、数はそんなに多くはないが、時々オレのツイッターをフォローしてくれている読者から質問や笑える話も飛んできて、それもいい退屈しのぎになると思ったので、ツイッターでの体重と体脂肪率の報告。そして、最後に〝今日も元気にプレイボ〜〜〜〜〜!!〟という決まり文句をツイートし続けることにしたのである。

よって、何となく続けていたそのツイッターを合田とのやり取りツールにするのは、ちょうど都合が良かったのだ。しかも、オレは合田が精神疾患を抱えているということもあえて伏せなかった。もちろん毎回そのことを書くわけではなかったが、合田の方からも自分みたいな統失（統合失調症）の者は気圧が変わる3、5、10月が調子を崩し易いというようなツイートが入ることもあって、その時はオレもツラかったら無理するなよといった言葉を普通に返していたのだ。

でも、オレは統合失調症という病気については殆ど何もわかっちゃいなかった。把握していたのは、合田と初めて会った旅から自宅に帰った2日後の夜、パソコンで調べた〝幻覚や妄想、まとまりのない思考や行動、意欲の欠如などの症状を示す精神疾患〟だということ。さらに〝日本人の100人に1人は、この精神疾患を患っている〟ということ。そして、チョームの兄ちゃんも同じ病気を患っていて、人によって症状は様々だが、とにかく軽い精神疾患ではないということだけは頭に入れておくことにした。

その翌日。肝心なことを忘れていたことに気づいた。どういう方法で連絡を取ろうか一瞬迷ったが、オレは少しドキドキしながら合田にDMを飛ばした。

『合田くん。そういえばブラジリアンワックスはやってみた？　3回ぐらい繰り返し使ったらキレイになったろ』

DMは30秒で帰ってきた。

『はい、実はスリムさんに貰った当日に試してみたんですが……』

『試してみたんですが？』

合田の言葉が途中で止まったので、訊き返してみると、次のような答えが返ってきた。

『鼻血が止まらなくなって、それからは一度も使ってません』

合田には悪いと思ったが、オレの笑いは暫く止まらなかった。そして、その翌日。今度は合田の方から午前中にDMがあった。

『スリムさん、注文した例の梅酢ドリンクがさっき桃畑さんの会社から届いたんですけど、ボクは梅酢ドリンクを1本だけ頼んだだけなのに、段ボール箱一杯に梅酢ドリンクが5本に梅酒が3本。それから梅の実セットも入ってて、ボクにまでそんなサービスをしてもらっちゃって、もう桃畑さんには何てお礼を言ったらいいかわからないですよ』

このDMを見たオレは、もうDMでやり取りするのがまだるっこしくなって合田のケータイに電話を入れていた。

「おおっ、合田くん。良かったなぁ～!!」

『はい、ありがとうございます。ガハハハハハハハハッ!!』

「でも、いきなり合田くんにそんなにオマケを入れてくれるってことは、オレは合田くんのことは桃畑さんには何も言ってないから、オレのツイッターでの合田くんとのやり取りを見てくれてるんだな」

『いや、ホントありがたいですよ。梅酢ドリンクはオカンがさっき早速飲んだし、梅酒の方はオトンが大喜びですよ!!』

「しかも、その入ってる梅の実もホント旨くてさ。普通の梅干って塩分が20%ぐらいあって、それだとオレはしょっぱ過ぎて食えないんだけどさ。桃畑さんとこの梅干しの中には、何年も研究して塩分を4〜7%ぐらいに抑えるのに成功して、さらにそれにハチミツを加えたヤツもあるみたいだから、甘くてオレでもバクバク食べられるんだよ。ま、今じゃ色々な梅農家も真似してるみたいだけどさ。とにかく良かったなぁ〜、おい!」

『はい、ホント嬉しいですよ、ガハハハハハハハハハッ! ……あ、スリムさん。桃畑さんには、どうやってこのお礼をしたらいいんでしょうか?』

「いや、オレが後でメールを入れとくからいいよ」

『でも……』

「いや、ホントにいいから。でも、家族全員が喜べるプレゼントだなぁ、合田くん。グハハハハハハハハッ!!」

『いや、ホントに神様からの贈り物ですよっ、ガハハハハハハハハハハハハハッ!!』

いつも以上に合田のその笑いが耳に残った。と同時に、オレは純粋に人の役、いや、合田の役に立っていると思って嬉しくなった。そして、さらに合田の役に立ちたいと思い、次に何をしようか考えた。

(そうだ。前に彼は観音寺の高屋神社で〝時々は仕事に行くが、バッキャロウな奴らに精神的に追い込まれて、大体いつも3カ月ぐらいで辞めちゃう〟って言ってたよな。つまり、そんなバッキャロウな奴らに圧倒されないようにするには………)

翌夕、オレはあえてDMではなく、フォロワー全員が見られるツイッターのタイムラインで合田にツイートを送っていた。

『いや、だからさ。オレもダイエットしたのに、すっかりリバウンドして、また肥えてきちゃったから半年前から地元のジムに時々通ってるんだよ。だから合田くんも観音寺にあるジムに行けよ』

『でも、自分はダイエットなんかしなくても昔から痩せてますし……』

『いや、合田くんの場合はダイエットっていうより、体を鍛えて筋肉ムキムキになればいいんだよ』

『えっ……いきなりですかぁ!?』

『前に、たまに仕事に就《つ》くとバッキャロウな奴らに精神的に追い込まれて、スグに辞めちゃうって言ってたろ。でも、体を鍛えて大きくなって筋肉もボコボコに出てくれば自然と自信も出てくる。そして、ケンカしてわざわざ勝たなくても、勝手に相手がビビってくれて、つまり、余分なケンカはしないで済むんだよ。いいと思わない？　……なぁ？』

『いや、確かにそうなればいいと思いますけど』

と、予想通りオレらのタイムラインを見ていたフォロワーたちからも『合田さん、頑張れ』とか『そのバッキャロウな奴らを黙らしたれ!!』といったツイートが飛んできたのである。


合田は翌週から、自宅から車で10分ちょいのジムに通うことになった。正直、合田にとって費用が負担になるのではないかと気になったが、ジムは1カ月7000円。そして、オレから指令が出たうどんを食べに行くのも、うどん代はたかが1食200～500円ぐらいで、もちろん合田は高速道路は利用せず、下の一般道を燃費のいい軽自動車で走るので、交通費だって1カ月1万円もいかないはずである。

加えて、合田はジーパンだけにはこだわりを持っているらしく、1本何万円もするジーパンを何本も持っていて、ネットでその中古を買ったり売ったりしながら毎月最低でも2万～3万円は儲けているという話だった。そして、それに国から重度の障害者に支給される7万円弱を加えれば、土地家屋は父親の名義だと言うし、何とかやっていけると思った。

そんなある日、久々に専門学校時代の友達のイカ天から電話があった。

『いや、だから佐藤みたいにツイッターを電話代わりにして、統合失調症の患者に色々指示してる奴なんていないって』

「悪いの？」

『いや、悪いとは言ってないけどさ。その合田くんだっけ？　彼もよく自分の病気のことを人前で言われて平気だなぁ』

「いや、平気も何も、むしろ奴の方が自分の精神疾患の話をしてくるんだぜ。それ以前に合田くんは、初めて会った時から聞きもしないのに自分は統合失調症を患ってるって言ってきたんだぞ」

『それはそうかもしれないけど、それとそのことをツイッターで話すってことは、また全然違うことだと思うぜ』

「いや、まぁ、オレのツイッターページなんて、吹けば飛ぶような規模なんだしよ……」

『っていうか、規模の問題じゃねーよ』

「とにかく、そういう責任はオレが取るからほっとけよっ!!」

『…………』

急に大人しくなるイカ天。でも、彼が何を心配してるのかはわかったし、その気持ちは有難かった。


それから約1カ月後。合田からのツイートに〝最近、自分の両親や親戚たちから自分の状態が明るく、しかも、活発になったと言われるようになりました〟という内容が頻繁に見られるようになった。そして、その言葉が出てくると必ずセットのように〝これもスリムさんのお陰です。ありがとうございます〟という言葉が続いた。さらにツイッターのフォロワーの中にも頻繁にオレと合田のツイートに入ってくる者が出てきて『何か丹下段平役のスリムさんがジョー役の合田さんに遠くから色々レクチャーしてるみたいで、このページに来ると何かホッコリとしたような気分になります』といったような言葉もツイッター画面に流れるようになった。

（でも、イカ天が言うように、オレは合田に色々とアドバイスを送ってるけど、調子に乗らないようにしなくっちゃな。なんたってオレは、統合失調症という病気のことは殆ど知らないし、わからないんだから……）


さらに、それから3日後の午後。その時もオレはツイッターで『合田く～ん、合田く～ん！』と呼びかけたが珍しくというか、おそらく初めて2分を過ぎても合田からの返信がなかった。続いて夜の8時頃にも『合田く～ん、合田く～ん！』と呼びかけてみたが、やっぱり返答は無し。

（どうしちゃったんだろ……。急に調子でも悪くなったのか？　それとも、今日は親戚か誰かに何か用事でも頼まれてるのか？）


翌朝。香川のドレミからオレのケータイにDMが入っていた。それによると昨日の夕刻、ドレミは小児性気管支炎を持っている娘を昔から月に何度か通わせている、自分の家からは少し離れた三豊市《みとよし》にある大きな病院に連れていったところ、その待ち合い所のソファーに合田が下を向いて座っていたというのだ。で、彼女が恐る恐る「どうしたん、合田さん？」と声を掛けると、「ああ……」と答えてから、「さっきオカンが急に脳梗塞を起こして、救急車でこの病院に連れてこられたんです」と改めて説明してくれたらしい。で、ドレミはそのことをオレが知っているのか訊いてきたのだ。

オレは慌ててベッドから飛び起きると、とにかく合田に電話を入れていた。

『あっ、はい……』

9回目のコール音の後、合田のそんな力の無い声が聞こえてきた。

「ご、合田くん。ドレミちゃんからDMがあってさっ。何、お母さん、脳梗塞で病院に運ばれたんだって!?」

『……………ええ』

「それで今は、お母さん、どっ、どんな状態なのっ?」

『昨日、なんか平行に歩けんなんて言うから、スグに救急車を呼びまして』

「あ、倒れたから呼んだんじゃなくて、事前に呼んだんだっ。それで?」

『色々と処置されて、ズーッとオトンと病院で待ってたら、先生に呼ばれて、そしたらベッドで横になってるオカンがいて……』

「何か話したのっ?」

『はい……。心配かけてごめんな、って言ってきて』

「ああ、良かった! 合田くん、お母さんはとりあえず大丈夫だよっ、うん!」

『そ、そうでしょうか……』


いつになく不安そうな感じの合田。オレは1秒でも早く奴を安心させようと、あえて余裕のある豪快なしゃべり方になっていた。

「バカ野郎、脳梗塞一家の佐藤家を舐めるんじゃねえよっ」

『の、脳梗塞一家?』

「だって、ウチのバアさんなんかトータルで5回も脳の血管が切れても平気な顔して生きてたしよぉ。ウチの親父だって、この前脳梗塞を起こしたのに、今は近所の色っぽいオバちゃんに気に入られようとして、相変わらず庭でベンチプレスとかやってるしさっ。それより何より、このオレだってつい5年前に脳出血を起こして2カ月も意識を失ってたのに今、こうして時間が出来ると香川まで能天気にうどんを食いに行ってるんだぜ! それに比べれば合田くんのお母さんなんて、倒れる前から病院に行って、その日中に合田くんとも話してんだろ? 全然大丈夫だよっ。オレは医者でも看護師でもないけど、そんなもん大事をとって4～5日も入院してれば即、退院だよ！　ブハハハハハハハッ！」

『いや、何かボク、急に元気が出てきちゃいました!!　ガハハハハハハハッ!!』

「元気が出てきちゃいましたって、最初から落ち込む必要なんか1ミリもないっつーの！　ブハハハハハハハッ!!」

『ガハハハハハハハッ!!　いや、身内がこんな大病することなんて今まで無かったから、驚いちゃいましたよ。ガハハハハハハッ!!　ガハハハハハハハッ!!　………うわあああああ～～～～～ん!!　も、もう不安で不安で……うわああああああ～～～～～ん!!　スリムさぁ～～ん、ぐぅわああああああ～～～～～ん!!』

泣く時も熱々の土瓶が満員電車の中で弾けたようなハンパないテンションの合田。オレは、その声を黙って聞きながら、ケータイを持っている自分の左腕を右腕で包むように抱きしめながら、心の中で（うん、うん、大変だったな。うん、うん、うん……）という声を響かせていた。

ますます合田に惹かれ始めるオレ。それは少し前までは自分の中の大部分を占めていた一人の幼馴染みに対する友情のようなもの、それがグラグラと揺らぎ始めていたところに突然湧いて出てきた特濃の合田に、その寂しさをぶつけ始めたのかもしれなかった。

⑥ 退学と停学

オレは、脳出血を患って退院してから1カ月もしないうちに、早くも仕事に復帰することになった。が、当然のことだったが、上手く文書が書けなかった。特に物の名前をド忘れしていることが多く、陸上選手に例えるなら〝名前のド忘れ石〟がグラウンドにポコポコ出ていて、数メートル走るごとにそれにつまずき、全くスパートをすることが出来ないのと同じで、文章を書き始めようと思っても、その〝名前のド忘れ石〟につまずき続け、全くと言っていいほどターボがかからなかった。

が、仕事が増えてきたことを喜んでくれていたオフクロも死んでしまったし、オレは焦ることを一切止めた。で、考えたのが、毎週末ごとに各温泉地に車で出掛け、そこでゆっくりと温泉に浸かって日帰りで戻ってくるというリハビリをすることだった。

オレは、そのパートナーに同じ立川市に住んでいる、昔はオレの連載の担当編集者をやっていたが、あまりにも仕事を覚えないのでその出版社をクビになり、現在は企業用のコンピューターソフトを作る会社で何とか働いている10コ下のベックというアダ名の男に声を掛けた。このベックは東京に出てくる前の島根県に住んでいた頃から、人付き合いというものを極力やってこなかった典型的なオタクみたいな奴で、パチンコ雑誌の編集者をやっていた時も、その極端に口下手な性格により社内でも殆ど懇意になる者が出来なかった。だが、たまたま奴が同じ東京郊外の立川市にアパートを借りていて、しかも、オレの担当になったことから、オレたちは全く違う性格をしていたが時々はプライベートでも交流する間柄になっていた。ちなみに、ベックが勤め始めたコンピューター会社も、たまたまウチのオフクロが新聞の折り込み求人広告の中から、コンピューター関連の仕事に未経験な者でも採用可という会社を見つけ、それをプータローをやっていたベックにオレが教えて採用された職場だった。

そんなベックには、もちろん他に友達も、ましてや彼女もいるはずもなく、土・日にオレが誘えば確実にそれに乗ってくる、いわばダメな甥っ子のような存在だった。そして、土曜日の朝に目的地に決めた温泉地にオレが運転する車で向かい、ゆっくりとその温泉に浸かった後、ネットで調べたその近辺の食堂やラーメン屋で飯を食ってから立川に帰ってくるということを3〜4回繰り返しているうちに、そこにチョームも入ってきたのである。

前述したが、チョームは数カ月前にアメリカのリーマンショックの影響をモロに受け、長年続けていた自分のブティックを閉め、マンションのボイラー室の電気工事を請け負う仕事に就いた。で、その頃の奴はベテランの工事技師について必死で仕事を覚えている毎日で、その大変さからウチにはゲームをやりに来なくなり、たまに電話をしてもスグにカリカリして切ってしまうことが多くなった。が、オレはそれでもチョームは立派だと思った。10代の終わり頃から約25年間も大好きな洋服を扱う仕事に従事してきたのに、景気が悪くなるとスパッと割り切って、今度は全く違うジャンルの仕事に四の五の言わずに携わっていくチョームのことをオレは尊敬していた。

が、それでも奴のイライラは、日を追うごとに増すばかり。その原因は、もう1つのことが関係していた。

オレが脳出血を患う半年ぐらい前に、チョームのブティックに人気女優の木瀬川鈴美《きせがわすずみ》が現れたのである。30代半ばの木瀬川は昔はトレンディ女優とも呼ばれ、現在でも主演を務める映画が年に1〜2本はある、艶っぽくてファッションセンスも称賛されるお洒落な女性だった。オレも彼女のことは漠然と綺麗だとは思っていたが、チョームの入れ込みぶりは相当で、テレビ画面に彼女が出てくると、いや、この服のインナーはもっとタイトなモノにした方がいいとか、明るい黄色のスカートは意外とＯＫだが、この栗色のスカートはお洒落というよりは彼女の全体的な印象を必要以上に地味にしてしまう、といった感じで、まるで専属のスタイリストにでもなったみたいに画面に向かってしゃべっていた。その木瀬川鈴美が、突然チョームの店に現れたのである。しかも、オレたちより4つも年上の垢抜けた彼氏と一緒に。

これは後でわかったことなのだが、木瀬川は自分が所属している芸能事務所のスタッフにオレのコラム本を勧められて、何の気無しに読んだところ、そのあまりのバカバカしい登場人物や事件に笑いが止まらなくなり、その後、オレの著作を殆ど買い漁った挙句、このスリム佐藤という人に会ってみたいと思うようになったとのこと。が、出版社に連絡先を訊くわけにもいかず、悩んでいたところに同じくオレの本にハマった彼氏が、初期の頃に出版されたオレのコラム本の巻末に親友のチョームという奴が経営するブティックの住所が載ってると言ってきて、なら、そこに行ってスリムのことを色々聞いてみようということになったらしい。

もちろん、その2人が突然やって来たことを当のチョームはオレにスグに知らせてきた。そして、オレもそんな有名人が!?と驚いたのである。ところが、その後も木瀬川とその彼氏は何度かチョームのブティックを訪れているらしかったが、何故かチョームはオレのことを呼び出そうとはしなかった。それどころかオレには「あの2人は、別にコーちゃんに会いたいから俺の店に来てるんじゃなく、俺と直接会いたくて遊びに来てるみたいなんだよな」と言うのである。

ちなみに、これも後に木瀬川の彼氏から聞いた話だが、2人が何度かチョームのブティックに顔を出してもチョームは決してオレを呼ぼうとせず、が、2人の方からスリムに会わせて欲しいと言うのも図々しいと思ったので、ただチョームのブティックに行って世間話をするってことが何度か続いたという。が、チョームとしても流石に限界が見えたのか、ある日、突然奴がオレのところに電話を掛けてきて、木瀬川とその彼氏とコーちゃんと自分の4人で飯を食いに行こうぜと言ってきたのだ。で、いや、オレは遠慮するよと答えると、チョームは少し声を荒げて次のようなことを言ってきたのである。

「何言ってんだよっ、あの2人はコーちゃんに会いたいからウチの店に来たんじゃねえか。つべこべ言わずに予定が空いてる日を教えろや」

前と言ってることが違うと思った。が、オレはそのことについては何も言わなかった。で、いつ4人で食事をしようかと調整している時に、オレは脳出血を起こしてしまったのである。

その後、オレが退院し、オレとチョームの母親が他界し、年を越した1月の中旬に初めて4人で都内の鰻屋で食事をした。確かに女優をやっている木瀬川は綺麗だった。そのスラリとしたスタイルもさることながら、生で見る顔の小ささと、そこにまるで有名絵画のようにバランス良く、目、鼻、口が配置されているなと思った。だが、オレが人間的に惹かれたのは、その彼氏の白鞘文吾《しろさやぶんご》の方だった。音大の声学科を出た彼はフリーの音楽家で、自らも歌うだけではなく、様々な楽器も弾き、また、様々な歌手のプロデュースもしているという、まるでドラマか何かに出てくるキャラみたいな人物だったのだ。おまけに、その時に乗っていた車は俳優の故スティーブ・マックィーンも愛用していたフォードのマスタングで、その上、人気女優の木瀬川鈴美が彼女なのである。

そんな住む世界が明らかに違う人物が、オレらみたいな、東京の片田舎に住んでいる元ヤンに興味を示していることが、どうしても信じられなかった。また、少し意外だったのは、チョームもあんなに憧れていた木瀬川より白鞘の方により強く興味を持っていたことだった。4人で初めて会った時、木瀬川たちと別れた後で、オレとチョームは地元にあるファミレスでお茶をしたのだが、話題になるのは白鞘のことばかりだった。とにかくチョームは白鞘のことを褒めちぎった。奴が人を褒めるのは珍しいことだったが、暫くチョームの話を聞いていると、その理由がハッキリとわかった。

学歴、才能、乗っている外車、そして、綺麗でお洒落な恋人。要するに、白鞘はチョームが手に入れたかったすべてのものを持っていたのである。それがあまりにも見事に揃っていたので、奴は生まれて初めて心から尊敬出来る人間を目《ま》の当たりにし、最初の頃から白鞘のことをアニキと呼ぶようになっていた。

が、そんな白鞘の方もチョームの服に対する知識や情熱を褒めていたのである。今までオレやオレの嫁などに言っても何の反応すらなかった洋服のことを白鞘や木瀬川に言うと、2人はすぐに反応し、話が広がり、最後はホントに細かい、そのブランドのパタンナーをしているイタリアの女性はどこの学校を卒業し、誰に師事していたかまで答えるチョームのことを賞賛していた。その後、4人で2度ほど食事をした時も、オレは脳出血のリハビリ初期だったので全く流暢にはしゃべれず、結局チョームが殆ど洋服やイタリアの話をしていたのだ。

そして、ここで話は少し前に戻るのだが、そんな時にチョームは自分のブティックを閉めざるを得なかったのだ。彼がマンションのボイラー室の電気工事士になってからも4人で1回飯を食べたが、明らかにチョームの口数は減り、普段ならそういう時こそオレが自分の周りの面白い奴らのことをしゃべり倒さなければいけないのだが、オレは相変わらず愛想笑いしか出来ず、結局その会は淡白な内容で終わってしまったのである。つまり、オレの温泉リハビリ旅行のメンバーにチョームも入ってきたが、奴が常にイライラした感じだったのは、新しい仕事に対する大変さもあったが、それより何より白鞘たちに対して、自分の武器を堂々と口にすることが出来なくなったことが原因だったのだ。何よりもおしゃべりが大好きなチョームにとって、そのことは相当なストレスだったに違いない。そして、奴はそのイラをそのままオレとベックにぶつけてきたのだ。

また、お金に関してもチョームは変わった。早朝、オレたちは高速に乗って各温泉地に向かう前に、まず途中の牛丼屋で朝定食を食べる。代金は1人500円ぐらいだから、3人合わせても1500円程度。チョームはそれをいつも堂々とした態度で払い、が、その日はそれ以外は一銭も金を出さなかった。その後、オレたちは温泉宿へ着き、そこで入浴料を払うのだが、それは1人600円〜1500円ぐらいで、その3人分の料金はベックが払っていたのだ。つまり、日によってはチョームが払う金が1500円で、ベックが払うのは4500円の時もあるのだ。以前のチョームなら、自分の直接の後輩じゃないにしても10も年下の男にそういう金の使い方はさせなかったはずなのだ。が、この時のチョームは、それが当然だという顔をしていた。

ちなみに、その日帰り旅の夕方頃には、温泉地周辺のオレが調べておいた美味そうな食堂やレストランで夕飯を食うことになっていた。その5000〜1万円ぐらいの料金はいつもオレが出し、加えて温泉地までの往復の高速料金やガソリン代もすべてオレが払い、その金額は大体いつも2万円前後だった。が、それに対してオレは文句は無かった。前にも書いたが、この温泉旅行の最大の目的はオレのリハビリだったし、脳出血になる前の原稿料や印税の貯金分も、まぁ、そんなにビックリするほどの額ではなかったが、少なくとも今のチョームやベックよりはあったので、それを出すのに何一つ抵抗は無かった。

が、やはりチョームには、最低限のプライドだけはベックに示して欲しかった。で、ある朝、食事を終えて牛丼屋を出る際、オレは伝票をあえてベックに渡し、小声で「今日はお前がココ払っちゃえ」と言ってレジに向かわせたが、それにスグに気づいたチョームが慌ててベックから伝票を引ったくり、それを払った後で「余計なことをしてんじゃねえよ!」とベックに凄んだ。また、温泉地に向かう際は殆どオレがハンドルを握り、チョームは助手席に腰を下ろして、必ず目の前のダッシュボートの上に両足を乗せて寝始めるのである。で、毎回オレとベックは大きな声を出しながら前後で会話を交わさねばならなかったので、オレは一度「なぁ、チョーム。寝るなら後部座席で横になっててていいから、ベックと座席を交換してやれよ」と言ったら、「いや、ココは俺の席だから」とだけ言って再び目を閉じてしまったのである。

ま、そんなことがありつつも、毎週土曜の野郎3人の日帰り温泉旅行は回を重ねていったのだが、ある日、ビックリすることが起こった。

木瀬川鈴美と白鞘文吾が別れてしまったのだ……。

そのことを知り、オレとチョームもショックを受けた。が、2人とも理由を詮索することなどは一切せず、ただ1つのことだけの確認を取った。

〝オレたちは、これからも白鞘さんと交流を続けていく〟

そして、それからもオレたちの温泉旅行は続き、その範囲も遂には東京から350キロ以上も離れた岐阜の下呂《げろ》温泉や宮城の遠刈田《とおがった》温泉にまで及んだ。

そんなある日、オレは仕事の打ち合わせが渋谷であり、渋谷といえば白鞘の個人事務所があったので、仕事が終わって白鞘に連絡を入れたところ、たまたまその日は暇だということで、オレは白鞘の事務所が入っているマンションを訪れた。彼の音楽事務所はそんなに広くはなく、入ると10畳ぐらいのリビングに3畳ほどの防音室、あとは4畳半ほどの納戸のほかには半畳ほどのキッチンとトイレがあるだけだった。白鞘は、リビングにあるソファーにオレを座らせ、冷蔵庫にあった紙パック入りのアイスコーヒーをグラスに注いで出してくれた。

「白鞘さん、さっきから小さな音量で流れてるこのBGMって、何ってジャンルの音楽なんスか？」

軽い会話の中でオレがそう訊くと、白鞘は少し笑いながら答えた。

「これは、カンツォーネだよ」

「カ、カンツォーネですか？　……オレ、カンツォーネって単語をギャグで何度か書いたことはあるんスけど、そのカンツォーネをちゃんと聴くのって初めてですよ。……いい曲ですね、これ」

オレがそう言うと再び少し笑いながら席を立ち、そのCDがかかっているデッキのボリュームを上げる白鞘。

（うわっ、す、凄いな………）

そのド迫力の歌声をいくらも聴かないうちに、久々に音楽を耳にして肌が粟立つオレ。

「これ、なんていう歌手が歌ってるんですか？」

その曲が終わり、白鞘がデッキのボリュームを下げると、オレは彼にそんな質問をしてみた。

「え、この曲を歌ってる人？」

「ええ……」

「俺だよ」

「……え、ウ、ウソ言わないで下さいよっ！」

「ウソじゃないよ。ホントに俺だって」

白鞘はそう言って再び少しニヤニヤすると、突然さっきまで流れていた曲のサビの一節をその場で歌ってみせた。

「ホ、ホントだ……。し、白鞘さんって何者なんスかっ!?」

「何者って……いや、これでも一応音大の声楽科を卒業してるからさ」

そう言って再びニヤついた後、今度は一転して白鞘は真面目な感じで次のことを尋ねてきた。

「そう言えば、スリムは俺がこの3カ月ぐらい、仕事が終わるとチョームの家に行って寝てるのは知ってるよねぇ？」

「えっ……。そ、そんなこと知らないですよっ」

「あの野郎……」

そう言いながらも、再びニヤついた感じに戻る白鞘。

「いや、ほら、今年の春に俺は鈴美と別れちゃったろ。で、鈴美と付き合ってる時はココでの仕事を終えると、アイツの白金にあるマンションに行って寝泊まりしてたんだけど、別れてからは暫くココで寝泊まりしてたんだよ」

「そうなんですか……」

「でも、やっぱ仕事場で寝泊まりするのって、あんまりいいもんじゃなくてさ。仕事をしてても俺、何かイライラしてたんだよ。そんな時にチョームが電話を掛けてきてさ。で、今、スリムに言ったようなことをアイツにも言ったら、じゃあ、仕事が終わったら俺の家に来て寝て下さいよなんて言ってきてさ。いやいや、普通の家庭にこんな50前のいい大人が泊まれないよって返したら、いや、俺んちは兄と2人暮らしだし、2階の部屋は2間も空いてるから、ホントに気を遣わないで泊まりに来て下さいよなんて言うからさ」

「えっ……で、この3カ月ぐらいは、夜になると隠れキリシタンのようにチョームの家に行ってたんスか!?」

「隠れキリシタンって……。うん。まぁ、俺が奴の家に行くのは大体夜中の12時ぐらいで、もう奴も大抵は寝ちゃってるから、預かってる鍵で家の中に入ってさ。それで2階の部屋で寝てるんだよね」

「あの野郎……」

オレは、少し前に白鞘が吐いた同じ言葉を口にしていた。が、言葉は同じだったが、気持ちは全く違うものだった。

オレとチョームは、毎週土曜日に一緒に各温泉地を回っているのである。なのに奴は白鞘が自分の家に毎晩泊まっていることを3カ月も黙っていたのだ。オレだって白鞘のことは好きだし、尊敬だってしてているのだ。それをオレの家から、たった3~4キロしか離れてない自分の家で、しかも、週に一度は必ず一緒に温泉に出掛けているというのに、黙っているというのは一体どういう了見なのか!?

3日後の土曜日の朝。牛丼屋でベックがトイレに立った際、オレは自分の腹に溜まっていたイライラをチョームにぶつけていた。

「なぁ、今も白鞘さんはお前の家に寝に来てんだろ？　何で3カ月もそのことを秘密にしてんだよっ!?」

「えっ……」

一瞬チョームの顔色が少し変わった。が、奴は瞬時に何でもないといった感じの顔色に戻し、オレの質問に答えた。

「いや、だって、アニキだって彼女と別れて夜に寝る場所が無いから俺んちに来てるなんて知られたら、いい気持ちはしねえだろ？」

「だからって3カ月もそれを秘密にしてるって、少しオレのことをバカにしてねえか？　オレだって白鞘さんのことは心配なんだぜっ」

「いや、そりゃわかってるよ。でも、コーちゃんがそれを知ったところで……」

「そういう問題じゃねえだろっ！　おメーは、白鞘さんが自分の家で寝泊まりしてるのを知らないオレを毎週見て、それで優越感を感じてたんじゃねえのかっ!?」

そこまでしゃべって、初めて牛丼屋の店内が凍りついているのがわかった。ベックもオレたちが座っているテーブルから2メートルぐらい離れた所で固まっていた。

が、その後もオレたちの日帰り旅行は回を重ね、そして、5月のゴールデン連休の少し前の週末、たまには違うことをしようということで、オレは実家が静岡県で竹のこ料理屋をやっているという予備校時代の友達に、竹のこ掘りをやらせてもらう約束をした。メンバーはオレの嫁と子供、そして、チョームとベック。そして、出発する2日前にチョームから白鞘も参加するという電話が入った。チョームの話によれば、白鞘は現在、仕事が終わると杉並区にある母親が住んでる実家に帰ってるとのこと。ま、それはいいのだが、オレが困ったのはチョームがその電話で、次のようなこと言ってきたことだった。

「あ、それで明日アニキは自分がプロデュースしてる若い歌手のレコーディングがあるから、仕事が終わるのが夜中の12時ぐらいになるらしくてよ。で、それから杉並の実家に帰って、朝早く起きてからコーちゃんの家まで行くのは大変だから、夜中の1時頃にコーちゃんちに行ってくれって言っといたから、明日の晩はコーちゃんちに泊まらせてやってくれな」

「いやいや、ちょっと待てよ。チョームはオレが脳出血をやって以来、夜は遅くても11時には寝て、朝は5時頃起きるって知ってんだろ？　だから夜中の1時に来られてもオレは思いっきり熟睡してるし、翌朝は6時出発で、しかも、オレは運転手だから、その時間までに白鞘さんのことを起きて待っていたら確実に寝不足で運転することになるから無理だよっ」

「いや、でも、アニキにはそう言っちゃったから」

「いやいや、白鞘さんはチョームの家で寝起きしてた時は夜、お前が寝てても鍵を開けて、勝手に入ってきて2階で寝てたんだから、今回もそうしてもらえばいいじゃん。それに翌日白鞘さんが寝不足でも、彼はチョームが運転する車に乗るんだから、静岡に着くまでズーッと寝ててもらえばいいわけだしよぉ」

「でも、もう言っちゃったから」

「だったら電話して、段取りが変わったから仕事が終わったら自分は寝てるけど、前のように勝手に自分の家に来て2階で寝て下さいって言えよ」

「いや、でも、コーちゃんだって、たまにはアニキとゆっくり話してえだろ？」

「だからっ、そういう問題じゃねえだろ」

「ま、とにかく頼んだからな」

電話は突然切れてしまった。

そして、竹のこ掘りに行く、その日の午前2時に居間にあるソファーに横になりながらウトウトしていると家のチャイムが鳴り、慌てて玄関の戸を開けると白鞘が恐縮した様子で立っていた。

「ゴメン、ゴメン。予定より遅れちゃって、ホント申し訳ない」

「いやいや、とにかく白鞘さん、上がって下さいよ」

で、居間のテーブルに白鞘を着かせたオレは、アイスコーヒーを出しながらチョームのことをグチリ始めた。

「いや、白鞘さんには何の責任もないんですけど、チョームの野郎はオレが脳出血をやって以降、夜の11時には寝てるってわかってるんですよっ。なのに白鞘さんをこんな時間にウチに来さしたりしてホント、オレに対するイジメですよっ」

「あ、スリムは病気してから早寝、早起きになってたんだものねぇ。だったら俺はチョームの家に行けば良かったんだよな、アイツは勝手に寝てるんだから」

「オレもそう言ったんですよっ。そしたら、もうアニキには伝えちゃったからって言った挙句、電話を切りやがったんですよっ」

「酷いね、それ」

そう答えながらも、ニヤニヤ笑っている白鞘。その顔を見た瞬間、オレは色々なことがわかった。そう、白鞘はチョームのところに世話になった3カ月を非常に有り難く思っており、確かにオレの言うことも重々理解は出来るが、そのことでチョームを責める気など1ミリも無かったのだ。で、それ以降、普段は寝ている真夜中だというのに案の定、白鞘との会話に夢中になったオレは、ふと気がついて部屋の時計を見ると既に明け方の4時半を差していた。そして、ちょこっとだけでも寝ようということで、居間に2人分の布団を敷き、ようやく眠れると思ったらアッという間にチョームが鳴らした家のチャイムで起こされたのである。

その日は晴天で、まだ4月だというのに午前中からポカポカ暖かかった。

オレの車には、オレの嫁、8歳になる長男、ベックが乗り、チョームの車には白鞘が乗って静岡県へと向かった。やはり睡眠1時間というのは40代前半のオレにはキツく、現地に着いて竹のこ掘りをやっている最中も頻繁にあくびが出た。そして、持ち帰り用の竹のこを掘り終わったオレたちは、その竹山に隣接している竹のこ料理店で昼食をとった。腹が一杯になると、さらに眠気が強くなってきた。が、オレは家に帰るまで寝ない自信があった。毎週末やっている日帰り温泉ドライブ、あれだって時には1日700キロぐらいの道をオレは1人で運転してきているのだ。

竹のこ掘りの帰りは、高速に乗る前に富士宮市に向かう下りのクネクネした山道を走ることになった。オレが運転する車が前を走り、それにチョームが運転する車が続いた。その山道を走り出して2分もしないうちに、オレを包んでいる眠気が一層濃くなった。

(大丈夫、大丈夫。オレは居眠り運転なんか一度もしたことがないし、こういう時に限って補助エンジンが作動するんだよ。今までだってこういう……ピンチを……)

バギャンンンンンンン〜〜〜ッ!!

もの凄い衝撃で我に返った。気がつくと自分が運転している車が左側のコンクリートの壁に激突しており、その後、クラクションを響かせたまま後ろに動き出し、その道路の反対側の一段高くなっている歩道に後輪が乗り上げ、ようやく止まった。助手席を見ると膨らんだエアバッグに守られながらも嫁が胸を押さえながら唸っており、続いて後部席を見るとオレの真後ろに座っていた8歳の息子が真っ青な顔をして固まっていて、さらにその隣にいたベックは眼鏡が割れて、そのガラス片で右目の上を切っており、そこから血が流れていた。

「大丈夫かっ、おい!!」

気がつくとオレが座っている運転席側のドアを開けて、白鞘がオレの体を揺すっていた。

「はっ……はい、オレは全然大丈夫です」

白鞘は、次々とオレの車の中の者たちに声を掛け、とにかく一番心配なのはオレの嫁だと言った。車内から出たオレが、改めて自分が運転していた車を見ると、まさしく開いた口が塞がらなかった。

車内の全エアバッグが開いており、壁に直接ぶつかったと思われる車の左前部はまさしくペチャンコ。タイヤも左前部と後部の2つが、これまたペチャンコにパンクしており、どう見ても死亡事故を起こした車にしか見えなかった。

その後、オレたち4人は救急車で富士宮市の病院に運ばれたが、運転手のオレだけは奇跡的にかすり傷一つ負ってなかったのである。

「スリム、ちょっとは落ち着いた?」

血圧を何度も計られた後、病院の廊下にあるベンチで座っていると、救急車の後を追って病院まで来てくれた白鞘がオレに声を掛けてきた。

「あ……はい、オレは大丈夫です」

「そりゃ良かった。スリムの息子はさっき興奮して少し泣いてたけど体には何の異常も無いみたいだし、ベックの目の上の切り傷もそんなに深くはなかったみたいだしさ。スリムの嫁さんは今、レントゲンを撮られてるみたいだけど、レントゲン室に入る前に声を掛けたら笑ってたから命には別状はないよ」

「あ、そうですか……。ありがとうございます」

「しかし、驚いたぜ。あの山の下り道を走ってたら急に前のスリムの車がフラつき出してさ。と思ったら、いきなり左側の壁に思いっきりぶつかって、そしたらチョームが『あのバカ!!』って口走ってね……。まぁ、壁にぶつかった後、スリムの車はそのまま反対車線にバックして、一段高くなってる路側帯に乗り上げて止まったんだけど、よかったよ、対向車が来てなくて。もし、大型ダンプとか走ってきてたら、スリムの車に乗ってる奴は全員あの世行きだったぜ」

「そ、そうでしたか……」

「今、チョームにはスリムの車を運ばせる手続きをやってもらってて、ベックはとりあえず手当てが済んだから、富士宮駅から電車で帰らせたからね」

結局、その日はオレの息子がいつまでも興奮してたので、嫁と息子が病院の隣り合ったベッドに横になり、オレは窓側に位置する息子のベッドの隙間に簡易ベッドを持ってきてもらい、家族3人で病院に1泊したのである。

その簡易ベッドに寝転がり、薄暗い天井をボーッと見ながら、オレは白鞘が話したチョームの言葉を繰り返し頭の中でリピートさせていた。

〝あのバカ!!〟

〝あのバカ!!〟

〝あのバカ!!〟

いや、確かに1時間しか寝てないのに、ハンドルを握り続けたオレはバカだ。改めて考えれば途中でウチの嫁か、運転テクはペーパードライバーに近いが後輩のベックに運転を代わってもらうべきだっただろう。にしたって〝あのバカ!!〟はないだろう。こんなことを今頃言っても何の意味もないが、脳出血後にオレは夜の11時には寝ていることを知っているチョーム。なのに奴は、夜の1時ぐらいに白鞘が行くから泊まらせてやってくれと言ってきたのだ。なぜチョームは、それまで3カ月もやってきた白鞘を自分の家に泊まらせるということをやらないで、その役目をオレに振ってきたのだろう。そして〝あのバカ!!〟という言葉……。

今回の事故でオレが無傷だったのはホントに運が良かったが、オレの心の裏には、いつまで経ってもかさぶたにならないかすり傷が残った。


翌日、静岡県富士宮市の病院から家族3人、贅沢だと思ったが嫁がまだ胸部が痛いというのでタクシーで自宅に帰った。仕事部屋の机に座って溜息をついたオレは、そこで初めてベックのことを思い出して、慌てて電話をかけた。が、奴は出ず、オレは留守電に「ケガの方はどうだった？　連絡下さい」というメッセージを入れておいた。ところが、翌日の昼になっても連絡が無かったので、再びオレはベックのケータイに電話を入れるとようやく奴が出たのだが、次のようなことを言ってきた。

「とりあえず、立川の眼科で色々検査をしなきゃなんないので、そのお金を払ってもらえますか？」

もちろんオレは「うん」と答えたが、奴の声が何と言うか、異常に乾いていたのが気になった。そして翌日、その駅前の眼科で右目の上にガーゼを当てがわれたベックと待ち合わせて、2万数千円の検査代を払い、改めて「悪かったな、居眠りなんかしちゃって……」と言うと、ベックは次のような言葉を返してきた。

「ホント、目が潰れるかと思いましたよ。スリムさんは俺のことを全然構っちゃくれないし……」

「いや、ベック。ホ、ホントにすまなかったな。あの事故の後、オレは嫁と息子のことで精一杯だったんだわ」

「………」

「よかったら、これからウチに来て晩飯食ってけよ。すき焼きでも作るからさ、な？」

「いや、自分はすき焼きはそんなに好きじゃないから、自分のアパートに帰ります」

「ああ……そ、そっか」

家に戻ると後悔の念が改めて押し寄せてきた。家族のこと。そして、チョームの〝あのバカ!!〟

という言葉に支配されていた、この2～3日のオレの頭の中。正直、自分には余裕がなかった。でも……でも、もっと早くベックのケータイに奴が出るまで電話を掛け続けるべきだったのだ。

島根県出身のアイツは、高校を卒業すると印刷会社に就職するために、その寮がある埼玉県東松山市に引っ越してきた。が、2年もするとその仕事に全く魅力を感じなくなり、モヤモヤしているところに自分が大好きなパチンコ、その攻略本を出している出版社がスタッフを募集しているという広告を目にし応募したところ、まさかの採用で高田馬場にある同出版社に通うことになった。で、どこのアパートを借りようか考えている時に、そう言えば印刷会社で働いてる時に一度だけ同じ部署のおっさんの付き合いで、立川市にある競輪場に行った。その時に、とにかくこの街は明るくて、駅前も色々栄えているというイメージがベックの中に出来ていたことから、高田馬場まで通うのに小1時間もかかる、この立川にアパートを借りてしまったのだ。

で、たまたま仕事で、その立川に生まれた時から住んでいる10コ上のオレと一緒に仕事をするようになり、ベックが仕事をクビになってもオレの家で何かイベントがある度に呼んでやり、担当をしてた頃から考えると、もうかれこれ13年近くは遠い親戚のような関係になっていたのである。だから尚更、あれだけの事故を起こしたのに、暫くの間自分のことを忘れていたオレのことは許せなかったのだろう。

翌日、白鞘から電話が掛かってきた。オレは白鞘に車の廃車処理とかを手配してくれたお礼などを改めて言っていると、彼が気になることを口にしたのである。

「なんかベックの奴は、チョームが間に入って、スリムの車の保険屋と補償の交渉をするらしいよぉ」

（オレ抜きで？　しかも〝チョームが入って〟って何だよ、それ!?）

そう思った次の瞬間、オレの頭の中に再びあの言葉が響いてきた。

〝あのバカ!!〟

〝あのバカ!!〟

〝あのバカ!!〟

保険屋でも、ましてやベックの身内でもないチョームが、ベックと保険屋による、やれ、治療費に幾らくれだの、会社を休んだ日給は何日分ぐらい出るんだ、といった交渉のベック側の黒幕になるというのである。いや、これは元々オレが入っている自動車保険なので、それこそオレ自身がベックのために「いや、自分の後輩の目の怪我は思ったより大変なので、ここの治療費は全額負担して下さいよ。だって、そのための保険でしょ!?」とか保険屋にストレートに吠えることが出来るのに……。

その晩、オレは居ても立っても居られなくなってベックに電話した。ところが……、

『いや、相談役はもうチョームさんに頼んだので、スリムさんは出てこないで下さいよ』

「でっ……でも、オレは……」

『それから、この保険屋との交渉が終わるまでは、もう電話を掛けてこないでくれませんか。結果が出たらコッチの方からスリムさんに電話しますんで』

「なっ……」

が、オレはチョームの好き勝手にやらせるしかなかった。オレは、まだ脳出血のリハビリも完全じゃなかったし、なのに書き仕事も本格的に復帰をさせられていたし、とりあえず新しい車は買わなくちゃならないし、先日改めて訪れた地元の病院の医者から知らされた上が222もあるというバカ高い血圧をどう下げていくかとか、やらなくちゃいけないことが山ほどあったのだ。

にしても、心の奥底にあるマグマがさらにグツグツと音を立てていた。元はと言えば、あの竹のこ掘りに行く前夜、チョームが白鞘を自分の家ではなくオレの家に来させたから居眠り運転をしてしまったのだ。何度も言うが、それまで白鞘を散々自分の家

に、しかも、オレに内緒で泊まらせていたんだから、普通に考えればあの日だって、夜11時には完全に寝ているオレの家に白鞘を泊まりには来させず、寝ちゃってるかもしれないけど、自分の家の2階で勝手に寝て下さいと言うのが筋だろう。その上、〝あのバカ!!〟というセリフ……。そして、何が目的かはわからないが、今回のベックの保険屋との交渉の黒幕になるという。さっきベックが口にした保険屋との交渉が終わるまでは電話を掛けてくるなってこともチョームが指定したことだろう。ベックがこんな短期間にそこまで徹底したことなど考えられるはずもなく、今回のことで今まで信頼していたオレに対して腹を立てていたベックはチョームに何かを言われ、さらにオレに対する怒りに火がついたに違いなかった。

にしても、チョームは何でオレを〝敵〟として見るようになったのか。考えられることは1つしかない。そう、白鞘に対する奴の独占欲である。いや、オレは自身の兄貴とは最悪な仲になっているチョームが、新しく尊敬出来るアニキを見つけたことに関しては、むしろ歓迎しているのだ。何も自分の方がチョームより白鞘と仲良くなろうなんて思っちゃいない。が、チョームにはそう見えず、とにかくオレは〝あのバカ!!〟になったのだ。

それからチョームとベックからは一本の連絡も無かった。ようやくベックからオレの家に連絡が入ったのは丸2年後のことだった。オレは自分の家の近くのファミレスでベックと会い、奴から次のような話をされた。

「まぁ、保険屋との話し合いの決着は殆どついたんですけど、自分が今後100%失明しない保証はないんですよ。で、それを未然に防ぐには、年に1回の目の精密検査をしなきゃならなくて、それが1回2万5000円。それを最低でも20年は続ける必要があるので、2万5000円×20で計50万円をスリムさんから貰いたいんですよ」

（やっぱり……）と思った。2年も待って、こんなどうしようもない考えをベック、いや、奴はこんなことを考えられるはずもないので、黒幕のチョームからこんな感じで言えば？てな指示があったのだろう。オレは、青ざめた顔をしながらも正面に座っているベックに次のように返した。

「わかった。じゃあ、その50万円は明日にでもお前の銀行口座に振り込むよ。で、オレたちの関係もそれでおしまいな」

と、ベックは急に慌てた表情になりながら、

「いっ……いや、自分とスリムさんは一生友達ですよっ。何言ってんですかっ、バカなこと言わないで下さいよ」

という言葉を返してきた。そして、それを聞いた時、このベックという後輩の自分の正直な気持ちと、他人からこう言えと言われたことの調整を全くしてなかった慌てぶりがモロに伝わってきて、ホントにコイツはバカなんだけど、でも、奴を半分以上許せている自身に呆れていた。

その後、オレはベックの口座に50万円を振り込み、そして、以前のように再び日帰り温泉旅行に2人で何度か出掛けたのだが、ある時、また週末に今度は福島県の郡山の方にある温泉に行こうと言ったら、いや、自分もそんなに暇じゃないんで、そう毎週ドコドコに行こうって言われても……という言葉を返された。

オレとベックの付き合いはソレで終わった。もう何のためらいもなく奴から手を離せた。で、その年のウチでやる忘年会に2年ぶりにチョームを呼び、ベックについてあることをお願いした。

「アイツは島根のド田舎から1人で東京に出てきて、他に頼れる奴もいないから、これからはオレが関われない分、チョームが面倒を見てやってくれよな」

「え、嫌だよ……。俺はアイツとそんな付き合いなんかするつもりねえもん」

「だって、チョームは事故の交渉で最後までベックの面倒を見てやったんだろ?」

「いや、あっ……あれは行き掛かり上、そうしただけで、アイツと2人で付き合っていくつもりなんかねえよ」

「……………………」

そのセリフを聞いて、オレはチョームを休むことにした。そう、ベックの手は離せたが、チョームの手を離すことはできなかった。

家でプータローをやっていたオレに、それこそ毎回居留守を使われているのに、それでも懲りもせず何度も電話を掛けてきてくれたチョーム。勤めていた服屋でタダ同然の値段で買いまくった服をオレも仲間に入れて売りまくり、腹を抱えて笑い合ったチョーム。オレが脳出血になった時も、自分のブティックを毎日早仕舞いして見舞いに来てくれたチョーム。その他にもブティックで売れ残ったレディース用の何万円もする服をオレの嫁に何着もくれたり、オレが車を買う時は、都内に三十数軒もあるその車種のディーラーに奴が片っぱしから電話をし、結局30万円以上の値引きをしてもらったことも一度や二度じゃなかった。

オレはチョームを尊敬していたし、奴のことが大好きだったのだ。もちろん、チョームが自分のブティックを閉めて、マンションのボイラー室の電気工事士になってから、オレに繰り出してきた一連の行為は笑って許せることではなかった。特に何の気まぐれか知らないけど、大した友情も感じていないベックの保険屋に対する交渉のアドバイザーになり、バカだけどオレに対する気持ちだけは素直だったベック、奴の心に嫌な花を咲かせてしまい、結局オレの奴に対する興味を完全に失わせてしまったことは許せることではなかった。

が、そんなもんでは吹き飛ばせないぐらいの、今までオレと奴が積み上げてきた友情の歴史は重いのだ。だから、オレは少しチョームを休む。そして、少しインターバルを取りながら、奴が自分が間違ったことをしたと自覚するのを待とう。その停学期間がたとえ何年になろうとも………。

7 人間の鮮度

合田と初めて会った年の5月のゴールデン連休明け。

オレは、この年の3回目の香川旅行に有華を誘った。そして、香川に着いて2日目の午前中に彼女を合田の家に連れていったのだが、思わず笑いそうになったのは、合田一家が若い女、といっても有華も30歳を過ぎているのだが、その対応が緊張しているといった次元ではなく、突然家の中に東欧の美女が入ってきたかのような感じだったのだ。

「お母さん、その後、脳梗塞の方は大丈夫ですか？」

「えっ……あ、そうですか。高速バスで来たんですか」

「はぁ？」

オレの質問にトンチンカンな答えを返してくる合田の母。

「違うきん！　スリムさんは脳梗塞は大丈夫かって聞いてんやろうがっ」

思わず自分の母親にツッコミを入れる合田。

「ああ、おっ……お陰様で、その後、どこも麻痺することもなく元気に過ごしております、ええ。何かウチの子が左右のフラつきが無くなってまっすぐ歩けるようになれば、スリムさんが大丈夫だって言ったっていうんで、そういうフラつきも無いんで安心しておりますぅ」

「あ、それは良かったですね。ちなみに、今回連れてきたこの娘は、カネノアリカっていう漫画家なんですよ」

「あ、漫画家っていうと、あの絵を描く……うわっ、お父さん、凄い人がウチに来てくれたよっ」

そう言って自分の夫の方を見た後、有華に向かって何度も頭を下げる合田の母。

「うわっ、うわっ、うわっ。止めて下さい、そんな挨拶は！　漫画家っていっても、ギリギリ食えてるような便所コオロギみたいな生き物で、とてもそんな挨拶をされるような人間ではないですからっ、はい」

　思わず顔を真っ赤にしながら、合田の母に頭を下げるのを止めさせる有華。

　その後、話題が食べ物の話になった頃から、ようやく合田家の緊張がほぐれてきた。

「いや、だからウチの息子も運動場に行くようになってから、確かに体調が良くなってきましてね。おまけに納豆とか豆腐なんかも前は全然食べんかったのに、最近は毎日食べてるんですよ。だから、これもスリムさんのお陰だと思いまして」

「いやいや、すべて合田くんのヤル気ですよ。オレなんか、香川にあるどこそこのうどん屋が気になるんだよなぁ〜なんてネットで言ってるだけで、そうすると合田くんはその日か、遅くても翌々日には行って食べてくれて、その味の感想を的確に伝えてくれるんで、お陰様で讃岐うどんの旨い店を探索してるオレは大助かりですよ」

「当てになるんですか、コイツが言ったことなんて」

　突然、オレと合田の母の会話に言葉を差し込んでくる合田の父。

「うるさいきん!!　オマエなんて、いつも亀の餌みたいなもんしか食ってないから、うどんの味なんて全くわかんなくなっちょろうが！」

　　ワン！　ワン！　ワン！

「何だ、亀の餌って!?」

　　ワン！　ワン！　ワン！

「合田くんっ。そうやって自分の父親に対してスグにムキになるのは止めろよ！」

　すかさず合田を注意するオレ。

「だって、このオヤジはロクなもんなんて殆ど食ったことないくせに、人が色々なうどんを食ってるのを小馬鹿にしてるんスよ!!」

　　ワン！　ワン！　ワン！

「小馬鹿になんてしてないよっ」

「してるきん!! 今さっきもコイツが言ったことなんて当てになるんですか、とか言ったろうが!」

ワン! ワン! ワン!

「はい、2人ともケンカ終了〜〜〜っ! カールがさっきから怒ってるよ。なぁ、カール」

そう言ってオレが手を伸ばすと、それを避けるように後ずさる合田家の柴犬カール。が、その後、有華がカールに手招きをした途端、1回は警戒して少し後ずさったものの、すぐに有華に抱き寄せられ、信じられないことにカールは尻尾をブンブン振りながら彼女の懐《ふところ》に甘えるように鼻先を突っ込んでいたのである。

その後、話題は再び食べ物へと戻った。

「じゃあ、合田家は冬になると、何の鍋をよくやるの? やっぱ、すき焼きとか?」

「えっ、スリムさんちって、しょっちゅうすき焼きをするんですかぁ?」

微妙に目の色が変わる合田。

「うん、だってオレ、この世の中の食べ物で一番好きなのって、すき焼きだもん。えっ、合田くんちはやらないの?」

そう言いながら、オレは合田の母親の方に視線をスライドさせた。

「いや、すき焼きなんていう贅沢なもんは、ずいぶん昔に1回ぐらいはやったことはありよるですけど、もう味なんか覚えちゃいないですよぉ〜」

(つーか、そこまで贅沢かなぁ〜、すき焼きって?)

合田の家の玄関から外に出た際、その右脇に白い発泡スチロールの箱が2つ並んでいて、そのどちらにも濁った水が張られていた。

「え、合田くん。この発泡スチロールの中で何か飼ってるの?」

「あ、そうなんですよ。2年ぐらい前に銭田先輩と隣町の祭りに行って、そこで2人で金魚すくいをやったら止まらなくなっちゃって。ガハハハハハハハッ!!　2人で2000円ぐらい使っちゃったんじゃないですかねぇ～。ガハハハハハハハッ!!　それで15匹ぐらい持って帰って、この箱に入れといたんですけど、2日に1匹の割合で浮かんでて」

「えっ、じゃあ、1匹もいないの？」

「いや、少なくても、まだ3匹ぐらいは生きてると思いますよ」

「だって、水だって全然替えてないんだろ？」

「いや、雨が降れば自動的に水は新しくなりますから。ガハハハハハハハハ!!」

「じゃあ、餌とかは？」

「あげてません」

「じゃあ、どうやって生きて……」

「あ、でも、時々ウチのオトンがご飯粒とかやってるみたいで、あと、たまに銭田先輩がウチに来た時にパンの耳とかやってるみたいです」

「そう言えば銭田先輩って、今日は何してるの？」

改めて合田に訊いてみた。

「ああ、先輩は2週間ぐらい前から、以前勤めていた土建屋でまた働き始めたんですよ。でも、明日は日曜日で多分仕事は休みでしょうから、ニコニコしながら登場しますよ。ガハハハハハハッ!!」

「そうか。まぁ、仕事が見つかって良かったな……。さ、じゃあ、早速うどん屋を回ろうか。今回は3泊4日の日程で、昨日は午後に東京を出て香川に着いたのは、もう夜の11時過ぎてさ。何も食わないで、そのままホテルで1泊しちゃったろ。しかも、3泊4日の4日目は、もう東京に帰るだけだから、讃岐うどんを食べるのは正味今日入れて2日しかないから、とにかくジャンジャン回ってこうぜ。有華も前々から本場で食う讃岐うどんを楽しみにしてたからさ」

「了解ですっ。じゃあ、早速出発しましょう、ガハハハハハハッ!!」

で、自分の車のハンドルを握ったオレが、車をゆっくりとスタートさせた時点で、初めて合田の両親がいつものように庭の角に並んで立ってコッチに手を振っているのがわかり、2人に対して何度も頭を下げながらその前を通り抜けたが、その後、バックミラーを見ると2人はゴマ粒のように小さくなりながらも、依然としてこの車に手を振り続けていた。

午前9時過ぎ。坂出市にあるGうどんの店外青空席、そこで有華がキツネうどんのスープを一口飲んだ瞬間、青空に向かって「うんめぇ〜〜〜〜!!」という言葉を吐いた。そして、その様を見て、まるで自分の家の料理が褒められたかのように笑うオレと合田。続いてオレらはO製麺所に向かい、そこで初めて有華とドレミが対面した。

「うわぁ〜。漫画家さんなんやぁ〜! そら凄いですねぇ〜」

「いや、まだ全然売れてもなくて、ただ自分でそう言ってるだけですから」

「いやいや、絵を描くだけでも大変なのに、それにストーリーも付いてるんでしょ。私なんか、出来るって言ったら、それこそカラオケぐらいのもんやしな〜」

「いや、こんな美味しいうどんが作れるんですから……」

「いやいや、このうどんは基本的には私の父が打ってるし、私は出汁と牛肉を炊くぐらいやから」

「充分じゃないですか。……あ、ちなみに下手ですけど、私も時々カラオケに行きますよ」

「おっ、じゃあ、今夜ドレミちゃんさえ時間があれば、みんなでカラオケでも行こうか!?」

自分でも驚くぐらい、そんなセリフを自然に吐いていた。

本日3軒目は、宇多津町O泉で名物「冷や天おろし」を食べていた。

体もそんなに大きくないのに、しかも、僅か3時間のうちに計3杯のうどんを食べているというのに、その3杯目もペロリと平らげる有華。

「いや、スリムさんが本場での讃岐うどんは旨い旨いって言うから、そりゃ旨いとは思ってましたが、ここまで旨いとは……」

そう言いながらも、すっかり丸く突き出た自分の腹を2〜3度撫でる有華。

「なぁ、有華。ほら、あっちのガラス窓の向こうで、淡々とうどんを打ってる60歳ぐらいのオッサンがいるだろ?」

「えっ……ああ、あの白い帽子を被ってる人ですか?」

「そうそう。この前、合田くんから聞いたんだけどさ。あの人がこのO泉の店長で、元々は『K泉』っていう近代讃岐うどんの基本を作ったと言われる名店で働いてたらしいんだけどさ。その店のうどんを打つ技術がホントに凄かったらしくてね。でも、そのK泉自体は新たに次々と出てきた香川の激安うどん屋なんかに押されて、去年の末に潰れちゃったらしくてさ。でな……」

そう言って、改めて有華の顔を見ながら話を続けるオレ。

「でも、この地元香川には、そのK泉のうどんが美味しかったって覚えてる合田くんみたいな奴が結構いてさ。ところが、よく言われる話だけど、商売の二代目は一代目と同じぐらい旨い味だと不味くなったって言われるんだよ。で、より数%旨く作って、そこで初めて『うん、先代の味をシッカリ受け継いでる!』って言われるんだよな」

「なるほど……」

感心したように、オレの話に聞き入る有華。

「だからさ、このO泉のうどんって他店に比べると値段が高いって言われてて、特に地元の若い奴らにはパスされることも多いみたいなんだけどさ。その一方で、昔のK泉のうどんの旨さを舌の奥で知ってる年配の人がこの店を訪れて、うん、K泉と同じで旨い!って認めたから、その後、ここまでの繁盛店になったと思うんだよな。……そうじゃない、合田くん？」

「はい、ごもっともです。ガハハハハハハハハハハッ!!」

「あ、この野郎。人のことバカにしやがって。グハハハハハハハハハッ!!」

「ガハハハハハハハッ!!　バカに……バカになんか、し、してませんよ、ガハハハハハハハッ!!」

　翌朝8時。ウルトラホテルの駐車場に有華と歩いて行くと、合田は既に自分の黒い軽自動車を駐車する手続きを終え、オレたちの姿を確認すると元気一杯ニコニコしながら近づいてきた。

「おはようございます。ガハハハハハハハッ!!」

　昨夜、オレが合田を家まで送った時には、既に夜中の1時を回っていた。なのに、この元気さなのである。

「あ、スリムさん。銭田先輩は週末の今日も仕事が入っちゃって、来られなくなっちゃったんですけど、ヨロシク言っといて下さいってことですぅ〜」

「仕事じゃしょうがないよな」

「そ、それから有華さん。すいませんが、これにサインしてもらえないでしょうか？」

　そう言って、色褪せたリュックサックの中から有華の漫画本を3冊出す合田。

「うひゃあ〜、恥ずかし〜〜〜。でも、よく売ってましたねっ。この3冊とも重版されてないので、数千部って数しか出回ってないのに」

「2日前にアマゾンで取り寄せましたよ、ガハハハハハハハハッ!!」

「そっか、今はネットでも買えるから欲しい本は簡単に手に入っちゃうんだな。有華、早速サインしてやれよ」

「うわっ、ホントに恥ずかしいなぁ〜」

「これからは有華さんの香川ファンクラブの支部長にはボクが就任しますよっ。ガハハハハハハハッ!!」

「スリムさんなんかは明日帰るんですよね？」

本日1軒目のうどん屋「Y越」に一般道で向かっていると、後部席に乗っている合田がそんなことを尋ねてきた。

「うん、そうだけど……」

「何か、ウチのオカンが今日の夕方あたりに、またウチに寄って欲しいって言ってるんですよ」

「えっ……いや、別にいいけど、そりゃまた何で？」

「いや、わかりません。でも、家を出る時にスリムさんにそう頼んでくれって言われたんですよ」

「また干し柿を食うハメになったりしてな」

「もしそうだったら、今度は食わずにウチのオトンにでも投げつけて下さいよ。ガハハハハハハハハハッ!!」

そんな話をしているうちにドレミのO製麺所がある綾川町に入り、さらに数分走ったところでY越に着いたのだが、その建物の横に続いている客の行列が100メートル近く伸びていた。

「な、何なんだよっ、この人気は!?」

「あ、でも、みんなうどんを受け取ったら、この店の広い内庭にあるベンチに座ってサッサと食べて帰るみたいですから、15分も並べば食べられますよ」

そう言いながら、列の最後尾に並ぶ合田。

「にしても、この店は何でこんなに人気が出たの？」

「釜玉ですよ」

オレの質問にシンプルな答えを返してくる合田。

「釜玉って、え、あのH製麺所でも食べたヤツ？」

「そうです。ま、何はともあれ、この店がその釜玉を発案した店らしいですから、とにかく食べてみましょうよ」

そう言って、ウキウキしたように微笑む合田。そして、20分後。オレたちは、器に入った茹で上がったうどん、それにホントに生たまごを絡めただけのものの中に、さらに醤油に何かを加工してあるタレ

を適量入れ、豪快に混ぜ合わせたものを一口啜ったところ、

「う、うめ〜〜。……何だ、これ!?」

そう、そんな単純な調理しか施してないというのに、その本家本元の釜玉は腰が抜けるほど旨かった。

「ホント、東京に出回ってる釜玉とは全く違う味で……えっ、何これ!?」

そう言いながらも、再び夢中でうどんを頬張り始める有華。

「あっ、そう言えばスリムさん。ボク、あれから2度ほど和歌山の桃畑さんのところから、例の梅酢ドリンクを通販で取り寄せてるんですけど、あんなに大きな会社なのに桃畑さんは毎回通販の方もチェックしてるみたいで、もうオマケがハンパじゃないんですよっ」

Y越の広い中庭にあるベンチ席、そこで例の9倍食いにより釜玉をとっくの昔に食べ終わっていた合田は、急に興奮したようにそんなことをしゃべり始めた。

「え、何をオマケしてくれるの?」

「いや、コッチは梅酢ドリンクを1本しか注文してないのに、またドでかい段ボール箱が届いちゃって、もう梅酒や梅干しまで、色々な商品が入ってるんです」

「ハンパないなぁ〜」

「ガハハハハハハハッ!! もう、ウチのオトンは勤めから帰ってくると毎日梅酒を飲んでイイ気分になってるし、オカンはオカンで大きな梅干しを1日に何個もゴリゴリ食べてるしっ」

「ゴリゴリ食べてるって、雌ゴリラじゃないんだから」

「ガハハハハハハハハッ!! そうですよっ、あれは雌ゴリラですよ。ガハハハハハハッ!! でも、ホントに有難いですよっ」

「オレの方からも、またお礼を言っとくよ」

「ありがとうございます。……あ、でも、1つ気に

なることがあるんですよね」

急に冷静な口調になる合田。

「え、何?」

「ウチのオカンの方の遠い親戚が和歌山県に住んでるんですけど、この前オカンがそのオバちゃんから聞いた話では、桃畑農園の社長をしてる多分、桃畑さんのお父さんだと思われる人が重い病気になってて、そろそろ危ないいんじゃないかって話なんですよっ」

「マ、マジで? ……え、どんな病気なのっ?」

「重い病気です」

「だから重いって、どんな病気なんだよっ?」

「わかりません」

「わ、わかりませんて……。まぁ、いいや」

「あっ、それからスリムさん!!」

さらにオレの真横まで顔を突き出してくる合田。

「なっ……何だよ?」

「実はボク、またハローワークに通い始めたんですよ」

「えっ……」

「いや、スリムさんに言われる通りにジムや各うどん屋に通ってるうちに、そろそろまた働けるんじゃないかなって思ってきまして」

「おお、そうだよっ。長い時間じゃなかったら大丈夫なんじゃないの?」

「窓口にいる職員も前に通ってた時にいた無愛想なオヤジじゃなくて、今度は気さくにボクの話を聞いてくれる愛想のいいオバちゃんになったから通ってても何か楽しいんですよね、ガハハハハハハハッ!!」

「そりゃ良かったなぁ。大丈夫だよ、近いうち就職先だって必ず見つかるよ、うん」

「いや、それもこれもスリムさんのお陰ですよ。ウチのオカンやオトンもスリムさんには足を向けて寝られないって言ってますよ、ガハハハハハハハッ!!」

「いや、だからそんなことないって！　合田くんが自分で進化してるだけだよ」

　オレはそんな言葉を返しながらも、決して嫌な気分ではなかった。いや、もっと正直に言えば、自分はちょっとした救世主にでもなっているんじゃないかとも思い始めていた。


　夕刻の５時過ぎ。オレたちは合田家の居間に通され、合田の母親が入れてくれた温かい日本茶を飲んでいた。そして、５分も経たないうちに合田の母親がテーブル脇から立ち上がると、次のような言葉を吐いた。

「今日は有華さんにあげるものがあるきん」

「……へっ、私にですか？」

　右手で自分の鼻先を指さしながら、少しビックリしてそんな言葉を返す有華。一旦居間を出た合田の母親は、すぐに白い手ぬぐいに雑に包まれたモノを持って戻ってきた。

「有華さん、それを開けてみんしゃい」

　有華の前のテーブルの上に置いた白い手ぬぐい、それを見て笑いながらそんなことを言う合田の母親。

「えっ……あ、はい」

　そう言って有華が手ぬぐいを開いてみると、

「ええっ、もっ……もらえないですよ、こんなっ!!」

　手ぬぐいの中に入っていたもの、それは真珠のネックレスだった。

「それは私の結婚式のために作ったもんでなぁ、本物の黒真珠でエエものなんよ」

「だ、だったら尚更もらえないですよっ。てか、お母さん。私たちは昨日の朝、初めて会って、まだ20分と話してないじゃないですかっ。いけませんよ、こんなことしちゃぁ！」

　本気で狼狽《うろた》える有華。彼女のそんな様を見るのは初めてのことだった。

「いいけん、有華さん、もらってください。アタシが持ってても、もう何の意味もないんじゃけん。……なぁ、お父さん」

そう言って、自分の隣に小さく座っている夫の方を向く合田の母。と、合田の父はニコニコ笑いながら、うんうんと肯いてみせた。

「いや、でも……」

依然として困りまくっている有華。と……、

「有華さん。ウチのオカンもああ言ってることだし、もらってやって下さいよ」

相変わらず自分より5歳も年下の有華をさん付けで呼びながら、自分からも説得する合田。

「有華さん、何はともあれ1回首につけてみてよ」

「えっ、でも………じ、じゃあ1回つけるだけですよ」

合田の母の頼みを聞き入れ、その黒真珠のネックレスを首につける有華。

「ああ……。やっぱりコレは有華さんみたいな若い人が似合うきん」

合田の母がそう言うと、合田の父も満面の笑顔で肯き、合田も少し照れた有華を見て嬉しそうに笑っていた。

オレの目の下がビクビクッと痙攣《けいれん》していた。

確かに、まだトータルで20分も話してない有華に、合田の母親が自分の結婚式用に作った真珠のネックレスをあげるというのは、いくら何でもいかがなものかと思う。が、オレには合田の両親と会って、あることがハッキリとわかるのだ。それは合田が統合失調症を発症してから、合田の両親は苦しみ抜いてきたのだ。それは2人の合田に対する接し方を見ても何となくだがわかる。そして、本来ならその黒真珠のネックレスは合田が将来一緒になる人にあげるべきだったのだが、時が流れるとともに様々なことがあり、合田の両親は自分たちの一人息子は結婚はもう出来ないだろうと思っていたのだ。そこに今回、合田家に有華が突然やってきたのだ。そんな若い、親戚でもない女が、この家に上がったのも多分初め

てのことだろう。そして、最初は家ごと緊張してぃたが、やがてこの女性は自分たちの息子を傷つけないだろうということを察し、そのことが心から嬉しかったのだ。……しかし、何て謙虚な、何て綺麗な心を持った人たちなんだろう。オレは、思わず弾けて出てしまいそうな涙を抑えるのにいっぱいいいっぱいだった。

翌日の昼前。オレたちは既に高速に乗って東京に向かっていた。

「しかし、流石は有華だなぁ。近くで合田くんがしゃべりっ放しだったけど、平然とした顔してたもんなぁ〜」

ハンドルを握りながら、助手席の有華にそんな言葉を掛けるオレ。

「いや、近くでラジオが鳴ってるだけだと思ってましたから全然大丈夫でしたよ」

「ラジオか。グハハハハハッ!! にしても今回の旅行で4日も潰れちゃって、仕事の方はホントに大丈夫だったのか?」

「ええ、そこまで忙しくないですから」

「でも、合田くんが有華にサインしてくれって頼んだ単行本はオレも持ってるけど、相変わらず内容はノンフィクションで過激だよな。幼馴染の女友達ので処女を奪った話とかさ。中学2年の時、電動コケシをお前に突っ込まれて処女膜を失った友達には恨まれたろ?」

そんな質問をして笑うオレ。

「2週間口を利いてくれませんでした」

「グハハハハハハハハッ!! でも、いいよなぁ。そのテのネタは有華は死ぬほど持ってるから」

「ま、最近は発達障害の話も描いてますけどねぇ」

「えっ、発達障害?」

「ええ、2〜3年前から日本でも徐々に……」

「あっ、有華。ほら、あそこに白い大きなジェットコースターの骨組みが見えるだろ。あれが日本で3

番目に人気がある三重県のナガシマスパーランドだよ」

「うわっ、あんな高いところを滑走するんですか!?」

「しかも、あの骨組って木製なんだぜ」

「うわっ、怖っ!!」

発達障害――。オレは、その言葉に1ミリも興味を持っていなかった。

8 勉強できない勉強

5月の中旬。その晩、オレは仕事部屋のノートパソコンの前にいた。

ついさっきまで、いつものように合田とツイッターで香川にある讃岐うどん店のことについて意見を交わしていた。しかし、オレたちがここまで懇意になるとは……。

思えば、初めて今年奴と会った時に、そのあまりのしゃべりと笑いのペースに「オレとお前は今日初めて会ったばかりなのに、どうしてそんなペースでしゃべったり笑ったりするんだよおおおおっ!?」と怒鳴った際、合田から返ってきた「いや、しゃべりかけてないと相手がスグにいなくなっちゃうんですよ。……ま、しゃべらず遠慮してても結局相手はいなくなっちゃうんですが、それでもしゃべってた方が少しでも長く一緒にいてくれるんですよ」の一言でオレのハートは見事に撃ち抜かれていたのだ。

それに加えて、2年ちょっと前まで相当密接にツルんでいたチョーム&ベックと会わなくなってしまい、その間、週末になるとオレは1人で温泉地を回ったりしていた。まぁ、40代半ばになって1人で湯治場巡りっていうのも粋に思えるかもしれないが、それも毎週やっていると正直虚しくなってくる。そのオレの心を見事に埋めてくれたのが合田だった。いや、埋めるなんていう生易しいものではなく、屋根に穴が開いて雨漏りで困っていたら、その穴を自分の顔で塞ぎ、しかも、その顔がコッチに向かって頻繁に話し掛けてくるような感じだった。

が、オレはそれが全然嫌ではなかった。ま、普段は東京と香川で750キロぐらい離れているので、会えないってこともあるが、合田はオレの前では限りなく元気で、また奴なりに凄い気を遣っているのもわかるのだ。特にオレが香川に滞在している間は1分1秒でもオレとの時間を無駄にしないようにと、夢中でコチラに飛び込んでくるのだ。オレは正直、今までの人生でこんなに肯定し続けられたことはない。そして、オレもオレなりに、そんな合田が少しでも普通の生活が出来るよう、スポーツジムに通わせ、最低でも2日に1軒は香川のうどん屋を探索してもらっていた。また、そういうリズムからか、最近では合田自身が自主的にハローワークなどに通って職を見つけようとしているのである。しかも、合田はオレのツイッターのフォロワーたちともツイッター上で会話をするようになり、そんな様を見ていると、より奴の病気を良い方向に向かわせてやりたいという気分が高まってきた。

オレは、再びパソコンで統合失調症のことを調べることにした。そう、このまま自分の感覚だけで重いと言われている精神疾患を患っている合田と向き合い、また、合田や奴の家族にも無条件で信頼されることが少し怖くなってきたのだ。

以前、ちょこっとだけ調べたところでは『幻覚や妄想、まとまりの無い思考や行動、意識の欠如などの症状を示す精神疾患。思春期から青年期にかけて発病することが多く、また、罹患率も100人に1人と高い』と出てきた。が、これだけでは合田の病気のことは全然ピンとこない。

別のページを見てみる。

『考えや気持ちがまとまらなくなる状態が続く精神疾患。その原因は脳の機能にあると考えられている。100人に1人が患う』

(また〝100人に1人〟だ……。統合失調症を患ってる者というのは、そんなに多いのか？　小・中学校の1クラス33名のクラスだとしたら、3クラスに1人は統合失調症になるってことなんだぞ。オレが卒業した高校なんて全校で2000人もいたから、計20人も統合失調症に………。でも、オレが知っている範囲で、この病気を患ってるのは合田とチョームの兄ちゃんの2人だけだけど……)

『統合失調症を患うのは大きなストレスがかかるこ

とが原因とも考えられる。遺伝子も関与していると
いわれている』
（あっ、そう言えば合田は「自分は逆子の状態で生まれてきて、頭がオカンの体から出るまで1分ぐらいは息が吸えず、その間に脳に空気がいかなかったことが原因かもしれないです」って言ってたもんな。つまり、それが合田の体に大きなストレスを与え、統合失調症になった原因……いや、ちょっと待て。でも、確かにこうも言ってたよな。「22歳になって自販機の中にジュースを補充する仕事をやりながら、それが終わるとゲーセンで前に自分がソコでバイトしてた時の友達たちと遊び続け、殆どまともに寝てない日が続いて、ある日、倒れて気がついたら病院のベッドで拘束されてた」。つまり、その仕事と遊びの超ハードなストレスによって統合失調症が発症したとするなら、23年も前の逆子で生まれてきて、最初の1分ぐらいは呼吸が出来なかったことが統合失調症の原因になったってことは考えにくいよな……。いや、時限爆弾みたいなもので、それと23年後の超ハードな毎日が合わさって初めて大爆発が起こったのか？　う〜ん、わからん……。どのページや資料を見ても全くピンとこない。しかも、遺伝子が関係しているとも書いてあったけど……）
1回深いタメ息をついてから、目の前のノートパソコンを閉じようとした。
（あ、この前、香川からの帰りの車内で有華が、え〜とぉ……発達、発達……そうだ、発達障害のことも最近漫画に描いてるって言ってたけど、その発達障害って何なのかもちょっと調べてみるか）
『一般的に「発達障害」とは、アスペルガー症候群（アスペルガー障害）を中心とする自閉症スペクトラム障害（ＡＳＤ）、注意欠如多動性障害（ＡＤＨＤ）などを漠然と指していることが多い。この10年あまり、発達障害はマスコミでも頻繁に取り上げられ、いまだに誤解は多い。正しく発達障害の概念を把握しているのは、精神科医でもごく僅かにすぎな

い』

（えっ……要するに、発達障害っていうジャンルの中心的な疾患は、ＡＳＤとＡＤＨＤっていう障害なのか）

『ＡＳＤ→アスペルガー症候群などの「自閉症スペクトラム障害」。ＡＤＨＤ→「注意欠如多動性障害」。この2つは全くの別物ではなく、複雑に関連している』

（何だかコッチもややこしいなあ……。でも、もうちっと頑張れ、オレ！）

『ＡＳＤの中心的な症状は「他人の気持ちがわからない」「同じ失敗を繰り返す」。ＡＤＨＤは「細やかな注意が出来ず、ケアレスミスをしやすい」「上の空や注意散漫で、話をきちんと聞けないように見える」「不適切な状況で走り回ったりよじ登ったりする」「着席が期待されている場面で離席する」などがある』

（あっ、ＡＳＤの方は置いといて、ＡＤＨＤの不適切な状況で走り回ったりよじ登ったりするとか、授業中に着席していられなくて教室を走り回ったりする子供がいるっていうのは、今から15年前ぐらいに何かの雑誌で読んだ気がするぞ。それはきかん坊とか暴れん坊とかっていう性格で片付けられる話ではなく、障害が関係してたのか……）

『発達障害は生まれつきのものであり、成人になってから発症するものではない。また、ＡＳＤの家族内の発症率は高く、遺伝的な要因が大きいことは確か』

（統合失調症は20代の前半ぐらいで発症することが多いってことだけど、発達障害っていうのは〝生まれつき〟の疾患なのか……）

『ＡＳＤは人口の約1％。ＡＤＨＤは人口の約5〜10％を占めるとの説もある』

（つーことは、ＡＳＤ……つまり、アスペルガーで生まれてくる者は、統合失調症になる者と同じくらいいるのに対して、ＡＤＨＤ……つまり、注意欠如多動性の者はその5倍から10倍もいるのか……。っていうか、10倍だとしたら10人に1人は注意欠如多動性ってことじゃねぇか!?　ホントかよっ、おい?）

　パタン！

　急に頭と気分が重くなり、ノートパソコンを閉じてしまった。

（っていうか、有華は何でそんな障害を持っている者のことを漫画に描こうとしているんだろう？　奴の友達にそういう障害を持っている奴が何人もいるのか？　つーか、有華には、それこそもっとわかりやすくて強烈なネタが何十本とあるんだから、ソレでどんどん勝負していけばいいのに……）

　そんなことを思いながら仕事部屋の灯《あか》りを消し、遅い夕飯を食べるために階段で1階へと下りていった。

　オレにとっての統合失調症と発達障害というものは、資料を見ても正直殆どピンとこないものだった。患者のことを上から説明している文章を読んでも、一瞬わかったような気がするのだが、その文章から目が離れた途端、まったくわからなくなってしまうのだ。そんなオレの味方、それはとにかくオレを全面肯定する合田の存在だけだった。

9 横取りマン

チョームは、オレが奴のことを停学にしたと気づいた途端、オレのところには1本も電話を入れてこなくなった。

ま、停学と言ったたって「これからオレがいいと言うまではオレの家には来るな」といった上段からモノを言ったわけではなく、オレの家でやった忘年会の終わり頃に「今、単行本の書き下ろしの仕事が2本も入っちゃってるから、来年は殆ど遊んでる暇なんかねえわ」とウソをついただけだった。が、それでプライドが高いチョームを遠ざけるには充分だった。遊んでる暇は殆ど無いと言われて、それでも「いいじゃん、いいじゃん」と顔を出してくるというこ自体、チョームにとっては負けになることで、奴は昔からそういうことは徹底して避ける傾向にあったのだ。

が、矛盾しているかもしれないが、もちろんオレはチョームと縁を切るつもりは無かった。よって、月に1回ぐらいのペースでコチラの方からチョームに連絡を入れ、奴が仕事が早く終わりそうな日の夕方からラーメンやトンカツを食べに行ったりし、その後ファミレスで少しダべってから解散するということをしていたのである。

ほぼ1カ月置きに会うチョームは、顔を会わした当初はいつもコッチの様子を窺《うかが》うようにして驚くほど口数が少なかったが、オレが「ああ、今月も仕事しかしてねえよ」といったことを愚痴っていると、ファミレスに入った頃にはチョームのおしゃべりにようやくエンジンがかかってきて、色々なことを話してきた。それによると、オレの居眠り運転の事故からチョームの停学を決定した2年ちょいの間、マンションのボイラー室の電気工事士をしていたチョームにも、実は仕事の方で色々動きがあったらしかった。ボイラー室の電気工事の仕事は、とにかくハードで、特に夏が大変らしかった。というのもボイラー室の中は空調機器が入っていないため、夏になると50度近くになるらしいのだ。よって、5月になる頃にはチョームはTシャツを他に2枚用意して仕事に出掛け、帰る時にはその2枚のTシャツが汗でビチョビチョになっているらしい。そんな中で電気工事を、しかも、たった1人でやるのである。

で、1年後。仕事が終わって、いつものように都内にある会社の事務所に戻ると、仲良くなった5つ歳上の工事士の一人が小声で「近いうちこの会社を辞めて、友達の居酒屋を手伝うか、コーヒーマシンのメンテナンスをする会社で働こうか迷ってるんだよ」と言ってきた。コーヒーマシンのメンテナンスというのは、各ファミレス、ハンバーガーショップ、コンビニ等に入っているコーヒーマシン、それの調子が悪いと店の人がそのメンテナンス会社に連絡を入れる。すると電話を受けた司令塔係が、その時に一番現場に近いところにいるスタッフに連絡を入れ、直ちに修理に向かわせるという仕事らしかった。

結局、その5歳上の人は、友達の居酒屋を手伝うことになり、チョームはコーヒーマシンのメンテナンスをする会社を紹介してもらったとのこと。元々そのコーヒーマシンのメンテナンス会社は別の大きな企業の下請け会社で、よって、正式な社員は司令塔の係を含めた4名だけで、チョームを入れた他の8名は個人事業主という形で契約を結ばれていたという。

初めの3カ月。チョームは、先輩の個人事業主についてコーヒーマシンの修理の仕方を現場で見様見真似で覚え、それ以後は1人で修理に向かったという。もちろん、この仕事はこの仕事で大変で、1軒の修理に時には10時間以上かかることもあり、が、助けてくれる人もいないので、とにかく根性で直るまでコーヒーマシンと格闘しなければならないのだ。また、チョームの会社が担当する地域は関東と新潟、富山県全域だったので、時には新潟県の豪雪の中をタイヤにチェーンを付けて現場に行かねばならないこともあり、1回雪の中で車が動かなくなったこともあり、その時は丸2日間新潟から帰ってこられなかったという。が、会社とは個人事業主として契約しているので収入は良く、完全歩合制だったので、月に70万〜80万円の収入になり、ガソリン代・高速代・駐車料金などはすべて自腹だったが、その分出張料というのが出て、近いところだと1軒につき3500円、移動距離が片道100キロを超えると1万2000円が支給されたとのこと。

こうしてメンテナンスの仕事を覚え始めたチョームは次々と仕事をこなし、と同時に、各個人事業主をメンテナンスに向かわせる司令塔の役がやりたいと思うようになったが、そこには4人の正社員の1人のチョームより3つ歳下だが会社ではチョームの上司にあたる赤星という男が就いていて、もちろん彼は自分の仕事をチョームに譲るつもりは1ミリも無かったという。と、まぁ、チョームはそんな感じで仕事をしていて、ここから先はオレの推測だが、そのストレスを発散するために、毎日のようにベックに思いっ切り命令調で、オレの入っている自動車保険屋とどう交渉するのかの電話を掛けていたのだろうと思った。

その後、オレに久々に忘年会に呼ばれ、例のベックを頼むぞといった依頼を断ったチョームは、さらにそれから数カ月後、またしてもビックリするようなことをする。いや、ここから先のことを教えてくれたのは、オレが初めて讃岐うどんを食べた時に、イカ天ともう1人いた専門学校の時からの友達のハッチャキという男だった。福岡から出てきて、オレと同じ専門学校に入ったサモアの中途半端な美男子みたいな顔のハッチャキは、学校を卒業して1年程すると地元の福岡に戻り、親の紹介で地元のデザイン会社に入った。そこで8年ほど勤めていたが、社長とつまらないことで口論になり、その会社を辞めてしまったのだ。が、東京ほどデザインの仕事がない福岡では当然のごとく再就職に困ることになった。で、途方に暮れながらもたまたまパチンコを打ったら3回連続で大勝ちし、するとスグに地元のパチプロと知り合いになり、結局はそのパチプロが属していたパチプロ集団に入ってトータルで10年間、嫁にはデザイン会社に再就職したというウソをついて金を稼いでいたのである。

が、当然のごとく、ある日その事が嫁にバレて、もう少しで離婚となるところを何とか踏みとどまったハッチャキは、それ以後は近いうちにちゃんとした仕事に就くということで、一人娘だけにはそのことを秘密にして、息を潜めながらパチプロを続けていたのだ。そんな時期にハッチャキが、たまたま1週間ぐらい東京に遊びに来ていて、せっかくだから同じ専門学校へ通っていたイカ天が広島の両親のところに顔を出しに行くというので、オレとハッチャキもその1泊旅行に遊びがてら付き合い、そして、2日目に初めて香川県小豆島で讃岐うどんを食べたというわけなのである。

で、話を戻すと、チョームはそのハッチャキとはオレの家で2〜3回しか会ったことがなかったにもかかわらず、オレの嫁からハッチャキの福岡のアパートの電話番号を内緒で聞き出し、そこに電話を掛けたのである。しかも、掛けた時間が平日の昼間で、つまり、最初からハッチャキの嫁に狙いを定めて連絡を入れたのだ。そして、思った通りにチョームが一度だけ会ったことのあるハッチャキの嫁が電話に出ると、ずいぶん前からハッチャキは嫁に怒られながらもパチプロを続けているとオレから聞かされていたので、まずハッチャキを動かすには嫁さんから……ということで、ハッチャキに是非紹介したい仕事があるということを告げたのだ。もちろん、ハッチャキの嫁が興味を示してきてからは、アイツももうそろそろ他人にも堂々と言える仕事に就かなきゃいけないとトドメを刺し、さらにその仕事はスリムの友達の俺もやってる仕事だから間違いないとも言い切ったらしいのだ。

話はトントン拍子に進み、その後、チョームはハッチャキとも話し、奴を自分と同じコーヒーマシンのメンテナンス会社の個人事業主にすることに成功し、しかも、自分の家の2階の、2年ちょい前までは白鞘が寝泊まりしていた部屋が空いているから、そこにタダで下宿させてやると言ったらしいのだ。が、それには1つ条件があり、コーちゃん（オレ）にはそのことを秘密にしろと言ったらしい。けど、オレとハッチャキは、その時点でも25年以上の友達としての付き合いがあったわけで、それを今まで何回かしか会ったことのないチョームにそう言われたからって、その通りになるわけがなかった。結局、以上のことをハッチャキは、東京のチョームの家に単身で出てくることになった1週間前にオレに電話で知らせてきたのである。

わからなかった。チョームは、どうしてオレの友達にそんなことをするのか……。つい1年前まではベック。そして、今度はハッチャキ……。特に自分に何かメリットがあるわけでもなく、しかも、今度もオレには内緒にしろと言ってきたというのだ。嫌な予感がした。そして、その嫌な予感は見事に的中した。

ハッチャキがチョームの家に入り、そして、翌朝からチョームの車に乗ってコーヒーマシンの修理に向かおうとする車内で、ハンパないしゃべり好きのチョームがいきなり不機嫌になっていたというのだ。そう、ハッチャキが何を話し掛けても何も返してこないらしいのだ。そんな明らかに不機嫌な日が何日もあるかと思うと、割と親切に作業を教えてくれる時もあり、そうかと思うと今度はハンバーガーショップで店内のすべての人間に聞こえるような声で怒鳴ったり、また、ある時はハッチャキが脚立に乗って作業をしていて、その時にあまりにも集中していたハッチャキは下からのチョームの声に全く気がつかず、するとチョームは「おいっ、聞いてんのかよっ、バッキャロウ!!」と叫びながら脚立の脚を蹴り上げ、ハッチャキはもう少しで脚立ごと倒れて大ケガをするところだったらしい。

しかも、仕事が終わってからも、最悪なことにハッチャキはチョームの家に下宿していたので、おしゃべりが大好きな奴の世間話に何時間も付き合わねばならず、おまけに夜中の0時頃になってやっと2階で寝られるかと思うと、必ずチョームの兄貴が部屋の戸をノックして入ってきて、要領を得ない話を20～30分し、最後に必ずタバコを2～3本くれと言って退室していったという。そんな生活が丸1カ月も続き、遂に精神的に限界を迎えたハッチャキは当初「夜は外出禁止」と言われていたらしいが「ゲーセンへ行ってくる」と言って、チョームには散々嫌味を言われながらも外出し、そのままオレの家まで3キロ近く歩いてきて、チョームが完全に寝る0時を過ぎた頃にオレかオレの嫁に車でチョームの家の近くまで送ってもらうということを週に2～3度やっていた。

「俺は、今まで剣道部の猛練習を強《し》いられていた高校1～2年の頃が生きてて一番辛いと思ってたけど、いや、間違いなく今が一番辛いよ……」

ある晩、オレの家の居間のテーブルに座り、コーヒーカップを両手で持ちながら、焦点の合ってない目でそんな言葉を吐くハッチャキ。

「お前は甘えっ子で精神的にモロいのはわかるけど、自身の決断で東京に出てきたんだから、まぁ、1人で仕事が出来るようになるまで頑張れよ」

オレは、ハッチャキを慰めるようにそう言うと、眠い目をこすりながら奴をチョームの家の近くまで送った。

ハッチャキがチョームの家に下宿して3カ月が経つと、チョームは自分がそれまで乗っていた軽自動車をハッチャキに貸すことにして、自分は中古の普通車を買ってソレで現場を回るようになった。が、そうなってもハッチャキの元には、しゃべり魔のチョームから昼間に2~3本は電話が入り、最初は「今日はどの現場を回ってるんだよ?」って感じで仕事のことを聞いてくるらしいのだが、すぐにそれがどうでもいい雑談に変わったという。ちなみに、そういう期間にもオレとチョームは月1回ぐらいの割合で晩飯などを食いに行っていたが、もちろんチョームはオレの友達のハッチャキが自分の家にいることは秘密にしていた。そして、チョームと話している間もオレは客観的に奴を観察するようになっていた。

どうしてコイツは、いつもオレに隠れるようにしてオレの友達に連絡を取り、秘密裏にことを進めようとするのか……。そんなことを考えていると、決まって「あのバカ!!」という白鞘が教えてくれたセリフがオレの頭の中に響いた。

1人で現場を回るようになったハッチャキは、夕方からオレの家に来る日もあった。ウチは大概オレかオレの嫁が家にいるので、玄関の扉のカギはかけていなかった。で、居間で寛《くつろ》いでいると、その玄関の扉がガチャンと開く音がする。居間の中を見ると嫁も息子もいる。……誰だ? で、それから20分ほど経つと、今度は居間のドアが静かに開いて髪の毛を自分のタオルでゴシゴシやりながらハッチャキが姿を現すのだ。

「風呂ドロボウ!!」

オレは笑いながら、何度そんな怒鳴り声を上げたかわからない。とにかくハッチャキは、仕事が早く終わっても決してチョームの家には帰らず、オレんちに来てソファーでグーグー寝始めるか、ウチの嫁とゲームをするか、はたまた1人でゲーセンで0時近くまで遊んでいた。ハッチャキはチョームの家に下宿して、チョームと同じ仕事をチョームの車を借りてやっていて、昼間もチョームからの長電話に何度も捕まっているにもかかわらず、チョームのことは極力避けていた。その姿は、アクとクセが超強い社長からのパワハラを愛想笑いを浮かべながら必死に耐えている痩せぎすのOLみたいだった。ちなみに、決してハッチャキはオレに以要以上のチョームの悪口は言わなかったが、それでも一度だけ口を滑らせたことがある。

「年末のウチの会社の飲み会にチョームは、わざと司令塔をやってる赤星を呼ばないように無視してさ。っていうか、社員を呼ばないなんて本来は有り得ないっていうか、中学生の陰険なイジメじゃないんだからさ……。赤星も言葉には出さなかったけどメチャメチャ怒ってたよ」

数日後。ハッチャキのその陰口を聞いていたかのように、チョームからのさらなる鉄槌がハッチャキに振り下ろされた。

その朝、チョームの家の1階の台所でハッチャキが入れたコーヒーをチョームと飲んでいて、ハッチャキが「昨日は、どこの現場に修理に行ったの?」と尋ねたところ、いきなりチョームから「どうでもいいけど、おメーは随分偉そうじゃねえかよ」という言葉が飛んできたらしい。

元々、通っていた美術の専門学校にはオレは二浪して入ったのに対して、ハッチャキは高校を卒業してそのまま入ってきたのだが、奴はあまりに剣道部の練習がキツくて1年留年していたのだ。ま、オレとしたらそんなハッチャキが1歳下なんてことはどうでもよく、専門学校でクラスメイトになった時からタメ口で話していた。ところが、チョームにしたら学年も1つ下で、おまけに九州に住んでいたハッチャキを自分の家にタダで下宿させ、最初の頃は仕事まで教えていたのだから、ハッチャキにタメ口をきかれるのは面白くないというのもわからんでもない。が、それ以上に、このタイミングでソレを言うかぁ?とオレは呆れた。

それ以後、ハッチャキはチョームのことを〝チョームさん〟と呼ぶようになり、オレの家に来てもチョームのことを話す時はチョームさんと〝さん〟付けするようになった。そして、そうこうしてるうちにハッチャキの一人娘が高校受験をする日時が迫ってきた。ハッチャキの娘は中学に入って少しした頃から「東京の高校に行きたいなぁ……」と頻繁に言うようになり、この度ハッチャキが東京で働き始めたことから、実は数カ月前にハッチャキの嫁が1人で東京に出てきて、家族3人で住むマンションの当たりをつけていたらしかった。

オレは、そのことをハッチャキから聞き、が、チョームは相変わらず仕事中に暇つぶしの電話をハッチャキに1日2~3本のペースで掛けてくるばかりか、来年はお前が使ってる部屋にガスヒーターを入れてもいいからとか言って、まだ何年かはハッチャキを自分の家に下宿させるつもりだったらしい。

で、遂に自分の役割が回ってきたと思ったオレは、ある晩、ファミレスでメシを食おうとチョームを呼び出した。

「つーか、チョームの家には、もう1年近く前からハッチャキが来てるみたいじゃん……。しかも、白鞘さんの時と同じくオレには秘密にしてよ。何でそういうことすんの?」

チョームは1秒だけ顔色を変えたが、いつものように即落ち書いた顔に戻って、いかにもって答えを返してきた。

「いや、ハッチャキが仕事を覚えきれねえで、もしかしたら東京に出てきたはいいが、下手すると九州に帰らなくちゃいけないかもしれなかったからよ。そうなったらコーちゃんは心配してヤキモキするだろうから、だから東京でやれるって決まるまでは黙ってようと思ったんだよ」

「で、奴は東京で仕事が出来そうなのっ!?」

オレは、その言葉を出来るだけ強く言っていた。

「おっ……おう。もう、大丈夫だよ」

「そうか……。で、ハッチャキの娘が東京の高校を受験したいって言ってて、ハッチャキの嫁が既に杉並区の高井戸にあるマンションで一家3人で住める当たりをつけてるみたいだから、チョームも勿論応援してやるよなっ?」

「あ、ああ……そ、そりゃ勿論……」

チョームをやり込めたようでイイ気分だった。

1カ月半後。ハッチャキの娘は中野区にある私立の女子高の入試に見事合格。さらにハッチャキは、チョームに借りていた軽自動車を20万円で売ってもらうことになり、晴れてハッチャキ一家は東京で生活出来るようになったのである。

「チョームには1年ちょい下宿させてもらったんだから、何かお礼をしといた方がいいぞ」

ハッチャキが高井戸でのマンション生活を始めてから数日が経った頃、オレは奴に電話をして、チョームがつむじを曲げないためのアドバイスをした。

『だから3セットで10万円もする羽根布団をプレゼントしたよ』

そう言って、電話の向こうで笑うハッチャキ。さらに奴の話では、チョームの家を出てからは、昼にチョームから掛かってくる時間潰し電話も極端に少なくなったという。

で、ようやくハッチャキがホッとしたのも束の間、10日ほど経つと今度はオレのところにチョームから電話が掛かってきて、ツイッターのやり方を教えてくれという。

オレは、ハッチャキとも話す機会が減ったチョームが暇を潰すにはいいことだと思い、携帯電話の画面上に奴のアカウントを作らせた後、そのページをフォローしてから自分のフォロワーたちに次のメッセージをツイートした。

『ヤベえよ。オレの本にも度々登場してるチョームが遂にツイッター界に乗り込んできたぞ。奴と話したいと思う変わり者は奴をフォローしてくれ。スグにフォローし返してくれるみたいだぞ。が、どうなっても責任は取らんからな（笑）』

　するとチョームのフォロワーは日に日に増え続け、１週間で５００人台、10日で７００人台を突破。そして、チョームのフォロワーがもう少しで９００人に届こうとする頃、今度は奴が仕事が終わると連日のようにオレの家に来るようなったのである。

（何だよ、悔しがり屋のチョームが毎日来るなんて、下宿人のハッチャキが出ていったことがよほど寂しかったのか？　まぁ、でも、１階でウチの嫁と２～３時間話して帰っていくから別にいいけどな）

　オレはそう思いながらも、５日振りにチョームのタイムラインを見て驚いた。オレの家の中の色々な場所の写真が沢山載っているのである……。

「お前、ふざけんなよっ。勝手にオレの家の写真を撮って、それをアップしてんじゃねえよ！」

　電話でチョームに怒りをぶつけるオレ。そう、奴は自分のツイッターアカウントのフォロワーとか「いいね」の数を増やそうと思い、勝手にオレの家のレポートをしていたのだ。そして、オレが怒ってからチョームは、再びピタリとオレの家には来なくなった。


　奴との付き合い方が昔とはガラリと変わってしまったと思った。少なくともオレが居眠り運転で事故る少し前までは、昔からの純粋な友達だったのに、それ以後はチョームにとってオレは奴が満足したり退屈しのぎをするための者たち、それを簡単にキャッチするための鵜飼《うかい》の鵜にされているような気さえしてきた。

　一体どうしちまったんだろう、奴は……。自分のブティックを畳んでからというもの、とにかく性格が雑で幼稚になっている。

　が、それでもオレは奴の手を離すことは出来なかった。８歳の頃から友達になり、今まで38年間も一緒に笑ったり、ケンカ相手をブチのめしたり、時には一方的にチョームに庇《かば》われてもきたのだ。それをこんなことで捨てることは出来ない。ある人物と一生友達として付き合っていくうちには、必ずこういう時期だってあるのだ。それを乗り越えてこそ、ソイツのことがより深く理解できるのだ……。

　数日後。自分のツイッターページを見たら、今度はチョームと合田がツイートのやり取りをしていた……。

　少しの間意味もわからず頭がボーっとしていたが、やがて慌ててチョームのツイッターページに飛ぶと、7月の終わりから始まったロンドンオリンピックでの日本勢をテレビを観ながら沢山のフォロワーたちと応援しているらしく、次はどのチャンネルでどんな競技をやるかっていうナビゲートを合田がやっているようだった。

チョーム『合田くん――。次はどんな競技があるの？』

合田『はい、あと12分後からBS1で柔道の男子60キロ級と66キロ級の1回戦が始まります』

フォロワー『チョームさん、日本勢2人目のメダルを取る人が出てくるでしょうか？』

チョーム『柔道だから間違いないだろ。そうだよな、合田くん？』

合田『ええ、柔道は全階級合わせると最低でも5つはメダルを取れると思いますよ』

　チョームのページには以上のようなツイートが次々と流れていた。

　まただ……。しかも、今度は今年からオレと懇意になった合田を捕まえて、まるでもう何年も前から友達であるかのようなやり取りをしているのである。机の上にある小物入れのガラス扉に映っている自分の顔、それが明らかに引き攣《つ》っていた。

（てか、そんなオレの友達ばかりに手を伸ばしてないでチョーム、おメーは早く彼女でも作れよっ!!

お前の親父さんが亡くなる1年前に昼間、ひょっこり1人でウチに遊びに来たことがあって、その時にお前の親父さんは闘病中のウチのオフクロを励ましてくれた。その時にオレは「直ちゃん（チョーム）も偉いですよね。ウチのオフクロよりよっぽど前に大病してる自分のお母さんが心配で、結婚も二の次、三の次になってるって感じですもんね」って言葉を掛けたんだ。そしたら、おメーの親父さんはこう答えたよ）

「コーちゃん……。親っていうのはね、子供が独立して実家から出ていって、結婚して孫の一人でも連れてきてくれるのが一番嬉しいんだよ。特にアイツは次男なんだから、いい加減家から出てって欲しいんだ。私の嫁の世話は私一人でも充分出来るんだから」

チョーム『合田くん。今、一番多くメダルを取ってる国はどこ？』

合田『え～とぉ………アメリカです。既に金・銀・銅合わせると13個も取ってます』

チョーム『よぉ～し、柔道で頑張って差を詰めるぞ、合田くん！』

合田『はいっ！』

………。

チョーム。一体どういうつもりなんだよ、お前は

10 大ピンチ

9月の上旬。オレは一人で香川県に来ていた。

いつも泊まっている高松市のウルトラホテルの駐車場で合田と合流したオレは、そのまま自分の車の助手席に合田を乗せ、20キロほど離れた綾川町のO製麺所で肉うどんを頰張っていた。

「あ、ちょっと車ん中に薬を忘れちゃったんで、すいませんが車のキーを貸してもらえませんか?」

突然席から立ち上がり、そんなことを言ってくる合田。

「ああ……じゃあ、これ」

そう言ってキーを差し出したオレからソレを受けとると、小走りに店から出ていく合田。その様は突然何かの症状に見舞われ、慌てているように見えた。

「合田さん、何だか大変だったみたいですね」

オレの背後から、そんな言葉を掛けてくるドレミ。

「えっ、合田くんに何かあったの?」

「いや、少し前までロンドンオリンピックがあったやないですか。で、その期間中、合田さんは2回ぐらいウチにうどんを食べに来てくれたんやけど、いつも沢山のスポーツ新聞を抱えてて」

「スポーツ新聞?」

「何でもスリムさんのお友達のチョームさんて方とオリンピックの日本の応援をツイッター上でするに当たって、自分がどの種目が何時から何チャンネルでやるかっていうナビゲート役っていうんですか。それになったみたいで、チョームさんの〝合田くん、次は何チャンネル?〟って質問に即座に答えるためには、毎日のようにスポーツ新聞を3紙ぐらいずつ買って、その日のテレビで放映される競技を頭に入れとかないとダメなんですよ、なんて笑ってましたよ」

(うわっ、そんなことをしてたんだ。しかも、チョームはまさか合田くんがそんな下準備をしてたなんて気づくはずもないだろうしなぁ……)

「いゃあ〜、やっと落ち着きましたよ。ガハハハハハハハハハッ!!」

外から戻ってくる合田。

「何か急に調子が悪くなったの?」

「あ、ええ。今朝、薬を飲むのを忘れちゃって、ちょっと視界がチカチカしてきたんですけど今、水無しでも飲めるリスパダールって薬を飲んできましたから。ガハハハハハハハハッ!!」

「だ、大丈夫か!? ちょっとココで休ませてもらう?」

「いやいや、薬さえ飲めばピタリと治りますから、もう大丈夫ですよ。ガハハハハハッ!! さ、じゃあ、予定通りにスリムさん初の金刀比羅《こんぴら》参りに行きましょう!」

「あ……う、うん」

その後、高速道路を善通寺インターで降りたオレたちは、一般道を10分ちょい走って金刀比羅宮の駐車場に車を停めた。

「うわ〜っ……ご、合田くん。この参道入口から頂上の御本宮までは、この石段を何段登らなきゃならないの?」

「785段です」

「えっ、そ……そんなに!?」

「頑張りましょう。スリムさんもジムに通ってんですから、軽く登れますよ。ガハハハハハハハハハッ!!」

(オレ、何でこんな所に来たいなんて言っちゃったんだろ……)

「ハァ……ハァ……ハァ……」

「ゼイッ……ゼイッ……ゼイッ……」

オレと合田は、御本宮に続く石段の4分の1ぐらいを登った時点で既に息が上がっていた。

「ハァ……ハァ……ご、合田くん……ハァ……ちょ、ちょっと休もう」

「ゼイッ……ゼイッ……わ、わかりました」

その後、途中途中で息を整えながら、登り始めてから約1時間半後、オレたちはやっとのことで御本宮の社前に到着。そして、しばらくして息が整うと、あることを思い出して、そのことを合田に訊いてみることにした。

「しかし、ビックリしたよ。数週間前にチョームのツイッターを見たら、合田くんとか他のフォロワーたちとロンドン五輪での日本選手の応援をしてんだもの」

「ああ、あれはスリムさんのツイートを見てチョームさんをフォローしたら、スグにチョームさんもボクのことをフォローし返してくれて。で、数日後にチョームさんがツイッターを通して〝合田くん、一緒にオリンピックに出てる日本人選手の応援をやろうぜ!〟って言葉をかけてきてくれたんですよ、ええ」

「なるほど……」

「で、仕事から帰ってきたチョームさんが、風呂に入ったり夕飯を食べたりしてひと段落すると『合田く〜ん。今夜は日本人選手のどんな競技があるの〜?』ってボクに訊いてくるんですよ。そうすると他のフォロワーさんたちもチョームさんのツイッターに集まってきて、そこからその日の応援がスタートするわけです」

「さっきドレミちゃんから聞いたんだけど、そのナビゲート役をやるために、毎日のようにスポーツ新聞を3紙ぐらい買ってたんだって?」

「そうなんですよ。チョームさんが応援を始める時間って、ほぼ夜中の11時ぐらいから朝の5時ぐらいまでで、その間、いつ〝合田くん、次の競技は?〟って言葉が飛んでくるかわからないから、絶えず先回りして答えられるようにしてたんです、ガハハハハハハハッ!!」

「てか、チョームの奴は朝から仕事があるのに、よく朝の5時ぐらいまでテレビを観てたよなぁ」

「チョームさんの話では、とりあえず朝5時〜8時まで3時間だけ寝てから仕事に行って、その仕事と仕事の合間にもコンビニの駐車場に停めた車の中で寝るってことを、そのオリンピック期間の2週間はやってたみたいですよ。でも1回、朝早くから仕事の電話が掛かってきちゃったらしく、その上、その日はコーヒーマシンの修理が立て続けに4件も入ったみたいで、チョームさんは一睡もしないで応援してて、他のフォロワーから『隊長、少し寝て下さい！　体ブッ壊れちゃいますよっ』なんて言葉が次々と掛かって。でも、『いや、俺なんかより今、遠い外国で孤独な精神状態で闘ってる日本の選手の方が100倍大変なんだから、こんな時に寝てられるか』って言って、その時は38時間も寝なかったらしいんですよ」

「バカかっ、アイツは？　日本人選手のシンクタンクにでもなったつもりかよっ」

「ガハハハハハハッ!!　とにかく、あの時のチョームさんは神がかってましたよ」

他人を巻き込んで自己満のお祭り騒ぎをやるチョーム。最も嫌な予感がしたのは、その巻き込む人数が徐々に増えているということだった。が、1カ月前にオリンピックが終わってからは、当たり前だがそのツイッターでの応援合戦はピタリと終了したみたいなので、オレはもうそのことについては触れなかった。

「この金刀比羅宮こと、こんぴらさんがあったから香川はうどんの聖地になったんですよね」

展望台の石のフェンスを背にしながら、唐突にそんなことを言う合田。

「香川は日本で一番雨が降らない土地だったから、米なんかに比べて水をそんなには必要としない麦を育てるようになって、それでうどん粉を作るようになったじゃないですか」

「あ……うん」

「これはウチのオトンのバアさんがよく言ってたことなんですけど、それで香川にはうどん屋が江戸時代から何軒か出来るようになって。ちなみに、江戸時代は庶民が旅をすることは禁じられてたらしいんですけど、この金刀比羅宮や三重県の伊勢神宮なんかの神社への参拝の旅だけは認められてたらしくて。それで当時から金刀比羅宮は人気があって、またその周辺にあるうどん屋も参拝客で繁盛するようになって、次々とうどん屋が増えてったらしいんですよね」

「なるほど……」

オレは正直、この〝こんぴらさん〟こと金刀比羅宮にはあまり興味が無かった。が、今、合田が話したことを聞くと、この神宮は讃岐うどんとも密接につながっていて、今さらながらココにも微かな愛着が湧いてきていた。

「でもオレ、未だにわかんねえんだよなぁ〜。全部が全部じゃないとは思うけど、どうして香川県の讃岐うどんってこんなに旨いんだろ？　普通、東京まで一度その流行が届いたら、東京でも材料はその地方から取り寄せて、アッという間に近い味を出す店がそれなりに出てくるだろ。ところが、こと讃岐うどんに関しては、香川と東京では圧倒的な差があるんだよ。それは何が原因かが、相変わらずわかんねえんだよなぁ……」

「スリムさんのオトンのケンちゃんに香川に負けない讃岐うどんを作らせちゃえばいいんじゃないですか、ガハハハハハハハハッ!!」

「おいおい、無茶言うなよ。ウチの親父は、オフクロが死んでからは糖尿はさらに酷くなるわ、脳梗塞も2回も患ってるしよ。で、今はオフクロが勤めてた老人ホームに入って、すっかり大人しくなっちゃってるわ」

「あのスリムさんの名物オトンが、今はそんなふうに……」

そこで合田は言葉を切ると、珍しく黙って何かを想っている様子だった。

半月後の9月の下旬。合田からの郵便物がオレの家に届いた。その封筒を破いて中を見てみると、ホチキスで止められた6枚の紙が入っているだけだった。

（あ、この紙1枚ごとに合田が飲んでる薬の名前、効能、摂取量が記載されてるぞ）

オレは改めて、そのパソコンの文字が印刷されている一枚一枚を見ることとした。

◎バルリン錠／けいれん発作を抑え、気分の不安定（不機嫌・怒りっぽさなど）を改善するお薬です。朝1錠、夕方1錠。

◎リーマス錠／気持ちを安定させるお薬です。朝2錠、夕方2錠。

◎レボトミン錠／イライラや興奮を抑え、不安や緊張を和らげるお薬です。朝3錠、夕方3錠。

◎タスモリン錠／手のふるえ、筋肉の硬直等を改善するお薬です。朝1錠、夕方1錠。

◎フルニトラゼパム錠／寝付きを良くするお薬です。寝前1錠。

◎ランドセン錠／発作を抑えるお薬です。寝前1錠。

（つーか、合田は1日に計16錠もこんな薬を飲まなきゃいけないのか……。奴と一緒にうどんを食いに回ってると、最近では完全に普通の友達と一緒に行動している気持ちになってたけど……）

11月中旬。再び香川県に車で向かっているオレ。が、今回は少し事情が違った。というのも3日前からツイッターで「合田く〜ん！　合田く〜ん！」と呼んでも返事が返ってこず、昨日の晩、ようやく合田からオレのケータイに電話が掛かってきたが、何だかその声に落ち着きがなく、何かあったの？と聞いても要領を得ないことばかり言っているので、じゃあ、今回の香川旅行はオレは1人で回るよと言うと、急にいやいや大丈夫です!!と慌て始めたので、本日香川県に入ったら高松市のホテルにチェックインする前に、とりあえず観音寺市の合田の家に行くということで話がついた。しかし、一体何があったのだろう……。

午後1時過ぎ。合田の家の前に車を止め、チャイムを鳴らそうと玄関に近づいていくと、早くも中からカールの激しく吠える声が響いてきた。

「うるさいカール！　静かにしろっ、カール！」

続いて合田のそんな声が聞こえ、少しすると玄関の戸が開いた。

「スリムさん……」

オレの顔を見た途端、今にもすがりついてきそうな視線を飛ばしてくる合田。

「一体どうしたんだよ、合田くん……」

「と、とりあえず、スリムさんの車ん中で話しますよ」

「車ん中で？　……ああ」

その後、オレの車の助手席に腰を下ろした合田は、もう一度周囲に両親がいないことを確認してから口を開いた。

「前にボク、山口県の下関市に住んでた時にゴローっていうクラスメイトがいたって話しましたよね」

「ゴ、ゴロー？」

「ボクたち中学を卒業しても2人とも高校には行かず、美容学校に入る面接の時に……」

「ああ、2人とも〝美容の勉強をやらせて下さい〟って言えなかったから、その学校に入れなかったっていう……」

「そうです、そうです。で、その後、ボクは家具屋に就職したんですけど、ゴローとはそれ以来、1～2回会っただけで会う機会も失くなっちゃって。その後、ボクはこの香川に引っ越しちゃったから、それきりになってたんですよ」

「おお……それで？」

「3日前に会ったんですよ」

「え……誰と？」

「そ、そのゴローとですよっ」

その言葉を発した途端、再び緊張が湧き上がってきた様子の合田。

「しかも、ゴローは顔面血だらけで……」

「ちょっと待ってよ、合田くん。だって、そのゴローは下関に……」

「そうなんですよっ。でも3日前に近所のうどん屋の前に並んでたら、もう20年ぐらい会ってなかったゴローが顔面真っ赤になって、かっ……肩を怒らせながら少し離れたところから歩いてくるんですよっ」

「てか、20年も会ってなくて、しかも、顔が血だらけなのに、よくソイツがゴローだってわかったなあ」

「歩き方ですよっ。奴、歩き方に凄い特徴があって、いつも微かに左側に傾きながらポクポク歩くんですっ」

「わ、わかったよ。……で？」

「それで『お前、ゴローだろ？』って声を掛けたら、奴もビックリしたような顔になって立ち止まっちゃって。で、『合田だよ、合田！　ほらっ、下関で散々一緒にバカやってきた合田だよ！』って続けたら、何でお前がココにいるんだよ!?なんて言うから、コッチも『それは俺のセリフだよ！』って返して。で、うどん屋の列から外れて、何でお前はそんな真っ赤な顔をしてんだよってゴローに尋ねたら、奴は2年前に下関のガソリンスタンドで働いてる3つ歳上の同僚の彼女が地元の香川県観音寺市に戻るってんで、迷った末に自分もそのガソリンスタンドを辞めて、彼女に付いてきたらしいんですよ。それで、彼女の実家近くに2人でアパートを借りて、彼女は近くの商店街にあるクレープ屋で、ゴローもコッチのガソリンスタンドで働いてたらしいんです。そしたら、3日前に隣町のスーパーで彼女と2人で買い物をしてたら、5人組のチンピラに声を掛けられて。実は、その中の1人がゴローの彼女と高校生の頃に付き合ってたらしいんですよ。で、久しぶりじゃんかよから始まって、そのうち何だよ、そのヒョロっこい男は？ってなって」

「んで、そのゴローも文句を言い返したと……」

「はい。それで5人にボコボコにされたゴローは、彼女からその昔付き合っていたっていう男の住所を聞き出して、自分のアパートから拳銃を持ち出して殴り込みをかける途中だったんですよっ」

「えっ……今、よく聞こえなかったけど、ゴ、ゴローは何をアパートから持ち出したの？」

思わずそんな質問をするオレ。

「け、拳銃です……。ゴローなんかが住んでるアパートの近くに、六甲陸山会に所属してるヤクザの人がいて……」

「ちょっと待てよっ。ろ、六甲陸山会って、あの本部が神戸にある、日本一でかい組の!?」

「ええ。その芝浦組で若頭補佐をやってる人とゴローは仲良くなったらしくて、は、半年ぐらい前に拳銃をもらったらしいんですっ」

合田の声が明らかに震え始めていた。

「で、そのゴローはソレを持って……」

「そ、そうなんですよっ。で、ボクには関係ないから付いてくるなって言ってきたんですけど、そのままゴローを放っとくわけにもいかないから、20～30メートル後から付いてったんです！」

「ええっ、お前、何やってんだよっ!!」

思わず合田に向かって怒鳴っていた。

「そしたら、そっ……そのチンピラの住んでるところは、そのうどん屋から歩いて20分ほどの、目の前がすぐ海岸になっているところで……」

「でっ!?」

オレの言葉も微かに震え始めていた。

「そしたら、その家からチンピラが3人出てきて……」

「そ……それで？」

「す、少し言い合いになった後、ゴローがいきなり懐から拳銃を取り出して、いっ……1発目の音が響いたら、いきなり1人の男が頬を押さえながら、た、た、倒れちゃって……」

「ホ、ホントかよっ、おい!?」

話を聞いてるオレの体もカーーッと熱くなっていた。

「そ、それで2発目の銃声がしたと思ったら、また別の男が脚を押さえながら、た、倒れちゃいまして」

「なっ……」

「そ、そしたらゴローが急に走り出して、ボ、ボ、ボクも気がついたら必死でその後を追いかけてましたっ」

「…………」

「ス、スリムさん」

「……何だよ!?」

「あれから丸3日経って……ボク、ゴローが心配になってて……ス、スリムさん」

「だからっ何だよ!?」

「こ、これからゴローのアパートに行きませんかっ?」

「はぁ!?　……な、何で?」

「あのチンピラたちに、ゴ、ゴローがお礼参りされるんじゃないかと……」

「いや、き、急にそんなこと言われてもさ」

「お願いしますっ、スリムさん!!」

「ええっ……」


午後4時少し前。合田を助手席に乗せたまま、観音寺市内を走り回っているオレ。

なぜオレが合田の友達のアパートを探しているのかというと、もしチョームが合田の友達のゴローと同じことをしたら自分はどうするのか?ということを考えたら、やっぱり心配になってチョームのところに行っていると思ったからだ。

「あっ、栄町にある岩雲荘、ココですよ、ココ!」

3日前、ゴローが口にした住んでいる町名とアパートの名前、それを書いたメモ帳を見ながら今、目の前に出てきた細い通り沿いにある古ぼけた2階建てのアパートを指さす合田。見れば、確かに外壁に汚いペンキ文字で直接『岩雲荘』と書かれていた。

オレは、その近くの空地に車を停め、合田の後にくっつきながら、そのアパートの1階にある『召田《めすだ》』という表札が出ている扉の前で足を止めた。

「おお、ゴーちゃん、ホントに来たんけぇ～」

「だぁ～れぇ～?」

ビシッと目鼻立ちが通った、一見北欧人の血も混ざってるんではないかとも思えるような男が顔を出し、その背後から女のガラ声が聞こえた。

「ほらっ、ワイが時々話してた、下関で同じ中学に通っとったゴーちゃんや。もう20年ぐらい会ってなかったけど、まさか同じ香川県の観音寺市に住んどるとはなぁ～」

背後にいる女に向かってそんなことを話したゴローは、扉の鴨居の部分に左手を掛けながら、今度は合田の隣にいるオレに視線を飛ばしてきた。

「あ、ゴロー。彼はスリム先生や」

ゴローにそんな言葉を掛ける合田。

「スリム先生ぃ～?」

オレを見ながらそんな素っ頓狂《すとんきょう》な声を上げ、間もなくして、その呼び名とオレの体形のギャップに、吹き出すゴロー。一瞬カッとなったが、悪いのはそんなペンネームを付けたオレの方なので、頭をかいてソレを誤魔化した。

「え、ライターって、百円ライターを作ってる人なのぉ～?」

玄関から入ってスグのところにある食卓用のテーブル、そこに合田とオレを横に並んで座らせると、自らはオレの正面のイスに腰掛けてそんなことを言ってくる女。もうすぐ40代に手が届く年齢みたいだったが、そのガラ声とは裏腹に、まだ30代前半ぐらいの見てくれだった。

「ち、違うよっ。文章を書いてお金を稼ぐ職業だよ」

　オレの代わりに、そんな言葉を吐く合田。

「へぇ～。アタシ、そんな仕事をしてる人に初めて会った。スリムさんて……ブッ！　あ、頭いいんだね。クククククッ」

　ゴローと同居している女も、オレの呼び名と体のギャップに吹き出していた。オレは、その呼び名の由来を説明する代わりに、わざと声を大きくして2人に注意を促していた。

「どうでもいいけど、お前ら、こんなところでノンビリしてていいのかよっ？　合田くんから聞いたけど、その最初にカランできた男たちには、アンタの高校時代の同級生が混ざってたんだろ。だとしたらアンタの実家に行って家族や知り合いから色々聞き出して、すぐにこのアパートを突き止めるんじゃねえのかぁ？」

「いや……まぁ、来たら来たで、アタシが追っ払ってやるけどね」

「いやいやいやいや！　いいかいっ、アンタの彼氏はソイツら2人を拳銃で撃ったんだろ？　もし警察に行かないとしたら、それなりの覚悟で殴り込んでくるぞ！」

「だっ……だったら返り討ちにしてやるよっ」

　まだ少し腫れが残った顔を尖らせながら、そんな言葉を返してくるゴロー。

「返り討ちって……相手は何人で来るかわかんねえんだぞっ。しかも、今度は……」

　オレがそこまでしゃべった時だった。

　ゴンゴンゴン、ゴンゴンゴン!!

　いきなり乱暴にノックされる玄関の扉。その勢いからして、ガス料金の集金や宅配便の類《たぐ》いではないことは明白だった。

「ほ、ほらっ。早速来やがったぜ……」

「2人は奥の部屋に隠れとき！」

　オレと合田にそんな言葉を掛けてくるゴロー。

「よし、合田くん。は、早くアッチに行くぞ！」

そう言うと合田の腕をつかんで布団が敷かれたままの奥の和室に行き、その引き戸を閉めるオレ。

ゴンゴンゴン、ゴンゴンゴンゴン！

再び乱打される玄関の扉。

「わかったわいっ!!　今、開けるから待っちょれ!!」

ゴローのそんな声が聞こえた。オレは意外と冷静になっていて、合田を自分の背後に座らせると、引き戸の端っこを1センチぐらい開け、そこから玄関の方をしゃがんで見つめた。

ふと、こんな場面に遭遇するのは何十年ぶりか？と思った。不良をやっていた10代の頃は、こんな場面に幾度も出くわしたが、まさかそれから30年近く経って、しかも、香川県でこんなことに巻き込まれている自分を冷静に客観視している、もう一人の自分がいた。玄関の扉のロックを外す音。次の瞬間、もの凄い勢いでドアが開いた。

「おうっ、きさん！　よくも、あんな銃で俺たち2人も弾いてくれたやないかっ、おおっ!!」

「やかましいわ。お前がワイのことをフクロにしたからやろうが！」

ゴローの背中で相手が何人いるかもわからなかった。

「俺はこの頬を15針、それから、このヤスは右脚を弾かれて、ほらっ、徳島の病院からまともに歩けんで、オートン（タクシー）に乗って帰ってきたわっ!!」

「知るかっ、んなこと！」

オレの背中の服をつかんでいる合田の手が震えていた。

「きさん、とにかくあの銃出せや、ぐぅおらっ!!」

「あんなもん、とっくに捨てたわっ！」

「フカシこいてんじゃねえわっ、この小僧!!」

「フカシじゃねえわっ、何ならこのアパートの部屋を全部探してもいいけん！」

オレの心の中で（よしっ、来るぞ!!）という声がした。が、その次には（あ〜あ、オレは旨いうどんを食いに来ただけなのになぁ〜）という声が続いた。

「……まぁ、ええわ。じゃあ、明日の昼までに1人の治療費が300万だとして、2人分の600万を用意しろや。言っとくけど、きさんみたいな貧乏臭い奴だから、あえて激安価格にしたったさかいっ、値引きなんかは一切せんけんのう」

「アホタレ！　そんな金あるはずないがっ」

「無かったら今からサラ金でも何でもハシゴして借りてこんかいっ!!　男のお前1人で600万借りれんかったら、そん時はセリナ、女のきさんも借りろ。わかったなあああっ!!」

「何でアタシが借りなかいかんとやっ!?」

「きさんら、こんなアパートで2人して住んでんやから、んなもん共同責任だろうがっ!!　いいなっ。明日、昼にここに来て600万円用意出来んかったら、ワイらはマッポを呼ぶからな。ハッタリで言ってんじゃないきん、覚悟せいやっ!!　ワイらのバックには地元のヤクザもいるけんのう……。ナメてかかると、きさんら冷たくなるけんのぉ〜。わかったかあああっ、ぐぅおらっ!!」

「3人で来たのか……」

チンピラたちが去った後、オレはゴローから相手の人数を訊いた。

「アンタ、向こうには地元のヤクザがついてるっていうなら、コッチかて拳銃をくれた六甲陸山会の飯山さんに頼んで奴らを追い詰めて……」

「バカタレがっ!!　飯山さんには迷惑かけられんわ！」

女を怒鳴るゴロー。

「アイツら、過去に何か小さな事件をいくつか起こしてて多分、警察には行けないんだろうなぁ……」

「え、なしてや？」

小さな声でつぶやいたオレに声を掛けてくるゴロ

ー。

「だって、普通に考えたら拳銃で撃たれて負傷したなら警察なり地元の病院に行くだろうよ。それを奴らは隣の県の徳島の病院に行ったたって言ったんだぜ。そんなもん、どう考えたって闇医者に決まってんだろ」

「た、確かに……」

「で、あのチンピラたちは、とにかくお前たちから金をふんだくろうって決めたんだよ。で、あのリーダー格の男が、高校の時に付き合ってたアンタの実家の人か誰かに聞いてココに乗り込んできたって考えるのが一番妥当なんじゃねえの?」

「あのクズ野郎……」

オレの話を聞いて、怒りに満ちた顔になるゴローの彼女。

「ま、40近いのにあんなチンピラのままでいる奴らなんだから、奴ら自体で大したことは出来ないとは思うけど、でも、このままだとめんどくさいことになるかもな」

「……ど、どうする、ゴロー?」

久々に口を開く合田。

「別のところにバックレるわ。ワイらがココにいたら、コイツの家族にも迷惑がかかることになるけん」

そう言って隣にいる彼女の顔を見るゴロー。

「何であんなチンピラのためにアタシらが逃げんといけんきゃっ!」

そう吐き捨てるように言いながらも、ベソをかき始めるゴローの彼女。

「しゃあないやろっ。元々、お前があいうロクデナシと関係を持ったからいけないんき」

ゴローの言葉に嗚咽《おえつ》を始める女。

「合田くん、オレはそろそろチェックインしに高松のホテルに行くけど、その前に合田くんの家まで送ってやるよ」

「あっ……ええ、でも……」

迷ってる風の合田に、今度はアゴでもう帰ろうという合図を送るオレ。そう、ここは2人して冷静に考えさせるのが一番いいのだ。

その後、合田を自宅まで送ったオレは、大野原インターから高松自動車道に乗り、結局いつものウルトラホテルにチェックイン出来たのは夜の9時を回った頃だった。

大きなバッグを部屋のテーブルの端っこに置き、とにもかくにもベッドに横になると痺れるような疲れが襲ってきた。

(当たり前だよな……。今日は早朝の4時に起きて、高速道路をいつものように殆ど休憩を取ることもなく走り抜けて、ようやく午後の1時頃に合田家に着いたら、休む間もなく合田の友達のトラブルに巻き込まれてたんだもんなぁ……。しかし、ゴローのアパートに相手のチンピラが上がり込んできたら、オレはどうしたんだろ……。間違いなく暴れてるよなぁ……。そして……ダメだ、頭が働かない。それにしても、何っていう一日だったんだ)

翌朝8時。珍しくグッスリ寝たオレは、とりあえず合田のケータイに連絡を入れると、1回目のコール音が終わらないうちに合田の声が聞こえた。

『ああ、スリムさんっ。おはようございます!!』

合田の声にいつものような、快活さが戻っていた。

「おはよう。ところで、ゴローなんかはまだ自分のアパートに……」

『あ、昨日スリムさんに家まで送ってもらった後、何時間かしてゴローのケータイに電話したら、奴は高速道路を運転している最中で、ホントに彼女と一緒に香川から出ていっちゃいましたよ』

「えっ、そんな急に!?」

『ええ。ゴローの遠い親戚が新潟県の長岡市にいるみたいで、とりあえずソコに行くって言ってました』

「やっぱ、ゴローも挙銃とかブッ放しちゃって、さすがにヤバいと思ったんだろうなぁ……。で、どうする、今日は?」

『いや、もちろんうどん屋を回りましょうよ、ガハハハハハハッ!!』

「だ、大丈夫か?」

『もちろん大丈夫ですよっ!!』

「じ、じゃあ、これからオレが車で合田くんの家に行くからさ」

『了解しましたっ、ガハハハハハハハハッ!!』

(おいおい、ホントに昨日と同じ人物かよ……)

数時間後。合田を助手席に乗せて、彼の家の前から車をゆっくりとスタートさせるオレ。

「じゃあ、とりあえず1発目は『Gうどん』に行くかぁ?」

「いいですね、まず1発目はGうどんの優しいキツネうどんですね。ガハハハハハハハッ!!」

「ああ、確かにあの店のキツネうどんは優しいって感じがするよな」

「そうなんですよ。あ、その前にちょっとコレを処分したいんですけど」

そう言いながら、懐から何かを出す合田。

「おっ……おいいいいいいっ!!」

反射的に急ブレーキを踏むオレ。

「そ、それって、けっ……挙銃じゃんかよっ!!」

「そうなんですよ。ゴローがコレを使った日に、奴が処分しといてくれってボクに手渡してきて」

「ちゅーか、そんなもん預かるなよっ!!」

「どうしましょうか、スリムさん?」

「なっ……何でもいいけど、とりあえず、その銃をしまえよっ、ふ、懐に!」

頭の中にあったGうどんのことは、キレイに吹き飛んでいた。オレは車を道路っぱたに止め、その挙銃を捨てる場所を夢中で考えていた。

「よしっ、合田くん。ここから一番近い、人が殆どいない海岸に案内してくれよ」

「えっ、そんなところに行ってどうするんですか？」

「どうするって……もちろん投げ込むんだよっ」

「ま、まずいっスよ！」

「何で!?　挙銃は重いから沈むし、透明な海じゃなかったらまず発見されねえよ」

「いやいやいやいやいや、波で打ち上げられるかもしれないじゃないですか!!」

珍しくムキになっている合田。

「いや、重いから打ち上げられねえよっ」

「いやいやいやいやいや、打ち上げられない確証なんてありませんよ！　で、万一打ち上げられて警察にでも届けられたら、持ってた奴がゴローだってバレちゃうし！」

「何でバレるの？」

「いや、しっ……指紋とか！」

「そんなもの海の中に投げ入れるんだから消えちまうよっ。しかも、指紋のことを心配するんなら今、その挙銃を持ってる合田くんだって危ないぜ」

「いや、でも……いや、でも、にっ……日本の警察は何だかんだ言っても優秀ですから、必ずや何らかの方法でゴローのことを突き止めますよっ」

「じゃあ、逆に訊くけど、どこに捨てればいいんだよっ!?」

気がつくとオレもムキになり始めていた。

「そ、そうですねぇ……絶対大丈夫なところというと……」

「どうしましたぁ～？」

いきなり至近距離から、オレでも合田のでもない声が聞こえた。そして、反射的に運転席から右の方を見てみると、真横にパトカーに乗っている警察官の顔があった。

（ヤ、ヤベえっ!!）

途端、体が凍りつき、頭の奥で何とも言えない不吉なＢＧＭが流れ始めた。

「いや……ちょ、ちょっと、あの……う、うどん屋の場所を調べようと思って」

出来るだけ平静を装って答えているつもりだったが、明らかに焦りまくっている口調になっていた。

「どこのうどん屋に行こうと思ってるん？」

オレの顔を冷静に見ながら、そんなことを尋ねてくる助手席の警察官。

「いや、あの……か、香川県の………」

「香川県の？」

オレの浮ついた態度を見て、明らかに訝《いぶか》しげな表情に変わる警察官。

「い、いや、だからっ、香川県って讃岐うどんが、ゆ、有名なんですよねぇ？」

隣の運転席にいるもう一人の同僚に何かを話し掛けている警察官。ヤバいっ。パトカーから降りてコッチに来たらどうしよう！

焦てて合田の方を見るとナント、奴は拳銃を右手で持ったままだった。マジでヤバい。このままだとオレと合田は拳銃の不法所持で捕まってしまう！

つーか、何でオレはこんな奴とツルんでるんだっ！罰だ、罰が当たったんだっ。調子に乗って救世主気取りで合田の病気を治そうとしていた、その罰が当たったんだっ!!

「運転手さん。ちょっと車から降りて話を聞かせてくれませんか」

案の定、そんな言葉を掛けてくる、助手席の警察官。そして、オレが慌てて合田に拳銃を懐に戻せと合図で知らせようとした時だった。

キキキキキキッ～～～!!

不意に前方からそんな大音響が聞こえ、正面に視界を移すと、黄色いスポーツカーがブレーキをかけながら反対方向からスピンしてきて、パトカーの横の2～3メートルしかない道路の隙間をギリギリで通り抜けた後、再びスピードを上げて離れていった。

と、次の瞬間、パトランプを作動させながら数十メートルほど前方に走った後、そこでクルリとUターンして、スポーツカーの後を猛スピードで追いかけていくパトカー。

（たっ……助かった……。は、早くココからバックレなきゃ!!）

数十分後、オレは車で瀬戸内海を縦断する瀬戸中央自動車道を走っていた。

「ス、スリムさん。一体どこに行くんですかっ？」

さっきから助手席の合田に何回もそう尋ねられていたが、オレは何も答えなかった。そして、その瀬戸中央自動車道のほぼ中間の地点までくると、オレはハザードを出しながら車を左に寄せて止めた。

「えっ、どうするんですか、スリムさん!?」

「いいから合田くん、拳銃をかして」

「えっ、だって、こっ……こんな所で」

「いいから、かせっ!!」

オレは、そう怒鳴ってから合田が持っている拳銃をひったくると、それを自分の懐に入れてから素早く車から降りた。その巨大な橋の上は想像以上に強い風が吹いていた。が、オレは橋の左脇のところに立ち、周囲を見回しながら近づいてくる車が殆ど無くなったのを確認すると、懐から拳銃を出して、それを正面に広がっている海に向かって思い切り投げた。

「合田くん……」

その後、瀬戸中央自列車道を再び車で走り始めたオレは、改めて合田に声を掛けた。

「はい、何でしょうか？」

「ごめんな……」

「えっ……ああ、ピストルをあそこから投げちゃったことですか？　いや、正解だと思います！　あそこに投げたら、絶対どこにも打ち上げられないですしね」

「いや、そうじゃなくてさ……。さっき警官に尋問されてた時にオレ、何で合田くんなんかとツルんでるんだろうなんて思っちゃってさ。……さ、最低だよな」

視界が熱くなってきて、微かにそれが震え始めていた。今まで合田の救世主気取りでいたものの、よくよく考えてみればオレは合田を使って香川のうどん屋の調査をし、また、ツイッターでは待ち時間なしで彼とまるで電話でもしているように文字で話すことによって、いかに自分が一人の男に崇《あが》められているかということをフォロワーたちに自慢していたケチな奴なのだ。そして、たまたま自分に都合が悪くなると、途端にその大切な友達のことを疎《うと》ましく思ったのだ。それに引き替え合田は仲間だったゴローのことを考え、あんな厄介な拳銃を預かりつつ、絶対にゴローが捕まらない手段を必死で考えていたのである。……オレは、なんて最低な男なんだ。

「いや、全然最低なんかじゃないですよ」

少し間が空いた後、そんな言葉を返してくる合田。さらに……、

「昨日、あのチンピラどもがゴローのアパートに上がり込んできたら、スリムさん、奴らをブッ飛ばそうとしてたでしょ」

「いや、そんなこと……」

「そんなことありますよ。ボク、あの時にスリムさんのジャンパーの背中の部分を無意識に掴んでましたけど、スリムさんはゴローがアイツらを部屋に上げようとした時、スリムさんの背中からハンパじゃない武者震いが伝わってきたんですよっ。それで、ああ、スリムさんはアイツらが部屋に上がってきたら、間違いなく大暴れする！ってわかったんですよ」

「む、武者震いなんかしてたか、オレ？」

「ビンビンにしてましたよっ!! って言うか、よく考えてみれば、あの日、初めて会ったゴローのために、ああいう状況でチンピラたちをブッ飛ばそうなんてする人はスリムさんぐらいしかいませんよ！」

「いや、ごっ……合田くん。それは考え過ぎだよっ」

「だって、あの場面で例のチンピラたちが部屋に上がってきて、勝手に部屋を調べようとしたらどうしますか?」

「いや、そりゃ止めろよって言って、それでも止めなかったらブン殴っ……」

「でしょ!? ガハハハハハハハハハッ!! それがスリムさんなんですよ。ボク、だからスリムさんの本を全冊買ってたんですよっ。ガハハハハハハハハッ!!」

合田にどんな言葉を返したらいいのかわからなかった。が、その時ハッキリわかっていたことが1つだけある。それは、自分は今、メチャメチャ腹が減っているということだった。


結局オレたちは、そのまま岡山まで行ったがトンボ帰りし、いつものように破竹の勢いでアチコチの讃岐うどん屋を回ったのだった。

11 合田元年

12月下旬。オレは助手席に有華を乗せて、今年6回目の香川県に向かっていた。そう、合田と出会って、早くも1年が経とうとしていたのだ。

季節は本格的な冬になっており、高速道路を走っている車が岐阜県の関ケ原に差し掛かると、1年前と同じく大粒な雪が降ってきて、オレは用心して車の速度を緩めた。が、7~8キロ先の滋賀県に入ると、さっきまでの雪は冗談かのように空は再び晴天になっていた。

「どはははははははははっ!!」

突然笑い始める有華。

「えっ……どうした?」

「いや、何でもないです。……どははははははっ!!」

「だから何だよっ?」

再び笑いだした有華に、オレは少しムキになって尋ねた。

「いや、今、ケータイでツイッターを見てたんですけど、チョームさんが今朝ドレミさんにツイートしてるんですよ」

「えっ、チョームがドレミちゃんに!? な、何でアイツがドレミちゃんを知ってるんだよ? チョームは四国すら一度も行ったことがないのに……。で、どんなツイートをしてんの!?」

「〝今日、東京からスリムと有華の2人が香川に向かいますんで、よろしく頼んます〟って書いてありました」

「はぁ!? オレたちが今日、香川に行くことはオレがツイッターに書いてたから奴が知ってても不思議はねえけど、まるでオレたちがアイツの三下であるかのような言い方じゃん!」

「どははははははっ!! そうなんですよ」

「つーか、何で絡んでこようとしてんだよっ!?」

「どはははははははっ!」

有華は笑っていたが、その時のオレは本気で気持ち悪さというか、チョームのオレの世界に対する自分本位の関わり方にムカっ腹が立っていた。

午後3時半。オレたちは高松のウルトラホテルにチェックインし、再び合田と待ち合わせていたホテルの駐車場に歩いていくと、合田と一緒に銭田の姿もあった。

「おお、銭田先輩も……久しぶり！」

「銭田先輩は同級生が働いてる土建屋に就職したらしいんですけど、今日は平日だけど現場が休みだったみたいで、ボクとも久々に会えたんですよ、ガハハハハハハハハッ!!」

銭田の代わりに勝手に説明する合田。そして、今度は有華の方を向くと、少し恥ずかしそうな顔をして、

「今回は有華さんも一緒だったんですね。……あ、じゃあ、ちょっと待ってて下さい」

そう言って駐車場に停めていた自分の軽自動車まで行くと、ドアを開けて何かゴソゴソ探していたかと思うと、すぐにあるものを手にして走って戻ってきた。

「はぁ……はぁ……あ、有華さん。これ、先々月に発売された有華さんの単行本の漫画を2冊買ったんで、はぁ……はぁ……サ、サインしてもらえませんか」

「うわぁ〜、2冊も買ってくれたんですかっ!? 言ってくれれば送ったのに」

「いやいや、そんなことをされたら、はぁ……はぁ……バチが当たりますよっ」

「てか、合田くん。自分の軽自動車までは往復でも50メートルもないのに、そんなに息が弾んじゃうんだ？ ちゃんとジムに行ってんのかぁ？」

途中で言葉を挟さむオレ。

「いや、ちゃんと行ってますよ。行ってますけど、はぁ……はぁ……重いモノを持ち上げてるだけで有

酸素運動は殆どやってないので、走るとスグに息が上がっちゃうんですよ、ガハハハハハハハッ!!」

その後、オレの車に4人で乗り込んで、一般道で丸亀市の「W辺」といううどん屋に向かった。

「あ、合田くん。今日も家の梅の木に飛んできたメジロはエサを食べてたの?」

運転しながら、後部座席の合田にそんなことを尋ねるオレ。ちなみに、合田は3週間ぐらい前から自宅の庭に飛んでくるメジロの写真をケータイのカメラで撮るため、朝起きるとスグに庭の梅の木の枝にリンゴや柿の実をカットしたものを刺していた。そして、ここんところ毎日のように、それを突つきに来るメジロの写真を自分のツイッター上にアップしていたのである。

「あ、それがですねっ。今朝は体が大きな尾長鳥《オナガドリ》が2羽も来てて、メジロは用心して現れませんでしたよ」

「うわっ、四国にも尾長鳥っているんだ!? あれって嫌な鳥だよなぁ〜。色からしてネズミみたいな感じだし、しかも、鳴き方がギャ〜〜、ギャ〜〜!!って鳴くんだよなっ」

「そうなんですよっ。情緒不安定なババアが怒鳴ってるみたいな」

「グハハハハハハハッ!! 情緒不安定なババアが怒鳴ってるって、グハハハハハハハッ!!」

「ガハハハハハハハッ!! だって、そっくりじゃないですか。ギャ〜〜、ギャ〜〜って。ガハハハハハハハハッ!!」

「どはははははははっ!! 殺人事件みたいじゃないですか。どはははははははっ!!」

元々笑い上戸のオレや有華は、香川に来るとさらに笑うようになった。そう、合田の笑い方がどうにもオカしくて、それにつられてついつい笑ってしまうのである。

「殺人事件っていったら、ウチから少し離れたところに住んでる若夫婦のケンカもハンパじゃないですよ。その家の前を通ると70%以上の確率で、奥さんの方が旦那をメチャメチャ怒鳴ってる声が聞こえますからね。仮に、いくら可愛くても、あんな女と結婚でもしちゃったらコロコロ舞いですよ、ガハハハハハハハハハハッ!!」

「えっ……コロコロ舞いって何？」

　合田に尋ねるオレ。

「あれっ、コロコロ舞いって言葉は使いませんか？」

「いや、あわてふためくことをキリキリ舞いって言うことはあるけど、コロコロ舞いって言葉は初めて聞いたよ」

「えっ……香川ではコロコロ舞いって言いますよ。そうだよねぇ、銭田先輩」

「……俺も初めて聞いた」

「どはははははははっ!!」

　勢い良く笑う有華。

「じゃあ、興奮した時に語尾に〝じゃきん〟を付けるのと、あわてふためいた時のことを〝コロコロ舞い〟って言うのは合田語でいいじゃん」

　そう言ってオレも笑っていた。

「ガハハハハハハッ!!　それこそコロコロ舞いですよっ、ガハハハハハハハハハハハハハッ!!」

　翌日の朝8時過ぎ。ホテルの駐車場に行くと、既に合田は自分の軽自動車を停めており、ベンチに腰掛けて自分が持ってきた資料のようなものを見ていた。

「あれっ、銭田先輩は？」

「ああ、今日、明日と仕事が入ってるみたいなんで、今回のスリムさんたちとは、もう合流出来ないみたいですよ」

「そっか……。残念だな」

「その代わり昨日、スリムさんと有華さんに渡して欲しいってお土産を預かってますよ」

　そう言って、自分の薄汚れたバッグの中から何かを取り出す合田。

「こ、これって……」

「えっ？　……えっ？」

　合田からそれぞれ渡されたものを手にし、戸惑うしかないオレと有華。ちなみに、オレの手には表面に微かな黄ばみが漂っている明らかな中古の白いTシャツ。有華の手には、1〜2度使った感じのタルタルソースのボトルが握られていた。

　ボソン!!

　少しして、そんな音が聞こえたのでそちらの方を向くと、駐車場にある大きなゴミ箱の中に有華が無表情でタルタルソースのボトルを叩き込んでいた。

「んっ？　合田くん、どうでもいいけど、何で今日はそんな目がショボショボしてんの……」

　オレの車の後部座席のドアに手を掛けた合田の目、それがよく見ると充血し、また、頻繁に瞬きをしていた。

「いや、実は昨日は疲れたから、早く寝ようとして夕方6時頃には布団に入ったんですけど、なかなか寝れなくて……。結局そんな状態が12時間ぐらい続いたんですけど、一向に眠れそうにないんで、そのまま車に乗ってココまで来ちゃいました、ガハハハ」

「え……ってことは、一睡もしてないの!?」

「はい。でも、こんなことはしょっちゅうで、ただでさえ睡眠薬とかを飲まないと普通に眠れないんですよ。というか、ボクのような奴は寝るのが仕事のようなもんですからね、ガハハハ」

（てか、オレだってなかなか眠れないことがあるけど、それだって2〜3時間もすれば大抵いつの間にか寝てるもんだけど、眠たいのに眠れないって状態が12時間も続くって……）

　その後、オレたちは初めて訪れる、香川県の中でも最も山奥に位置する仲多度郡《なかたどぐん》まんのう町にある「T川米穀店」といううどん屋に向かうことにした。

「合田くん、場所はナビでわかるから、とにかく着くまでは寝てていいからな」

赤信号で交差点前に止まった際、後部座席の合田の顔をバックミラーで覗き込みながら声を掛けるオレ。

「ありがとうございます。でも、みんなといる時は興奮状態なので、絶対寝れないと思います。ガハハハ」

「今日は笑い声にも勢いが無いですね」

合田にそんな言葉を掛けながら微笑む助手席の有華。

「ガハハハハ。でも、大丈夫ですよ」

「ほら、やっぱ合田くんは疲れてるよ。例えば今、合田くんの好みの女が2人いて、3Pしようってなっても出来ないだろ?」

そう言って笑うオレ。

「いや、3Pも何も、SEXなんてもう20年ぐらいしてませんよ、ガハハハ」

「えっ、合田さんは3Pしたこと無いんですか?」

突然そんなことを尋ねる有華。

「い、いや……さ、3Pなんて普通は……」

「え、スリムさんは何回ぐらいやったことありますす?」

飲んでいたペットボトル入りのお茶を吹き出しそうになるオレ。

「ゲホッ、ゴホッ……い、いや、オレだって3Pはしたことねえよっ。えっ……あ、有華はあるの?」

「20回ぐらいはありますよ」

「ええっ!!」

同時にそんな声を上げるオレと合田。

「えっ……そ、それは風俗の仕事をしてた時に?」

思わず声が引きつり気味になるオレ。

「いや、仕事では2~3回しかやったことなくて、殆どがプライベートです」

「……合田くん。このお姉さん、こんなこと言ってますけど」

「ガハハハハハハハハッ!! さすがは有華さんです

よっ。モノが違いますよ、ガハハハハハハハハハハハッ！」

「グハハハハハハハッ!! ハンパねえ。合田くん、急に元気が出てきちゃったよっ。グハハハハハハハハハッ!!」

暫く笑い合うオレと合田。そして、ようやくその笑いが途切れると、有華が茶碗蒸しの作り方でも説明するかのように、次のようなことをしゃべり始めた。

「でも、3Pって始める前に1つだけ決めとかなきゃいけないことがあるんですよね」

「え……何なの、それって？」

「つまり、その回は3人の内の誰を一番楽しませるか、ってことです。それを決めないで3人全員がやりたいことをやろうとすると、必ずケンカになったり、3人とも欲求不満で終わっちゃったりするんですよ」

「なるほど……。どう、合田くん。有華の話は深いだろ？」

「ふ、深いっていうか、呆気に取られてますよ。女の人からこんなことを聞いたことないですから……」

「グハハハハハハハハッ!! 合田くん、今みのもんたが驚いているような顔になってるぞっ。グハハハハハハハハハッ！」

「ガハハハハハハハハッ!! み、みのもんたって……ガハハハハハハハハハハハハッ!!」

「どはははははははははっ!! 合田さん、すっかり覚醒しちゃいましたね。どはははははははははっ!!」

「グハハハハハハハハハハッ!! も、もう笑うの止めろっ。グハハハハハハハハハッ!! じ、事故っちゃうよっ、グハハハハハハハハハッ!!」

「ガハハハハハハハハハッ!! く、苦し……ガハハハハハハハハハハハッ!!」

翌12月28日。明日には東京に帰ることになっているオレたちは、この日も朝早くから高松のウルトラホテルの駐車場で合田と合流すると、早々に綾川町にある「Y越」の釜玉を食べさせて有華を驚かせた後、そこから5～6キロ離れた「O製麺所」に向かった。

「えっ、明日帰ってしまうんですかぁ？」

オレたちのテーブルに肉うどんを3つ持ってきたドレミは、オレから今回の旅の予定を聞くと少し残念そうな表情になった。

「ごめんね。今回はオレと有華の予定を合わせて3泊4日で来たから、夢中でうどんを食べてたらアッという間でさ。来年も来るから、そん時にはカラオケにでも行こうよ」

「えぇですねぇ～。……ところで、スリムさんが言ってる香川のうどん店のピラミッドみたいなのは、もう結構出来上がってきてるんですか？」

いつものコッチまで明るくなるような笑顔で、そんなことを訊いてくるドレミ。

「うん。オレ個人的には今年に入って香川に来たのは、これでもう6回目だから、まぁ、軒数にしたらそれなりに多くのうどん屋を回ったよ」

「ろ、6回も来たんですかっ！　ほな2カ月に1回は来てるって計算になりますねぇ～！」

「あっ……そう言われてみればそうだね」

「もう下手な香川県人より色々なうどん屋に行ってますよ、スリムさんは。ガハハハハハハハハハッ!!」

昨夜はグッスリと眠れたとみえて、今日は朝から笑いにも勢いがある合田。

「いや、でもね。何回も香川に来てると、絶対に毎回食べたいうどんもあるわけじゃん。このO製麺所のうどんみたいに。で、その合い間合い間にしか新しいうどん屋をチェック出来ないから、多分まだ50軒ぐらいのうどん屋しか回ってないよ」

「ご、50軒もうどん屋さんを回ってらっしゃるんですかぁ、この1年で!? それは凄いわ」

思わず目を丸くするドレミ。そして……、

「あっ、こんなに話してたら、うどんが伸びてしまうなぁ〜。すいません、早よ食べて下さい！」

「ああ、そうだね。合田くん、早く食べ……」

隣に座っている合田の方を見ると、その前にはとっくに空になった丼が置かれていた。

「は、早過ぎるよ、合田くん」

「実は、もう2分前には食べ終わってました。ガハハハハハハハハハッ!!」

（……まさにコイツはうどんを飲んどるな）


午後になるとオレたちは合田の家がある観音寺市まで行き、市内の一番大きいと言われているスーパーに入っていた。何でそんな所にいるのかというと、今回は有華も連れてきたので、先日彼女が合田の母親から黒真珠のネックレスを貰ったお礼として、合田家ですき焼きパーティをやろうと思ったのである。

しかも、ただ牛肉なんかの食材を買っていくだけではなく、オレは前々から自分の家でも使っているもつ鍋用のアルミ鍋、それを浅草の合羽橋商店街で買ってきたのだ。もちろん、それはすき焼き鍋ではないのだが、これから先、合田家でちゃんこ鍋、湯豆腐鍋、寄せ鍋なんかをやる時にも使えるので、その鍋込みで合田の両親にすき焼きをプレゼントしようとしたのだ。

「スリムさん。肉は私が買いますよ」

精肉コーナーでそんなことを言ってくる有華。

「いや、みんなで食べるから結構買わなきゃいけないし、値段もそこそこいくからオレが出すよ」

「でも、真珠のネックレスを貰ったのは私ですから」

「いいから、いいから。ほらっ、そんなことよりココのスーパーにある牛肉で一番高い肉を買い占めちゃおうぜ、な」

そんな景気のいいことを言いつつ、オレは徐々に減っていってる自分の貯金額が少し気になっていた。この香川に来るには何万という高速代やガソリン代、そして、ホテル代に、うどん代もいつもオレが皆の分を払っている。よって、香川に1週間近く滞在すると20万円ぐらいは軽く飛んでしまうのだ。脳出血前の仕事をメタメタしていた時期なら、そんなの全然痛くはなかったが、最近のオレの収入では毎月それなりに貯金を切り崩さないとやっていけなかった。でも、今になってそんなことを気にしても仕方がないので、オレは計2・5キロの牛肉を買い、それに加えて、その他の食料も次々と買い物カゴの中に放り込んでいた。

「おお、スリムさんに……あらら、有華さんも来てくれたんけぇ！」

合田の家に行くと、例によって中からカールの激しい鳴き声が聞こえ、それに7割方消されるように合田の母親の声が聞こえた。

「うわっ～!!」

突然背後から有華のそんな悲鳴のような声が聞こえ、振り向いてみると、有華が合田家の玄関を出たスグ外にある発泡スチロール製の金魚を飼っている池に右足を突っ込んでいた。

「お、お前、何やってんだよぉ！」

「いや、そこの一段高くなってるところにつまずいちゃって、バランスを崩したら、この中に足が……」

「有華さん、早く靴と靴下を脱ぎぃ～。こんな寒い日に濡れちゃって、風邪引いちゃうわっ」

そう言いながら、土間のところまで降りてくると、有華の右足の靴と靴下を素早く脱がせ、その足に自分が履いていたブ厚い靴下を履かせる合田の母親。

「いや、お母さん。それじゃあ自分が寒いじゃないですかっ！」

「大丈夫、大丈夫。ウチは何にも無いけど、靴下だけは捨てるほどあるきん」

そう言うと、玄関から家の中に上がり、その右足にハンパなくブ厚い赤い靴下を履いて再び玄関のところに戻ってくる合田の母親。

「オカン、左右の靴下が全然違って、オツムがオカしい人みたいじゃきん」

即座にそんなセリフを吐く合田。

「何を言っとんのや。お前だってこの前、左足には下駄、右足にはスリッパを履いて買い物行ってたやんけ」

「どはははははははっ!!　下駄とスリッパって……どはははははははっ!!」

「グハハハハハハッ!!　出鱈目もそこまでいくと、ちょっとした芸術だよなっ、グハハハハハハハハハハッ!!」

「ガハハハハハハハッ!!　どうりで真っ直ぐ歩いてるつもりなのに、気がつくといつもクルクル回ってると思いましたよっ。ガハハハハハハハハハハハッ!!」

「どはははははははははっ!!　んなバカなっ、どはははははははっ!!」

（ああ、下らねえけど、つくづくいい雰囲気だよなぁ……）

「さ、じゃあ、まず最初にお父さんとお母さんが肉を食べて下さいよ」

合田家の居間のテーブル、その上にカセットコンロに乗ったもつ鍋用のアルミ鍋を置き、豆腐、しらたき、長ネギなどを市販のすき焼きのタレでグツグツいうまで煮込んだ後、牛肉を盛った皿を持ってそんなことを言うオレ。

「そんな、そんな……。アタシらは一番最後でいいですよぉ〜。なぁ、お父さん」

「いや、オレなんかは月に何度も食べてるんで、ホントに遠慮せずに肉から生玉子を付けてバンバン食べちゃって下さいよ」

そう言うと、オレは皿に盛った牛肉を次々と鍋の中に入れていった。

「少し赤い部分があっても大丈夫ですから、あと2～3分煮たら……」

そこでオレの言葉は止まっていた。いや、正確に言うと、尋常じゃない光景を目にして言葉が出なくなっていた。

合田の両親は、まだ肉が全然煮えていないというのに、オレが数秒前に鍋に入れた牛肉を次々と箸でつかむと生玉子も付けずに猛烈な勢いで食べ始めたのである。その様は、まるで4～5日間も水しか飲めなかった雪山の遭難者夫婦が、いきなり目の前に御馳走を出されたような、とにかくオレは今までそんな我武者羅《がむしゃら》な食べ方をする大人を見たことが無かった。

「ほらっ、肉を生玉子に絡ませてから食べるきん！」

思わず自分の両親に注意を促す合田。

「その肉なんか、まだ殆ど生じゃろうが！」

が、合田のそんな言葉が全く聞こえないかのように、鍋の中の肉を夢中でつつき続けている合田の両親。そして、ふと文句を言っている合田の顔を見ると、口では乱暴なことを言っているが、その表情はどこか嬉しそうだったのである。

オレは、そんな合田を見て、このすき焼き会をやって心から良かったと思った。暫くすると、オレの頭の中に合田との交流が始まった、この1年のダイジェスト映像が流れていた。

うどん屋の駐車場から車外に出ようとした途端、少し離れたところからモノ凄い形相でダッシュしてくる合田。高屋神社で自分が統合失調症になるまでのことを赤裸々に語ってくる合田。母親が脳梗塞を患い、オレからの話を聞いて大泣きする合田。自分の母親が有華に黒真珠のネックレスをあげるのをホントに嬉しそうに見ている合田。金刀比羅宮の頂上に向かう石段をオレと一緒にゼェ、ゼェ言いながら登る合田。そして、ついこの前の、自分の旧友がチンピラに絡まれ、彼から預かった拳銃を処分するのに超神経質になっていた合田。

この他にもオレの記憶の中には様々な合田がいて、そんなことを考えていると、なんて濃い1年なんだと思った。そして、合田の両親が牛肉の魔力から解放され、ようやく箸を置いたのを見ながら、オレはある他愛のないことを決めていた。

この1年を合田元年と呼ぼう……。

12 直な女と躊躇う女

合田2年3月。その日も3泊4日の予定で有華と香川に向かっていた。

途中の中央高速諏訪湖サービスエリアから屏風山《びょうぶざん》サービスエリア間の約150キロを有華に運転してもらい、再びオレがハンドルを握って走り始めてから5分もしないうちに、有華が妙にモゴモゴした感じで口を開いた。

「いや、実は……去年の年末あたりから……あの……か、考え始めてるんですけど……」

「えっ、何だよ、急に深刻そうなしゃべり方になっちゃって。うどんの食べ過ぎで10キロぐらい太っちゃったか?」

「あの……ま、漫画家を辞めようかと思ってて」

グキキキキッ!!

思わず左車線の方に向かってオレの車が揺れ、タイヤがヒステリックに鳴った。

「おっ、おい!! いきなり驚かせんなよっ。もう少しで事故るとこだったじゃねえかよ!」

オレはそう言いながらも車を立て直し、一番左の車線をスピードを落として走った。

「何で、漫画家を辞めようなんて思ったんだよ?単行本だって去年は3冊も出てんじゃねえかっ」

「いや、そうなんですけど、でも、どの本も増刷がかかんなくて、実際に売れてんのは、どの本も3000~4000冊ぐらいなんですよ」

「そ、それだけ売れてれば立派なもんじゃねえかよ」

「いや……だから、そろそろ実家のある富山県に帰って、別の仕事を……」

オレの心の底で〝有華に漫画家を辞めさせるな!〟という声が響いていた。それは仲間が減って寂しくなるからということではなく、漫画という作品を作る力がビンビンに溢れているのに、まだそれを開花しきれてない有華の可能性を消してはダメだという、オレにしては珍しくド真面目な感情だった。

「つーか、有華……。出版っていうのは、言ってみりゃギャンブルだろ？」

「へっ……」

「つまり、出版社っていうのは、それこそ出せば確実に数十万部、数百万部売れるっていう大作家は別として、コイツの作品はひょっとすると売れるかもしれねえぞって本を刷るわけじゃん。そうだろ？」

「あ……は、はい」

「で、今もお前の本を出そうって出版社が3社も4社もあるってことは、その出版社の中には〝コイツは絶対に売れる！〟って思ってる編集者が何人かいて、そういう位置に立ってるっていうのは、この世の中の漫画好きやプロの漫画家を目指してる奴にとっては、まさに憧れなんだよ」

「…………」

「それから自分がコレだ！と思って進み始めたことは、最低でも10年はやれよ。お前は25の時、漫画を始めて、え～とぉ……今はいくつだっけ？」

「先月の2日で32になりました」

「じゃあ、7年しかやってねえんだから、最低でもあと3年はつまんねえことを考えずに、とにかく漫画を描きまくれよ。お前の場合、まだまだ表に出してない凄い体験だってあるんだからっ。……わかった!?」

「あ……は、はい」

「何だよっ。孫に〝お婆ちゃん。まだ生きてたの？〟って声を掛けられた年寄りじゃあるめえしよ」

そんなことを言いながらも話題を変えようと思った。すると、有華の方から次のような話があった。

「あ、話は変わりますけど、この前チョームさんのツイッターを読んだら、近いうちフォロワーを20～30人集めて飲み会を開くみたいですよ。……もちろんスリムさんも行くんですよねぇ？」

「えっ、オレはそんな話知らねえよ」

「だって、その時にチョームさんとツイートし合ってたのって、スリムさんの本の昔からの読者ばかりでしたよ」

「何考えてんだ、アイツ……」

「しかし、スリムさんも我慢強いっていうか、よく疲れないですよねぇ」

「へっ……何が?」

「いや……あ、あの、今日は合田さんとは何時にドコで待ち合わせをしてるんですか?」

「一応、夕方4時に高松のいつものホテルの駐車場で待ち合わせてるけど、まだ12時を回ったばかりだから余裕だろ」

「どはははははっ!! また、あの猛烈なおしゃべりと笑いが待ってるんですかねぇ」

「確実にな、グハハハハハハハハッ!!」

オレはそう笑いながらも、頭の中では有華が咄嗟《とっさ》に隠した真意を模索していた。

「ガハハハハハハハハッハ!! な、何で笑ってるんですか、ガハハハハハハハハハッ!! ガハハハハハハハハハッ!!」

「グハハハハハハハッ!! だって、この駐車場にオレたちが入ってきた瞬間から、グハハハハハハハッ!! もう合田くんが車のフロントガラスの向こうで笑ってるしさ」

案の定、オレたちは待ち合わせの時刻より1時間も早くホテルの駐車場に着いたのに、合田はそれより前にオレたちを待っていて、また、有華が言った通り最初から笑っていた。

「どはははははっ、合田さん!! な、何なんですかっ。その腹巻きみたいなのは!?」

有華の言う通り改めて合田の腹部を見てみると、着ているスカジャンの腹部に明るい青色の腹巻きのようなものが巻かれていた。

「ガハハハハハハッ!! いや、有華さんの漫画の単行本に有華さんはコバルトブルーのような青色が異常に好きだって書いてあって、この前、文房具屋に行ったら油性ペンのマッキーの青色がその青色に近いって気づいたんですよっ」

「うんうん、その色大好き！」

「やっぱり、ガハハハハハハハハッ!!　で、気がついたら、その文房具屋にあったマッキーの青色を全部買ってて、それをセロテープで全部横につなげて腹巻きにして有華さんを驚かせようと思ったんですよっ」

「どはははははははっ!!　何を考えて……どはははははははっ!!」

「ガハハハハハハハッ!!　つーことで、このマッキーは全部有華さんにプレゼントしますよっ。ガハハハハハハハッ!!」

「どはははははははっ!!　超嬉しいですっ、合田さん。どはははははははっ!!」

有華とは今年で7年目の付き合いになるというのに、オレは彼女が異常にコバルトブルー系の青が好きだということを一度も意識したことが無かった。

が、よく思い返してみると、そう言えば彼女は青色の靴ばかり履いてるし、ジャンパーやTシャツなども青色のものを身に着けていることが多かったのである。

「しかし、合田くんて、いつも香川に来るとオレや有華に必ず何かをプレゼントしてくれるよなぁ～」

「いや、理由は超単純なことで、普段気持ちが塞がってても、人に何かをプレゼントして感謝されると気持ちがモノ凄く良くなるんですよ。ガハハハハハハハッ!!」

オレからの問いに、そんな答えを返してくる合田。

「でも、油性ペンなんて渡すのを忘れちゃうといけんき、今回は真っ先に有華さんに渡そうと思って、腹巻きにしてたんですよ。ガハハハハハハハハッ!!」

「どはははははははっ!!　最初ダイナマイト自殺に巻き込まれるんじゃないかと思いましたよっ、どはははははははっ!!」

その後、オレたちは玉ねぎなどは一切混ぜず、大きなエビだけを20尾ぐらいまとめて揚げたエビ天、それで有名な坂出市にある「Y下うどん」に行き、早速そのテーブルの1つに着いていた。

「ああっ!!」

注文したエビ天うどん、それを食べ始めて10秒も経たないうちにそんな声を上げる合田。

「ど、どうしたんだよっ?」

「ボク、肝心なことを言うのを忘れてました!」

「だから何!?」

「ウチのオカンの和歌山県に嫁いだ妹が教えてくれたんですけど、桃畑さんのお父さんが亡くなったらしいんですよ!」

「ええっ……な、何が原因で!?」

「どうやら膵臓癌だったらしくて、もう1年半ぐらい前から患ってたらしいんですよ。地元の新聞にも載ってたらしいんです」

「うわっ、キツいなぁ……」

「桃畑さんに連絡取らなくていいでしょうか?」

「連絡って……いや、オレたちは商売で繋がってるわけじゃないし、とにかく一方的に桃畑さんに世話になってるだけの存在だからなぁ……。それに今は、まだバタバタしてるだろうから、桃畑さんから何か連絡があるまでは静かにしておいた方がいいよ、うん」

「了解です」

(しかし、今回も香川に来てから、まだ3時間と経っちゃいないのに何だよ、この濃さは……)

が、その後、3泊4日間の予定のこの旅は、初めて訪れるうどん屋ばかりを効率的に回ることが出来て、アッという間に3日目の夕刻になっていた。

ワンワンワン! ワンワンワンワン!

「うるさいっ、カール! さ、スリムさんと有華さん、上がって下さい」

ワンワンワンワンワン! ワンワン!

「うるさいきんっ、カール！」

オレたちは合田の実家に来ていた。実は2日目に合田から「ウチの両親がスリムさんに何か見せたいものがあるので、東京に帰る前に是非一度ウチに寄って欲しいらしいです」と言われていたのである。

で、オレたちが合田家の居間に入ると、その部屋と隣室を仕切っている襖《ふすま》の戸が全開になっていて、納戸のような隣室のド真ん中にはキラキラした紙でデコレートされた、およそ合田家には似つかわしくないような小さな演説台のようなものが置かれていたのである。

（な、何をしようとしてるんだ、合田の両親は……）

と、ポール・モーリア楽団が奏でているような、誰かがマジックをやる時にBGMになる、あのお決まりの曲が流れ始め、驚いて居間の入口の方に目をやると、およそ1000円ぐらいしかしないであろうインチキ燕尾服《えんびふく》を着て、右手に小さなカセットデッキを持った合田の母親が立っていた。

「どははははははははははっ!!　おっ……お母さん……どはははははははははっ!!」

遠慮なしに笑い始める有華。と、合田の母親は隣室の演説台の前まで進み、次のようなセリフを口にしたのである。

「スリムさん、有華さん。去年の暮れは、美味しい美味しいすき焼きをご馳走してくれて、ありがとうございました。そのお礼と言ったらなんですが、これからウチの主人がとっておきの手品をお目にかけたいと思いますので、お楽しみ下さい」

有華は、またまた笑いを爆発させ、オレは半分呆気に取られながらも有華につられるようにして笑い声を発していた。

「あっ、オトン」

居間の入口の方に向かって声を上げる合田。で、オレも有華もそちらの方を見ると、そこには小柄な男のシルエットがあった。

「どはははははははっ!! な、なんちゅう格好を……どははははははははっ!! オ、オシッコ漏れる、どはははははははははははっ!!」

有華が笑い崩れるのも無理はなかった。合田の父親もインチキ燕尾服に身を包んでいたのだが、さらにそれに加えてキラキラ光るピンク色の腹巻きのようなものを腹部に巻いており、また、頭にはブカブカのシルクハットも被っていて、早い話が昔、繁華街の大きな焼き肉屋の前なんかに置かれていた、30秒に一度ぐらいはボヨヨヨ〜ン!と弾けて見せる宣伝用の人形のような見てくれだったのである。

「グハハハハハハッ!! こ、こらっ、有華。お前、そんなに笑っちゃ……グハハハハハハハハハハハッ!!」

「どはははははははっ!! い、い、息が吸えないっ、どはははははははははははははっ!!」

「ガハハハハハハハハッ!! まだ何も始まっちゃいないんですから、ガハハハハハハハハハハッ!! そ、そんなに笑わないで下さいよっ、ガハハハハハハハハハハッ!!」

その後、オレたちの笑いは2〜3分間止まらなくなり、ようやく3人ともゼェ……ゼェ……言いながら静かになったところで、ようやく合田の父親の手品が始まった。合田の父は、まず被っていたシルクハットを脱いで、被り口を上にすると演説台の上に置いた。続いて、合田の母親が持ってきた2〜3枚の白い紙を受け取ると、それを縦に何本もの紙のヒモが出来るように手で破り、その全てをシルクハットの中に入れたのである。

「ぷぅはっ!!」

突然、有華の口からそんな声が弾け、彼女が見ている方に目をやると、合田の母親がカセットデッキから流れている例のBGMに合わせるかのように、何度も半回りのステップを繰り返していた。で、オレも背中を震わせながら再び合田の父親の方を向くと、いつの間にか割り箸を手にしており、それでシルクハットの中に入れた破った紙をまるでうどんでも茹でるかのようにかき混ぜていた。

（で、この先どうなるんだろ……？）

合田の父親が、シルクハットの中をかき混ぜ始めてから30秒が経過しようとした時だった。

「あぶぅわっ!!」

有華の口から再びそんな声が弾けた。続いてオレも驚嘆の声を上げていた。

合田の父親がシルクハットの中から割り箸でつまみ上げたモノ、いつの間にかソレが本物のうどんの麺に変わっていたのである。

「うおおおお～～～～っ!!」

オレと有華の両方から自然とそんな雄叫《おたけ》びが上がった。いや、合田の両親の衣装を見てすっかりバカにしていたが、帽子の中からいきなり本物のうどんの麺が出るなんて、これは正真正銘、本物のマジックだった。

「いや、ウチのオトンとオカンは町内のマジックサークルに入っとって、月に何度かは2人でソコに通って練習してるんですよ」

ふと、オレの耳元で合田のそんな囁き声が流れた。

合田の父親が、そのうどんが本物だと証明するかのように、そのうちの1本を食べて見せた。オレと有華は再び雄叫びを送り、そして、照れたように顔面をクチャクチャにしながら笑っている合田の父親に向かって、精一杯大きな音が出るような拍手を送った。

こんなこそばゆいような内輪の笑いを味わったのは、一体いつ以来のことだろう。もし、まだウチのオフクロが生きていて、オヤジも元気で、目の前でこんな手品をされたらオレはどうしただろう。半分馬鹿にしたような笑みを浮かべながら、何の感想も言わずにそそくさと自分の部屋に戻ってしまうような気がした。ところが、東京から約750キロ離れた、この香川県の観音寺市で合田の両親が見せてくれたマジックは、意外なほど感動的で、それどころかオレはもう少しで笑いながらも涙をこぼしてしまいそうな衝動に駆られていたのである。

いや、合田の両親は、今まで多くの奴らに相手にもされなかった自分の息子、それにちゃんとした友達が出来たことを心から喜んでくれているのだ。そして現在、自分たちが出来る最高のエンターテインメントを全力で提示してきたのだ。ああ、ホントにいい家族だなぁ………。

3カ月後の合田2年6月。

その日もオレは単身で香川に来ており、「O製麺所」で合田と肉うどんを食べていた。

「あれっ、そう言えば今日はドレミちゃんのお父さんがいないなぁ……」

うどんを半分くらい食べたところで、そんなことを口にするオレ。

「そうなんですよぉ～」

いきなり背後からそんな返答があり、驚いて振り向くとドレミが立っていた。

「なんか先週からお腹が痛いって言い出して、今日は朝から病院に検査に行ってるんですよぉ～」

「あ、そうなんだ……。大したことがなければいいねぇ」

「ホンマです」

そう言いながら、ドレミは珍しく少し不安そうな表情を浮かべた。

その後、オレたちは久々に観音寺市にある高屋神社を訪れることにした。

「うわぁ～、やっぱしこの鳥居のところから眺める観音寺市の風景は格別だなぁ～」

神社の頂上にある鳥居のところに立ち、目の前に広がる観音寺の街と瀬戸内海を見ながらそんな言葉を吐くオレ。季節は初夏だったので、余計に街のフォルムと海の碧《あお》さが強烈に目の中に広がった。

「そうかぁ……。就職先は、まだなかなか見つからないかぁ……」

　暫くするとオレと合田は、初めてオレがココに来た時のように、鳥居の先にある石の階段の一番上に並んで腰を下ろしていた。

「ハローワークのおばちゃんとは、いつも話は盛り上がるんですけどねぇ～」

「桃畑さんの梅農園とかに就職出来れば言うことないんだけどなぁ……」

「いや、スリムさん。そんなうまい話は無いですよ。それに桃畑さんは今はお父さんが亡くなったばかりで、まだ相当ショックを受けてると思いますよ」

「だよなぁ……」

「ボク、昔は年明けになると、年末からズッと寝ないで遊び続けていたせいで、頭がオカしくなって病院の牢屋に叩き込まれたことが何度かあったんですよ。で、正月は病院の出勤しているスタッフが少なかったため、休み中はズーッと隔離房の中に入れられてたんです」

「ひ、酷いな……」

「隔離房なんかに入れられたら、ドアを蹴ったり狭い部屋の中をグルグル歩き回るしかないんです。で、そんな時に福袋先生に会ったんですよ」

「ふ、福袋先生……。それって本名なのっ？」

　いきなり出てきた珍名に、思わずそう訊いてしまうオレ。

「ええ。トータルで10年ぐらい担当医になってくれて、ボクの話を親身に聞いてくれたり、今の障害者年金を国から毎月貰えるようになったのも、福袋先生からのアドバイスのおかげだったんです」

（そんな先生がいたんだ……）

「でも、ちょうど1年前に福袋先生は山梨県の病院に転勤することになっちゃって……。ホント、あの先生がいたからボクの病気はここまで良くなったんですよ」

（統合失調症を発症した当時の合田のことは、彼自身から話を聞く度に、その激しさに驚いちゃうけど、今のこのオレと一緒に普通にうどん屋巡りをしている合田のことを考えると、確かにその症状はかなり良くなったんだろうな。その上で思うけど、今の合田は少しズルいな。定期的にハローワークに行ってるって言うけど正直、本気で仕事を探す気はなくて、ただそのオバちゃんと話すのが楽しいから行ってるような気がするよ。しかし、その福袋先生っていう人は、今は山梨にいるのか……）

翌日の晩。この日はドレミが働くO製麺所が翌日休みということで、オレと合田はドレミと高松市のカラオケBOXの前で待ち合わせていた。

ドレミは主婦をしている友達を誘っており、そして、2人とも主婦とは思えないようなお洒落な若向きの私服姿で現れた。

オレと合田は冴えなかった。オレはブルーハーツの歌をがなるようにして歌い、合田も唯一歌えるという浜田省吾の曲をパッとしない地味な感じで歌った。そして、そんなオレたちの歌をドレミたちはノリノリの声援やダンスを交えて応援してくれた後、ドレミの友達は懐かしの歌謡曲をモノマネ名人のように歌い始めた。また、ドレミは靴を脱いでソファーの上に立つと、振りを交えながら2～3曲歌い、その後もそれが続くと思ったら、今度はバーチャル・シンガー初音ミクのような声を出し、オレが一度も聴いたことがない曲を立て続けに3曲も歌い切ったのである。

オレたちの完敗だった。で、そろそろBOXから出ようとなった時、ドレミが満を持したように自分のバックからあるモノを取り出し、オレの真ん前に立った。

「スリムさん。す、すいませんけど、コレにサインをお願いできませんか？」

見ると、彼女の手にはオレの代表作である『佐藤バカ三代』という単行本が握られていた。

「あ、いや……べ、別にいいけど、何でこんなタイミングで？」

「いや、実はこの本は、ちょうど1年前に亡くなったウチの女の常連さんの家に供えさせてもらおうと思ってたんですよ……。スリムさんの本の読者だったその常連さんは、スリムさんが初めてウチのうどん屋に来てくれて、店内で撮った写真がスリムさんのツイッターに載ってるのをその日のうちに見つけて、翌朝興奮しながら本を持ってウチの店に来たんです」

「えっ……な、何で亡くなったの、その常連さんは？」

「大好きなスキューバダイビングをやっていて、その最中の事故だったみたいです……。私、未だにその常連さんに申し訳なく感じてて。サインをしてもらってくれって頼まれた本を預った後、スリムさんは何度もウチの店に来てくれはったのに、何だかソレを言い出しにくくて、そうこうしてるうちに彼女は……」

「そっか……」

「その常連さんは、お寺の住職と結婚してたんで、もしスリムさんがサインして下さったら、その住職さんは自分の仏壇に供えると思いますわ」

全身が痺れていた。前から不思議に思っていた疑問が、ようやく解消した感じがした。

ドレミは元々は、オレみたいなマイナーなライターなど知らなかっただろうから、その常連が本を持ってきて初めてオレの存在を認識したんだと思う。そして、その後もオレが自分の店に何度か来たが、その本にサインを頼むのはもう少し親しくなってから……と思っていたら、あろうことか、その常連が死んでしまったのだ。ドレミはそのことを心から悔やみながらもオレや合田とより懇意になり、が、そんな重い話があったとはオレにはなかなか言えず、でも、その常連の旦那に対して少しでもお悔やみになると思って、今回意を決して預かっていた本を持参してきたのだろう。

オレはドレミから、その『佐藤バカ三代』とサインペンを受け取ると出来るだけ丁寧に、下手なイラストまで付けてサインを書いた。

13 合田、東京に来る

『昨夜、チョームを幹事にした飲み会が新宿の歌舞伎町で開催されたみたいだよ』

合田2年7月上旬。その日、オレのケータイにハッチャキからそんな電話が掛かってきた。電話を切った後、チョームのツイッターを見ると、居酒屋で様々な男女が乾杯している写真、そして、歌舞伎町の街中で総勢20名前後が集合している写真などが載っていた。

〝皆さん、お忙しいのに、こんな俺に付き合ってくれて、どうもありがとうごぜぇます。またこんな楽しい飲み会が開けるよう、俺も日々頑張りますので、皆さんも精一杯生きて下せえ〟

最後には、チョームと見知らぬオッサンが肩を組んだ写真があり、その下にそんなコメントが入っていた。その若い頃の長渕剛風の文章を読んだ時、胸の奥に軽い嫌悪感が走った。そして、同日深夜にはオレのツイッターに4～5人の読者から〝てっきりスリムさんも来るかと思ってました〟というDMが入った。

が、オレはこんなことでストレスを感じちゃダメだと思った。20名前後のオレの本の読者、それを引き連れておしゃべり魔のチョームが楽しんだだけの話なのだ。そんなことに対してイライラするのは、恥ずかしいことだと思った。

（良かったんだよ。あんな話したがり屋のアイツに、沢山の話し相手が出来たんだから……）

合田2年8月。暑さがピークを迎えている東京、そこに合田が初上陸した。

合田は浜田省吾のライブが開催された大阪、そこには過去2度ほど行ったことがあるらしかった。それが香川県より東に行った最遠地で、オレと香川で会っている時も東京のこと、特にアイドルのミニコンサートが毎日のように開催されている劇場やショップがある秋葉原のことをよく訊いてきた。が、アイドルには殆ど興味の無いオレは、秋葉原などにはあまり行かなかったので、東京の話になると各所に散らばる旨いB級グルメ店の話を合田に聞かせた。そして、合田はオレのそんな話をいつも目をキラキラ輝かせ、時にはまるで漫画のように喉を鳴らしながら聞いていたのである。

待ち合わせ場所に指定した東京駅丸の内中央改札口、そこで首に掛けたタオルで汗を拭き拭き待っていると、時間通りに大きなバッグを3つも抱えるように持った合田が改札を抜けてきた。

「グハハハハハハハハッ!! ちゃんと新幹線には乗れたのかい?」

「ガハハハハハハハッ!! ええ、ちゃんと岡山から乗って、ガハハハハハハハッ!! な、何で笑ってるんですかっ? ガハハハハハハハッ!!」

「グハハハハハハハッ!! だ、だって怪しい行商人みたいな感じで現れたからさ。グハハハハハハハハハハッ!!」

「いや、コッチは東京来るのも生まれて初めてやし、駅構内もやたらとゴチャゴチャしてるし、ガハハハハハハハハッ!! スリムさんの顔を見るまでは激流をトランプの上に乗って流れてるハツカネズミみたいな心境でしたよっ、ガハハハハハハハハハッ!!」

「トランプに乗ってるハツカネズミって、いい表現だなぁ、おい。グハハハハハハハッ!!」

その後、オレと合田はオレの車で秋葉原まで行き、駅の近くにあったAKBメンバーがコンサートを開いている専用劇場と、その色々なグッズを売っているスペースを足したような施設で合田に買い物をさせた。合田はグッズスペース全体を素早くチェックすると、その中から自分と銭田が推しているアイドルの名前が印刷されたタオルをそれぞれ1枚ずつ買い「はい、もういいですよ」と言ってきた。

「えっ、もういいの? 別にオレに気を使わなくていいから、もう少しゆっくり選べばいいのに」

「いや、この店に何が売ってるかは昨日のうちにネットでチェックしてたんで、もうこれで充分ですよ、ガハハハハハッ!!」

「あ……そ、そう」

続いて、その日も含めた3日間は、東京の都心は勿論のこと、オレの住んでいる立川市がある東京都下の三多摩地区、また、東京から100キロ以上離れている群馬県は前橋市にあるインドカレー屋にも合田を案内した。が、その辛いカレーや少し珍しい素材を使った料理は少し苦手そうで、結局連れてった店の中で最も彼が気に入ったのは、オレの自宅から車で20分ぐらいのところにある八王子市のうどん屋だった。その一見普通の民家にしか見えない店で出しているのは、武蔵野うどんだった。同うどんは三多摩地区から埼玉県西部にかけて広がる武蔵野台地及び、その周辺地域で昔から食べられてきたもの。一般的には、コシのある太い麺を豚のバラ肉が入った甘じょっぱい汁につけて食べる、いわゆるざるうどんなのだが、その店は勿論それも旨いが、豚肉と揚げ玉が入った温かいタヌキうどんが、また格別に旨かった。特に旨くなるのが、4分の1ぐらい麺を食べた時点でテーブルの上にあるすりゴマを大量に汁の中にブチ込んでからである。豚肉の脂、揚げ玉の油、そして、すりゴマの油が甘じょっぱい汁の中で混ざり合うと、みるみるうどんの汁の枠を超えた、自分は今、何を飲んでいるのか一瞬わからなくなるほどの天国に導かれるのだ。

店のティッシュを何枚も取り、それで額や首筋の汗を拭いながらも虚《うつ》ろな目になっている合田。

「どうよ、合田くん?」

「どうもこうも無いですよ。香川以外にもこんなにも旨いうどんを出すところがあるんですね。汁もおいしいし、また、麺も一本一本太さにバラつきがあるんだけど、それも食べててワンパターンの食感にならずに飽きがきませんですしね」

「ま、ここは特別だよ。あんなに旨いうどん屋が何十軒ってあるのは、間違いなく香川県だけだから」

「ガハハハハハハハハハハハッ!!」

「お、おい。いきなり大笑いするなよ……。み、みんながコッチを見てるぞっ」

「あっ……す、すいません」

（でも、面白いなぁ。うどんの国から来た男は、やっぱしうどんに一番敏感に反応するんだな……）

オレと合田は、その3日間はオレの家にはまさに寝に帰るだけだった。合田は初日の晩、オレの嫁にぎこちなく笑いながら自分のバッグの中に入れておいた地元観音寺名物のまんじゅうやせんべいを土産として渡し、小学校低学年だったウチの息子には〝おいり〟というカラフルな色が付いた一見金平糖のようなお菓子を渡したが、息子はその中の1個を食べただけで「いらない……」と突っ返していた。

そして、深夜11時過ぎには合田のために用意した1階の和室、そこに布団を敷いて彼を寝かせた。


オレは東京にいても朝は早起きで、5時過ぎには2階の自分の寝室で目を覚ますと、静か～～に階段を下りて1階の洗面所に向かう。すると、必ずその途中で……、

スパーーン!!


1階の和室の襖戸が勢いよく開き、合田が待ってましたとばかりに、

「スリムさん、おはようございます!!」

と言ってくるのだ。オレは、それから3日間ともいつものように洗面所で顔を洗ったが、1日目、2日目、3日目と自分の顔の皮膚がみるみる垂れているのがわかってビックリした。そう、オレが香川で合田に会っている時は、夕方になれば彼から解放されるので、自分の心を休ませる時間が充分に取れる。しかし、合田を自分の家で抱え込んだ場合、その休憩はまさに自分の意識が無くなる寝ている間しか取れないので、そのハードさにオレの顔の皮膚が悲鳴を上げ始めたのである。

4日目の昼。合田をオレの父親が入院している病院に連れていった。オレの父親は2カ月前から体の麻痺がさらに進み、それどころか1カ月前に現在のこの完全看護型病院に移してからは、意識さえもほぼ無くしている、完全な寝たきり状態になっていた。

「合田くん、見てくれよ。オレの本に出てくる、あのカッ飛んだことを言ったりやったりして、まぁ、家族は困ることが多かったけど、オレの本の読者のことは散々笑わせてきた、これがケンちゃんだよ」

オレがそう言うと、緊張した面持ちで目を閉じたままのオレの父親を覗き込む合田。

「オレと親父も顔を合わせればケンカばっかりしてたけど、もうこういう状態になっちゃうと言葉すら交わせなくなるんだよなぁ……」

「…………」

「オレが今回、初めて合田くんを東京に呼んだ理由は、もちろん色々な美味しい料理を食べさせたいっていうのもあったんだけど、実はこのオレの親父にも一度会わせたかったんだよね」

「…………」

「それは何でかって言うと、ほら、オレが合田くんの家に行くと、とにかく合田くんはお父さんに食ってかかってばかりいるじゃん。もちろんオレも人のことは言えないんだけど、30代も半ばを過ぎると自分の父親と言葉を交わせる時間は思ってるよりかはずっと短くてさ。だから上手く言えないけど、合田くんもお父さんに文句ばかり言ってると、いざお父さんがこんな状態になっちゃったら絶対に後悔し……」

「スリムさん……」

突然、オレの言葉を遮《さえぎ》ってくる合田。

「ボクだってウチのオトンには正直、頭が上がらないんです。特に20代前半でボクが統合失調症を患ってからは、しょっちゅう医者にかかってたんで、その費用だけでも大変で……。ウチのオトンは大好きな日本酒だって飲めないほど贅沢なんて殆どしてないのに、ボクのことでいつもお金は無くなるし」

合田の眼、それが少しだけ潤んでいた。

「でも……でも、それなのにボクは、機嫌が悪い時にオトンの顔を見ると、とにかくイライラして、あいう対応になってしまうんです。そして、酷いことを数々言って、2階の自分の部屋に上がって少しすると、いつも凄い後悔に包まれるんです。でも、それでもオトンに対する態度はああなっちゃうんですよ……」

4畳半ほどの狭い個室をしばし支配する沈黙。何匹かの蟬の鳴き声が、それを誤魔化すように外から響いていた。


その日の夕刻。オレは弟のセージたちにも手伝わせ、自宅の裏庭にタープを張ったり、キャンプ用のテーブル、バーベキュー用の大きなコンロを出したりして、宴会の準備を進めていた。

宴会の名目は勿論〝合田くん東京初来日!〟で、オレの家族やチョーム、ハッチャキ、イカ天。それから先輩の白鞘に彼の新しい彼女、そして、チョームとあまり会わなくなってから付き合いが始まった、もう何年も前からオレの本の読者で、たまたま会う機会があって、それから友達づきあいをするようになった八王子市に住む元ヤンのシンヤと横浜に住む広告代理店勤務のニキニキという奴らにも声を掛けた。


宴会は予想以上の盛り上がりで、皆、バーベキューコンロで焼いた肉を食べながら酒を飲み、オレのツイッターで仲間内ではすっかり有名人になっている合田に色々なことを尋ねていた。また、合田も合田で、例の高笑いを頻繁に炸裂させながら、非常に高いテンションでそれらの質問に答えまくっていた。

さらに、ウチの庭に停まっている白鞘が彼女と乗ってきたアメ車のマスタング、それに大いに興味を示した合田は、その助手席に座らせてもらっただけで、いきなり一人で東京ディズニーランドを貸し切った小学生のような表情になり、また、その顔がオカしくてオレの友達も腹を抱えた。そして、ようやく辺りが暗くなり始めた中、オレはいくつかのランタンに火を灯しながら、それを皆が集まっているテーブル付近の各所に置いた。

（あれっ……アイツ、あんなところで何やってんだ？）

ふと気がつくと、チョームがテーブルから少し離れたオレの家の縁側に一人腰掛け、宴会に参加している奴ら一人一人をまるで物色するかのように見ていた。

（考えてみれば、これだけ多くの奴らが集まってんのに、チョームがその中心になってしゃべってないっていうのは珍しいことだよなぁ……。どうしたんだろ、今日は体調でも悪いのか？）

その後もオレの家の裏庭は合田の笑い声が響き渡っていた。無理もない。合田は多分、こんなに多くの面々の中心になって好きなことをしゃべりまくったことなど無いと思う。そして、そんな楽しそうな合田を眺めながら、ふと、さっきチョームが腰掛けていた縁側の方を見ると、いつの間にかチョームがシンヤとニキニキを相手に何やらペラペラと楽しそうに話をしていたのである。

（アイツ、一体何なんだよ。1年前のオリンピックの時、夢中でツイートし合ってた合田がせっかく東京に来てんのに、彼には殆ど興味を示さなくてよ……）

5日目の午後1時頃。オレは、合田を来た時と同じ東京駅丸の内中央改札口まで送った。

本来、別れの時はいつも急に元気を無くす合田だが、この日の彼は最後まで興奮している感じだった。

「スリムさん。ボク、また来週には東京に来ますよ、ガハハハハハハハハッ!!」

「……えっ？」

「いや、スリムさんの弟のセージさんとかイカ天さんが、今度は是非自分の家に泊まりに来なよって言ってくれたんですよ」

「ア、アイツらがそんなこと言ったの？」

「はい。何泊でもしていいって。ガハハハハハハハハハハッ!!」

東京駅から自宅に戻った後、オレはすぐにセージやイカ天に電話で確認すると、2人とも確かにそういうことは言ったが、勿論本気じゃないとのこと。

オレは、とりあえずオレの家の隣のアパートに住んでいるセージのところに乗り込んだ。

「お前は社交辞令で言ったのかもしれねえけど、合田は全部本気にしてるからなっ!! 第一、呼んだら呼んだで、往復の新幹線代とかは合田が自分で払うけど、あとの東京での食事代とかはお前が呼んだんなら全部お前が払うんだぞ！」

「い、いや、だから俺は本気じゃ……」

「しかも、彼は重い病気を抱えてんだから、東京にいる間は絶えず注意しとかないといけないんだぜっ！　オレも今回気がついたけど見てみろ、この張りが無くなって疲れ切ったオレの顔を！」

「あっ、確かに言われてみれば……」

驚いたような表情で、オレの顔を覗き込むセージ。

「とにかく冗談言って笑い合うのはいいけど、その気もないのに無責任な約束をするのは止めろよなっ。

オレみたいに明確な目的も無いのに」

そこまで言って、自分自身でもハッ！となっていた。オレが合田に会ってる〝明確な目的〟って何なんだよ？　香川に行って一緒にうどん屋を回るのはいいにしても、彼を東京にまで呼び寄せて、評判のレストランや食堂に連れてゆき、おまけに最後に友達を集めてバーベキュー会まで開いた目的って何なんだよ？

そうすることで、彼の病気の状態を少しでも良くしようとしてんのか？　いや、もう一度冷静に考えると、医者でもない無知なオレが、そこまで立ち入ってもいいのかよ？　だって、元々オレが興味があったのは讃岐うどんだろ？　それがいつの間に合田に変わってんのか？　………自分でもよくわからんわ。

合田が香川に帰った翌日。彼のツイッターを見てみると、東京で色々なところに行った写真が沢山載っていて、来週も、またその次の週も東京に遊びに行くというコメントが書いてあった。

（まずいぞ……。これは絶対にまずいっ）

オレは考えた末、合田にＤＭで次のような内容を送った。

『オレの友達が言ったことを本気にするんじゃない!!　東京に毎週来られるわけないだろ。頭を冷やせえええええっ!!』

その珍しく怒りを帯びた一文にはスグに既読マークが付いたが、返信はなかった。合田からＤＭが返ってきたのは、オレがその言葉を送ってから６時間も経った頃だった。

『調子に乗りました。スリムさんのことも考えず、どうもすみませんでした』

さらにその２日後、合田のツイッターへの書き込みが全く無いので、心配になって彼のケータイに連絡を入れてみた。

「えっ、銭田先輩に縁を切られたぁ!?」

『ええ、昨日先輩の家に秋葉原で買った、例の先輩が推してるＡＫＢメンバーのタオルを持ってったんですけど、要らないって……』

「な、何でよっ？」

『先輩はハッキリ言わなかったですけど、ボクが一人で東京に行ったこと自体に腹が立ってたみたいで、その上、スリムさんに色々なところに連れてってもらって大はしゃぎしてる写真をツイッターに載せたことも火に油を注いだみたいで………もう俺の家には遊びに来るな、って言われました』

「マ、マジでぇ!?　合田くん、ちょっと銭田先輩のケータイの電話番号を教えろよっ。オレが彼に説明するからさ！」

『いや、多分あの人は電話に出ませんよ……。銭田先輩は一度決めたら意志が固いですから』

「でっ……でもさぁ……」

オレは呆気に取られていた。だって、合田と銭田は今まで15年以上の付き合いがあったのだ。その間、合田が統合失調症を患っててても2人の友達づきあいは続き、合田が以前強い病気の発作が出て、バイトをしていたレンタルビデオ店のレジから40万円近くの現金を持ち出した時も、そのお金を借金があった銭田に渡してやろうと真っ先に彼の家へと向かったのだ。それなのにこんなどうでもいい、たかが合田が一人で東京で楽しんだことだけでヘソを曲げるなんてことが……。


が、信じられないことに合田と銭田は、この件を機にホントに付き合いが無くなってしまったのである。そう、15年以上の付き合いが、たった1回のすれ違いで途絶えてしまったのだ。そして、オレが乗ったジェットコースターは、ここからさらなる急勾配に突入していくのであった。

14 自分勝手な散弾銃

合田2年9月4日。オレの父親が他界した。

度重なる脳梗塞や肺炎に見舞われながら意識を失くし、数日前からは太ももの内側の太い血管から点滴で栄養をとっていたが、最後は心不全で逝ってしまった。

父親が火葬場で焼かれている間、オレたち身内の者は近くの施設で軽食をとっていた。

「そうなんです。ついこの前入った新居の近くには川が流れてて、朝なんか色々な鳥の鳴き声なんかも聞こえてきて凄く癒されるんですよねぇ」

喪主であるオレが座っているテーブルでは、さっきからオレの嫁の妹が八王子に新しく建てた新居のことを話していた。

「先日なんかもカッコウが鳴いてて、なんか軽井沢のペンションにでも来てるような気分になっちゃいましたよ」

「え、その川の近くってことは、あの古い感じの高い時計塔がある小学校のところぉ～?」

嫁の妹の話に突然口を挟む受付係を引き受けてくれたチョーム。

「そうです。あの小学校の裏門のほぼ正面に建ってるのがウチなんですよ」

「ああ、あの川のあそこらへんて、昔は罪人の首切り場だったんだよなぁ～」

「え……」

途端に絶句する嫁の妹。そして、素早くそっぽを向いたチョームの顔を目で追うと、その口元が微かにほくそ笑んでいた。

(意地悪な野郎だなぁ……)

「お兄ちゃん。お経をあげてくれたお坊さんをお寺まで送るのは誰に頼めばいいのかなぁ?」

不意にオレに声を掛けてくる妹の麻美《あさみ》。

「ああ、セージが車で送ってくって言ってたから、もうそろそろ奴に頼めよ」

「わかった、セージね」

そう小声で答えると、セージを探しに部屋から出ていく麻美。

「ホントにいい妹だな……。人の葬式に自分の家の自慢をしてる女とは大違いだよ」

麻美の背中を見ていたオレに、そんな言葉を掛けてくるチョーム。

チョームの言う通り、妹の麻美は兄のオレや弟のセージと違って、真面目で我慢強く、オレの母親の血を引いたような頑張り屋だった。が、結婚して出来た娘が重い自閉症を患っており、その娘がまだ幼少の頃までは自閉症児とは認めることが出来なかった。そして、地元の公立小学校の教師たちに何度も自分の娘も入学させて欲しいと頼み込んだ結果、なら娘さんと一緒にズーッと教室にいてくれるのなら入学を認めると言われ、麻美はその通りに6年間、自分の娘と一緒に公立小学校に通い詰めたのである。

卒業後、さすがに言葉も殆どしゃべれない娘が普通の中学には通えないと悟った麻美は、その後、娘の進路を特別支援学校に移した。そして、とにかくオレは、特に仲の良い友達には自分の妹が娘と同じ小学校にクラスメイトと同じ状態で6年間通い切ったということを〝自慢話〟として話していたのである。

「しかし、納得がいかねえんだよなぁ……」

「もうオレの嫁の妹のことは許してやれよ」

しかめっ面のチョームを小声で注意するオレ。

「いや、そのことじゃねえよ。コーちゃんも自分の車の車検は俺が紹介した南部自動車に頼んでるだろ？」

「……ああ、もう3回ぐらいは、そのチョームが紹介してくれた南部自動車のオヤジに頼んでるよ」

「で、いつも大体いくらぐらい払ってんの？」

「オレ？　う〜んとぉ……いつも10万円ぐらいだよ」

「だべっ!?」

いきなり大声になるチョーム。

「な、何だよ、いきなり興奮して……」

「いや、ほら、俺はハッチャキの奴にも、あの南部自動車を紹介してやってな。で、この前、職場の事務所で会った時に、奴にも同じ質問をしたんだよ。車検でいくらぐらい取られたかって。そしたら、奴も10万円ぐらいなんて言いやがってよぉ～」

「てか、奴の車もそんなに直すところが無かったんじゃねぇの？」

「いやいやいや、ファンベルトやブレーキパッドも新しいのに交換してもらったみたいだし、オイル交換まで全部やってもらって、その値段だぜっ」

「つーか、チョームはいくらぐらい取られてんだよ？」

「じゅう……4、5万かな」

「え、そんなに……。どこか故障してたんじゃゃ……」

「してねえよっ。とにかくコーちゃんやハッチャキを紹介した俺だけが、何でそんなに高い金額を取られ続けてんのかが全く理解できねえんだよな」

（ま、確かにそりゃ気になるわな……）


合田2年11月3日。突然だが、オレのサイン会をやることになった。

が、サイン会と言っても新しい単行本や文庫本が出たわけではなく、ツイッターのフォロワーたちがスリムさんはもう7～8年何のイベントもやってないんだから、久々にサイン会でもやって顔を見せて下さいよと言ってきたのだ。よって、ごく個人的な、オレの本を持ってくればどの本にでもサインするよという会を、オレが2～3年前から仲良くなった、埼玉県富士見市という片田舎町で串カツ屋を営業している読者の店を昼間だけ借り、そこで非公式でやることになった。しかも、その告知をオレは自分のツイッターで2回しただけだった。

当日、その串カツ屋に来たファンは17人だけだった。正直予想以下の少なさにオレはガッカリきていたが、もちろんそんな表情は一切見せずに、一人一人が持ってきたオレの著書に、中には昔の合田のように10冊近く持ってきたファンもいたが、一冊一冊丁寧にサインを書いた。そして、そんなオレの様子を明らかに嬉しそうな顔をして見ていたのが、他でもないチョームだった。奴は呼んでもないのに朝早くからウチに来て、自分の車にオレを乗せると、そのままサイン会の会場となった串カツ屋の前に乗り付けたのである。

ちなみに、8月下旬に開催されたチョーム主催の、この時から「ジェロニモ会」と奴が命名した飲み会には30名近くのファンが来たらしく、また、このオレのサイン会から3週間後に開催された第3回ジェロニモ会にはナント、50名を超えるファンが集まったというのだ。しかも、その第3回のジェロニモ会の幹事は、以前合田がウチに来た時に呼んだニキニキがしていて、広告代理店に勤めている彼の仕切りで、新宿の歌舞伎町で開かれたその会は相当盛り上がったというのだ。

「つーか、相当盛り上がったって、そのジェロニモ会でチョームは何をやったんだよ?」

その話の報告をオレに電話でしてきたニキニキに、まずソレを尋ねてみた。

『いや、ただチョームさんがしゃべりまくっただけですよ。夕方7時から朝4時まで居酒屋の地下の階全部を貸し切って飲み会をやったんですけど、チョームさんは、ホントに色々なファンたちとズーッとしゃべってて。最後の3時間ぐらいは、ズーッとスリムさんのお父さんのケンちゃんの話をしてましたよ。しかも、チョームさんは何も食べずにしゃべり続けてて、結局ジェロニモ会の間に食べたのってピザ2切れだけでしたからね。スリムさんは何も聞いてなかったんですか?』

「いや、2回目のジェロニモ会の時は何も聞いてなかったけど、その3回目のジェロニモ会の10日ぐらい前にはウチに来て、今度またフォロワーを集めた飲み会をやることになったってことは言ってきたよ」

『何でスリムさんは来なかったんですか？　俺はてっきりスリムさんも会場に来てるかと……』

「だって、呼ばれてねえもん、オレ」

『いや、だって、チョームさんの話を本に書いたのはスリムさんなんだから、参加したフォロワーたちも今度こそスリムさんが来るって……』

「だから呼ばれてねえんだよっ、オレは。チョームの奴が自分一人で日程を勝手に決めた後で、オレにそういう飲み会があるって言ってくるだけでさ。普通はオレに来て欲しいと思ったら、まず日程のことを相談してくるだろ？」

『日程のことは置いといても、何でスリムさんに来てくれって言わないんスかねえ？』

「う〜ん……それを言ったら自分が負けたことになるって思ってんじゃねえか」

『えっ……ま、負けたことって』

　呆れたような声を出すニキニキ。

「アイツは昔からそういうところがあるんだよ。もし誘って、オレに断られたら自分の立場が弱くなるって思ってんじゃねえか。チョームは高校を出てから、少なくともオレの何歩も前を歩いてきたと思ってんだよ。いや、それは確かにそうなんだけどさ。でも、オレが物書きになって、それなりの数の読者や知り合いが出来てきて、それでも奴はオレの前を歩いていると思いたいんだよ。まぁ、オレとしたらそんなことはどうでもいいんだけど、とにかくチョームはオレに誘いや提案を断られるのをとことん避けるようになってきたんだよ」

　チョームのことを話しているうちに、自分がどんどん熱を帯びているのを感じていた。が、オレの話は止まらなかった。

「いや、要はさぁ。奴は、超簡単なことを超めんどくさくしてるだけでさ。例えば、数カ月前にチョームとファミレスに行った時に、アイツはこんなことを言ってきたんだよ。〝昔、コーちゃんに誘われて行った、栃木の那須塩原市にあるスープ入り焼きそば屋に久々に行きてえんだよなぁ〟って。で、オレは正直驚いたんだ」

『え、何でですか？』

「だって以前、そのスープ入り焼きそば屋にチョームを付き合わせた時、奴は〝こんな焼きそばの上にラーメンのスープをかけたモノが旨いわけがねえよ！〟って言って殆ど食べなかったんだよ。ところが、それから10年以上経って〝あの時のスープ入り焼きそばの味が忘れられなくて〟って言われても、えっ、どうして!?って思うだろ」

『確かに……』

「でも、とにかくオレが紹介したモノが食べてえって言うから、すっかり気分が良くなったオレは、その週の週末にチョームの車に乗って、一緒にそのスープ入り焼きそば屋に行ったんだよな。で、そのメニューを食って車に戻ったら〝旨さの原因がようやくわかったよ。あのスープはラーメンのスープじゃなくて、スープ入り焼きそば用に作られたオリジナルのスープなんだ。その証拠に食いながら厨房を観察してたら、ラーメンにかける汁とは別のスープを焼きそばにかけてたんだよ〟なんて言ってきてよ」

『なるほど、単なるラーメン焼きそばじゃなかったんですね』

そう言って、品の良さそうな笑い声を響かせるニキニキ。

「ところが、それでオレが納得してると、すかさず〝ああ、で、コーちゃんさぁ。コーちゃんの本の読者でもある俺の知人が、偶然この近くの益子《ましこ》って町でタコス屋をやってるみたいだから、今からついでに行ってみようぜ〟なんて言ってきてさ。その時になってオレは初めて（やられた……）と思ったんだよ」

『えっ、どうしてですか？』

「つまり、そのオレの本の読者でもあるチョームの知人っていう奴は、元々はチョームはオレの友達ということで奴のツイッターもフォローしたんだよ。で、チョームはDM上でもその人物と話すようになり、そのうち〝じゃあ今度、スリムをキミの店に連れて行ってやるよ〟てな軽口を叩いたんだよな、きっと」

『アハハハッ。なるほど、なるほど』

「でも、いきなりオレに栃木県の益子町に行こうって言ったりすると〝何でそんな遠くまで行くんだよ？〟って言われて、コーちゃんの読者に会うためだよって答えたら〝嫌だよ、そんなの！〟って断られちゃうかもしれないと思ったんだよ。で、考えた末、益子町の割と近くにあるスープ入り焼きそば屋を褒《ほ》めれば、オレが気分を良くして、その益子町にも一緒に向かうだろうって思ったんだよ、あの先生は」

『アハハハハハハハハッ!! めんどくせぇーー!! ホントめんどくせーーー!!』

「初めからオカしいと思ったんだよ。十数年前の、しかも、殆ど食べなかったスープ入り焼きそばを急に食いたくなるわけがねえんだよ」

『で、そのタコス屋さんでしたっけ？ そこは美味しかったんですか？』

「ああ。その小さな店を経営してた読者夫婦は非常に感じのいい奴らで、しかも、お世辞抜きでその店のタコスやハンバーガーもメタメタ旨かったんだよ」

『そりゃ良かったじゃないですか』

「とにかくチョームは肝心な部分を勘違いしてるんだよ。オレは奴と違って〝コーちゃん。悪いんだけど、俺が最近ツイッターでやり取りをしてるコーちゃんの本の読者がいてさ。ソイツらって栃木県の益子町ってところでタコス屋をやってるみたいだから、近いうちにその店に行こうぜ、なっ？〟って言われたら、結構喜んでその店に行くはずなんだよ。決してそんなことでチョームに勝った！なんて思わないし、逆に自分の幼馴染とソコまで仲が良くなった奴らの店なら悪い印象だって持たないわけじゃんか」

『まぁ、そうですよねぇ～』

「ところがチョームは、オレにソレを言って断られたら自分がオレに負けたことになると思って、そんな小芝居を打ったんだよ。めんどくせーだろ？」

『人に弱味を見せることって、そこまで怖いことなんですかねぇ～？』

「でも、話は変わるけど凄いじゃん、ジェロニモ会って。だって、ついこの間なんか50人以上の参加者が集まったんだろ？」

『ですねぇ～。でも、アレって事前にチョームさんが100人以上のフォロワーたち一人一人にDMを入れて、直接誘ってるからっていうのもあるんですけどね』

「えっ、アイツって、そんなことしてんの!?」

『で、ジェロニモ会の開催日近くになると、俺が仕事中でもケータイにチョームさんからの電話が1日に多い時で20本ぐらいは掛かってきますからね』

（な、何やってんだよ、アイツ……）

　合田2年12月上旬。シンヤから掛かってきた電話に、またしてもオレは驚いていた。

「えっ、チョームからコーヒーマシンのメンテナンスの仕事に誘われたぁ!?」

『ええ、イイ稼ぎになるから一緒にやらないかって誘ってもらったんスけど……』

　オレやチョームの10歳年下のシンヤは、以前は型枠大工の親方をやっていて、3階建ての自宅が建てられるほど、その仕事は波に乗っていたらしい。ところが、仲間の会社の倒産に巻き込まれてしまい、気がつけば彼の会社の借金もアッという間に7000万円にまで膨れ上がり、結局は自己破産をしてしまったのだった。その後、シンヤは地元にあるアマチュア無線のアンテナを立てる会社に就職し、一家の生活費はもちろんのこと、3人もいる子供たちの学費までアップアップで嫁と必死に稼いでいた。そこにチョームからの仕事の誘いがあったらしいのだ。

「いや、もう一度確認しとくけど、そのコーヒーマシンのメンテナンスをやってる会社って、チョームが経営してるわけじゃなくて、奴はソコに勤めてるだけなんだぜ」

『そうなんですよね……。でも、ハッチャキさんもチョームさんからの誘いで入ったって聞いて……。やっぱ止めといた方がいいでしょうかねぇ~』

「う~ん……ま、ハッチャキから聞いた話では、仕事を覚えるまではホントに大変だけど、稼ぎはマジでイイみたいだからなぁ……。シンヤくんのところは、とにかく今は金が要るだろうし、う~ん、やっても損はないと思うけど」

『スリムさんにそう言ってもらって、少し安心しました……』

「チョームは基本的にはオレの幼馴染だしさ。悪い奴じゃないけど、単純なことを難しくする変な癖があるから、とにかくソレだけは気をつけてな。あと、あのおしゃべり好きにも」

『わかりました』

そう言って笑うシンヤ。

で、その後、どうなったのかというと、研修も兼ねてチョームと一緒にコーヒーマシンの修理にシンヤが向かった際、奴が修理の仕方をモノ凄く早口で言うので、何回目かの修理の時に「チョームさん、俺はチョームさんに同じことを2回言わせるのは申し訳ないんで、こうして言われた内容をノートに書こうと思っているので、すいませんが、もう少しだけゆっくりと説明してくれませんか」と言ったら、「ウルセー、このくらいのことはメモ帳に書かないで覚えろ!」と返されたというのだ。で、元ヤンのシンヤはそこでブチッとキレて、着ている作業服を

脱ぎ、それをハンバーガーショップの床に叩きつけようとしたら、チョームにガシッ！と手首を掴まれた。そして、奴が一言、

「シンヤくん、今はガマンのしどきだぞ！」

で、シンヤは心の中で、こう怒鳴り返したという。

（つーか、その無駄なガマンを作ってるのはアンタ自身じゃねえかよっ!!）

ところが、そんなことがあった後、チョームは急に優しくなったらしく、暫くは平和に2人して各施設にあるコーヒーマシンの修理や点検作業をしていたらしいのだが、その作業が終わってチョームの自宅に向かっていると、必ず奴がその近くのコンビニに寄って甘い菓子パンなどを2人分買い、家の前でシンヤにそれらを勧めながら車に乗ったまま雑談を最低でも1時間はするというのである。むろん、シンヤとすれば、自分のアパートでは仕事から帰ってきた嫁が料理を作って彼のことを小さな子供たちと待っているのに、その仕事後の雑談タイムを毎日のように食らっていたという。そして、チョームの家の前と自分のアパートの食卓で夕食を2回食べることになったシンヤは、そのせいでアッという間に太り始めたらしい。

さらに先週には、チョームは仕事後に遂にシンヤのアパートにまで上がり込み、夜中の3時まで1人でくっちゃべった挙句、その後、シンヤの嫁に自分の洋服を何枚も持ってこさせて、ファッションチェックを始めたとのこと。そして、チョームはようやく朝の5時に帰ったらしいが、その日も朝6時には仕事でアパートを出なければならなかったシンヤの嫁は、とにかく悔しいやら情けないやらで、居間のテーブルに突っ伏したかと思うと暫く泣き続けていたという。

数年前、オレが居眠り運転で事故を起こした際の、あのオレとベックの間に勝手に入ってきたにもかかわらず、最後は奴を頼り続けたベックから平気で手を放したチョーム。その言いようもない嫌悪感が再

び蘇ってきた。

（オレは、相変わらず自分の知り合いたちをチョームが横から手を伸ばして好き勝手にするのを見てるだけなのか？　ホントに奴は今でもお前の親友なのか？　このままでいいのか？

いや、でも、ニキニキは幹事に任命されて正直悪い気はしてなさそうだし、シンヤだって迷惑は被《こうむ》ってるけど、このまま仕事を続けて、やがてチョームから独り立ちすれば、それなり以上のお金を稼げるんじゃないのか？　我慢しろ、オレ。おまえが自分の感情のまま怒ったら、目の前の目標に向かって懸命に頑張ってる奴らの邪魔をすることになるかもしれないぞ。……大人になれっ！）

その時、仕事部屋の机の上で色々なことを考えていたオレは、無意識に自分が握っていたシャーペンを真っ二つにヘシ折っていた……。

15 福袋先生

合田3年1月中旬。合田に初めて会ってから2年が経った。

しかし、ハンパない密度の期間だった。特に合田の旧友ゴローから預かった挙銃を処分した件などは、今思い出してもヒヤヒヤもんだった。

「おお、有華。こっち、こっち！」

その日、オレは仕事の打ち合わせ帰りに中野にあるファミレスで有華と待ち合わせていた。オレらは、その店で早い夕飯を食べながら、相変わらず香川県のうどん屋の話に花を咲かせていた。が、1時間もするとその話にも一段落が着き、席を立つ前にあることを思い出して有華に尋ねてみた。

「ああ、そういえば前に発達障害のことも描いてるって言ってたけど、つまり、そういう友達がいるの？」

「えっ……」

オレからの問いかけに、一瞬戸惑ったような表情になる有華。

「……いや、自分自身のことなんですけど」

「はぁ～!?」

再び大きな声を出してしまい、そのあとで首をすくめるオレ。

「で、チョームさんも間違いなく発達障害を持ってますよ」

「はぁ～!?」

再び大きな声を出してしまったが、今度は怒りのような感情が急に腹の底から湧き上がってきた。

「つーか、オレとチョームは小学2年からの友達で、もう40年間も付き合いがあるんだぞっ。そんな付き合いの奴が発達障害なんていう疾患を持ってたら、いくら何でもオレだって気づくだろっ!!」

「…………………」

「てか、最近はストレスが溜まって、少し性格が暗くなったりすると私は鬱病かも知れないとか、不安になったりするとパニック障害かもって言う奴がいるけど、そんなの大げさに言ってるだけでさっ！　ダメだよ、何でもそういう新しい病名を付けちゃって、病気病気って言うのは!!」

「…………………」

数日後。オレは電話で合田と話していた。

「そうなんだよ。合田くんは10年間自分を診てくれた福袋先生が、今は山梨県のドコの病院にいるのかわからないって言ってたけど、昨夜ケータイに『山梨県・精神科医・福袋』って打って検索したら、どうやら勝沼市に福袋精神科クリニックってところがあってさ。ちなみに合田くん、福袋先生の名前の方は知ってる？」

『名前ですかぁ。え〜とぉ……勝……勝……あ、確か勝二郎ですよっ』

「ビンゴ！　その病院案内の医院長先生の名前が福袋勝二郎《かつじろう》になってたよ」

『ああ、そうですかぁ〜。いや、懐かしいですよ、ガハハハハハハハハッ!!』

「で、もし合田くんが福袋先生に1回電話を掛けてもらって、先生がオレと会ってもいいって言うんなら、会いに行きたいんだけどさ」

『えっ、スリムさんがですか？』

「うん。余計なおせっかいかもしれないけど、オレ、統合失調症関連の書物を読んでも殆どピンとこないからさぁ。なら、何か偉そうな言い方で恐縮だけど、合田くんに対して、どういうサポートをすれば正解なのかを福袋先生と一度直接会って聞いときたいんだよね」

『あ……はい。じゃあ、電話を入れますんで番号を教えてもらえますか？』

「てか、ホントにいいの、合田くん？」

『もちろん、いいですよ。っていうか、ボクも一緒に行きたいくらいですよ』

「ちなみに、福袋先生って、いくつぐらいの人かな?」

『え〜とぉ……確か、え〜とぉ……もう65ぐらいになってると思いますよ。でも、精神科医の中ではホントに気さくに話せる、凄くいい人ですよ』

「じゃあ、尚更会えたらいいなぁ……」


で、その翌日。合田から早速オレのところに電話が掛かってきて、昨夜福袋先生と久しぶりに話して、オレからのお願いを伝えてみたら、じゃあ、その週の土曜日の午後に山梨県勝沼市にある病院にまで来てくれるなら、そういう時間は取れますよと言われたとのこと。で、念の為、その日の夕方にオレからも福袋の病院に電話を入れると、女のスタッフが出て、事情を説明すると彼女も福袋から伝え聞いていたらしく、福袋は今、診察中で電話に出られないが、週末の土曜日の昼2時以降に病院に来てくれれば大丈夫ですと言ってくれた。

そして、その土曜日。オレは、中央高速に乗り、1時間くらい走ると勝沼インターが出てきた。ソコから降りると福袋精神科クリニックの住所を打ち込んだカーナビ通りに走り、15分後には以前はテニスコートとして使われていたらしい敷地内の、今は駐車場になっている『福袋精神科クリニック用』と書かれた2枠の1つに車を停めた。

車から降りると正面には『クレッシェンド鈴木』という4階建てのマンションがあり、その1階の一室が福袋のクリニックだった。

(ふぅ〜〜〜!)

そのドアの前で深呼吸をするオレ。

(いいのか、お前。こんなお節介を焼いちゃって……。昔の担当医に会うってことは、合田との付き合いにそれなりの責任を持つってことなんだぞっ。……ホントにいいのか?)

「はい、どうも〜〜」

ドアの脇にあったチャイムを押すと、10秒ほどして、そんな声と共に落ち着いた感じの少し痩せた初老の男が顔を出した。

「あ、あの、佐藤と申します。合田くんの友達の……」

「はいはい。挟いところですけど、どうぞお上がり下さい」

そう言ってニコやかに笑うと、スリッパを出してくる福袋。

玄関から上がるとスグに6畳ほどの台所があり、そこを抜けると同じく6畳ほどのテーブルしかない洋室があって、そのテーブルに付いているイスに腰掛けて下さいと言われた。

「あ、先生。恥ずかしいんですけど、一応これがボクが今まで出した代表作で、良かったら貰って下さい」

そう言って、テーブルの上に『佐藤バカ三代』『ボロボロ』という2冊の文庫本を出すオレ。

「装丁からして面白そうな絵が描いてあって、楽しそうな本ですねぇ〜。しかも、文庫本になってるってことは、2冊とも結講売れたんですね」

「いやいや、売れたと言ってもオレなんか所詮マニアックな物書きなんで、ホント笑っちゃうような部数しか出てないです。あ、それから先生、これ……」

そう言って、すぐ近くのコンビニで買ってきた、袋に入った数本のペットボトルのお茶を差し出すオレ。

「あ、ボクは……」

「えっ、お酒の方が良かったですか!?」

慌てて、そう尋ねるオレ。

「いや、ボクはお酒は一滴も飲めなくて、あとカフェインもダメなんですよ」

「えっ……と、申しますと」

「え〜とですねえ……」

そう言うと、オレが持ってきたコンビニのビニール袋の中に手を突っ込み、ペットボトルの烏龍茶、日本茶、紅茶などを次々と取り出したかと思うと、

「あっ……これは大丈夫だ」

と言って、麦茶入りのペットボトルを手にする福袋。

「えっ……何で麦茶だけは」

「麦茶にはカフェインが入ってないんですよ」

(……知らなかった)

「あ、どうぞ、立ってないで座って下さい」

福袋に座るよう勧められ、その4人掛けのイスの1つを引いて腰掛けるオレ。正面に座っている福袋の背後には大きな扉があり、その中に診察室があると思われた。しかし、住所に「102号」という番号が付いていたので、どこかのビルを借りて開業していると思ったが、予想以上に挟い病院で、が、その挟さが福袋のことをより飾らない男に見せていた。

「早速ですが、合田くんが今、患ってる病気は統合失調症でいいんですよね?」

「ボクもそう思ってたんですけど、別の要素もあるのかなぁ〜って」

「えっ、それはどんな要素なんですか!?」

いきなり予想もしていない展開になり、少し慌てるオレ。

「いや、彼のお母さんから聞いたことがあるんだけど、合田くんが小学校低学年の時に何かの拍子にモノ凄く怒ったらしくてね。物干し竿を槍のようにして玄関のドアにぶつけて。それがドアに刺さったらしくてね。この子は怒ったら凄く激しい子なんやな、と。で、それはてんかんによく見られる現象でね」

「て、てんかんですか?」

「うん。てんかんっていうと代表的な症状は、痙攣やひきつけなんだけど、それ以外にも変な音が聞こえるだとか、変なニオイがするとか、急にゾッとするとか、説明できないような様々な発作が起きるんだよね」

「ちょ、ちょっと待って下さい、先生。数カ月前、オレは合田くんに彼の今の担当医をやってる先生が書いた診断書を見せてもらったことがあるんですけど、それには傷病名のところに思いっきり〝統合失調感情障害〟って文字が書いてあったんですけど」

既に少し興奮していることに自分でも驚くオレ。

「ああ、杉田先生ねぇ」

そう言って笑みを漏らす福袋。

「えっ、ご存知なんですか？」

「同じ大学に通っていたボクの2つ歳上の先輩です。あの人は〝赤ひげ〟みたいな先生で、自分のケータイ番号やメールアドレスを患者に教えちゃうんだよね。ボクも一度教えたことがあるんだけど、『死にたい、死にたい、死にたい』って言われて参っちゃって、結局は数えるのを止めたんだよ」

そう言って、再び笑みを漏らす福袋。

「まぁ、無責任なことを言うわけじゃないけど、杉田先生がそう診断してるなら、それでいいんじゃないかなぁ……。精神疾患っていうのは、この人はコレ、あの人はコレっていう1つの病気だけじゃなくて、統合失調症なところもあるんだけど、躁うつ病やてんかんの特徴を併せ持った非定型のものもあるからね」

早くも頭の中がゴチャゴチャになるオレ。気がつくと、かなり強引な提案をしていた。

「じゃあ一応、合田くんがメインに患ってる病気は、統合失調症として話を進めさせてもらってもいいですか？」

「うん、構いませんよ」

「前にある資料で目にしたのですが、日本人の100人に1人は統合失調症と書いてあったんですが、ホントにそんなに多いんですか？」

「大体そのぐらいですね。ボクがいた大学の医学部が定員100人だったんですよ。で、毎年1人～2人が統合失調症になってましたね」

「えっ、そんな学歴が高いところにもですかっ？」

「学歴は、あまり関係ないと思いますよ」

「そうなんですか……」

「統合失調症、略して統失の患者がよく見舞われるのが幻聴と幻視でね」

「ああ、オレの友達の兄貴にも統失の人がいるんですけど、その人も隣の家の住人がいつも自分の悪口を言ってるっていって、何回も殴り込みに行きかけたらしいんですよね」

「ほうほう」

「あと、もの凄い勢いで家の階段を2階から1階に下りてったから、オレの友達は気になって後を追いかけたら、自分の車の中でパニックになってて。で、『どうしたんだよ?』って尋ねたら、いや、友達の1人がお前の車のダッシュBOXの中に200万円を入れといたから、それを使ってくれって言ってきたから見てみたんだけど、どこにもありゃしねえんだよ!!って手足をバタバタ振って暴れ出しちゃったらしいんですよね」

「そういうことが普通に起こります」

オレからの話を当然のように肯定する福袋。

「合田くんから聞いた話で印象的だったのは、彼はお笑いの『ダウンタウン』の松ちゃんが大好きだったらしいんです。で、ある時、その番組を観てたら、松ちゃんのコメントに対して(もっとこう言えば面白いのになぁ〜)って思ったらしいんですよ。そしたらテレビ画面の松ちゃんが、合田くんのことを見てくるんですって」

「結びつけたんだね」

「で、その時、合田くんは松ちゃんに向かって『いや、そうじゃないよ、こう言うんだよ』って話し掛けたら、画面の松ちゃんが合田くんの方を一瞬見て『うん、わかった』って頷《うなず》いたらしいんですよ。で、そういうことを繰り返してたら、自分自身が日本のお笑い界を動かしてるって気になったみたいなんですよ。ま、それは統失になった最初の頃の話だって言ってましたけど」

「松ちゃんに自室でダメ出しするって、そりゃそういう気分にもなるよね」

そう言って少し笑うと、ペットボトルの麦茶を一口飲む福袋。

「ちなみに、今でもテレビを見てると時々アナウンサーが、まさに自分だけをチラチラ見てるように感じることがあるらしくて、それは発作の予兆で、その後、調子が悪くなることが多いって言ってましたね」

「ボクが診てた時の合田くんの病状は、割と重い方だったね」

「そ、そうなんですか……。でも今、香川に遊びに行って、オレと色々なうどん屋を回ってる時の合田くんは、統失を患ってるなんてことは殆ど感じさせないんですよね」

「合田くんって人懐っこいでしょ？　だから統失らしくない。統失の人って長年診てると、その患者さんに威圧されるというか、とにかく警戒心が強いんで、独特なものを感じるんだよね。それをプレコックス感っていうんですよ」

「プレコックス感……」

「うん。患者とそうでない人が触れ合った時に感じる独特の感覚。感情の疎通が出来ていないような奇妙な感覚。平たく言えば〝何か嫌な感じ〟だよね」

（最初に合田と会った時に感じた〝えっ、何だ、コイツ!?〟っていうのがそうなのか……。でも、オレの場合は、すぐにそれが無くなったけど）

「合田くんは睡眠については何か言ってなかった？」

そんな質問をオレにしながら、再び笑みを浮かべる福袋。

「睡眠ですか……。ああ、合田くんは統失の患者にとって一番の闘いは寝ることだって言ってました。彼は布団に入って寝つくまで13時間ぐらいかかることもあるらしいんですよね」

「そこら辺がね。本人は一睡もしてないと思ってるけど、実際は少し寝ていることもあってね。ボクがココで開業する前に、この近くの病院に勤めてたんだけどね。ある患者さんが、眠れないから睡眠薬を調合してくれって言って入院してきたんですよ。2

週間の入院だったかな……。いつも、眠れないって言っていて。ところが、看護師さんが巡回してたら大イビキをかいて寝てたって。それを本人に言ったら怒っちゃって。人が一睡も出来ずに困ってるのにウソつくなって。それで退院してっちゃったの」

「なるほど……。あと、合田くんは実はプライドが高い面もあると思うんですが、病院の入院生活の中で他の患者さんを上から見るようなことはなかったですか？」

「ボクが知ってる範囲では、差別するとか上から見るっていうことは無かったような気がしたよ」

「そうですか……」

少しホッとしている自分がいた。

「あと、合田くんが言ってたんですが、気圧も病気に関係するんですか？　彼が言うには3月、5月、10月が調子が悪くなるそうですけど」

「気圧は関係しますよ。季節の変わり目ですからね。春がくると憂鬱だっていう人もいます。ホルモンの関係と低気圧。たとえば、低気圧が近づくとスナック菓子の袋がパンパンになりますよね。気圧が下がるから。それで脳も圧迫されて、しきりに具合いが悪い、具合いが悪いっていう患者さんが多いんだよね」

「脳が圧迫されるんですか……」

「あと、統失の患者さんの中には、脳が溶けるとか内臓が腐っていく感じがするって言う人も多いんだよね」

「も、もちろん、そんなことは無いんですよね？」

「うん。思考力や記憶力が低下していると、それを脳が溶けていってるって表現をするんだよね」

（なんか段々気が重くなってきたなぁ……。救いになるようなことも聞かなきゃな）

「先生、統失の薬って何年前ぐらいから出始めたんですか？」

「ボクが医者になって10年ぐらい経った時に、抗精神病薬で〝クロルプロマジン〟っていうのが出てきてね。もっともフランスでの発売から30年も経過してたみたいだから、日本で使われ出したのは1952年だね。最初は麻酔薬として使われてたらしいけど、そのうち鎮静作用が強いということで精神科の治療に使われるようになったんだよ」

「まだ、それほどの歴史はないんですね」

「そうだね、まだ70年も経ってないからね。でも、その後、これが基本になって、これとはまた別の系統のものが沢山出てきたんだ」

（それが前に合田くんから郵便物として届いた、あの各錠の名前・効能・摂取量が書かれた薬なんだなぁ……）

「ち、ちなみに、統失って完治することは無いんですかっ？」

再び話題を変えてみた。

「完治はしないというか、完治という言葉は殆ど使わなくて、病状が治まることを『寛解《かんかい》』と言いますね。だから、非常に落ち着きが出てきても薬は続けないといけないです。飲んでいるから症状が出ていないだけで、飲まなくなるとまた強い症状が出る恐れがあるんですよ」

（そっか……）

少しの間、水を打ったように静かになる室内。

「先生……。でも、合田くんは現在は、さっき先生が言ったような寛解状態になってると思うんですけど」

「うん、そうだね。先日、合田くんから、この病院に電話が掛かってきた時に15分ぐらい話したんだけど、言うこともシッカリしてたし、佐藤さんのことも〝とにかく信頼出来る人ですから〟っていう説明があったから、こうして佐藤さんとも会ってお話ししようと思ったんですよ」

そう言って、また人懐っこそうな笑みを浮かべる福袋。その後もオレたちの話は雑談も含めて1時間近く続き、そのうちチラッと部屋の掛け時計に福袋が目をやったのに気づいたオレは、慌てて次の質問をしていた。

「で、先生、もう遅くなっちゃったから、最後に訊きたいんですけど、オレがそんな合田くんを助けるには具体的にどうしたらいいんでしょうか?」

と、福袋の顔からアッという間に笑みが引いていた。

「ボクもこの仕事を40年以上やっていますが、はっきり言って患者さんを助けるということに対しては何もお世話していません」

「えっ、だって先生は10年近く合田くんのことを……」

「診察に来て、仕事に行けるような状態ではないから障害年金でももらいますか?とか。まず生活基盤からですから、今の状態だったら生活保護を受けられますよって いう手続きの話はボクもしてあげられるけどね。もちろん、症状が安定するように定期的に診察に来て、薬もちゃんと飲みなさいぐらいも言います。で、本人が仕事をしたければ、そこからは福祉担当のケースワーカーさんに相談すればいいだろうし。そして、もっと良くするためには、一人暮らしが出来るようにならなきゃいけない。今まではズッと親と一緒で年金をもらってたけど、親だっていつまでも生きてるわけじゃないし。年金をもらいながらバイトをして、月10万円でも稼いで、年金と合わせたら何とかやっていける。そうなれるように、そういう担当者、精神科医、ソーシャルワーカーたちが就労のためのトレーニング、面接の受け方、履歴書の書き方、体験実習とか色々なことをサポートしてくれるんですよ。だから個人でどうこうしてあげるっていうレベルとは違うんです」

「…………わかりました」

クリニックの玄関で靴を履いている時、背後からの福袋の言葉にドキリとした。

「おばあちゃん、お父さん、弟さんの中でも、特にお父さんのケンちゃんは、愉快な方ですね」

「あっ……ウ、ウチの親父がですか？」

「合田くんと佐藤さんの仲が良くなったのは、何か必然的なような気もしますね」

「え……そ、そうですかぁ？」

外は既に真っ暗になっていた。

オレはカーナビを自宅にセットし、その真っ暗になった道をゆっくりと進んだ。

（あの先生は合田くんから電話が掛かってきた後、オレの代表作をスグに取り寄せて読んでいたんだ……。そして、どんな質問をされるかもある程度予想していて、そして、最後にオレ1人ではどうにかなるものではないってことを語ってくれたような気がする。しかも、精神病は複数の種類が色々混ざってるケースも多い。だから、その対処は医者でも難しいんだな……。オレは、やっぱり根本から間違ってたんだ。合田を助けるのは、様々な職業の人たちが手分けをしてサポートしなきゃ無理なんだ。……良かった。もし福袋先生の話を聞かなかったら、オレはあのまま思い上がった挙句、ハンパないドツボにはまるところだったよ）

専門家が教えてくれた、幼稚な自分の予想を遥かに上回る厳しい現実。が、それでもその晩のオレの心は、そこまで冷たくはならなかった。

16 交差する障害

合田3年7月。その日の昼過ぎ、シンヤからオレのケータイに連絡が入った。
『俺、チョームさんの勤めてる会社を辞めちゃいました』

驚きながらも何があったのか尋ねてみると、数日前東京都下の府中市のハンバーガーショップにあるコーヒーマシンの修理を終え、真夏の炎天下をチョームの車を運転していたシンヤは、助手席のチョームの指示で昼食を取るために2キロほど離れたファミレスの駐車場に入った。で、降りようとしたのだが、車のキーが見当たらない。チョームのその時の車はキーを差し込むカギ穴はなく、そのカギさえ持っていれば、あとは車のスタートボタンを押すだけで勝手にエンジンがかかるという車種だったのだ。
「チ、チョームさん、車のキーは持ってますよね？」
「知らねーよっ。運転してんのはおメーなんだから、おメーが持ってんだろうよ！」

チョームにそう言われたシンヤは、作業服のポケットの中や運転席の周囲を慌てて探した。しかし、車のキーは見つからない。そのうちチョームが「俺は先にファミレスに入ってるから、さっきの現場からこの駐車場の間で落としたんだろうから、とにかく探してこいよ」と言って車から降りたという。

その後、さっきのハンバーガーショップまでの片道2キロの道をシンヤは走りながら往復したものの、カギはドコにも落ちておらず、汗だくになってチョームの車に戻った。そして、まさかと思いながらも助手席のダッシュボードを開け、中に入っていた、さっきまでチョームが見ていた修理の点検用紙の束をパラパラとめくっていたところ、ナント、その中にチョームの車のキーが挟まっていたというのだ。

それを見たシンヤは、ショックと消耗と怒りと悲しみで訳がわからなくなり、車から降りるとそのまま黙って自宅に帰ったという。そして、その2日後。

前に勤めていたアマチュア無線のアンテナを立てる会社の社長に深々と頭を下げ、再びその会社で働き始めたらしい。

「ひでえなぁ〜、それ……。オレ、ちょっとアイツに文句言ったるよ！」

『いやいや、スリムさんっ。そんなことをしてもらおうと思って電話したわけじゃないっスから、この件に関しては、くれぐれも穏便にお願いします！』

「でもさぁ〜！」

『いや、ホントにお願いしますっ。スリムさんとチョームさんの間に、こんなことで亀裂を入れさせるわけにはいかないっスから！　俺はもう大丈夫ですから！』

「…………」


それからさらに数日後から、オレの家の敷地内で不思議な光景が度々見られるようになった。ある晩、オレがアイスを買うため近くのコンビニに向かおうと玄関のドアを開けたところ、ウチの庭に見慣れた車が止まっており、よくよく見るとそれはチョームがセカンドカーとして使っている黒いワゴン車だった。が、チョームはウチには来ていないのだ。で、その時はウチに車を止めて、近くのガソリンスタンドかどこかに行っているのだろうと思ったのだが翌朝、ウチの敷地内にあるアパートに住んでいるセージと庭で顔を会わせたところ、意外なことがわかった。ちなみに、オレの弟のセージは数カ月前に5〜6年勤務していた名古屋の陸送会社を辞め、今は立川に帰ってきており、週に3日ぐらいの割合で青梅にある友達の運送会社の手伝いをしているという、いわゆる半休状態だった。

「参ったよ、昨日チョームくんが来たんだけど、夜中の3時過ぎまで全然帰らなくてさぁ〜」

「ええっ、じゃあ、昨夜はお前のアパートの部屋に上がり込んでたのかっ？」

「そうなんだよ。で、とにかくズーッとしゃべってて、しまいには俺の嫁のミカもグゥーグゥー寝ちゃってんのに、それでも1人でしゃべり続けてんだもん」

「てか、何でオレんちに来ないんだよ、アイツは？」

「もちろん、それはスグに言ったよ。そしたらコーちゃんは仕事で忙しいだろうから……なんて答えが返ってきてさ。まぁ、チョームくんとは俺も付き合いは長いから別にいいんだけど、とにかく何かおかしな感じだったわ」

（また変な動きをしてきたぞ、アイツ……）

それからというものチョームは週に2～3回の割合で、夜8時頃になるとセージのアパートを訪れるようになった。最初の3週間ぐらいはセージ夫妻は子供もいなかったので、そのチョームのおしゃべりに何とか付き合っていたものの、そのうちそれも辛くなり、ある晩、チョームがアパートにやって来たと同時にセージがこんな提案をしてみたという。

「ねぇ、チョームくん。これから俺とミカで車に乗って相模湖の方に星を見に行こうと思ってるんだけど、一緒に行かない？」

「えっ、星いいいいいいいっ!?　……星いいいいいいっ!?」

チョームはそう答えてから、そんな所にわざわざこんな時間から行かなくてもいいじゃんと、その案を必死で諦めさせようとしてきたらしいが、それでもセージが早く行こうよ、天の川も見えるかもしれないよとか言っていると、遂には観念して、そのまま自宅に帰ったとのこと。

「グハハハハハハハッ!!　スゲーな、お前。チョームのおしゃべりを止めた奴って、お前ぐらいなもんだぞ。でも、またチョームが懲りずにアパートに来たらどうする？」

「今度は月を見に行かないかって言うよ」

そう言って笑うセージ。

「またチョームが2回叫ぶぞ。今度は『えっ、月いいいいいいいいっ!?　……月いいいいいいいいっ!?』って。グハハハハハハハハハッ!!」

その後、チョームがセージのアパートに来るのは2週間に1回ぐらいになった。そして、そんな時、セージのアパートにやって来たチョームと、またまた近くのコンビニにアイスを買いに行こうとしたオレが庭先でバッタリ会ったのである。

「おう、チョーム……。久しぶりだなぁ～」

「ああ、コーちゃん……。どこ行くの?」

「いや、コンビニにアイスを買いに行こうと思ってさ」

「相変わらず甘いモノが好きだなぁ～。……あ、そう言えば来月の9月に、またジェロニモ会をやることになっちゃってさ」

「(出た!)……へぇ～、こ、今度で何回目?」

「え～とぉ……4回目かな」

「す、凄いなぁ～。……つーか、チョーム」

「……え、何?」

「チョームって、か、彼女でも探してんのか?」

「何だよ、それ?」

「いや、だって、そんな自分主催の飲み会を何回もやるっていったら、普通はそうなんじゃないかな～って思うだろ?」

「いやいや、ジェロニモ会に参加してくる女性の6割ぐらいは既に結婚してる人たちだしよ」

その時、オレはチョームの逃げ道を1つ叩き潰してやろうと思った。

「ちなみに、ジェロニモ会を開くのはオレのためだとか言うなよな……。ま、そんなことは無いと思うけど、オレを応援するためと思って読者を定期的に集めても、物書きって文字通り文章で勝負するもんだからさ」

「………………」

「まぁ、だから自分主催の飲み会は、あくまでも自分のためにやって下さいよ、ね。……じゃあ、アイス買いに行ってくるわ。……またな!」

後日、ニキニキから電話があったので、4回目のジェロニモ会のことを聞くと、今回も50人近くのツイッターのフォロワーたちが集まったとのこと。そして、チョームは相変わらず各テーブルを回り、その参加者たちとしゃべりまくっていたらしいのだが、今回はとにかく「目標に向かって頑張れ!」とか「君らしさを生かして、そこはガマンとファイトで乗り切れ」みたいな、まるでインチキ新興宗教の教祖みたいなことも言い始めたらしい。

電話を切った後、オレの頭の中で微かな警告音のようなものが鳴っていた。が、オレには、今更ながらジェロニモ会を止める筋合いも権利も無くなっていた……。

合田3年10月。有華の漫画に人気が出てきた。

大手出版社が出している漫画誌で連載中の、有華が看護師時代の経験を元に、妊婦たちの泣き笑いを描いた『亜麻色《あまいろ》のベッド』という作品に火がついてきたのだ。そして、その最初の単行本が発売する時に、殆ど他人の宣伝の類いにはタッチしないというベテランの人気女性漫画家が、その本の帯文に同作品を激褒めするコピーを書いたことから一気にその本の売り上げが上がったらしいのである。

(良かったな、有華……。しかし、オレはオマエが風俗嬢をやってた時のド派手なビックリ体験をもっともっと押し出していけばいいと思ってたんだけど、それより前の看護師をやっていた時のオマエの、その真っ直ぐな本質が多くの読者の心を震わせることになるとは夢にも思わなかったよ。……ダメだな、オレって。見てるようで、実は何にも見てなかったんだな)

そんなことを思いながら、地元の立川駅構内にある書店。そのレジ脇に大きく貼られた『亜麻色のベッド』の宣伝ポスター、オレはそれを感無量な気持ちで眺めていた。

(さぁ、有華。これから何年間かは、とにかく突っ走れ。そして、カネノアリカは自分の中に有ったってことを証明してやれ！）

17 お前らに何がわかる！

合田3年10月下旬。その日もオレは車で香川県に向かっていた。オレは午後2時頃には香川県に着く予定で出発したので、合田とは観音寺市にある例の高屋神社の鳥居の下で待ち合わせることになっていた。そう、より新鮮な気分で合田に会いたかったのだ。ところが、2時10分前にその鳥居の下に着き、15分ぐらい経ったのだが合田は現れなかった。大抵は待ち合わせ時刻より早く現場に来ている合田にしては珍しいなと思い、彼のケータイに連絡を入れてみたが、何度掛けてもコール音が続くだけだった。

（ったく、何やってんだろうなぁ～？　てか、奴はココで待ち合わせをしてることを覚えてんだろうなぁ～、おい）

数分後、オレは鳥居のすぐ近くから下に向かって100メートルぐらい延びている階段、そこの最上段に腰掛けてケータイの自分のツイッターページをボーっと見ていた。間もなくすると、オレは眠気に襲われてきた。無理もない。昨夜は10時に自分のベッドに入ったものの、明け方の2時近くまで眠れず、朝は5時半に起きて、そのまま立川を出発したので、15分ぐらいの仮眠では寝不足は解消されていなかった。

気がつくと、遠くから微かな音が聞こえてきて、ふと目が覚めた。さらに耳を澄ますと、動物の苦しそうな呼吸音らしきものが響いてきた。ようやく顔を上げて階段の下を見ると、仔熊のような黒い影がコチラの方に這いずるように上がってくるのが見え、一気に目が覚めた。

（あ、あれって……）

そう、泥だらけの服を着て、息も絶え絶えに階段を這い上がってくるのは、まさしく合田だった。

「ご、合田くん。どうしたんだよっ!?」

そう叫びながら階段を下りていくオレ。

「ああ、スリムさぁ～ん……。ゼェ……ゼェ……良かったぁ〜、会えたあああっ〜〜」

その後、合田の肩を抱えながら階段の一番上まで上がり、さっきまでオレが座っていたところに合田を座らせると「す、すいません……水とか無いですかね」と言ってきたので、偶然ジャンパーのポケットに入っていた、まだ7割ぐらいは入っている500ミリリットル入りのミネラルウォーターのペットボトルを差し出した。合田はそのキャップを夢中で開けると、中のミネラルウォーターを3秒ぐらいで飲み干し、が、スグに激しい咳をしたかと思うと、2度3度とえずいた。

「だ、大丈夫かっ?」

「あっ……は、はい。すいません、スリムさん……。ところで今、何時でしょうか?」

「え、時間? ……あっ! もう3時15分になってるっ」

ケータイの時計に目をやると、自分が1時間以上もココで居眠りをしていたことがわかった。

「いや、実はボク、スリムさんをビックリさせようと思って、この稲積山の急角度の方の麓《ふもと》にある駐車場に車を停めて、急斜面の道の方を歩いて上がってきたんですよ」

「な、何でそんなことしたの!?」

「いや、だって前にココに来た時、スリムさんはココから階段を見下ろして、この下から上がってくるのって大変だよなぁ〜とか言ってたことがあるから、今回ボクが挑戦してみたんですよ」

そうしゃべりながらも、合田の唇は未だに真っ白に乾いていた。

「そしたら、参りましたよ。この山の標高は確か404メートルしかないのに、とにかく進んでも進んでも急坂の細い登山道が続いてて。しかも、ボク、途中でイノシシに襲われたんですよっ」

「え、イノシシ!?」

そう叫んで目を丸くするオレ。

「そうなんですよっ。いきなり道の脇の茂みの中か

ら飛び出してきたと思ったら、ボクに突進してきたん
です！」

「マジで!?」

「で、ボクも転びながらも何とか避けて……危なかったですよっ、もう少しでホントに突き飛ばされそうなりましたから」

「ハ、ハンパねえな……」

「で、助けてもらおうとスリムさんに電話しようとしたら、こういう時に限ってケータイを車の中に忘れてきちゃってんですよっ、ボク。それからはもう、とにかく夢中になって道を登ってて、ようやくこの階段の下にたどり着いたってわけです。……とにかく死ぬかと思いましたよ」

「グハハハハハハハハッ!!　何やってんだよ、合田くんは。グハハハハハハハハハッ!!」

悪いと思ったが笑いがこみ上げてきて、遂にそれが爆発した。すると……、

「ガハハハハハハハハッ!!　もうコロコロ舞いですよっ、ガハハハハハハハハハハハハハッ!!」

オレに合わせるように笑いだす合田。

「あっ、また合田くんはキリキリ舞いのことをコロコロ舞いって言ってるよ、グハハハハハハハハハッ!!」

「ガハハハハハハハハッ!!　もう治りませんよっ、ガハハハハハハハハハハハハッ!!」


ワン、ワン!!　ワンワンワンワン!!


その後、合田の家に行くと、案の定玄関からカールに吠えられるオレ。洋服が真っ黒になっていた合田は、とりあえず体を洗うために風呂場に行き、その間にオレは車に積んでいた、地元の立川から30キロ弱離れたところにある澤乃井酒造が作った一升瓶の生酒を2本、合田の父にプレゼントした。

もちろん、合田の父は喜んでくれて、その2つの目が完全に顔の中に埋まってしまうほどニコニコ笑いながら、その2本の瓶をまるで双子の孫のように

抱いていた。

「今回、有華さんは……？」

居間のテーブルで合田の父と話していると、熱いお茶を運んできてくれた合田の母がそんなことを訊いてきた。

「いや、それがアイツ、少し前から急に売れっ子になっちゃって、今、とにかく漫画を描く仕事が忙しくて大変なんですよ」

「うわ〜っ、有華さん、そりゃ良かった！」

嬉しそうな顔になる合田の母。さらに……、

「いや、ウチの息子からも少し前にそんなようなことはチラッと聞いとったんですけど、そうですか……有華さんは売れっ子になってきたんですねぇ」

そう言いながら自分の夫と目を合わせて、心から嬉しそうに笑い合う2人。ふと、今から20年近く前にオレが書いた紀行本が結構売れた時、ウチのオフクロも同じような表情で喜んでいたのを思い出して、微かだが心が震えた。


その後、オレは2階にある合田の部屋に初めて入った。広さは8畳ほどだったが、広い押入れが2つ付いており、あらゆるところに雑誌、漫画本、ビデオテープ、CDなんかがうずたかく積み上げられていた。

「凄いな、合田くん……。ちなみに、合田くんはどこで寝てんの？」

「ほら、アッチの角の、本が沢山積み上がってる陰から掛け布団がチラッと見えるでしょ。あそこに寝てます。ガハハハハハハハハッ!!」

「凄いな……。ジャングルの中でキャンプしてるみたいだなぁ〜」

「あ、スリムさん。そう言えば福袋先生とは会えたんですか？」

「福袋？　……ああ、合田くんのことを長年診てた先生ねっ。ありがとう、会えたよ。なんかホント気さくな感じの人で、色々参考になる話をしてくれたよ」

「ああ、それは良かったですねぇ～。ボク個人のことは何か言ってましたか？」

「えっ、いや……」

一瞬、オレの口が止まった。が、全部を言う必要もないと思って、極力平静を装って再び口を開いた。

「合田くんは統失の患者にしては、とにかく人懐っこいって話してたよ。あと、合田くんから病院の方に電話があって話した時もシッカリしてたって言ってたし、オレが彼は今もちゃんと薬を飲んでますよって言ったら、え～とぉ……あ、寛解だっけ？ 合田くんも寛解の状態に入ってるみたいで良かったですねって言われたよ」

「そうですかぁ～。ホント、あの先生には随分助けてもらいましたからね。ガハハハハハハハハッ!!」

ホッとしている自分がいた。

翌朝。高松のウルトラホテルで1泊したオレは、再び観音寺市にある合田の自宅に来ていた。

「ええっ、あの日本酒を早くも1本飲んじゃったんですかっ!?」

「まったく、そんなバカな飲み方をする人はいないよって言ったんですけどねえ！」

居間のテーブルで合田の母に怒られながらも、静かにニヤニヤしている合田の父。顔が赤いところを見ると、まだお酒の殆どがそのまま体内に残っているようだった。そして、そんな自分の父親の顔を時々盗み見るように眺め、その度に何故か嬉しそうに微笑む合田。

(何だかんだ言っても、合田はお父さんが喜んでるのを見ると自分も嬉しくなっちゃうんだなぁ……)

その後、綾川町にあるO製麵所にオレの車で合田と向かった。

オレは、実はもう1本日本酒の一升瓶を持ってきていて、それを抱えて店内に入ると、厨房にいるドレミの父にまずはソレを渡した。去年ドレミの父は、お腹が痛いということで病院に検査入院したところ、胃の近くに腫瘍のようなモノが出来ていたらしく、それが悪性とは断定出来なかったが、でも取った方がいいということで切除をする手術をした。で、数カ月前から再び店でうどんを打つようになったとのこと。そのお祝いに日本酒を渡したところ、スポーツ刈りのギョロ目でドスが効いた感じのドレミの父の表情が途端に崩れ、ニコニコ顔で喜んでくれたのである。

（ああ、良かった……。ドレミちゃんに何をしたわけでもないけど、これからは堂々とこのうどん屋に来れるぞ）

「スリムさん、なんかすいませぇ〜ん。ウチの父があんな凄いものを頂いてしまって」

すかさずお礼を言ってくるドレミ。

「いやいや、全然高いもんじゃないから気にしないでよ」

ちなみに、この日とそれからの2日間は、全部で8軒のうどん屋を合田と回った。改めて気がついたのは、オレは香川に来るようになった当初は少し濃いタレがかかったぶっかけうどんとか、カルボナーラ風味の釜バターうどんとかをよく食べていたのだが、最近ではどの店に行っても例えば冷や天おろしのような余程の名物が無い限りは、注文するのは殆どがかけうどんで、それに時々は肉や天プラを別皿で注文するという感じになっていた。これはあくまでもオレの見解だが、かけうどんというメニューがやっぱりその店の麺とツユの美味しさが最も正確にわかるのである。そして、そんな讃岐うどんを各店で食べまくっているうちに、ようやく〝何で香川県のうどん屋は、こんなに美味しいうどん屋が多いのか？〟ってことがハッキリとわかったのだ。

県内に700軒以上のうどん屋がひしめいてるという環境下では、もし大して旨くもないうどん屋を開店させたら、数週間、いや、数日もしないうちにその店は潰れてしまうのだ。単純なことなのだ。香川でうどん屋をやっている者は結果的にライバル店に囲まれながら、もっと美味しいうどんを！とか、この一押しメニューのうどんだけは他店には絶対負けないぞ！って感じで、殆どの店が切磋琢磨《せっさたくま》しているのである。だから、うどんのレベルが他県より明らかに高い。要は、香川のうどんは、人間力で他の土地のうどんより明らかに旨くなっているのだ。この約4年間にも及ぶ東京と香川をバカみたいなペースで往復し、そして、自分の目と舌で感じ取った結論がソレだった。

香川に来てから5日目の朝。珍しくオレが帰る当日に、合田は高松のウルトラホテルの駐車場に来ていた。そして、オレに〝あいむす焼〟という観音寺市の名物らしい海老の高級せんべいを持参してくれた。

「悪いな、合田くん。いつも最後まで気を遣わせちゃって」

「ガハハハハハハハッ!! とんでもないですよ。こちらの方こそ、いつもスリムさんには元気をもらってますから。ガハハハハハハハッ!!」

「いやいや、オレなんかただのポンコツ人間でさ」

「ガハハハハハハハッ!! 何を言ってるんですか。パーフェクトな人間ですよ」

「パーフェクトって……いや、合田くん。オレは……」

少し言葉が止まったが、合田にあんまり過大評価されないためにも、オレは自分の脳に残っている後遺症について正直に彼に話しておこうと思った。

「ほら、オレって前に脳出血を患っちゃったろ。で、その時の後遺症が未だに残っててさ」

「えっ、どんな後遺症ですか？」

声のトーンが思わず上がる合田。

「うん、高次脳機能障害ってやつでさ。その中にも色々な障害があるんだけど、オレは特に記憶障害が残ってるんだよね」

「記憶……障害ですか？」

「う〜ん……簡単に言うとね。物を置いた場所を忘れる。同じことを繰り返し質問する。食事をした状況を忘れる。台所に行っても何を取りに来たのか忘れてしまう。ってなことが頻繁にあるんだよ」

「いや、でも、スリムさんは、この香川県でうどん屋を回ってても、どこのうどん屋で何を食べたのかは完璧に覚えてるじゃないですかっ」

　少しムキになる合田。

「うん、それは覚えてるんだけど、じゃあ、そのうどん屋に誰と行ったのかは殆ど覚えてないんだよ。ま、その殆どが合田くんと2人で回ってんだけど、例えば、あの店に行った時は有華はいたのか？とか、それこそ銭田先輩がいたかどうかってこととかは全く覚えてないんだよね」

「……そ、そうなんですか」

「あと、東京で生活してると昨日自分が何を食べたのかなんてことも全く覚えてないし、大切な書類も場所を決めとかないとドコに行っちゃったのかまるでわかんなくなるし、親しい友達からは〝その話を聞くのは、もう8回目だぜ〟とか言われるしさ」

「いや、そもそも人間っていうのは、年を取ると同じ話を何回もするようになるじゃないですかっ」

　依然としてオレの話に納得しきれない感じの合田。

「いや、勿論年を取ると人間っていうのは同じ話を繰り返す奴も出てくるけど、それとは頻度が違うというか……ほら、それもさっき言った、うどん屋に行っても何って名前の店に行ったとか、何のメニューを食べたのかってことは覚えてるんだけど、誰と行ったのかってことを見事に忘れちゃうんだよ。だから、オレが同じ話をするっていうのもそれが関係してて、ある事を話そうと思う時、それを目の前にいる友達や知人に話したかどうかってことを全く忘れちゃってんだよね」

「だから、それも加齢のせいですよっ。少なくとも自分は、スリムさんからそんな後遺症があるなんて感じたことは無いし……」

「いやいや、合田くん。もちろんオレは、ウチの親父や弟のセージみたいな一子相伝のバカの血は流れてないけどさ。あの脳出血を患って以来、オレ自身も時には親父や弟のことが笑えないぐらいのポンコツぶりを発揮しちゃうんだよ」

「でも、本物のポンコツじゃ人を楽しませる文章は書けませんからねっ。スリムさんはお父さんやセージさんたちのことを誰にでもわかるように上手に料理して、それでボクたちのことを笑わせてるんですから、誰が何と言おうと天才ですよっ」

「て、天才って……。そ、そんなことを言われるとオレ、コロコロ舞いだよ」

「ボクの言葉を盗《と》らないで下さいよっ。ガハハハハハハハハハハッ!!」

(合田くん……。とにかく今回もありがとな)


合田3年11月中旬。今年の初めからデザイン会社の大阪支社に出向している専門学校時代の友達イカ天が、最近のオレと合田のツイッターのやり取りを見て、自分も改めてオレと合田と香川県にあるうどん屋を合田と回りたいと電話で言ってきた。おいおい、前までは合田との付き合い方を少し考えた方がいいとか言ってたくせに、随分調子がいいなと思った。が、大阪と香川の高松は距離にすると200キロぐらいしか離れてないので、行こうと思えば車で2時間ちょいで行けるのである。

オレは、イカ天に「合田くんに頼んでやってもいいけど、その代わり、その土・日に回るうどん屋の代金は全部奢ってあげろよ」と言うと、奴も「そんなの当然だよ」と返してきたので、早速その晩に合田のところに電話して、その旨を伝えると2つ返事で「了解です!」という言葉が返ってきた。で、その週末、イカ天と合田は計7軒ものうどん屋を回って、とにかくイカ天は大満足。おまけに、合田のことも気が利くし、あの会話と会話の間に入る笑い声も堪らないと大絶賛したのである。

そして、2週間後の12月上旬。再び香川に車で向かったイカ天は、1日目から行きたかったうどん屋を4軒も回れ、これまた大満足な様子だった。その晩には合田からも『イカ天さんはうどん屋の臨時休業とかも一切引かなくて、超人的なツキを持ってる人ですよ』というDMが飛んできたのだった。

ところが、である……。翌日の日曜日、イカ天のうどんを食べている写真付きのツイッターのアップが全く無くなって、どうしたんだろ?と思っていたら、夕方に合田からDMが飛んできた。

『今日のイカ天さんは、2つのケータイに向かって順番にしゃべってばかりで、うどんのことは急に興味を示さなくなり、早い時間に大阪に帰っちゃいました……。何かあったんでしょうか?』

オレはその晩、イカ天のケータイに電話を入れてみることにした。すると、イカ天は既に寝てたらしく、でも今日の香川でのことを確かめたかったので声を大きくして強引に尋ねてみると、次のような言葉が返ってきた。

『いや、だから今日の朝になったら、すべてが急にめんどくさくなっちゃったんだよ……』

「えっ？　めんどくさくなったって何がだよ?」

『いや、ホテルで寝てたら早朝バカっ早い時間にケータイに電話は掛かってくるし、行きたくもない神社にしつこく行こうって言ってくるし、とにかくズーッとしゃべってるし……何か急にウザったく感じちゃって、そうなったら一緒にいるのが急に嫌になっちゃってさ』

「お前……勝手な野郎だなあああっ!!」

気がつくとオレは声を荒らげていた。

「あのなぁ～、アイツが重い病気を患ってるのは、おメーも当然知ってるだろ。それなのにアイツは気を使って、香川におメーがいる間は1つでも多くの美味しかったり面白かったりってことを味わわせてやろうとして夢中なんだよっ!! それをおメーは……もういいっ。おメーとは、もう絶交だあああああっ!!」

電話を切った後、前に東京に初めて来た合田が自分のツイッターに東京の名所で楽しく遊んでいる写真を載せたり、香川に帰ってきても脳天気に騒いでいるのを見て、かれこれ15年以上も続いていた付き合いをスパッ!と切った銭田先輩の顔が頭の中に浮かんできた。そして今回の、急に合田のことが嫌になったというイカ天……。

正直言うと、オレだって合田と1週間一緒にいると、3回ぐらいは奴のことを殴りたくなる。

早朝、ツイッターにツイートした直後に電話を掛けてくる合田。

並んで歩いていても、いつもオレの方に少し寄ってくるため、頻繁にオレと体がぶつかり合って転びそうになる合田。

飲食店で笑い始めると、いつも声のボリュームが調節出来ずに注目の的になっている合田。

何回言っても運転している時に急発進、急ブレーキになる合田。

オレのしゃべることは、どんな下らないことでも1つも聞き逃さないようにしている合田。

車に一緒に乗っていて、途中の駐車場などで悪いけど15分だけ仮眠させてくれと言って目を閉じて、そして、フッと気がついて目を開けた瞬間「スリムさん。11分40秒です」と睡眠時間を報告してくる合田。

そういう小さなことを凄い密度でズーーッと食らうと、人間というのはとにかく消耗してくる。が、そんな時は「合田くん。また、明日は早くからうどん屋を回らなくちゃいけないから、今日は早めに解散をしよう」と言って彼と早い時間に離れる。そして、また次の日の朝に会うと、そこには昨日の夕刻あたりに漂わせていた〝独特の濃さ〟が自然と薄まった、いい感じの合田がいつもいるのだ。

合田が東京に遊びに来た時には、オレはこの休憩時間を全く取れなかったため、顔の皮膚が日に日に垂れていくほど消耗した。だが、普通は合田と会っていてもこの休憩時間は充分に取れて、その独特の濃さがあまり気にならないぐらい一旦薄めることが出来るのだ。そういうリフレッシュした状態で合田と会うと、前回香川に行ってきた時のような、オレをビックリさせるためだけに高屋神社がある稲積山の急斜面を上がってきたりっていう、ハンパなく素晴らしい友情を受けることが出来るのだ。

オレと合田は、そうしてお互いの友情を交換し合ってるんだ。女の腐った奴みてえに友達が喜んでるのをひがんでんじゃねえっ。何もしねえくせに、自分が欲しいモノだけが簡単に手に入ると思うなっ。銭田にイカ天、お前ら、あんまり合田を舐めるんじゃねえぞ!!

18 募るイラつき

合田4年1月。オレの弟セージを遂に自分が働いている会社に所属させるチョーム。

が、今はコーヒーマシンのメンテナンスをやる個人事業主の定員が埋まってるとかで、セージはひとまず埼玉県加須《かぞ》市《し》にある別の部署に回されることになった。その大きな工場の一角を借りてやっている小さな部署は、ドイツやスウェーデンから輸入したコーヒーマシンが届くところで、それが各ハンバーガーショップやファミレス、コンビニなんかから発注があると販売&設置をする準備をするらしい。ところが、その外国製のコーヒーマシンというのが最初から上手く動かないことが多いらしいのだ。さらに、そのコーヒーマシンを各店舗が求めているバージョン用に改造するためには、中身の一部を変えなくてはならない。つまり、そういう作業をするめんどくさい部署なのである。もちろん、チョームは自分はいずれは個人事業主の指令塔になるから、そしたらセージには死ぬほど修理や点検の仕事を振ってやるので、それまではガマンしてそこで働いといてくれと言ってきたらしい。

で、とりあえずセージは朝4時に起きて加須に出勤すると、その部署では唯一の正社員という40代の男がいて、ソイツが7~8名いるアルバイトたちに改造のやり方を教えているようだった。ところが、その社員だという男は、自分と同い年ぐらいの見習いとして入ってきたセージのことをあからさまに無視しているというのだ。セージも最初はその理由がわからなくてうろたえたらしいが、すぐにその男が自分の仕事が取られるんじゃないかと用心していることがわかったという。

もちろん、セージはそのことをチョームに報告した。するとチョームは「社長のところに行ってくる!」とカンカンに怒っていたらしいのだが、2~3日後にセージのアパートにやって来て、今、会社の上の奴に何とかしろって猛抗議してるから、もう少しだけガマンしてくれと言われたとのこと。

ところが、それから約2カ月間、その社員の男は相変わらずセージを無視し続け、そうこうしているうちにセージはその男のことをブン殴ってやろうとしたらしいのだが、それもバカらしいので考えた挙句、前の名古屋の陸送会社の会長に頭を下げ、結局はその会社に復帰することになった。そう、結局はシンヤと同じような道を辿るハメになったのだ。

流石にオレも、チョームに対して震えるほど腹が立ってきた。中・高校生ではなく、もう40前後の人間、そういう年齢の奴らを助けようとする時は、ソイツは同時に相当な自己犠牲を覚悟しなければならない。そうじゃなかったら、そう何人もの人間をホントに助けることなど出来ないのだ。で、その助ける分野が就職だとすると、どんな仕事をして、最初はいくらぐらいの給金が貰えるかということを助けようとしている奴らに事前に提示しなければならない。それが大人のルールだと思う。

が、今回チョームがセージにしたことは、彼のアパートにまで熱心に通って自分が勤務している会社に誘ったにもかかわらず、入ってみたらセージはバカな理由で何も教えてもらえず、しかも、お金だって貰ったのは高速代だけで、あとは一銭ももらってないという。そう、いくらオレの弟だとはいえ、この幼稚というか、出鱈目なやり方はないいんじゃないかと思った。が、セージは「しょうがないよ」と一言言っただけで、そのまま嫁のミカを連れて名古屋に戻っていった。

つーことで、その年の3月に香川に行ったオレは、合田とうどん屋に向かう車の中でチョームの悪口を炸裂させていたのである。

「もうすぐアイツも50になるっていうのに、ホントにお天気屋でよぉ〜。人を何かに誘う時はメチャメチャ愛想がいいのに、その提案に相手が乗った瞬間、どういうわけか不機嫌になってることが多くてさ」

「ガハハハハハハハッ!! 流石ですね、チョームさん」

「流石じゃねえよっ！ ちなみに、アイツって彼女がズーッといなかったから、オレは友達に頼んで何回も合コンみたいな会をやったことがあるんだけどさ。大抵が始まって30分もしないうちに、オレの耳元で〝コーちゃん帰るべ〟って言ってきてな。で、オレの友達がわざわざ集めてくれた女たちなんだから、気に入らなくてもせめて一次会ぐらいは楽しそうに過ごせよって言ってんのに、必ず勝手に途中で帰っちゃうんだよっ。しかも、1人で帰るならまだしも、他の男の参加者も1〜2名付き合わして帰っちゃうの！」

「バックレ大名ですねぇ〜、ガハハハハハハハハハッ!!」

「てか、オレの友達だって、それなりに手間をかけて女を集めてんだからさぁ。普通は、せめて一次会ぐらいは楽しくやるのが礼儀ってもんだろっ？ で、オレもその時だけはチョームに対して本気で怒るんだけど、やっぱり合コンになるとソレを繰り返してよ。だから、アイツに彼女を作らせるために合コンを企画するのは、もう一切止めたんだ！」

「周りをコロコロ舞いさせるチョームさん、やっぱりハンパないですねぇ〜。ガハハハハハハハハッ!!」

「でも、今もそのチョームの嵐に最も耐え続けてるのは、まず間違いなくハッチャキだけどな」

そう言った後、今度は少し吹き出してしまうオレ。

「え、ハッチャキさんがですか？」

「うん。だって、九州の博多にいたのに散々チョームにいいことを言われて、その気になって東京に来てみれば、不機嫌攻撃やハンバーガーショップでコーヒーマシンの修理をしている時に大勢の前で頻繁に怒鳴りつけられたりさ。挙げ句の果てには、いきなり『どうでもいいけど、お前、偉そうじゃんかよ』って言われて、敬語でしゃべるハメにまでなっちゃってんだぜ」

「ガハハハハハハハハハハッ!! まさに、チョーム塾ですね!!」

「今もセージの件が空振って少し暇が出来たみたいでさ。ハッチャキのケータイには再びチョームからの暇潰しの電話が1日に何本も掛かってきてるみたいなんだけど、奴は嫌な態度も感じさせずにハイハイ肯《うなず》いててよ。ホント、ハッチャキはチョーム対策本部のプロだよ」

「つまり、表面的には完全な後輩然としてるんだけど、実際の付き合いは徹底的に避けてるんですね。ホント、プロですよね。……ガハハハハハハハハハハハッ!!」

ふと、前に有華が言った「で、チョームさんも間違いなく発達障害を持ってますよ」という言葉が頭に浮かんだ。でも、オレは当然のごとく、それをスグに否定した。

(いやいや、オレが一番知ってるけど、チョームは超癖が強いだけなんだ。ダメなんだ、すぐに病気のせいにしちゃあ)


その日、まんのう町にある2軒目のうどん屋、そこを出て駐車スペースに停めた車に向かって歩いている時に、合田の様子がちょっとおかしくなった。

「あれ、どうしたの、合田くん? 何か息が荒くない?」

「すいません。今朝、精神安定剤を飲むのを忘れて……。飲まなくても大丈夫な時もあるんですけど、さっきうどんを食べてる時から動悸がしてきちゃって」

「え、その薬はどこにあんの?」

「た、高松の例のウルトラホテルの駐車場に停めたボクの車の中です」

見れば、まだ4月で小寒いのに合田の額は汗で薄っすらと光っている。

「よし、じゃあ、大急ぎで高松まで戻ろう!!」

その後、高速を飛ばして高松のウルトラホテルを目指したオレたち。助手席に座っていた合田は依然として息が荒く、下を向きながら静かにしていたが、ウルトラホテルの駐車場に飛び込んで、自分の車のダッシュBOXの中から取り出した例のリスパダールという液体の薬を飲んで少ししたところ、

「はい、もう治りました!」

オレの車の助手席に座りながらパッチリと目を開くと、今までの不調を吹き飛ばすような声を上げる合田。

「ホ、ホントに大丈夫かいっ？　まだ休んでていいんだぞ」

「いや、もうホント大丈夫ですから。ガハハハハハハハハッ!!　すいません、落ちてるところをお見せしちゃって」

「落ちてるって……え、いつも調子が悪くなる時って、そんな感じになっちゃうの」

「いや、逆にテンションが上がりっ放しになることもあって、例えば昔、競馬場とかに行ったりすると、明らかにボクのことを見ている競走馬が1頭いるんですよ」

「えっ、合田くんのことを見てるぅ？」

「ええ。で、その馬の馬券を買うと大抵外れるんです、ガハハハハハハハハッ!!」

「……はぁ？」

「とにかく周りの一つ一つの動きに、すべて理由をつけてるんです。どの馬券を買おうか迷ってる時に、たまたま自分の銀行口座の暗証番号を口にすると、誰かの「ラッキー!」って声が聞こえる。そうなると、もう妄想天国爆発で、その暗証番号に合わせた数字の馬券を買って、また外れまくって」

（そ、そんな物語が展開されてんのか、彼の頭の中では……。ま、とにかくホッとしたよ。合田くんの調子がどうやら良くなって）

その回のうどん旅は、３泊して帰ることになっていたので、３日目は合田と夜７時頃高松のウルトラホテルの駐車場で別れて、30分後にはホテルの部屋でシャワーも浴び、ベッドの中に入ってボーっと天井を見ていた。

（しかし、ホントにうどんって不思議な食べ物だよなぁ……。麺は小麦粉と水と塩しか使ってないのに、店によって全く違う味がするんだもんなぁ。きっと香川のうどん屋の中には、その小麦粉も外国産のと国産のを絶妙な割合でブレンドしてるところもあるだろうし、その小麦粉に水と塩を加えてこねた後、中の空気を抜くために上からその塊《かたまり》を足で踏んでいく時も、その踏み方一つを取っても、よりうどんの玉の中のグルテンを鍛えて、独特なコシやねばりを出す細かいコツがあるみたいだしな。しかも、ダシだって瀬戸内で取れるいりこ、つまり、煮干いわしだけじゃなく、それにかつお節やこんぶ、そして、さば節なんかも加えてる店まであって、また、その配合だって店舗によって色々違うだろうしさ。それぞれに使う素材はそんなに多くはないんだけど、他よりもうまいうどんを使ろうと思ったら、それこそキリがなくなっちゃうんだろうな……）

そんなことを考えているうちに、目の奥から怒濤の眠気が押し寄せてきた。そして、まさかこの数カ月後、合田に考えられないような変化が起こるなんて思ってもみなかったオレは、静かに目を閉じた後、痺れるような睡魔に吸い込まれていった。

19 ウルトラ人間コースター

合田4年7月3日。その日、ハッチャキから掛かってきた電話に驚かされるオレ。

「えっ、チョームの右眼がヘルペスに感染して殆ど見えなくなってるぅ!?」

『そうなんだよ。この前、工場で偶然チョームに会ったんだけどさ。何か彼の右目が異常に濡れてるっていうか、とにかく普通じゃない状態だったんで「どうしたんですか!?」って尋ねたら、4日前から何かオカしくて病院に行ったら、右目がヘルペスウイルスに感染してるって言われたって』

「てか、そもそもヘルペスウイルスって何だよ?」

『いや、俺も詳しくは知らなかったから、ネットで調べてみたんだけどさ。ウイルスが皮膚、口、唇、目、性器なんかに感染して、液体で満たされた痛みを伴う小さな水ぶくれが出てくる感染症って書いてあったんだよ』

「で、何でそんなもんが奴の目の中に入ったの?」

『いや、それは俺も知らないけど……』

「しかし、チョームは癌とか、腸閉塞とか、痔ろうといった今まで色々な病気にかかってたけど、このところは珍しく何事も無くて良かったなと思ってたら、今度は目にヘルペスウイルスかよ……。ホント、アイツは病気の老舗デパートだよなぁ」

同月21日。その日、オレは新幹線に乗って大阪に向かっていた。久々に桃畑から連絡があり、京セラドームで開催されるオリックスバファローズVS.西武ライオンズの試合を良かったら見に来ませんかということだった。そう、桃畑農園はオリックスバファローズのスポンサー会社の1つで、ドームのバックスクリーンの向かって左側には、桃畑農園イメージキャラクター〝梅桃チャン〟の巨大なイラストボードが貼られているのである。そして、席も特別席を用意してくれているし、ナント、試合前にはオレが大ファンの西武ライオンズの選手たちがグラウンドで練習しているところを、その同じグラウンドに立って、まさに目の前で見学出来るというのだ。

もちろん、オレは「是非お願いします!!」と返事をした。で、その当日、新幹線で新大阪駅に降り立ったオレは、その後、御堂筋線《みどうすじせん》と阪神なんば線を乗り継ぎ、桃畑と待ち合わせていた京セラドーム地下駐車場のメインゲート脇に汗だくで立っていた。そして、待つこと3分。

「スリムさん。こんにちはーーっ。ガハハハハハハハハハッ!!」

一瞬、白昼夢でも見ているのかと思った。突然オレの目の前に現れたのは、桃畑ではなく合田だった。

「えっ、何で合田くんがこんな所にいるのぉ!?」

「いや、実はボクも招待されまして」

「え、桃畑さんに!?」

「こんにちはー、スリムさん」

突然、どこからかフラッと出てくる桃畑。彼と実際に会うのは今から約4年前、香川県に向かう途中で和歌山県田辺市にある桃畑農園の駅前販売店、そこで桃畑たちと待ち合わせて、梅酢ドリンクで血圧が下がったお礼を言って以来だった。

「ああ、桃畑さん！　今回はわざわざライオンズ戦に御招待頂きありがとうございます」

「いえいえ。そんなことよりスリムさん、合田くんから御報告があるみたいですよ」

そう言って、合田の両肩を背後から押し出すようにしてオレの真ん前に移動させる桃畑。

「えっ……何なの、合田くん？」

「スリムさん……。実はボク、桃畑農園で働くことになったんですよ」

「えっ……えええええっ!!」

夏の大阪のしつこい暑さ、それが一瞬にしてドコかに吹き飛んでいた。

「ま、スリムさん。とりあえずライオンズの練習がもう始まってますから、今からグラウンドに行ってスグ近くで見ましょう」

そう言うと、まだ頭がボーっとしているオレに自分の後ろに付いてきて下さいという合図を送りながら、合田を自分の脇に引き連れて早足で歩き始める桃畑。そして、数分後。グラウンドで行われている西武ライオンズ選手の打撃練習を目の前で見学するオレと合田。いや、普段はテレビ画面上か、西武ドームの観客席から100メートル近く離れた距離で見ているライオンズの選手たちを、こんな当人たちの話し声さえ聞こえる、しかも、同じグラウンド上で目の当たりに出来ること自体が夢みたいだった。が、その時のオレは、それより何より合田が桃畑農園で働くことになったってことが未だに信じられなかった。

「合田くん。さ、さっきの桃畑農園で働くことになったって、アレってマジな話なの？」

隣に立っている合田に改めて確認するオレ。

「ええ。実は5日前に桃畑さんからDMがあって、今から香川に遊びに行っていい？って訊いてきたんですよ」

「うん。……そ、それで？」

「その日、3軒のうどん屋に案内した後、桃畑さんが乗ってる黒のクラウン・マジェスタの中で言われたんですよ。『ホントはもっと早く合田くんをウチの会社に誘おうと思ってたんだけど、俺のオヤジが死んだ後、社長はオカンが継いでたんだけど、1年ちょっと経ってオカンから長男の俺に社長になってくれって言われてね。で、俺はそれを引き受けたんだけど、前々からもし自分が社長になったら、まず合田くんのことを社員として迎えようって思ってたんだよね』なんて言ってきたんです」

「ホ、ホントかよ……」

体がこれまでに経験が無いぐらい痺れていた。今まで合田とオレで夢にまで見ていたことが、いきなり現実になろうとしているのである……。

その後、再びオレたちの前に現れた桃畑の手引きで、今度は京セラドーム内のエレベーターで8階まで上がり、そこにズラリと並んでいる10人用の観戦室の1つに案内された。その個室は10畳ぐらいの広さのところにゆったりとしたソファーがあり、さらに奥のドアを開けて外に出てみると、そこはそのままベランダ席になっていて、試合をしているグラウンドを真上から見下ろせるという最高の席だった。

さらに、桃畑はオレに気を遣わせないようにと、その個室に顔を出したのは1～2度だけで、結局その試合は西武ライオンズは負けてしまったが、もちろんそんなことはこの際どうでもよく、アッという間に再び新幹線に乗って東京へ帰る時刻になっていた。

もちろん、新大阪駅までは桃畑が例の黒いマジェスタで送ってくれた。

「桃畑さん、お礼を言うことが沢山あり過ぎて、何に対してお礼を言ったらいいのかわかりませんが、とっ……とにかく合田くんのことはホントに、ホントーにありがとうございます！」

「いやいや、これからはボクが合田くんに助けてもらうことになりますよ」

駅前のロータリーで運転席から一旦車の外に出て、そんなことを笑いながら言ってくる桃畑。

「合田くん、良かったな……。とにかく頑張れよ！」

続いて、マジェスタの助手席の窓から顔を出している合田に声を掛けるオレ。

「はい、ありがとうございます！」

夕刻6時15分発、東京行きの新幹線のぞみは結構混んでいたが、オレが取っておいた2人並びの席の通路側には人が座っておらず、オレは窓側の席にゆったりと腰を下ろした。が、この時になっても、まだオレは自分の体が半分フワフワと浮かんでいるみたいで、頭の中をまだ整理出来ずにいた。

ゆっくりと動き始める新幹線。ふと気がつくと、自分の右腕の表面にポタポタと涙が落ちていた。桃畑の親切心に改めて震える心、それに合田のさっきの嬉しそうな顔が混ざり合い、恥ずかしい話だがオレは窓の方を向きながら背中を震わせるしかなかった。

（いや、参った……。あんなまったく予想もしてなかった話を急に聞かされて、それを消化する機能が、まだ全然働かないわ……）

スピードを増して流れ始める窓の外の景色、それがますます滲んでいく視野でやがて一緒くたになり、至近距離からアルミホイルでも眺めているような感じになった。

（良かったなぁ～、合田。冷たく去っていく奴もいれば、こうやって温かく迎え入れてくれる人もいるんだよ……。ホントにホントに良かったな）


その翌日。オレは昨日、桃畑とフォローし合ったLINEでやり取りをしていた。

それによると、桃畑は合田のことを障害者枠で雇用するつもりらしく、実は6日前から香川の合田の実家近くにあるビジネスホテルに泊まっていて、オレと合田で回ったうどん屋に合田を案内役にして回っていたとのこと。中でもドレミが働いているO製麺所の肉うどん、桃畑はそれにガッツリとハマったらしい。そして、そうやって旨い讃岐うどんを楽しむのと並行して、合田を担当している病院の医師とも話をし、また、合田が多分ウソを言っていると思う職安にも合田を同伴して向かったという。

『え、合田くんが職安のことでウソを言ってるって……』

オレは桃畑からのLINEのその部分に驚いて訊き返すと、彼からはこんな言葉が返ってきた。

『あんな何度も職安に行ってるって言うのに、何年も勤め先が決まらないっていうのはオカしいと思ったんですよ』

それを読んだ時、ああ、この人も合田くんのズルい部分を見抜いていたんだと思った。ただオレと全く違うところは、オレは思ってるだけだが、桃畑は本人を連れてソレを確かめに行ったことだった。桃畑によると、職安の前まで行くと合田は「自分は出入り禁止になってますから！」というウソをつき、それでもその職員のオバちゃんと話をしようと言って合田を中に連れ込もうとすると、合田はその拒否反応からか、何度もえずいたとのこと。が、実際にその職安のカウンターに行ったところ、そのオバちゃん職員は半年も前に別の職安に異動になっており、最後に彼女が合田と話した時には「ヒヨコ作業所」の斎藤さんという人が合田の仕事先を探してくれることになっていたという。

が、そんな言葉を送ってきた後、桃畑はさらに次のようなメッセージをオレに寄せてきたのである。

『でも、スリムさん。合田くんが隠していた、そういうことも全部わかった上で、ボクは合田くんを雇おうと思うんです。来月にはウチの梅干しを加工する会社のすぐ近くにあるウイークリーマンションの一室、そこを彼のために長期間借りることにしようと思ってます。また、障害者枠だと1日にそんなに長くは働けず、しかも、基本的には給金も安めなので、そうなると合田くんはご両親にもお金を送ることが出来ないので、秘密ですが合田くんには時給1500円で働いてもらおうと思ってるんです（笑）』

桃畑からのLINEをそこまで読むと、再び昨日のような痺れがオレを包んでいた。が、昨日と1つ違うのは、その痺れを発生させているのは、もちろん桃畑の人間力からくるものなのだが、その時、オレが感じていたのは自分は桃畑の何倍も合田と会っているというのに、結局は大したことは何ひとつしてやれなかったという羞恥の心が、その痺れの中に混ざっていた。

『いや、しかし、ボクもうどんは大好きなんですが、香川県のうどんがここまで美味しいとは思いませんでした。明日、ボクの右腕の営業部長も香川に呼びましたので、彼にも香川のうどんの旨さを思い知らせてから和歌山に帰ります。それじゃあ、そろそろ合田くんとの待ち合わせ時刻が迫ってきたので、この辺で（笑）』

『あっ、桃畑さん。最後にもう1つだけ。どうして合田くんにそこまでのことをしてくれるんですか？』

オレは慌てて、そんな言葉をLINEに打ち込んだ。

『それは勿論スリムさんを通して知り合ったっていうこともありますが、合田くんは基本的にはホントに優しくてイイ奴なんです。だから自分の近くにいてくれたらコッチも幸せになれると思ったんです。以上です、編集長！』

（ああ……合田は、これでホントに幸せになれるなぁ）

2日後。桃畑から再びLINEが届いた。

それによると合田が一緒にうどん屋を回っていた桃畑農園の営業部長、彼に大柄《おおへい》な口を叩き続けていて「合田くんを和歌山に連れてこられたら私は困ります！」と言われたらしい。で、信頼する右腕の営業部長がそこまで怒ってしまったので、考えた挙句、合田くんには香川の自宅でもこなせるような仕事を振ろうとしたところ、香川、いや、四国には自分を見張ってる奴が沢山いるので、香川で働くのは絶対嫌ですと合田に言われたらしい。そして、桃畑らは和歌山本社での仕事にそろそろ戻らないとマズかったので、今日の朝早く香川を出て、今は和歌山の本社にいるとのことだった。

気がつくとオレは、合田のケータイに電話を入れていた。

『あ……スリムさん、どうしたんですか？』

合田の声は、いつも通りだった。が、受話器の向こうからは微かに水が流れるような音が聞こえていて、しかも、合田は何かをしながら話をしているようだった。

「合田くん、今、何してるの？」

『ああ、今、ウチの玄関から出たスグのところにある、例の発泡スチロールの池、その中から鯉3匹と金魚3匹を取り出して洗ってるんですよ」

「えっ、洗ってるって鯉や金魚を？　……ど、どんな方法で洗ってるの？」

『いや、タワシで擦ってるんですよぉ～、ガハハハハハハハッ!!』

「（お、おかしいぞ、こりゃ……）合田くん、大丈夫かっ？」

『え、何がですか？』

「いや、何か今日の合田くんて、いつもの合田くんじゃないような……」

『いつものボクですよっ』

「いや、ま……前に合田くんが東京に来て、何日かして帰る時に〝また来週にでも東京に来ますよ〟って言っててさ。それで後日、オレがツイッターのDMで怒ったろ？　今の合田くんは、あの時の合田くんと同じで、完全に変な舞い上がり方を……」

『スリムさんんんっ!!』

突然変わる合田の口調。

『今のボクにそれは言っちゃダメですよっ!!』

「いや、別に……」

『絶対に言っちゃダメだって!!』


翌日の夕刻。ウチの家電話が何度も鳴った。が、ウチは嫁も息子も自分のケータイを持っていて、何か用があればそれぞれのケータイに掛かってくるので、家電が鳴ってもそれは大抵がどこかからのセールスの電話なので、誰も出る者はいなかった。にしても異常な頻度でベルが鳴るので、オレはセールスだったら「しつけえんだよ!!」と怒鳴りつけてやる覚悟で受話器を取っていた。

「はいっ、誰!?」

『あ、あの……ご、合田の母ですけど……』

「えっ、合田くんのお母さん!?　……ど、どうしたんですかっ？」

『いや、スリムさんがいつも東京から珍しいパンなんかを宅急便で送ってくれる時に、その荷物にいつもこの電話番号が書いてある伝票が貼ってあって……そ、それでココに電話してみたんですけど』

「ああ、なるほど。……で、どうしたんですか、お母さん？」

『ええ。それがさっきなんですけど、ウチの息子がどうにもならなくて、警察を呼んで、あの……病院に連れてってもらったんですよ』

「えええっ!!」

その後の合田の母の話では、数日前に合田から

「これからは俺がアンタら家族を養ってやるから安心しろ」と言われ、とにかく昼間は桃畑らをうどん屋に案内して回り、夜になって家に帰ってくると、1人暮らしをするために宅配便で送る荷物の整理を自分の部屋の中で延々と続け、とにかくこの3日間は一睡もしていなかったとのこと。そして、桃畑らが昨日和歌山に帰り、今日の昼、ふと台所に入ってみたら家の電話機が線ごと元から引きちぎられていて、慌てて探してみたところ、ナント、その電話機が風呂の水が張ってある湯舟の中に叩き込まれていたという。しかも、2階から何か大きな物音がするので上がってみたら、計4台ある扇風機の羽根を合田が角材を振り回してすべて叩き折っていて、もう自分ら夫婦ではどうにもならないと思って、合田の父が持っているケータイで警察に電話したという。が、結局は最初に来た警官2人だけでは合田を押さえることは出来ず、最終的には計4名の警官で取り押さえて病院に運んだとのこと。

合田の母の話に、オレは呆然とするしかなかった。いくつかのボタンの掛け違い、それが重なると、こっ、こんなことになってしまうのか……。

合田の母との電話を切った後、オレは桃畑と有華に電話で詳細を知らせた。

これは後で知ったことだが、オレとの電話を切ると桃畑は再び車で合田の家に向かい、合田の両親に深々と頭を下げて謝ったという。もちろん、合田の

両親は謝られるどころか、逆にコッチは感謝しかないということを伝えたらしい。また、昔は看護師をやっていた有華は、オレからの話を聞いても決して慌てず、合田は早くて1カ月、遅けりゃ3カ月ぐらいで退院となるでしょうねと言ってきた。

『とにかく、1カ月は病院に入ったままですよ。体力を戻すために』

オレの慌てっぷりに対して、彼女はいかにも起こるべくして起こったことといった反応だった。

そして、それから5日後。入院中の合田が、自分のツイッターに時々何かを書き込み始めた。それによると、自分は桃畑のところでニワトリ小屋を作ろうとしていた。昔、自分の家でもニワトリを飼っていたんだけど、柵の下からイタチに入られてニワトリが全滅したことがあるから、そうならないように今度はいろいろ工夫をするといったことが書いてあった。

(つーか、何をやってたんだよ、オレは……。合田が就職すると聞いた際、本当ならその急激な環境の変化に合田が自分のリズムを崩されないように、せめて1週間は奴と行動を共にし、例えば昼間にうどん屋巡りをしたら夜はぐっすり寝られるようにする。そして、桃畑農園の営業部長に偉そうなことを言おうものなら、その場で、これからお前の世話もしてくれるであろう人に生意気を言ってんじゃないと注意をし、数カ月後には合田を信頼出来る桃畑の元で働かせることが出来たかもしれないのだ。なのにお前は何をやってたんだよっ!!

あんなに合田と何度も何度も会い、本来ならこういう時こそガッチリと裏で支えなきゃいけないのに、一体何をやってるんだよっ!! だからお前はポンコツなんだよおおおっ!! こんな、合田にとっては2度と無いようなチャンスだったのにいいいっ!! あああああ〜〜〜〜〜っ!! 死んじまえよっ、オレえええええ〜〜〜〜〜〜っ!!)

20 テロリスト

合田4年7月上旬。合田の入院というショックがオレの心に色濃く残る中、突然チョームがウチにやって来た。ハッチャキが言っていた通り、奴の右目一帯が何か湿っている感じだった。

「えっ……。またやるのぉ〜、その飲み会を。しかも、来月の13日にぃ？」

右目の調子が悪そうなチョームから5回目のジェロニモ会を約1年ぶりにやると言われ、呆れ顔になるオレ。

「でも、ホントに大体の奴がコーちゃんに会いたいから来るんだよ」

今回も同じようなことを言ってきた。が、やっぱり「だからコーちゃん、参加してくれよ」という言葉は、いつまで経っても出てこなかった。

「あ……で、今回のジェロニモ会が最後のジェロニモ会になるからよ」

「いっ……」

部屋から出ていくために椅子から立ち上がったと同時に、突然そんな宣言をしてくるチョーム。

「な、何でだよ。参加者だって徐々に増えてきてんだろ。勿体無いじゃん！」

「いや、だって毎回ツイッターのフォロワー相手に何百っていうDMを送って誘ってよ。いい加減それも辛《つら》くなってきたからさ」

（って、それは誰に頼まれたわけじゃなく、おメーが最初っから好きで始めたことじゃんか！）

が、オレはあえてツッコまなかった。そして、その代わりというわけではないが、チョームにあるアドバイスをしてみた。

「てか、チョーム。お前の兄ちゃんは合田くんと同じ病気なんだから、障害者手帳を貰えるように手続きを手伝ってやれよ。そしたら兄ちゃんだって、毎月国から7万円近くの障害者手当てが支給されるかもしれないんだからさ」

「嫌だよっ!!」

急にチョームの声質が変わった。

「そんなことをしたら、あの怠け者が全く働かなくなるっ。俺はアイツを甘やかすつもりは1ミリも無い!」

「で、でもよぉ……」

「ダメなんだよっ、ああいう甘ったれを楽にさせちゃ!!」


数日後。チョームのツイッターに「ジェロニモ会ラストの飲み会に大物ゲスト来る!」という一文が載った。もちろん、オレはそのジェロニモ会に出席するとは言っていないので、大物ゲストというのはオレのことではない。少し考えてから、オレはある人物に電話を掛けていた。

「やっぱりチョームからジェロニモ会に誘われたか……。で、それには出席するつもりなの?」

『いや、行けるかどうかわからないので、まだ返事はしてません』

オレからの質問にそう答える有華。

(チョームの野郎、有華は行けるかどうかわからないって言ってるのに、大物ゲストが来る!なんて書いちゃっていいのかよ。ホント、何でも勢いで押し切れると思ってやがるんだなぁ……)


第5回ジェロニモ会開催の約2週間前。その日、オレとハッチャキは広告代理店に勤務しているニキニキにセ・パ交流戦のDeNAベイスターズVS.西武ライオンズ戦のチケットを取ってもらい、その試合前に横浜スタジアム近くのスターバックスでお茶を飲んでいた。

「いや、しかし、この前は思わず笑っちゃいましたよ」

アイスコーヒーを飲みながら、突然話を切り出すニキニキ。

「えっ、何があったの?」

「いや、つい数日前の24日にチョームさんから会社にいる俺のところに電話が掛かってきて、まいった……なんてガックリした声を出すんですよ。で、どうしたんですか?って訊いたら『皆に、ジェロニモ会の出欠は、7月24日までにくれって書いといたのに、参加するってDMで送ってきたのは60人ぐらいしかいなくてよぉ〜』なんて言うんですよ。でも、その時は、まだ7月24日の昼間だったから、今日いっぱいが締め切りだから夜に沢山答えが返ってきますよって言ったんですよ」

「ほうほう、それで?」

「そしたら、チョームさんは『バカ、24日までにくれって言ったら、期限は23日までだろうよ!』なんて言うんですよ」

「え、24日までって言ったら、24日の夜の0時までだろ?」

ニキニキにそう訊き返すオレ。

「ですよねっ? だから俺も同じことを言ったんですけど、チョームさんは『いや、24日までにって言ったら、締め切りは23日までだよ!!』って言い張るから、こりゃ埒《らち》が明かないと思って、じゃあ白鞘さんに正解はどっちか訊いてみて下さいよって言ったんですよ」

「なるほど、チョームがこの世で唯一尊敬してる人っていうのが、白鞘さんだもんな」

機転が利くニキニキに感心するオレ。

「そしたら30分後ぐらいに、また俺んとこにチョームさんから電話があって、静かな声で『今日いっぱい待ってみるわ……』とだけ言って電話が切れましたよ」

「グハハハハハハハハハハッ!!」

「アハハハハハハハハハッ!!」

思わず笑い始めるオレとハッチャキ。

「結局は、その日の晩にあと40人以上から出席の返事がDMで来たらしくて、参加者が全部で100人を超えたって言って、もうチョームさんはニコニコでしたよ」

「え、ひ……100人以上も来るのっ!?」

思わず目を丸くするハッチャキ。

「だってチョームさんは全部で400人ぐらいを一人一人DMで誘ってんですから、そのくらいは来るんじゃないですか」

そんなことを普通に口にするニキニキ。

（つーか、チョームは昔からオレが車を買い換える時も、その新しい車種が決まったらオレの代わりに、東京中の30〜40って数のディーラーを相手に片っ端から電話を掛けまくってたもんなあ……。にしても400人っていったら、チョームをツイッターでフォローしてる人数の約半分だろ。よく一人一人にそんな気が遠くなるような数のDMを出せるよな。下手な営業マンよりよっぽど凄《すげ》ーぞ……）

「ちなみに、結局今回の会場になったのは、新宿駅西口から徒歩5〜6分ぐらいの雑居ビル、その1階にある広い中華料理店なんですけど、ソコに決まるまでチョームさんは歌舞伎町内の飲み屋を毎日のように回ってて。俺にも歌舞伎町に出てきて一緒に探せよって電話がバンバン掛かってきてたんですよ」

「てか、100人って言ったら、そりゃ大人数だけど、歌舞伎町内だったら、そんなもん1人でも探せんだろ？」

「いや、それがバリアフリーの店を探してたらしいんですよ」

呆れ顔でそんなセリフを吐くニキニキ。

「バ、バリアフリー!?　歌舞伎町でかっ。……な、何で？」

「今回の参加者の中に車椅子の若者がいたらしくて、それで……」

「えっ、ソイツとチョームって会ったことあんの？」

思わずそんなことをニキニキに尋ねるオレ。

「いや、ツイッターで何回かやり取りしてただけで、まだ1回も会ったことがなかったらしいっス。しかも、その後でチョームさんが困った困ったって言ってたから、どうしたんスか？って尋ねたら、その車椅子の若者とは急に10日間以上連絡が取れなくなったらしくて……」

「グハハハハハハハハッ!! 何やってんだよ、アイツ。グハハハハハハハハハハハッ!!」

「アハハハハハハハッ!! そこまで気を回してたのに結局はバックレかい！」

再び笑い始めるオレとハッチャキ。

「しかも、チョームさんは、とにかくジェロニモ会には食事が一番大事だと思ってて、その後も歌舞伎町を回ってたら、バングラデシュ人の店長がいる店が『ウチはどんな高級な料理でも安いお金でドンドン出しちゃうよぉ～』なんて言ったらしくて、チョームさんは改めて訊いたらしいんですよ」

「えっ、何て？」

「いいか、俺はこの店にモノ凄く沢山の客を連れてくる。で、その時にこの店は、まず第一品目に何を出すんだ？って」

「おお、そしたら、そのバングラデシュ人は何て答えたの？」

そう訊きながらも、既に半分ぐらい笑いを押し殺しているハッチャキ。

「一品目？ 一品目からウチは凄いよっ。一品目は枝豆よぉ～！ なんて言うんですって」

「グハハハハハハハハッ!! で、二品目は？」

「二品目？ もちろん、冷やっこよぉ～！」

そのバングラデシュ人の店長になりきるニキニキ。

「グハハハハハハハハハハッ!! さ、三品目はっ？」

「冷凍ピザよぉ～！」

「グハハハハハハハハハッ!! 結局はドコにでもある居酒屋じゃねえかよっ。グハハハハハハハハハハッ!!」

「もちろん、その店は断ったらしいですけどね」

そう言い終えたと同時に、オレたちと一緒に爆笑するニキニキ。そして、オレたちの笑い声がようやく収まった頃、ハッチャキが満を持したように口を開いた。

「ココでスリムくんに報告することがあります」

「え……何だよ？」

「実はチョームは、俺も働いてる例のコーヒーマシンのメンテナンス会社を6日前にクビになったんだよ」

「うえええええっ!!」

同時に叫び声を上げるオレとニキニキ。

「ほら、指令塔係をやってる赤星、彼と加須市の工場で偶然会った時にちょっとした口論になったらしくてさ。で、その際にチョームが近くにあった段ボールの空き箱を蹴ったら、それが赤星に当たったらしくてね。ま、空き箱だから当たっても全然痛くなかったらしいんだけど、上司に暴力を振るったってことでクビにされちゃったみたいなんだよ」

「え、その赤星って男はチョームやハッチャキの上司なんだろ？」

確認のためにハッチャキに訊くオレ。


「そうだよ。元々俺やチョームが個人事業主として働いてるその会社は、ある大手企業の子会社でさ。社員だって全部で4人しかいないんだけど、でも、その4人が絶対的な権力を持ってて、赤星もその中の1人なんだよ。ところが、何かっていうとチョームはその赤星にブータレててさ。おまけに、修理に回る個人事業主も社員たちにロクロク相談もせずにチョームが勝手に入れちゃってね」

（おいおい……）

「しかも、俺に加えてシンヤくんやセージの指令塔は自分がやるつもりでいたらしくてさ」

「てか、社員に頼まれたわけじゃあるまいし、チョームさんにそんな権利は無いですよねぇ？」

思わず口を挟むニキニキ。

「もちろん、そうだよ。しかも、さらに先月、チョームは目にヘルペスウイルスが感染しちゃって右目が殆ど見えない状態だから、尚更その指令塔係になろうとしててさ。だから、その段ボール箱を蹴った時も、赤星に自分に指令塔係を譲れって言ってたと思うんだよね」

「つーか、社員でもないチョームがそんなことを言うって、それってお門違いって言うか、モロにテロ行為じゃん！」

オレも興奮して大きな声を出していた。

「まぁ、言われてみればそうだよね……。だから遅かれ早かれ、チョームはクビにされてたと思うよ」

（何やってんだよ、アイツは……。いつの間に、そんなオカルトチックな奴になってたんだよ）


翌日の晩。オレはチョームを誘って神奈川県のラーメン屋にいた。そこの熊本風の濃厚トンコツラーメンが食べてみたかったのだ。

「マー油も効いてて、結構旨かったな」

そのラーメン屋からの帰り道、オレの車の助手席に座っているチョームに向かって、そんな言葉を掛けていた。が、いつからか不機嫌モードに入ったチョームは、何の言葉も返してこなかった。

「あ、それからチョーム。お願いがあるんだけどさ。今度のジェロニモ会って、オレも参加させてくれないかな？」

「……えっ」

そんな小さな声が微かに聞こえた。

「いや、実を言うと、オレもそのジェロニモ会に1回参加してみたかったんだよ。しかも、今度がそのジュロニモ会の最後の回なんだろ？　参加させてくれよ、な？」

「……うん、いいよ」

チョームはトボけたような、極めて普通そうな顔でそう言った。が、運転しながら改めてその顔を見ると、やっぱりその右目が涙ではない液体でベチョベチョに濡れていた。

数時間後。チョームと別れて自室に帰ると、オレはスグに有華のケータイに連絡を入れた。

「おお、有華。今回はオレも例のジェロニモ会に参加するから、少しでも時間があったらお前も参加してよ、な」

第5回ジェロニモ会当日の夕刻。会場となった新宿にある雑居ビル1階の中華料理屋には、100人を優に超える人数が集まっていた。会費は1人7000円。料理はバイキング方式だったが、ビールなどの酒が欲しい者は、その都度店員にお金を払って注文することになっていた。そう、まさしく料理の豪華さを最優先するチョームらしい値段設定だった。

（な、何だよ、これ……。もう単なる飲み会って枠を超えてて、立派なイベントじゃんかよ……）

会場に少し遅れて入ると、十数脚ある各円卓から「あっ、スリムさんだ！」とか「やっぱり最後に来た」って声が飛んできた。で、年甲斐もなくドギマギしていると脇からチョームが近寄ってきて「おお、コーちゃん。とりあえず前にあるテーブルに座ってて飯でも食っててよ。後で指示を出すから」という言葉を上機嫌で掛けてきた。そして、そのイスに座りながら、ふと近くにある円卓を改めて見ると、そこに座っている者の中に髪の毛を金髪にした有華が混じっていて、オレが「おい、有華！」と声を掛けると、最初はキョロキョロしていたが隣の人に「スリムさんから声が掛かってますよ」と言われて、コチラの方に指をさして教えられると、ようやく気がついてニコニコしながら手を振ってきた。

ジェロニモ会はオレの座っている最前列の小さなテーブル席、そのすぐ右手に位置するスペースをミニ舞台にした白鞘のギターの弾き語りライブから始まった。ところが、白鞘が例の素晴らしく伸びのある声で映画「ゴッドファーザー」の曲をイタリア語で歌っているにもかかわらず、ライブが始まる前の白鞘の紹介が殆ど無かったらしく、ジェロニモ会の参加者たちには、何だかわからないけどカッコつけたオヤジが歌を歌ってるとしか認識されていなかった。その結果、殆どの者が同じテーブルの参加者たちと雑談を続け、白鞘の歌をちゃんと聴いてる者は皆無に近かったのである。

　気がつくとオレは、自分のケータイをビデオカメラにして、わざと白鞘の真ん前にしゃがみ込みながら彼のライブの様子をそれに収めていた。その甲斐あってか、次第に背後から聞こえてくる雑談のトーンは小さくなった。そして、2曲目、3曲目の歌には大きな拍手が会場中に響いて、オレはようやくホッとしたのである。ところが、せっかく始まった白鞘のライブはその3曲目で終了で、オレが呆然としていると背後からチョームが声を掛けてきた。

「じゃあ、コーちゃん。そろそろ各テーブルを回ってくれよ。この会場は3時間しか借りられなかったから、1テーブルにいる時間は10分ぐらいにしてくれな」

　打ち合わせも何もしていないのに、そんなことをさも当然のように言ってくるチョーム。が、今更それに文句を言ってもしょうがないので、オレは言われた通り各テーブルに「こんちは～、太ってるけどスリムっス！」てな声を掛けて、ジェロニモ会の参加者たちとざっくばらんに会話を交わした。各円卓を回っていると、有難いことに殆どの者がオレの本を何冊も読んでくれており、中にはやっと会えたと言って、長々と握手を求めてくる者やハグを要求してくるオバちゃんまでいた。が、中には極少数だが自分はチョームさんのファンだが、別にアンタに対してはファンでも何でもないからって態度をあからさまに取ってくる者もいて、そりゃ正直言えば気持ちがいいものではないが、でも、逆に言えばキッカケは何だろうが、とにかくオレが書いた文章を読んでチョームのことを知ったのだから、それはそれでいいと思った。

　で、時々ニキニキから「スリムさん、そろそろ次のテーブルに……」と促されながら、すべての円卓を回り切ったところで、計3時間の一次会がアッという間に終了。ちなみに、最後に会話していた、ジェロニモ会には5回全部に出席しているという同い年ぐらいのオバちゃんに「いつも、このジェロニモ会って何やってんの?」と訊いたところ、基本的にはチョームが一人一人の話や悩みを聞き、それに自分なりの答えを返すってことをやっていたらしい。そう、チョームは前にオレのホームページでやっていた『お悩み相談』、そのライブ版をやっていたのだ。が、それはまぁいいとしても、チョームの白鞘や有華に対しての気の回らなさは、ちょっと酷いと思った。

せっかく白鞘が参加してくれているのだから、ライブの前にチョームの口から白鞘のことを面白おかしく紹介するというのは当然やらなくてはならないことで、そこで白鞘の音楽界の実力や、チョームやオレとの関係を紹介しとけば、たちまち白鞘自体に蛍光のアンダーラインが引かれることになる。そして、そんな白鞘のライブを皆ちゃんと聴くはずなのである。それなのに……。

もっと酷いのが有華に対してだった。自分のツイッターに『ジェロニモ会のラスト飲み会に大物ゲスト来る!』という一文を載せて、暗に有華が来ることを本人のちゃんとした承諾もなしに煽っときながら、その有華が来てくれてもちゃんとした紹介すらしないのである。ちなみに、女の漫画家というのは女優ではないので、滅多に自身が媒体に出ることは無い。つまり、ハッキリ言っちゃえば他人には有華は普通のネーちゃんとしか捉えられないのである。が、彼女は今や凄い売れっ子の漫画家なのだ。だから彼女に対してもチョームが会が始まる前にちゃんと皆に紹介しとけば、殆どの者に〝自分たちと同じく単なる参加者〟とは見られなかったのだ。

ちなみに、この一次会が終わった後、ジェロニモ会は二次会を近くのダーツバーでやることになったのだが、そこに有華の姿が無かったのでニキニキに彼女はどうしたんだろ?と尋ねたところ、一次会の中華料理屋でベロベロに酔っ払っていたらしく、一次会が終わって外に出たと同時にタクシーを拾いドコかに行ってしまったとのこと。………何やってんだよ、せっかく来てくれてたのに。

　結局、参加費3000円のダーツバーでの二次会にも50人近くの者が参加し、オレは車で新宿に向かったので酒も飲まずに朝の4時まで参加者たちとダラダラしゃべりながら過ごした。そして、明るくなりかけているダーツバーの前で皆に手を振って別れた後、偶然チョームとは車を停めた駐車場が同じところだったので、早朝の街を奴とゆっくり歩いた。

　ふとチョームの顔を見ると、自分の会を無事に終わらせることが出来たという安堵感も浮かんでいたが、と同時に急に祭りが終わってしまったやるせなさのようなものも漂っていた。ちなみに、これはさっきジェロニモ会に毎回出席している読者から聞いたのだが、チョームは前回のジェロニモ会の時に本会が始まる前から別の場所で一足先に酒を飲んでいた10人近くの参加者を7～8キロ離れた本会場に連れていくために、ナント、運転手付きの小さなバスをチャーターしていたらしい。そう、チョームは参加者たちを本気で楽しませようと思っていたのだ。

「さすがに疲れたな……」

「ああ……」

　オレからの声掛けに一言で答えると、ポケットからハンカチを出し、自分の右目周辺をそれで拭いているチョーム。

（コイツ、これから色々大変だろうなぁ……）

　オレのそんな心の声が、新宿のまだ夜が明けきれていない雑居ビル群の薄闇、そこに静かに吸い込まれていった。

21 満身創痍

合田4年8月下旬。合田が退院することになった。

「良かったなぁ～、合田くん。正直オレは、こんなに早く合田くんが退院出来るとは思わなかったよ」

『ありがとうございます。……2日前に車を運転して1回自宅に帰れたので、それでもう大丈夫だからってことで……き、今日退院することが出来ました』

　ケータイの向こうから聞こえてくる合田のしゃべり、それは落ち着きが出てきたというか、とにかくしゃべり方がゆっくりになり、そして、前みたいに笑いが入らなくなっていた。以前、オレは合田から聞いたことがあるのだが、少し前までの合田は薬で軽い躁状態になっていたらしく、だから人と会うと興奮して、また、その興奮状態を維持しようとして笑っていたらしい。が、退院した合田は薬の一部を変えられたらしく、明らかにテンションが低くなっていた。

『すいません、何だか面白いことが言えなくて……』

　合田自身もそのことには気づいているらしく、軽い躁状態でない自分はオレのことを退屈させているんじゃないかと気にしている様子だった。オレは、合田に気を揉ませないためにも、今くらいのテンションの方がコッチも疲れなくていいよと笑った。そして、その後も合田と話していると、彼の母親が自分の息子が退院した途端にダウンし、今も1階の寝室で横になってるとのことだった。

『元々ボクが入院する前から統失の薬が目の緑内障の薬と相性が悪かったらしく、それで統失の薬を飲まなかったから、夜もあんまり眠れなくなってたみたいなんですよ』

「えっ……ご、合田くんのお母さんも、統失だったの!?」

　オレは、あまりの驚きに大声を出していた。

『ええ……まぁ、自分ほど酷くはないんですが、時々薬を変えたりするとあまり眠ることが出来ないことがあって……それで少し前から統失の薬を飲まずに、しかも、ボクがオカしくなっちゃって、その間ズーーッと気を張ってたから……明日になっても寝れなかったら、ウチのオトンがオカンのことを病院に連れてくって言ってました』

合田の母親のことを考えたら胸が潰れそうになった……。

合田4年10月。珍しくチョームがウチに来て「近々、北海道に行かないか?」と言ってきた。何で北海道なんかに?と訊き返すと、次のような言葉が返ってきた。

「いや、これから蟹とかウニが美味しくなるしさ。たまには贅沢をしに行かねえか?」

オレは思わず吹き出しそうになった。蟹とかウニって、チョームはその2つとも嫌いで食べられないのである。そう、それはチョームが何かを隠して、ある提案をしてくる合図なのだ。

「つーか、そんなことよりチョームって今……」

そこまで言って言葉が止まった。今、仕事のことを訊くのは、やっぱり止めといた方がいいと思った。

「何だよ?」

「いや、あ、あの……そ、その右目だよ」

直前で、もう1つの言っとかなきゃいけないことに話題を変えた。

「ハッチャキから聞いたんだけど、その右目ってヘルペスウイルスに感染しちゃったんだろ? 前々から気になってたんだけど、しゅ……手術とかした方がいいんじゃねえか?」

「ああ……。いや、もうその手術の予約は取ってあるよ」

「ど、どこの病院で?」

「いや、それはちゃんと考えてるからいいよ。……あ、用事を思い出したから帰るわ」

そう言うと居間のテーブルから立ち上がって、そそくさと玄関から出ていってしまうチョーム。

10日後。チョームのツイッターを見て驚いた。なんと、奴は1人で北海道の札幌に乗り込んでいたのである。そして、チョームのツイッターには7～8人の女性と居酒屋で盛り上がっている写真がアップされており、その下には『北海道ジェロニモ会での1枚。ハンパなく楽しんどります』というコメントが入っていた。

（アイツ、もうジェロニモ会は終わりにするなんて言ってたのに、今度は1人で北海道にまで行ってるじゃん……）

暫くオレは呆れていたが、やがてそうなった経緯が自然と頭の中に流れた。

前々からチョームとDMでやり取りしていた者の中に、北海道に住んでいる者が何人かいた。そして、その者たちは自分たちもジェロニモ会に参加したいけど、住んでいるのが北海道だから、そう簡単には参加出来ないと言ってきたのだ。で、自分が主催する飲み会に自分を慕う複数の人間が集ってくるという、まさにチョームにとっては〝快感の塊〟を何度も味わった結果、小規模でもいいから是非とも北海道に行って再びソレを味わいたいと思った。だから、今回は自分が今、失職中だろうが何だろうが、とにかくその〝快感の塊〟を求めて走り出していたのだ。

いや、正直言うと、オレも30歳そこそこの頃、初めて出版社に自分の本のサイン会を開いてもらい、その会場に100人近くの読者が集まっているのを目の当たりした時は、嬉しくてドギマギしたし、ある意味感動もした。でも、と同時に少し怖くもなったのである。なぜなら、このオレのサインをわざわざ貰いに来た者たちを長く喜ばすには、それこそ面白い文章を書き続けなきゃいけないのだ。途中でその力が無くなってしまったら、過去にオレのサイン会に来てくれた者が持っている、そのサイン本のサインは単なる恥ずかしい落書きになってしまうのだ。オレは、それが怖かった。が、ここ何年間かのチョームは、自分のしゃべりと包容力にますます自信をつけ、今、個人的には失職中だし、右目も殆ど見えなくなっているという大ピンチにもかかわらず、とにかく快感の塊だけを追って突っ走っているのである。

（チョーム、そろそろ目を覚ませよ。さもないと、これからとんでもないことになるぞ……）

合田4年11月14日。ニキニキが「チョームさんが目の手術を終えたらしいですよ」と伝えてきた。

その翌日、チョームの家の近くのファミレスで奴と待ち合わせるオレ。数分遅れて現れたチョームの右目には、まだ大きなガーゼがテープで付けられて正直、素人のオレにも手術が上手くいったようには見えなかった。そして、その2日後。白鞘から電話が掛かってきた。彼は昨日チョームに会ったらしく、その右目を見て「何でそんな大切な手術をするのに、俺に一言も相談しなかったんだ!!」と怒ったという。で、早速御茶の水にある知り合いの眼科医院の医師に電話を入れ、4日後にチョームの右目を診てもらうことになったらしい。

そして、その4日後の晩。チョームのケータイに何度か電話するも出なかったので、今度は白鞘に電話すると次のような言葉が返ってきた。

『いやいや、スリムはまだヘルペスがどういうモノかわかってないと思うから説明しとくけど、ヘルペスっていうウイルスは外から人にうつるんじゃなくてさ。元々俺もスリムも成人になるまでに、このウイルスに感染してるんだよ』

「えっ……」

『でも、そのウイルスは感染後、そのまま目や皮膚なんかを支配してる神経細胞の中で大人しくしてるんだけど、体の抵抗力が衰えた時に急に出てきて暴れ出したりするんだよ』

「そ、そうなんですか……」

『今、チョームを苦しめてるのは角膜ヘルペスっていう、ヘルペスウイルスが目の角膜に感染して起こる病気でさ。体の抵抗力が落ちてるチョームの角膜では、ウイルスに対しての免疫反応が起こって、その結果、角膜が丸く腫れたり、白く濁ったりしてるみたいなんだよ』

（ま、まったく知らなかった……）

『で、下手すりゃ失明の恐れもあるから、チョームは適当に病院を探して、角膜移植手術をしちゃったらしいんだけどさ。その後で俺の友達の眼科医のところに奴を連れてったら〝まぁ、一応は最善を尽くして再手術はしてみるけど、ここまでメチャクチャな手術をされちゃった後だと大した改善はしないと思うよ〟って、その俺の友達に言われてさ。チョームもガッカリしてたよ』

で、さらにその6日後。予定通り手術は行われたが、やはりチョームの右目の状態はさほど良くはならなかったらしい。

合田5年1月。再び白鞘から電話が掛かってきた。

『で、チョームの奴は最初の手術をした病院を訴えようとしたらしいんだけど、俺の友達の眼科医に〝医者が明らかな手抜きやミスをしたってケースじゃない限り、ヤブだとか下手クソっていうのは罪にはならないケースが殆どだから、そんなことをしても無駄だと思うよ〟って言われたらしくてさ。アイツ、またしてもガッカリしてたらしいんだよな』

そんなことを言ってチョームのことを気の毒がっている白鞘。が、その後、今度は少し呆れたような感じで、こんなことを話し出したのである。

『その後、チョームは10日に一度くらいのペースで、眼球の洗浄も兼ねて、その御茶の水にある病院に通い始めたらしいんだけどさ。ところが、それと並行して、その病院に行ってない日にちょくちょく俺の友達の眼科医宛てに電話をかけてくるみたいでね。

最初は目のことで質問をしてくるんだけど、そのうち話題が洋服の話になっちゃったりでさ』

「はぁ？　眼医者の先生に洋服の話ですかぁ？」

『そうなんだよ。しかも、患者の診療中にバンバン掛かってくるらしくてさ。で、その友達からこの前、俺んところに電話が掛かってきてね。昨日も仕事中だっていうのにアイツに1時間ぐらい電話で捕まっちゃったらしくてさぁ。マジで仕事に支障をきたしてるから何とかしてくれよ！って本気で怒っててさ。さすがに俺も参ったよ』

早い話が、チョームは新しいおしゃべりの相手をその眼医者の先生にしたのである。が、言わずと知れた、開業医にとって診療時間というのは、まさに患者を診てお金を稼ぐ貴重な時間であって、そんな時に世間話をされたのでは堪《たま》ったもんじゃなかった。医者に比べれば広告代理店に勤務しているニキニキの方が、まだ電話の融通は利くだろうが、そうは言ってもチョームのように完全に自分のペースだけで電話を掛けてこられちゃ、ニキニキだって確かに堪ったものではなかったはずだ。

合田5年3月。不運なことは重なるもんで、チョームは逆流性食道炎という、強い酸性の胃液などが逆流することによって食道が炎症を起こし、胸焼けや胸の痛みなど様々な症状が起こる病気になった。そして、それが少し落ち着くと、今度は近所のコンビニに買い物に行った帰りに急に目まいがし、そのまま地面にしゃがみ込んでケータイで救急車を呼んだら近くの病院へ連れて行かれ、脳梗塞を起こしかけているということで、そのまま入院することになってしまったらしい。

さすがにオレも、前にそれと似た脳出血をやっていたので、チョームのことを放っておくことは出来ず、2日に一度ぐらいはその病院に顔を出した。で、ちょうど1週間が経った頃、何だかチョームがソワソワしていたので、オレは念の為、ある注意をしたのである。

「なぁ、チョーム。オレも10年ぐらい前に脳出血をやった時に病院の先生に言われたんだけど、もう一生タバコは吸えないからな。もし吸って、また脳の血管が詰まったら、今度は死んじゃうか、死なないまでも体の半身が麻痺しちゃって、それが一生治らないって事態が待ってるからな」

「……いや、実は4日前に病院の屋上でタバコを吸ってたんだよ」

「ええっ!!　お前……」

「そしたら、それが見事に医者にバレてよぉ〜。今度吸ったら命の保証は出来ないって言われたわ。……まったく、いつの間にかどんどん生きづらくなってきたわ」

　オレはチョームに対してはイライラすることもあったが、もちろんそんな彼を何とか助けたかった。例のテロ行為が元で会社をクビになり、その後、ヘルペスウイルスが角膜に感染して失明しかかったかと思えば、逆流性食道炎になり、続いて脳梗塞を起こしかけて入院と、まさに休む間もなく病魔に冒《おか》され続けているのだ。

　が、間もなくしてオレは、あることがキッカケとなり、遂にチョームに対して怒りの炎を噴出させることになった。

22 メルトダウン

合田5年4月6日。有華が、ヒットしている医療漫画の著者として国営放送のテレビ番組に出演していた。

「あっ！」

スタジオのテーブルに座っている有華を一目見て、そんな声を上げるオレ。そして、返す刀で合田のケータイに電話を入れていた。

「合田くん！　今さっ……」

『スリムさん。ウチのオカンもテレビに有華さんが出てきた瞬間に「ああ、私があげたネックレスをつけてくれてる！」って言って、さっきから泣いてますよ』

「ああ、そうか、そうか。そりゃ良かった！」

そう言って静かに笑うオレ。その後もオレは番組を観続けていたが、いつになく真面目な顔をした有華は、自分が働いていた医療現場の話をして、その時代も彼女なりに精一杯やっていたということがわかって、何だか新しい彼女を発見したような気分にもなった。

翌週。オレは仕事の打ち合わせの帰りに、再び中野にあるファミレスで有華に会った。

「しかし、お前、こんなに漫画が売れちゃってるのに〝カネノアリカ〟なんていうふざけたペンネームのままでいいのかよぉ？　何なら変えちゃってもいいんだぞ」

「えっ、どうしてですか？　私はモノ凄く気に入ってますよ」

そう言って笑う有華。ちなみに、彼女には一昨年、オレが長年税金対策を頼んでいる税理士を紹介し、先月その事務所に自分の資料を持っていったら、まぁ、その税理士もお客の秘密を大っぴらには明かさなかったが、自分の右手の人指し指を1本立てて「有華さんの去年の年収が、いきなりコレを超えててビックリしましたよ」と言ってきた。そう、有華の本の売り上げは、書籍版の方はそんなに驚く部数でもなかったらしいのだが、電子書籍版の売り上げがとにかく凄まじく、その結果、そんな一般サラリーマンの20倍以上の稼ぎになったとのことだった。

「それからチョームの奴が先月、逆流性食道炎に続いて脳梗塞にもなっちゃってよぉ～」

「あ、スリムさんのツイッターにも、そのことがちょろっと書いてありましたよねっ。で、チョームさんは大丈夫だったんですか？」

急に真剣な表情になる有華。

「うん。完全に脳梗塞になって病院に運ばれたわけじゃなくて、脳梗塞になりかけてるところを自分のケータイで救急車を呼んで病院でスグに処置をしたから、10日ぐらいの入院で済んだんだけどさ」

「ああ、それは良かったですねぇ～」

「しかし、アイツは、ほら、あの5回目のジェロニモ会を最後にするとか言っときながら、数カ月後には北海道にまで行って、ジェロニモ会をやってるしよ」

「あの……実は私も去年、チョームさんに呼び出されたことがありまして」

少し困ったように笑う有華。

「えっ。な、何の用があって？」

「いや、2回ともこの近くの、ほら、駅の反対側にあるファミレスで会ったんですけど、ジェロニモ会の苦労話から始まって、白鞘さんはどんな外車に乗ってるとか色々な話が出て、最後は洋服の話がズーッと続いて。2回とも夕方の6時頃にファミレスで待ち合せて、帰る時は夜中の1時とか2時になってました」

そう言って、今度はオカしそうに笑う有華。

「ファミレスに7～8時間もかよっ？」

「しかも、2回ともファミレスを出て、チョームさんが車を停めている中野駅近くの駐車場へ向かって歩いてると、チョームさんの左手が私の背中に回ってきて」

「えっ…つ、つまり、それはお前のことを口説こうと思ったの!?」

「多分……。で、私もチョームさんだったら1回ぐらいはヤラせてあげようかと思ったんですけど、自分の車に近づいた時には私の背中に回していた手を離しちゃって。結局それ以上のことは何もありませんでした」

そう言って、何だかチョームを気の毒がるような表情を浮かべる有華。

(アイツ、何考えてんだよ……。てか、7~8時間も話してたって、今、有華がどれだけ仕事に追われてるのか知ってんのか、奴は?)

その晩、オレは久々に夢を見た。嫌な夢だった……。

中学の時に一緒にグレた悪友たち。ソイツらにチョームが陰でオレの悪口を言いまくり、中学生のオレが1人仲間外れにされるのである。しかも、1人で寂しく家に帰ってくると、オレの家の壁の上にチョームが有華と並んで腰掛けており、オレに向けてあからさまにイチャイチャしているのだ。そして、さすがに有華がオレが見てるからイチャつくのはやめようとチョームに言うと、

「気にすんな、あんなバカ!」

そこでパッと目が覚めた。まだ4月の中旬だというのに、全身汗まみれだった……。

数カ月後。合田のツイッターのページを見るも、最近は全くツイートをしなくなっていた。

「あ、合田くん? ……な、何やってたの?」

『いや……べ、別に何もやってません……』

「ああ、そうか。うどん屋にも、ここ何週間も行ってないの?」

『はい、うどん屋にも行ってないです……』

電話をすると必ず合田は出たが、やはり自分のテ

ンションが前に比べると極端に低くなっていると自覚しているらしく、とにかくオレに対して何だか気まずそうだった。

その翌日、久々に白鞘から電話が掛かってきた。

『この前、チョームのとこに電話したら、アイツは今、業務用厨房機器のメンテナンスの仕事をやってるって言ってたけど、ホントにあの右目の状態で仕事が出来てるのかな？』

「オレも最近は奴とは会ってないんですけど、えっ……そんなにチョームの右目って悪いままなんですか？」

『数カ月前にチョームが運転する車に乗ったらさ。アイツ、右目が殆ど見えないから、信号の無い交差点で右の方から走ってくる車と2回くらいマジでぶつかりそうになっちゃってさ。右目にヘルペスウイルスが入る前は、アイツも運転は上手い方だから全然心配することなんて無かったんだけど、今後はヤバいぞ、あんな感じだと』

「そうなんスか……」

『去年の夏までは、アイツが前々から見つけていたっていう、（神奈川県）相模原の「鮮魚市場」っていう店とか、（群馬県）前橋の「マムタージ」ってカレー屋に俺とか、俺の新しい彼女のマユなんかを自分の車を飛ばして連れてってくれたんだけどさ』

「ちょ、ちょっと待って下さいよ。え、アイツが『鮮魚市場』とか『マムタージ』って店を自分が見つけた店だって言ってたんですかぁ？」

『うん、そう言ってたけど……えっ、違うの？』

「いや、ま、いいんスけどね……」

『しかも、アイツは今年の8月15日に6回目のジェロニモ会をやるから、白鞘さんにはまたライブをお願いしますよ、なんて言ってきてさ』

（アイツ……）

気がつくと、すっかり暗くなった自分の仕事部屋の机に両足を乗せるようにしてイスに座り、そのままボーっと天井を眺めていた。

オレの友達のベック、合田、ハッチャキ、シンヤ、ニキニキ、そして、弟のセージ。コイツらを勝手に呼び出し、自分の思った通りに動かないと判断すると、そのまま放り投げていく。また、オレの読者をそのまま自分のフォロワーにし、相変わらず自分がそのカリスマのような存在になり続けようとしている。しかも、有華には彼氏がいるのを知っているにもかかわらず手を出そうとし、白鞘にはオレが教えたレストランや料理屋をすべて自分が見つけたことにしている。ちなみに、あの『鮮魚市場』っていう海鮮居酒屋などはオレが何十軒という外れを引いた上で、ようやく見つけた優良店で、そんなとっておきの店をオレは無条件でチョームに教えていたのに……。

そして、オレが今でも一番引っかかっている、あのベックと保険屋の交渉を裏で操作し、ベックが必要以上のお金が取れないとわかると、今度はベックの目の検査代として50万円をオレに払わせようと工作したチョーム。その上、オレが50万円をベックに払った後で、奴の面倒をこれからもたまには見てやってくれと頼むと、自分は友達としてはアイツと付き合うつもりはないと言ったのである。この一連の騒動は何度振り返っても、チョームのオレに対する嫌がらせ行為としか考えられなかった。その証拠が、オレが例の居眠り運転で事故を起した時に奴が発したという「あのバカ！」という言葉だった。そもそも何であの時にオレが居眠り運転をしたかと言えば、あの事故の日、チョームが白鞘を明け方近くにオレの家に来させたことが原因なのだ。それまでは自分の家に白鞘をさんざん勝手に泊まらせておいたのにもかかわらず、あの日だけは何で早寝するオレの家に来させたのか全く理由がわからない。そして、その答えを強引に割り出そうとしたら、やはり最後には〝嫌がらせ〟という奴の感情が残るのだ。要するに、オレは自分の友達を勝手にチョームに弄《もてあそ》ばれた挙句、その上でアイツに嫌がらせをされ続けていたのだ……。

（オレはっ、オレはっ……もうアイツのことは許せんんんんんっ!!

あのバカ！

あのバカ！

あのバカ！

何でオレはチョームに嫌がらせをされなくちゃいけねえんだよっ!?　オレが何か奴に対して許されないようなことをしたんか!?　何でオレがバカなんだよおおおっ!?）


オレは、月1回ネットで連載しているコラムに2回にわたって、ここ5～6年のチョームがやってきた不条理なことを暴露することにした。口で注意しても惚《とぼ》けられて無視されるのはわかっていたから、文章にしてアイツがやってきたことがちゃんと残るようにすることにした。勿論、訴えるなら訴えても構わない。コッチはホントに起こった事実しか書かないのだから！

前編がアップされるのは7月15日。その前編にはハッチャキ、シンヤ、セージらがチョームから食ったことをそのまま書く。そして、後編がアップされるのは、奇《く》しくも第6回ジェロニモ会が開催されるのと同じ8月15日。その後編には、あのベックをも巻き込んだ一連の騒動をキッチリと書いてやる。下手をすればオレたち両方が吹っ飛ぶことになるかもしれないが、そうなってもオレは構わない！　とにかく、弱気な中学生のようにシクシク我慢するのは、もう終わりだっ!!

23 おかしい……

オレが書いたコラムは、前編からオレの読者たちの関心を引きまくった。

ツイッターには「急にどうしちゃったんですか、スリムさん?」とか「それってホントのことなんですかっ!?」といったツイートやDMが多数寄せられたが、オレはそれらに対して何も答えなかった。そして、それから1カ月後の8月15日の第6回ジェロニモ会当日、コラムの後編がオレのホームページに掲載された。

その日の午後、ニキニキからのメッセージがオレのLINEに飛んできた。

『スリムさん、何ていうコラムを書いてんスか。100人以上いたジェロニモ会の参加者のうちの半分以上がキャンセルになっちゃってますよ』

続いて、夕方6時過ぎにオレのツイッターのフォロワーの1人から次のようなDMが入った。

『ライブの準備をしていた白鞘さんが急に帰っちゃったんですけど、何かあったんでしょうか?』

(え、白鞘さんが帰っちゃった!?)

数時間後。オレは白鞘のケータイに連絡を入れてみた。

『いや、マユと一緒にマイクを立てたり、パーカッションの楽器の音を拾うスピーカーなんかをセットしてたらさ。チョームが〝アニキとマユさん2人分の会費の1万3000円を払ってもらえますか?〟なんて言ってきたんだよ。で、マユは自分たちはこの飲み会に参加するためにココに来たわけじゃなく、ギャラを貰ってライブを聴かせるために来てんだから、会費を払えっていうのはないんじゃない!?って耳打ちしてきたんだけどさ』

「いや、そりゃ当然ですよ。だってソレって、武道館での音楽セッションに呼ばれたサザンオールスターズが、ライブをやる前に主催者から入場料を払ってくれって言われてるようなもんですからね」

『そうだよねぇ～。俺、間違ってないよねぇ？』

そう言って、思わず笑う白鞘。そして、彼はさらに話を続けた。

『いや、でもさ。それでコッチもヘソを曲げるっていうのも大人げないからさ。マユには〝まぁまぁ、大目に見てやろうぜ〟って言って、俺はチョームに6500円の2人分の1万3000円をその場で払ったんだよ。で、再び準備を続けてたら、またチョームが近寄ってきてさ。〝アニキ、そろそろジェロニモ会を始めようと思うんですけど、最初の挨拶をしてもらえますか〟なんて言ってきたんで、その時点で俺も遂にキレちゃってね。〝バカ野郎っ、俺はもう帰る!!〟って言って、少し前まで自分たちがセットしてた楽器類を全部引き揚げてきちゃったんだよ』

「えっ、それでチョームはどうしたんですか？」

『どうしたもこうしたも、そんな俺たちのことを呆然と見てるだけで、結局それ以後は奴とは一言も言葉を交わさずに帰ってきちゃったよ』

（アイツって、自分の言動が人にどういう影響を与えるかってことを想像することが、こんなにも出来ない奴だったっけ？　……ま、だからオレもああいうコラムを書いたんだけど、昔はもう少しマトモだったよな）


翌日。ニキニキから電話が入った。

『白鞘さんなんかが帰っちゃった後、結局ジェロニモ会はダラダラと開催されたんですけど、何かチョームさんは参加者たちと言葉は交わしてるんですけど、明らかに元気が無くなってて。しかも、白鞘さんたちのライブが無くなっちゃったから、自称マイケル木村って奴が、いきなりマイケル・ジャクソンの真似をして踊り始めたんですよ。でも、事前にチョームさんからの紹介も一言も無かったから、皆には単なる頭が温《ぬる》い奴が勝手に踊り始めたって見られてて、何だか可哀想でしたよ』

そうしゃべり終えたと同時に、思わず笑い始めるニキニキ。

（そうなんだよなぁ。オレが出席した5回目のジェロニモ会の時も、チョームは事前に白鞘さんのことを会場の皆に紹介しなかったから、最初なんか白鞘さんの、あのカンツォーネを聴いてる奴なんて誰一人いなかったしな……。てか、元々チョームって、そういうことを気がつかない男だったのか？）

チョームがオレたちの前から姿を消したのは、ニキニキがオレのところに電話をかけてきたこの日からだった。ニキニキがチョームのケータイに何度電話を入れても全く出ず、ツイッターへの書き込みもピタッと途絶えた。

さらに、その翌日。チョームの熱烈なファンからオレのツイッターに書き込みがあった。その「海草オジジ」というオッサンは、元気が無くなっていたチョームのことが心配になり、チョームにはケータイの電話番号を教えてもらっていたので何度も電話し、10回目ぐらいにようやくチョームが出たらしい。が、その時のチョームの声にはいつものような豪快さは無く、まるで母親と一緒に百貨店に買い物に来た小学校低学年生が途中で母親を見失ったような、そんな落ち着きのない心細さのようなものも漂っていたとのこと。そして、その海草オジジがスリムさんの後編のコラムを読みましたか？と尋ねると、微かに震えたような声で〝後編は怖くて、まだ読んでない〟という返事があったらしい。

オレは、自分でチョームを攻撃するコラムを書きながら、さすがにこの海草オジジの文章がツイッター上で他のフォロワーたちにも晒《さら》されるのはマズいなと思った。チョームがファンたちに一番見せたくないもの、それは〝気弱になっている自分〟である。よって、海草オジジが再びそのようなことを書いてきたらDMで注意するか、もしくは海草オジジのフォローを外してしまおうと思ったが、海草オジジからのツイートはソコで止まった。

（しかし、後編は怖くて読んでないって、予想より全然効いちゃったってことか……）

2日後の合田5年8月19日。有華が、大手出版社の漫画賞で少女部門賞を受賞した。また、有華から電話で今はまだオフレコだけど、彼女が描いている『亜麻色のベッド』が国営放送でドラマ化されることも決まったという。

初めて有華の漫画を読んだ時、才能がある奴だとは思ったが、まさかここまで上り詰めていくとは正直想像だにしていなかった。が、驚くほど多くの読者を惹きつけている、その『亜麻色のベッド』という産婦人科医院に勤務する看護師見習いの女性を主人公にした漫画をオレも読んだが、そのうちの何話目かで気がつくと涙をこぼしている自分がいた。そして、再びオレは心の中で彼女にエールを送っていた。

（有華、もっともっと大きくなれ。お前の、その地肩の強さをもっと世間に見せつけてやれ！）

ジェロニモ会が開かれた8月15日から、1週間後の合田5年8月22日。オレと白鞘は、チョームと会うため奴の家の近くにあるイタリア料理系のファミレスに向かった。

というのも、怒ったままにしていたチョームのことが白鞘はやはり気になってきて、一昨日の晩から頻繁にチョームのケータイに電話を入れていたところ、昨日の夜中にようやくチョームが出て、今日オレたちと会うことが決まったのだ。

ファミレスに入ると、チョームはまだ来ていなかった。オレたちは、店員に店の一番奥にある4人掛けの席に案内された。

「しかし、チョームは尊敬する白鞘さんに怒られたのが最もショックだったんでしょうね」

「いや、俺もスリムの例のコラムを読んだけど、そっちの方が全然効いてるよ。だって、チョームの被害を受けた奴らの名前が全部出てんだろ。アレは言い訳しようがないよ」

そう言ってアイスコーヒーを一口飲んだ後、再び口を開く白鞘。

「だけど、例のスリムの車の事故の後、まさかチョームがベックの後ろに付いて保険屋とあんな交渉を2年もやってたなんて全く知らなかったよ」

「あははははは……」

笑いたくもない乾いた声を響かせるオレ。

「でも、俺に言わせてみればベックが一番アホウだよ。人から50万円も取ったら、その人物との付き合いは普通は終わりになるのにさ……。アイツ、せっかくスリムと仲良くなったのにさ」

「まぁ、今考えるとアイツがチョームに頼った時点で、実はもう終わりだったんスよねぇ……」

そう言って、自分もアイスコーヒーに口をつけていた。

「チョームもなぁ……アイツと付き合ってると時々腹が立つこともあるんだけど、ああやって俺のことをアニキ、アニキって言って近づいてくると、やっぱり気になっちゃうんだよなぁ〜」

そう言いながら、アイスコーヒーをもう一口飲む白鞘。

「ホント、アイツは心から尊敬してますからね、白鞘さんのことを。自分の実の兄貴とは正反対の白鞘さんのことを話す時は、ホントにニコニコしながらしゃべってますからね」

「ああ、ほら、俺もチョームの家には3カ月ぐらい世話になってたから、奴のお兄ちゃんとも話したことがあるけど、でも、チョームの兄ちゃんは凄く礼儀正しかったぜ。こっちが恐縮しちゃうくらいに」

「そうなんですか……」

「いや、でも、俺も音楽家なんて格好つけてて、大手音楽会社を辞めてフリーになった時は、かなり稼いでたんだけどさ。その後、スグに世界的にCDが全く売れなくなっちゃったろ。で、考えてみれば、今はチョームとかにちゃんとしたギャラを貰ってライブに呼んでもらったりしてるんだから、本当は奴に文句を言う筋合いなんか無かったかもしれなかったんだよな」

「いやいや、ミュージシャンとして呼んだんだから……って、あ、白鞘さん。チョーム来ましたよっ」

そう言って、店の出入り口でキョロキョロしているチョームに手を振るオレ。

「あれっ……チョーム。お前、何か痩せてないかぁ？」

テーブルのオレの正面で、白鞘の右隣に腰を下ろしたチョーム。その顔を改めて見たところ、明らかに両頬がコケていた。

「お前、さてはこの1週間まともに食事してないんだろ？」

チョームの顔を見据えながら、そんなことをわざと呑気な感じで言う白鞘。が、チョームは緊張している感じで何も答えなかった。急に奴のことが可哀想に見えてきた。が、オレはそんな自分の気を引き締めた。そう、オレたちはチョームに謝りに来たのではなく、あることを確認しに来たのだ。

その後、チョームはコーラを注文し、適当なタイミングで再び白鞘が口を開いた。

「なぁ、チョーム。俺は1週間前、何で怒ってライブもしないで帰っちゃったと思う？」

「…………」

チョームは何の言葉も返せなかった。

「え……わかんないの？」

「……わ、わかりません」

再びチョームに尋ねる白鞘。

そんな小声が返ってきた。

「あのなぁ～、チョーム。お前は、俺とマユがライブの準備をしてたら会費をくれって言ってきたんだよ……。覚えてるだろ？」

小さく肯くチョーム。

「でも俺とマユは、失礼な言い方かもしれないけど、別にジェロニモ会に参加するためにあの場に行ったんじゃなくて、お前にいくらいくら払うから、またライブしに来てくれませんかって言われたから行ったんだよ。ところが、他のメンバーと同じく参加費を要求されて、マユはカンカンに怒ってたけど、俺は彼女に『まぁ、いいから』って言って2人分の1万3000円を払ったよなぁ〜」

再び小さく肯くチョーム。

「そしたら今度は〝アニキ、そろそろジェロニモ会を始めようと思うんですけど、最初の挨拶をしてもらえますか〟なんて言ってきたろ、お前は。で、俺はその瞬間にバチン！ってキレたんだよ。何でライブをやってくれって頼まれただけの俺が、参加費を取られた挙句、そんな会全体の挨拶までしなくちゃいけねえんだよ!!って」

今度は体を硬くしたまま黙り込むチョーム。

「俺は便利屋か？って話だろ。そう思わねえか、チョーム？」

チョームは相変わらず黙りこくっていたが、両方の黒眼を忙しそうにアチコチに動かして、必死に何かを考えている様子だった。

「え……俺の言ってることがわからない？」

そう言いながら半分呆れたような表情になる白鞘。何だかオレまで焦《あせ》ってきて、気がついたらチョームに自分の質問を投げていた。

「じゃあ、チョーム。ホントは車の鍵をノートの間に置いたのは自分だったのに、それをシンヤくんのせいにした事件に関しては覚えてんだろ？　2年前のちょうど今頃だよ」

相変わらず、黙りこくっているチョーム。オレの心に再びチロチロとした火が付いてきた。

「覚えてねえわけないだろ。シンヤくんはあの時、炎天下の中を計4キロも道路を走って鍵が落ちてないか心死で探したんだぜ、なぁ？」

黙っているが、再び黒眼をチロチロ動かしながら何かを考えている感じのチョーム。

「つーかっ、さっきからテメー、なに黙りこくってんだよおおおっ!! 舐めてんのかっ、ぐぅおらっ!!」

気がつくと、そんな大声を出してチョームの顔を睨んでいた。

「い、いや……舐めてなんかないよ」

チョームの口から、そんな震えるような声がかろうじて返ってきた。なんて弱い声なんだと思った。ホントに自分の正面に座っている男はチョームかよ!?と思った。

「なぁ、スリム。こんなところでいきなりムキになるなよ、おい……」

そう言って辺りを見回した後、とりあえず雰囲気を良くしようとして笑顔を作る白鞘。

「す、すいません………」

結局、その後の話し合いもチョームが黙り続けていたため、この会は早々におひらきになった。

「アイツ、何であんなに無口なキャラになっちゃったんだろ……。ま、いいや。じゃあね、スリム。また何かあったら連絡を取り合おうね」

そう言うと、オレの家の庭から自分のマスタングの爆音を轟《とどろ》かせながら帰っていく白鞘。そのみるみる遠ざかっていく車の後ろ姿を見送りながらも、オレはあることにようやく気がついて内心パニックになっていた。

（オレのコラムに対する答えはさておき、白鞘さんは自分が先週何で怒ったのかをあんなにわかりやすく説明したのに、それさえもわからなかったチョーム。……おかしい。アイツ、確実に何かがおかしいぞ）

そして、オレの頭の中に以前、有華が言った〝ある言葉〟がゆっくりと下りてきたのである。

「で、チョームさんも間違いなく発達障害を持ってますよ」

24 有華の世界

合田6年3月。有華の漫画を原作とした全11回のテレビドラマ「亜麻色のベッド」の放映が始まった。

数日後。その日も都内で仕事の打ち合わせをした帰りに、いつもの中野のファミレスで有華と会った。

「有華って、ほら……ま、前に自分が発達障害っていう疾患を持ってるって言ってたけど、それってホントなのか？　てか、オレたちって、もう友達になってから12年ぐらい経つけどさ。そりゃ確かにお前は変わってるところは沢山あるけど、だからってそういう生まれながらの疾患を持ってるとは、どうしても思えないんだよなぁ〜、オレ」

「私、わかっているだけで13種類の障害を持ってるんですよ」

オレが意を決して発達障害について尋ねると、有華はそんな答えを笑いながら返してきた。そして、そこからの彼女の告白が凄かった。

「私が、自分は他の人と感覚や思考が違うな〜って思い始めたのは、小学4年の時からなんです。ウチのオカンからも、お前は障害を持っているって何度も言われましたしね」

「そ、それは、どんなところがオカしかったの？」

「小学生の時は、いつも同じ道を決まったルールで通らないといけなかったんです。例えば、缶蹴りを4回しなければいけないとか。発達障害っていうのは、いつも意味とか目的を考えるんです。この道を通る理由は何だとか無意識に決めていて、それを守ることによって習慣化し、それで安心するんですよ」

「おお……」

いきなり予想すらつかないようなことを言われ、それしか言葉が出てこなかった。

「それから、『書き文字障害』。『あ』とか『ぬ』、『な』も難しい。カタカナも『シ』『ツ』『ン』が書けない。だから、漫画で直接書き文字を使うコマは、アシスタントに代わりに書いてもらってるんです」

「えっ……」

「どうして字が書けないのかっていうと、字を書くためには脳は3つのシステムを使わなきゃならないんです。まずは、その字を見る。次に、脳味噌の中でその字を組み立てる。そして、それを映す。書き文字障害っていうのは、脳に映した時に見える字が実際の字と違うらしいんです。だから、何度書いても字を間違うんですよ」

（そ、そんな奴がいるんだ……）

「ちなみに、そういう障害を持ってる人の中には、字が読めないタイプの人もいます。黒板に書かれた文字が全くわからない。脳味噌の中で字がプルプル動いちゃうんです。線が何本だかもハッキリわからなかったり、もしくは墨汁が滲んでる感じにしか見えない人もいます。そういう障害がある人は、明朝体が読めない。明朝体のちょっとした細い部分やトメハネに対して脳が誤作動を起こしちゃう感じ。だから、そういう人が読めるのはゴシック体だけなんです」

「な、なるほど……」

「あと、私は『汚染恐怖』というか、食べ物に凄くこだわりのある、ま、いわゆる偏食なんですけど、とにかく自分が安心出来るものしか食べられないんです。私、甘いものを食べると、口の中が重くなるんです。ザラメとかは砂や泥を噛んでるような感じしかしないんですよ」

（あっ、そう言われてみればオレ、今まで有華が甘いデザートとかを食ってるところを一度も見たことがねえや……）

「それから『音』に対しても、一般の人たちとは聞こえ方が全然違うんです」

「えっ、音が？」

「はい。学校なんかは色々な音が聞こえ過ぎてて、まったく勉強に集中出来ないんです。授業を受けてると隣のクラスの授業が聞こえてくるし、校庭の体育の内容も全部聞こえてくる。だから情報が多過ぎて、いつもボーっとしてて、通信簿には『白昼夢を見てます』って書かれちゃうんです。普通の脳味噌だと、優先順位で聞かなければいけない音が一番大きく入ってきて、あとは自動的に音を小さく調節してくれるはずなんですけど」

（っていうか、さっきから有華の話を聞いてると、自分はこんな障害があるんだっていう告白だけじゃなく、その障害を外から、まるで他人事のように冷静に捉えている有華もいるんだよな。いや、ひょっとしたら、これってモノ凄く珍しいことなんじゃねえか……）

「あとは『幻聴』ですよね。急にラジオの電波がつながって受信したような感じ。世間話が至近距離から聞こえるような。でも、近くには誰もいない。ちなみに、合田さんのような統合失調症の人の幻聴はもっとリアルで、もっと頭から直接響いてるような、神の声みたいな感じなんです」

（つーことは、チョームの兄ちゃんもそんな強烈な幻聴が頻繁に聞こえたから、隣の家に何度も殴り込みをかけようとしたのか……）

「あと、私は『会話に色が入って見える』っていうのもあります」

「か、会話に色が!?」

「ええ。特に女同士の会話に色が見えることが多いんですよ。例えば、それが悪意がある会話だったりすると、しゃべってる最中は気づかないんですけど、後で思い返してみると赤い矢印のサインが入る。それがデカければデカいほど、私に対して遠回しにバカにしてたり、嫌味を言ってたりしてるんですよね」

「ハ、ハンパないな……。隠しカメラが内蔵されてるみてえじゃねえか」

久々に少し笑ってみせるオレ。

「どはははははっ!! めんどくさいですよね。あと、

『短期記憶障害』と『長期記憶障害』っていうのもあります。短期は例えば〝今から俺のケータイ番号言うから、打ち込んでよ〟って言われても、もう090から覚えられない。長期の方は、あんまりマイナス要素は無いんだけど、昔の記憶がモノ凄く残ってる。子供の頃とか大病した時の記憶とか、まるで昨日のことのように鮮明に残ってるんです。あと、困るのは『空間認知の異常』ですね。右と左を混同する。だから、電車なんかも逆方向に乗っちゃったりするんです」

「仕事の待ち合わせの時なんか大変だな」

「そう、だから昔は遅刻の常習犯だったんです。あと、『過眠症』ですしね」

「過眠症?」

「脳味噌が疲れやすいんです。同じ部屋に自分以外の人間がいる時はそんなに寝れないんですけど、自分1人だと四六時中寝ちゃうんです」

「つーか、それだけ色々な障害を持ってて、日常生活でもソレらにいちいち対処してんだから、そりゃ神経だって人の何倍も疲れるよな……」

「それと私は失敗した時とかにテーマソングみたいな音楽が流れてくるんです」

「な、何じゃいい、そりゃあ!?」

「仕事が調子がいい時は、スーパーマリオの音楽。でも、締切が迫ってくると、その音楽のテンポが早くなる。それを聴いて急がなくちゃとかって判断基準にしてます」

(ホ、ホントに漫画みたいな世界だなあ……)

「あと、『相貌失認《そうぼうしつにん》』っていって、私、基本的に人の顔がわからないんです」

「……はぁ? 意味がわからんよ」

「凄く特徴があればわかるんですよ。例えばスリムさんなら太ってるし、合田さんなら太いメガネをかけててガラ声だし。でも、動いてるあまり特徴のない人については、その情報が視覚についてこられないんです。だから、前に病院に勤務してた時は、患者や看護師の師長の名前や顔をいつまで経っても覚えられないんで、それでその病院をクビになっちゃたんですよ」

「マ、マジかよ……」

話を聞きながら、若干怖くなってきた。でも、確かによく考えてみると、このファミレスで有華と待ち合わせをしてても、いつも彼女が入口近くでキョロキョロしながら立ってて、オレが「おーい、有華!!」って叫ぶからココにいるのがわかるのである。

「あと、これは二次障害なんですけど、『緘黙症《かんもくしょう》』っていって、小学生の頃から廊下に立たせられたり、教師に尋問されたりすると、いつの間にか声が出なくなるんです。一定の嫌な環境に置かれると貝のように口を閉じて何日もしゃべらなくなるんです。意地を張ってるとかってことじゃなくて、ホントに声が出なくなるんですよ」

(コ、コイツはそんな大変な環境に………)

「それから、あと『緘動症《かんどうしょう》』っていう……」

「ま、まだあるんかいっ!?」

「その障害は、体が動かなくなるんです。自分が責められてる時のように、フリーズしてしまう症状なんですよ」

「てか、あっ……あといくつぐらいあんの?」

「え〜と……ま、ざっとそのくらいですかね」

そう言って再び笑みを浮かべる有華。オレは、そんな彼女に最も気になっていたことを尋ねてみた。

「今、有華が話した発達障害の各症状って、その発達障害を持ってる人の中で何割ぐらいが冷静に自覚してるの?」

「いや……パーセンテージまではハッキリわからないですけど、冷静に自覚してる人は意外に少ないでしょうね。私もそうなるまでにかなりの時間がかかりましたから」

「時間?」

「さっきも言いましたけど、私は小学生の頃から、オカンにお前は障害を持ってるからって言われてて、それはイコール、勉強が出来ないことだと思ってたんですよ。もっとストレートに言えば、私の頭がオカしいんだって思ってたんです。ところが、高校に何とか入学した頃から、テレビのBS放送で『ディスカバリーチャンネル』っていう番組をよく一人で観るようになったんです。で、アメリカでは、もう何十年も前から発達障害のその症状について紹介されてて、それを観てたら（あらっ？　こんな反応をしてしまうのは自分だけかと思ってたけど、全米では何千、何万人っているんだ！）ってことがわかって。未だにその障害にアタフタしてるところも沢山あるんですけど、でも、そういう症状が出た時に昔よりかは全然冷静に対処出来るようになりましたね」

「なるほど……。あ、あと1つ訊いてもいいか？」

オレは、有華から彼女が今まで口に出さなかった世界のことを聞いてハンパなく驚いていたが、もう1つ訊かねばならないことがあった。

「オレってマジでポンコツ星人だと思わん？」

「どははははははははっ!!　何なんですか、急に？　どはははははははっ!!」

笑いを弾けさせる有華。

「いや、だって、オレとお前の付き合いって今年で12年目なんだぜぇ。それなのにお前がそんな発達障害っていう、ハンパなくややこしい疾患を持ってるのに、それには全く気付いてなかったんだぜ……。どう考えたって、ポンコツだろうよ」

「いや、そんなことないですよ！」

いきなり表情を締めて、オレの意見を否定する有華。

「私は今でも空気が読めないこととかも多いんですけど、もうすぐ40だし発達障害だからって、そこにあぐらをかくのは嫌なんです。だから、例えばスリムさんと会う時は事前にこの話はしてもいいけど、この話はダメ。あと、スリムさんは必要以上にはお酒を飲まないから、スリムさんと会っている時は私もなるべくお酒を飲むのは止めようとか、そういう注意事項をいくつも作って、それを頭の中に何度も叩き込んでから会うんです。そうじゃなかったら、私はとっくにスリムさんに嫌われてますよ」

そう言って少し照れたように笑う有華。この日、オレは自分のスグ近くにいる人間が、自分が思ってるより何倍も大きくて深い才能を持っていることに遅まきながら気がついた。と同時に、ようやくピンと来たのだ。ここまで重い発達障害を持っていながら、それをキッチリと自覚し、自分が大切な日だと思った時は必ず事前にやってはいけないスイッチを沢山作り、それを心の中に叩き込んでパニックを起こさないようにしている有華は、ホントに稀有《けう》な存在なのだ。そして、出版社や国営放送の中の一部の人間が、ソレを既に見抜いていて、それで彼女に本を出させたり、テレビ番組に出演させたりしていたのだ。

「それから、実はもう1つ訊きたいことがあるんだけどさ」

やはりそのことを訊かずにはいられなかった。

「チョームさんのことですよね?」

「あっ……ああ」

有華の方から逆にズバッときて、面食らうオレ。

「チョームさんは、アスペルガーと多動性障害の混合型の発達障害ですね」

「あ、有華はチョームが発達障害だっていうのは、いつ頃からわかってたの?」

「スリムさんと初めて会った年の、確か10月頃にスリムさんの家でのバーベキュー会に私も呼んでもらったんですよ。で、その時にチョームさんは、スリムさんの家に上がったと同時に履いてる靴下を脱いだんです、スリムさんの家の廊下で。それでわかりました」

「えっ、12年も前から気づいてたの!? てか、人の家に上がってスグに靴下を脱ぐ奴って発達障害なの!?」

「いや、もちろん、私はそれまでもチョームさんの行動を見てて、あれ、この人も私と同じ発達障害を持ってるんじゃないのかなぁ～って気になってたんですけど、その上でスリムさんの家の玄関で靴下を脱いでるのを見て、ああ、これはやっぱり間違いないやって思ったんです。……チョームさんは、とにかく自分の体が圧迫されたり締め付けられてたりするのが嫌いで、自分の基地、あの場合はスリムさんの家ですけど、そういうところに行ったら、とにかく楽な恰好になりたがるんですよ」

「あの靴下の癖って、それが原因だったのか……」

「あと、チョームさんてムチャクチャしゃべりますよね？　ＡＤＨＤ、つまり、注意欠如多動性障害の人って、ハンパなくしゃべる人が多いんです。私も25歳ぐらいまではチョームさんと同じで、10時間しゃべり倒して、相手にご飯も食べさせなかったんです」

「ホ、ホントかよ……」

「それから同じ失敗を平気で何度もする。あ、ちなみに、ＡＤＨＤにも何パターンかあって、わかり易く言うと『多動性』と『不注意優勢』っていうのがあるんです。で、チョームさんは多動性、つまり、動きまくる。私の場合は不注意優勢で、バカみたいに忘れ物とかをするんです」

「ちなみに、チョームはオレが新車を買う時に、関東にあるその車種を取り扱ってる30社以上のディーラーに片っ端から電話をかけて、一銭でも多くディスカウントしてくれる所を見つけたり、ジェロニモ会をやる時なんかも事前に何百人っていうツイッターのフォロワーたち一人一人に誘いのDMを出したりっていう、普通の奴ならまずやらないってことを平気で……」

「過集中ですね」

「過集中？」

「何かを手配する時には、それに対する行動力が尋常じゃないんだけど、後からの疲れもハンパじゃない。だから途中でガクンときちゃう。0か100しかない。そのちょうど良さがわからないんです」

（なるほど、つまり、ハッチャキやシンヤくんなんかを自分が勤務してる会社に誘う時なんかはハンパなくいいことを言いまくるんだけど、実際に誘った奴が入ってくると、その時にはチョームは疲れ切っちゃってるんだ。だから、あんな不機嫌な態度を取ったりするのか……）

「あと、さっきも言いましたけど、チョームさんの発達障害に多動性障害と混ざって入ってるアスペルガーっていうのは、〝知的障害のない自閉症〟って昔は言われてて。普通の人とは脳味噌の構造が違うから、とんでもない解釈をしてることがあるんです」

「ち、ちなみに、そのアスペルガーの代表的な症状って、どんなのがあるの？」

「空気が読めない、抽象的会話が出来ない、物事の全体を見ることができない。……そんな感じですかね」

（ほぼチョームに当てはまってる……）

「あと、スリムさんは昔から〝何でチョームはモテないわけじゃないのに、結婚はもちろんのこと、彼女すら作らないいんだろ？〟って言ってますよね」

「えっ……ああ、言ってる、言ってる。だって、彼女が出来れば、アイツの膨大なおしゃべりを受け止めてくれる人間が……」

「いや、もちろんチョームさんだって女性に興味はあるんですよ。が、その相手と深く付き合って、自分の弱味を相手に知られるのが、とにかくとんでもなく嫌なんです。だから、外から見るとせっかくイイ感じになりそうな相手が現れたと思っても、いきなりその相手をアッチに行かせて遠ざける。そして、また新たに自分の話を興味深く聞いてくれる女性を探すっていう、その繰り返しなんですよ」

（つまり、それがアイツが異常にこだわっている〝勝ち負け〟につながってるのか……。自分の弱味を知られる、イコール、自分の負けになる。チョームは自分がそうなるのを許せないのか……。しかし、チョームがそこまで隠したがってる奴の弱味って一体何だろ？　……想像もつかんわ）

「合田さんみたいな統合失調症は100人に1人。それに比べると発達障害は10人に1人で、グレーゾーンも含めると5～6人に1人はいるって言われてますけど、ま、とにかくチョームさんはこれからも大変でしょうねぇ。さっきも言いましたけど、チョームさんの発達障害は多動性障害とアスペルガーが混ざってますからね……」

急にしんみりとしたような表情になって、そんなことを口にする有華。

「チョームさんは自分が発達障害だって自覚が殆ど無い。多分、誰が指摘しても受け入れないでしょうね」

（つーか、有華。オレだってアイツとは、もう40年以上の付き合いだけど、お前の話をちゃんと聞いたからこそ、初めてチョームが発達障害だってことがわかったんだよ。っていうか、発達障害っていうのは生まれながらの疾患でも、チョームにその症状がハッキリ出てきたのは、ブティックを畳んで本来なら奴が全く望んでない、人に雇われるって立場になってからなんだ。いくら昔からの付き合いでも、なかなかそれはわからねえよ……）

「まぁ、でも、発達障害の人って、普通の人より劣っているところも多いんですけど、その分、あることに関しては突出した才能を持ってるケースが多いんですよ」

「あっ、だから有華は漫画のネームを作る才能があったんだ！」

オレが思わず発した大声に対して、照れ笑いのような表情を浮かべる有華。思えば、今まで有華と何十回も会ってきて、今日が一番自然な表情をしていると思った。そう、実は彼女は、オレにも自身がめんどくさい疾患にかかっているということを前々から言いたかったのだろう。

「でも、発達障害を持ってるってことは不幸なことではないんです。ただ、今のこの日本の世の中では生きにくいんですよね」

ファミレスのテーブルから立つ直前、有華はそんなことを言って静かに笑った。


自宅へと向かう帰りの車の中でも、オレは有華のことを考えていた。

（お前の才能はネーム作りだけじゃねえよ。そんだけ大変でめんどくさい疾患を背負ってるのに、自分にとって大切な場面では、その症状が出ないように事前に注意を促すスイッチを作っといて、ソレが出ないようにしてるっていう、その精神力……。それはとても普通の奴じゃ真似出来ねえよ。今更ながら気がついたけど、やっぱり大した奴だよ、お前は……）

そして車が立川市に入った頃、2～3年前から自身について湧いてきたある疑いが、ようやく鮮明な形になってきた。

（今までオレは自分自身のポンコツぶりを高次脳機能障害のせいにしてきたけど、確かに一部はそれが原因になってんだろうけど、それ以外は有華やチョームほどじゃないにしても、オレも発達障害のグレーゾーンに入ってるような気がしてきたよ。だから少し前まで、チョームや有華と交流してても、奴らのおかしさに全く気づかなかったんじゃねえのか……）

ふと気がつくと、もう何分も前に自宅の庭に着いていた。

（しかし、今まで精神障害の本を読んでても全然腑に落ちなかったし、合田を担当していた福袋先生に話を聞きに行っても正直半分ぐらいしか理解出来ないでいたけどさ。今日有華の話を聞いて、ようやく精神障害のことが少しだけだけど理解出来るようになったよ。何たって有華自身がその発達障害にかかってるから、どうしてそういうことが出来ないのかって説明が超明快なんだ。

そう、上からの説明じゃなくて、自らも同じ線上に立っての話だから、ようやくオレにも発達障害や統合失調症のことがわかってきたんだ。いや、有華の話を聞いてよかった……。つーか、これってメチャメチャ稀有な体験だったよ）

その後、ようやく自宅の自分の部屋に入るも、例によって仕事机の上に両足をだらしなく乗せて椅子に腰掛けると、やっぱりチョームのことを考えていた。

（あのチョームが一般人にはとても真似出来ないような、とんでもなくめんどくさいことが平気でできるのは〝過集中〟っていう要素を持ってるからなんだ……。考えてみればチョームは、オレの車の値引き交渉をしてくれる以前も、例えばデザイナーズブランドに就職するために数百通っていう履歴書を各アパレル会社に送ったりしてたもんなぁ〜）

そして、再び有華が口にした言葉が耳の奥から響いてきた。

『チョームさんは、アスペルガーと多動性障害の混合型の発達障害ですね』

つい先日までは、性格に凄い癖がある奴って思っていたチョームが、その世界を知っている有華からすれば、その癖一つ一つにもちゃんとした理由があったのである。

（大変だったんだな、アイツも……）

25 ダメ押し

合田6年3月9日。ハッチャキが八王子にあるハンバーガーショップのコーヒーマシン、その修理を終えた後で久々にオレの家に顔を出した。

居間のテーブルでコーヒーを出してやると、奴はそれにスグに口をつけてからチョームの話を始めた。

「チョームって、俺やスリムに『何で南部自動車に車検を頼むと、自分だけ料金が高いのか納得出来ない』って言ってたじゃん？」

「ああ、言ってた、言ってた」

「で、俺、先週その南部自動車に自分の車を車検に出したんだけどさ。その時にあそこのオヤジさんが『ホントなら奴（チョーム）がみんなにココのことを紹介してくれたんだから、一番安くやってやらなきゃいけねえんだけど、実は奴の兄貴が前に自分の車を何回も修理に出しに来たのはいいんだけど、一度も銭を払わなくてよぉ〜。だから可哀想だと思ったけど、奴から車検の時に分割でその料金も払ってもらおうってことで、いつも3万〜4万は高く貰ってたんだよな』なんて言ってきてさぁ〜」

「えっ、あの件は実は兄ちゃんが絡んでたんだ！」

予想もしていなかった答えがハッチャキから出てきて、思わず目を丸くするオレ。

「そうなんだよ。あの2人、ただでさえ仲が悪いのにさぁ……。それからこれも俺がチョームの家の2階に下宿してた時の話なんだけど、ある日、家の内装をチョームが勝手に業者に頼んだってことで、夜中に1階でチョームと兄ちゃんとの怒鳴り合いが始まっちゃってさ。いや、2階にいる俺でさえ丸聞こえで、ホントいつ殺し合いが始まってもオカしくない緊張感が走ってたよ」

「うわっ、そんなこともあったんだ……」

「いや、元々チョームの兄ちゃんもさ。ほら、お母さんも亡くなってから、あの家の1階全部を占拠してたのは、ほぼチョームでさ。自分は長男なのに2

階の1室に追いやられてるって感じだったから、相当ストレスも溜まってたんだろうな」

「なるほど、言われてみれば、そりゃ弟の方に実権を握られてるみたいで、兄貴としたら面白くないよな。ハッチャキとのことだって、兄貴に相談も無しに勝手に下宿させちゃったんだもんな」

「そうそう。でも、チョームも『貴様は一銭も金を出してねえんだから黙っとけえええっ!!』って一歩も引かなくてさ。もし、あの時、どっちかが手を出してたら、多分チョームか兄ちゃんのどっちかが死ぬまでやり合ってたと思うよ」

ハッチャキの話を聞いてるうちに、オレはまたしても遅まきながら気がついた。ハッチャキがチョームの家で下宿しながら毎日コーヒーマシンの大変な修理や点検に出向いていた時、奴が『今、自分の人生の中で一番辛い』と言ったことがある。そして、その時にオレは(自分でやるって決めたことなんだし、下宿代とか心配しないで働けるんだから甘ったれたことを言ってんじゃねえよ)と思ったものだが、確かに当時のチョームの家を覆っている閉塞感にハッチャキは仕事が終わっても付き合わなくちゃならなかったのかと思うと、あの時、奴が言っていたことも充分理解出来た。

「あと、これはチョームから絶対言うなって釘を刺されたことなんだけどさ」

「え、まだ何かあるのかよっ、偉大なる答え合わせが!?」

「偉大なる答え合わせって……」

そう言って少し笑ったハッチャキの口から、またしても驚くことが飛び出してきた。

「今から4年ぐらい前かな……。チョームは、今のこの時代に利息が年で7%も付くっていう闇銀行みたいなところに650万円もお金を預けたらしいんだけど、案の定、数カ月後にはその銀行が倒産しちゃったらしくてさ」

「ええっ、そっ……そんなことがあったのかよ!?」

「凄いガッカリしながら俺には誰にも言うなよな、って言ってきたんだけどさ。それからさらに2年後に、またしてもその手の闇銀行に600万近くの金を預けて、同じく計画倒産で逃げられちゃったみたいなんだよ」

「はぁ〜!? に、2回も同じ方法でお金を取られちゃったの!? どうして、そんなバカな……」

そこまで言って、先日有華と会った時に彼女が言っていた言葉を思い出した。

『それからチョームさんは同じ失敗を平気で何度もする』

(こ、これがそのパターンか……)


その後、前に白鞘と3人で会った時、すっかり別人のように元気が無くなっていたチョームのことが気になって、奴のケータイに何度か電話を掛けてみた。が、案の定、奴が電話に出ることはなかった。

再手術した右目のことや、脳梗塞が再発してなければいいなと思った。いや、そんなに気になるなら、車で僅か10分以内で行ける奴の家に向かえばいいのだが、オレにはそれが出来なくなっていた。

そう、オレはチョームが発達障害を持っているとわかってから、奴にどう対応していいかがわからなくなっていたのだ。いや、もっと正確に言えば、有華に加えてチョームの症状にも46年間も全く気づかずに過ごしてきた自分も、その2人ほど強烈じゃないかもしれないが、やっぱり発達障害を持っているということが確定的になりそうな気がして、チョームと話すのが怖かったのである。

(どうするんだよ、オレ……)

26 三者三様

合田6年9月。1人で香川県に来ていた。

瀬戸中央自動車道で香川に入ったオレは、まだ昼の12時ぐらいだったので、高松市のウルトラホテルには向かわず、そのまま高松自動車道を大野原インターで降りて合田家へと向かった。

ワンワンワン！　ワンワンワンワン！

相変わらずカールの出迎えは喧《やかま》しかったが、それでも鼻先に手を出すとクンクンと匂いを嗅いだ後、遠慮がちにペロペロと舐めてくるようになった。

「ああ……どうもすいませんねぇ」

居間にいる合田の父に日本酒の一升瓶を1本だけ渡した。それ以上持ってくると合田の母が困ったような顔になるからだ。合田の母もすっかり落ち着いた様子で、が、今回も有華は忙しいので連れてこられなかったと伝えると大分ガッカリしていた。きっと去年、自分があげた真珠のネックレス、それをつけてテレビに出演してくれたことに対するお礼を言いたかったのだろう。そして、肝心の合田は、やっぱり以前と比べるとテンションが低く、また、そのことで未だにオレに対して済まなそうな態度を取っていて、そんなの気にするなと言ってもスグには直らないと思ったので、オレは早々に合田を助手席に乗せて出掛けることにした。

下道で讃岐富士の麓を通り、そのままO製麺所へと向かった。

店に着いたのは午後2時近くという、同店が閉まる時間の数分前になっていたこともあって、店内にはオレと合田の他には、ドレミとパートのおばちゃん2人がいるだけだった。

「じゃあ、オレは肉うどん。合田くんもソレでいいよね?」

「はい……」

「それにしても随分久しぶりですねぇ～、スリムさん」

満面の笑みで、そんな声を掛けてくるドレミ。

「そう言えばそうだね……。てか、少し前までは尋常じゃなく来過ぎてたんだよね」

オレはそう言って笑った後、いいタイミングだと思って、讃岐うどんのガイド本の中に折りたたんでおいたB3サイズの紙をテーブルの上に広げた。

「うわっ、何ですか、これ！」

思わず、そんな声を上げるドレミ。

その紙には、今までオレが訪れた香川県にあるうどん屋の名前がその各市ごとにまとめて書かれていて、しかも、その一軒一軒の営業時間と定休日、また、その店での一番のお勧めうどんも書き込んであった。そして、その一番右には点数を書き込んだ小さなシールが貼りつけてあった。

「これは、この6年間でオレと合田くんが回った香川県のうどん屋のデータで、全部で84軒も回ったんだよね」

オレがそう言うとドレミは勿論のこと、厨房の中にいたパートのおばちゃん2人もこちらのテーブルに近づいてきて、オレが作ったそのうどん表を覗き込んできた。

「お兄ちゃんたち、こなんよっけのうどん屋さん回ったんな?」

目を丸くしながら、オレと合田にそんな言葉を掛けてくる太ったおばちゃん。で、反射的に合田の顔に目をやると、その過去のオレたちの活動に対する誇らしさみたいなものが珍しく浮かんでおり、それを確認したらオレも急に嬉しくなってきた。

「この点数っていうのは何点が満点なん?」

そんなことを訊いてくる、もう1人の痩せたおばちゃん。

「あ、5点が満点なんですけど、それを付けた店はたったの2軒しかないんスよ」

オレはそう言うと、高松市の欄の中に入っている「Hや」という店を指さした。

「まずは、この店の〝いか天ざるうどん〟。これがもうハンパじゃなく美味しくて、麺もその弾力、舌ざわり、香りまで完璧で、それを香川にしては珍しいカツオの出汁が特に効いているツユに付けて食べると、もう食べてる最中にもかかわらず（ああ、明日もこのうどんが食べたい！）って思ってる自分がいるんですよ。しかも、その店のイカの天プラが、また笑いが止まらなくなるくらい美味しくて、それがまたうどんとツユに痺れるほど合うんです」

「じゃあ今度、私も高松の方に用事があったら、ついでにその『Hや』って店に寄ってみるわ」

「そうやな、これだけうどんを食べとる兄ちゃんたちを唸らせるって、そら大したもんやな」

オレの説明を聞いて、そんな言葉を返してくるおばちゃんたち。

「で、あと1軒5点を付けた店は……」

「スリムさん」

オレの言葉を途中で止め、近くにいるドレミの方を指さす合田。

「ぐすんっ……ううう……うううううっ」

ナント、ベソをかいているドレミ。

「えっ……な、何でドレミちゃん泣いてるの!?」

「だ、だって、スリムさんはいつもウチに食べに来てくれるけど、ぐすんっ……お、美味しいなんて殆ど言わなかったから、うううううっ……てっきりあんまり美味しいとは思ってないんちゃうかって……うううううっ」

「あっ、この5点が付いてる綾川町にある店って、この店やん!!」

今更ながらそのことに気づく太ったおばちゃん。

「いや、ほら、3年前ぐらいまではココの麺はお父さんが打ってたでしょ。で、それから少しだけお母さんが打ってる時期があって、1年半ぐらい前にこの店に来て、トイレに行ったら裏でドレミちゃんがうどん玉をまな板にバタンバタン叩きつけてるのを見て、あっ、とうとう彼女が主軸で麺を打つようになったんだってわかってさ。で、それから冗談抜きで、この店の麺がさらに旨くなってきてね。いや、その讃岐うどんのランキング表は、オレらが食べた時に正直に感じた旨さだけを記録したものなんで、この店のうどんは正真正銘1年前から5点っス。

……そうだよな、合田くん？」

「間違いないです」

「いゃあ〜、パートのワタシまで、涙出てきたわ！」

「アッ……アタシも」

ガランとした店内に静かに響きわたる女3人の泣き声。一瞬オレももらい泣きしそうになったが、そこはグッと堪えて、が、つくづく次のようなことを思った。

（昔、ドレミちゃんとカラオケに行って、彼女を実家に車で送る帰り道に体もそんなに大きく無いドレミちゃんが、10年ぐらい前までは大型バイクに乗ってたって聞いて驚いたことがあったんだけどさ。さらに話を聞いたら、それは当時付き合っていた彼氏の影響で乗り始めたらしいんだけど、その彼氏の家もうどん屋をやってて、大好きだったらしいけど、このまま付き合いを続けたら、女の姉妹しかいないドレミちゃんの家も当然うどん屋を継ぐのは自分になるので、悩みに悩んだ末に、その彼氏とは別れたっていうのを聞いて、ドレミちゃんのうどんに対する思いっていうのはハンパじゃねえなぁ〜って衝撃を受けたんだよな。つまり、彼女は昔から腹をくくってるから、自分の代になってスグにこんな、先代のお父さんの麺を上回るような旨い麺を打てるようになったんだよなぁ……。いやいや、ホントに凄いことだわ）

その後、話題は有華の漫画『亜麻色のベッド』を原作にした国営放送のテレビドラマのことに移った。

「いや、その有華ちゃんてアタシ、覚えとるわ。確か4〜5年前にココにうどん食べに来た時に、外にいた猫に淡々と話し掛けとったわ」

その当時を懐かしむような顔をして、そんなセリフを吐く太ったおばちゃん。

「ね、猫に!?」

少し呆れながらも、すぐに口元に笑みを浮かべるオレ。

「ホンマ、あの有華ちゃんは不思議な魅力を持ってる人だったなぁ〜。……でも、あのドラマ、もう2話目から私はボロボロ泣いてましたよ」

「あ、ホントですかぁ〜。ボクは6話目の、妊娠中の患者さんが結局は自分の意思で赤ちゃんを堕ろして、旦那が狂ったように泣いたシーンにググッときましたね」

ドレミと感想を言い合う合田。

「あ、合田さん。そう言えば、先週も桃畑さんがこの店にうどん食べに来てくれましたよ」

「ああ、それはウチに寄った帰りですね」

「えっ、合田くん。桃畑さんて、い、今も香川に来たりしてんの!?」

いきなり桃畑の名前が出てきたので、驚いて合田にそう尋ねるオレ。

「そうなんですよ。ボクが病院を退院してからも2〜3カ月に1回ぐらいのペースで和歌山から、例の黒のマジェスタに乗って来てくれて。ま、大抵がボクと一緒に2〜3軒うどん屋に行って、また高速に乗って和歌山に帰っていくんですけどね」

「え、日帰りで来るの!?」

「そうなんですよ。和歌山って香川までは近いと思ってたんですけど、マジェスタを飛ばしても片道5時間はかかるみたいなんですよね」

「うわっ、ご……5時間もかかるのっ？　じゃあ、行って帰るだけでも10時間じゃん」

「そうなんですよ……。桃畑さん、未だにボクに気を遣ってくれて。会う度にホント、あんな想いをさせちゃってゴメンねって謝ってきて。それでこの〇製麺所のうどんもすっかり好きになっちゃって、この前なんか肉うどんの3玉をペロッと食べてましたわ」

「しかも、その後で店の棚に入ってたオニギリも2

個食べてましたよ」

そう言って笑うドレミ。

オレは、またまた体の奥深くで痺れを感じていた。ただでさえ大変な統合失調症の患者を会社が自分の代になったら雇おうと決め、ただ雇うだけでなく、合田が言ってることの真偽を確かめるために合田の主治医やハローワークの相談員とも会った上で、合田が親にもちゃんと毎月お金が送れるよう、彼の時給を1500円にも上げて設定したのだ。にもかかわらず、合田が極度の精神的疲労のために統失の発作を爆発させてしまい、その計画が吹っ飛んでしまった。普通なら、それでおしまいの話である。いや、おしまいどころか、桃畑さん、よくやってくれましたってなる話なのだ。

それなのに、それから2年以上が経つというのに、依然として身内でもない合田を心配してくれ、こうして仕事も多忙だというのに暇が出来ると愛車マジェスタを飛ばして合田の様子を見に来てくれている桃畑。オレは彼にどんな感謝の言葉を述べればいいのかわからなかった。が、今のオレにはハッキリ言えることが1つだけあるので、それを近くにいるパートのおばちゃんたちに言ってみることにした。

「あの……で、オレと合田くんは、いつ肉うどんが食べられるんでしょうか?」

「ああっ、いかん！　忘れとったわ」

「ごめんなさい。アハハハ、今、すぐ作るけん。アハハハハ！」

パートのおばちゃんたちと笑いながら厨房の中へ入っていくドレミ。

（ああ、いい雰囲気だなぁ……。やっぱり香川って最高だわ）

合田6年11月。有華が突然連載を休み始めた。

『亜麻色のベッド』の単行本の売れ行きは、累計200万部。そして、大手出版社で発行している雑誌に3つも連載を持っていて、その中の終末期病棟で働く看護師の話を描いている『さよなら病棟』は『亜麻色のベッド』の人気に迫る勢いだったが、それも休載。どの雑誌にも、その理由は「著者の都合によりお休みとさせて頂きます」としか書いてなかった。

心配だったオレは、彼女のツイッターやLINEを見たが、やはり最近の更新は一切無し。ケータイに電話をしても不在のメッセージが流れるだけで、有華と一緒に住んでいる男の漫画家に連絡を取って事情を聞こうと思ったが、まずその電話番号がわからなかった。

(既に、もう2週間も休んでるじゃんか……。一体お前に何が起きてるんだよっ!?)

翌日、白鞘から電話が入った。

彼の話によると、彼女のマユが急にチョームのことが心配になり、奴のケータイに電話した。が、オレや白鞘が掛けた時と同じように、流れてくるのは不在を知らせるメッセージばかり。ところが、それから30分後。マユのところにチョームからの折り返しの電話が掛かってきたというのである。

「で、奴は何って言ってたんですかっ?」

『それが今、癌になって入院してるって言うんだって』

「ええっ……ま、また癌ですか!?」

オレの頭の中に、チョームが以前患った膀胱癌の時の模様が瞬時に流れていた。

『そうなんだよ。俺も驚いちゃってさ……』

「ど、どこの癌なんですかっ?」

『それが皮膚癌らしいんだよね』

「皮膚癌!? えっ……つまり、それはドコにできた……」

『いや、マユの奴もそれを訊いたらしいんだけど、それは言わなかったらしいんだよ』

「何なんだっ、アイツ!?」

思わず大声になってしまうオレ。

『しかも、どこの病院に入院してるのかも言わないし、挙句の果てには〝このことは白鞘さんには内緒にして欲しい〟って言ってきたらしくてさ。マユもそういうところはハッキリしてる女だから〝それは無理！〟って返したみたいでね。そしたら電話が切れちゃったらしいんだよ』

（いかにもチョームらしいリアクションだな……。オレや白鞘さんのように、自分の弱い面やダメな面を知られた人物は避け、まだ2〜3度しか面識のない白鞘さんの彼女の電話には折り返すっていう行動……。きっと奴は自分が再び癌になったってことを誰かに伝えたくて、そんな時に白鞘さんの彼女から電話があったんだな）

その後、とりあえずオレは、チョームの家がある隣町やオレの家がある立川市の病院を次々と当たった。もちろん、数年前からは肉親でもない者に病院は入院患者の情報を無闇には教えてくれなくなっていたが、それでも「その入院患者は身内も殆どおらず、自分は小学校の時からの友人で、とにかく会いたいので入院してるかどうかだけでも教えて下さい」と丁寧に頼むと全部の病院が入院記録を調べてくれたが、そこにチョームの名前が書いてある病院は1軒も無かった。

そして、その2日後。吉祥寺で仕事の打ち合わせをした後、オレは以前、自分のサイン会の時に店内を会場として貸してくれた埼玉県富士見市にある串カツ屋、そこでウーロン茶を飲みながら串カツをつまんでいた。と、いきなり鳴るオレのケータイ。出てみるとナント、相手は有華だった……。

『スリムさん、今、どこにいます？』

「オレ？　……ほら、前にサイン会をやった埼玉県の」

『あっ、あの串カツ屋さんですね。今からソコに行ってもいいですか？』

「えっ……も、もちろんいいけど」

数十分後。その串カツ屋に現れる有華。その日の彼女は、上から下までサファイアブルーの色をした服で統一されていて、オレの隣に座ると、そのカウンターにいる全員がまるで珍しい鳥でも見るかのような視線を有華に向けていた。

「てか、有華。今までお前、どこで何してたんだよっ？　連載も全部休んでたから、心配して電話したんだけど全然出ないしさ」

「字が全く書けなくなっちゃったんです。あと、自分の本名やペンネームもわからなくなって」

「……はぁ？」

「そうかと思うと、急にテレビドラマ『科捜研の女』の沢口靖子の会話がズーっと耳の後ろから聞こえてきたりして」

「お、お前、大丈夫なのか……」

有華の右隣に並んで座っている30代のカップルも、有華が発する言葉をポカ～ンっとした顔で聞いていた。

「私、この3年ぐらいズーっと仕事に追われ続けて、つい3日前ぐらいのことかなぁ……自殺しようと思って、今住んでるところから30分くらい歩いた、適当な11階建のマンションの最上階に上がって、そこから飛び下りようとしたんですよ」

「お、おい……」

「そしたら、その外廊下の背後にあった、ある一室の玄関の扉の横にある小さい窓がたまたま開いてて、そこから小学生ぐらいの男の兄弟がふざけ合ってる声が聞こえてきたんです。で、その声が私の体に染み込むように入ってきて……そしたら何か急に死ぬのがめんどくさくなってきちゃって、ま、それで1階まで下りたんですよ」

「だ、大丈夫かっ、お前？　それって完全にノイローゼじゃ……」

「あ、いや、もう全然大丈夫です。仕事も昨日から始めましたから」

そう言ってから、大ジョッキのビールを一気に半分ぐらい飲む有華。

「お、お前、今度仕事しててヤバそうになったら、遠慮せずにオレに電話しろよ。そしたら海でも山でも……」

「どはははははははははっ!! 大丈夫です、そんな時間があったらタクシーを飛ばして10分のところにあるビアンバーにでも行きますから」

「ビアンバー? ……なんだよ、それ」

「レズビアンバーのことです」

そう言って微笑む有華。

「ああ。……な、なるほど」

オレは、そう取ってつけたように返しながらも、有華の心に念のようなモノを送っていた。

(頑張れ、カネノアリカ。殆どの奴が手にすること の出来ない贅沢な生活を約束してくれる金、それが今、お前の目の前でザクザクいってんだからよ。それにしても、いきなり飛び降り自殺をしようとしたりって、オレは未だにお前のことがわからねえよ……)

合田6年12月15日。その日の昼、オレは仕事部屋の蛍光灯が切れてしまったので、近所にあるホームセンターを訪れた。

2階に上がり、電球売り場に向かっている途中で思わず足が止まってしまった。その店内にチョームがいたのである……。

チョームは右足の先に包帯をグルグル巻きにしながら、右脇の下で松葉杖を支え、左手ではショッピングカートのバーを握っていた。

「おい、チョーム!」

オレが至近距離からそう声を掛けると、奴は体をビクン!とさせながら目を丸くした。

「お前、入院してたんだって? どこの病院に入ってたんだよ。オレは探したんだぜっ」

「あ、ああ……悪かったな、コーちゃん」

そんな返事をしながら顔を真っ赤にしているチョ

ーム。

「で、どこの病院に入院してたんだよ?」

「うん……た、立川の災害医療センターだよ」

「うわっ、あそこだったのか!」

思わず大声を上げるオレ。その病院はオレが脳出血を起こした時に入院した病院だった。もちろん、チョームの入院先を探していた時もその病院はリストに入っていたが、オレはその前に立川市の大きな病院を3つも回っていたため、立川市にある病院に入院していることは多分もう無いだろうと思って、そこだけは確認しなかったのである。

「で、どこに皮膚癌ができたんだよ?」

そんなことを訊きながらも、オレはその包帯でグルグル巻きになったチョームの右足を見ていた。

「右足の親指と人さし指の間の皮膚に癌ができちゃってさ。で、それは手術で除去出来たんだけど、そこに肉を入れなきゃ歩けなくなるっていうんで、尻の肉から少し取るっていうんだよ。で、除去した部分は、手の親指の第一関接より上ぐらいの大きさだったからさ。ちょこっとだけ切るかと思ったら、野球の硬式ボールぐらいの大きさの肉をゴッソリ切り取られちゃってさぁ」

「うわっ……」

話を聞いているだけで、思わず顔をしかめてしまうオレ。

「でも、使うのはその中心部分だけで、あとは捨てちゃったっていうんだから……。おかげさまで右足の先の包帯は今週には取れるらしいんだけど、それ以後も尻が痛かったら、まだ松葉杖は外さない方がいいって言われたんだよ」

最初はオレに会ったことに驚き、顔を赤くしていたチョームも、オレに自分の病状を説明しているうちに、しゃべりはいつもの調子に戻っていた。

「てか、その皮膚癌って転移とかの心配は無いのかよ?」

「うん、病院の先生の話じゃ、その可能性は殆ど無いだろうって」

「そっか……。とにかくチョーム、白鞘さんとかセージとか、あ、ウチの嫁もチョームのことを心配してたから、2週間後の12月30日にウチで恒例の忘年会をやるから、それには顔を出せよ。……な！」

「う、うん……」

「いや、チョーム。伊達や酔狂で言ってるわけじゃなくて、ホントにみんな心配してるんだからな。ホントに来いよ。何だったら迎えに行ってやってもいいんだからさ」

「いや……ひ、1人で行けるよ」

その時、一瞬だがチョームの瞳が弱く震えた。

「じゃあ、こんな所で会ったのも何かの縁だし、必ず来いよ。白鞘さんも、お前としゃべりたがってたからな」

「ああ、わかったよ」

そして、その12月30日。チョームは少し遅れて、参加者が40人近くまで膨れ上がったオレの家での忘年会にやってきたのだが、その格好がまた変だった。パーカーのフードを深く被り、松葉杖はもうついていなかったが、小脇にはｉＰａｄを抱えていて、ウチのテーブルに着くなり、そのｉＰａｄで何かを調べ始めたのである。チョームと過去にやり取りのあった忘年会の参加者は、当初そのチョームの態度を呆気に取られながら見ていた。オレの弟のセージもハッチャキもシンヤも、白鞘でさえチョームとは1年近く会っていないのだ。まず初めに「ああ、久しぶりぃ！」とか言い合うのが普通である。それなのに、現れたはいいが、皆を無視するかのようにパーカーを深く被って顔を隠し、そして、あろうことかｉＰａｄをわざわざ持ち込んで1人の世界に入ろうとしているのである。

が、チョームが抱える発達障害的な面を有華から少し教えられたオレには、その時にチョームがなぜそんな態度を取っていたのかが、わかり過ぎるほどわかっていた。チョームは皆のことを恐れていたのである。が、今回ここに来ないとオレとは勿論のこと、白鞘やセージ、ハッチャキ、シンヤに至るまで付き合いが完全に切れてしまうかもしれない。で、さすがにそれも嫌だったので、奴としては鉄壁の防具を携えて現れたのだ。万一、誰にも声を掛けられなくてもパーカーで顔を隠しｉＰａｄをやることによって、無視されても、いやいや、コッチだって調べ物とか、やることは沢山ありますよというポーズを作ろうとしたのである。そう、この場でも奴は負けたくなかったのだ。

が、もちろんオレの友達は、そんな陰険なイジメをしようなんて奴は1人もおらず、次々とチョームに声を掛け、奴もすっかり警戒心が解けたのか、自分の足に出来た皮膚癌の話を詳しく語り始めた。そして、さらに会は進み、夜の7時頃からチョームの話に捕まっていた、初めてこの忘年会に参加した編集者が夜中の1時になった頃、急にチョームと並んでソファーに座りながらも左右に揺れ始めたのである。で、オレがさらにそのシーンを少し離れた所から黙って見ていたところ、その編集者は突然バタン！と真横に倒れ、そのままいびきをかき始めたのだ。そう、何の知識も無くチョームのおしゃべり攻撃をまともに6時間も食らい、その結果、気絶してしまったのである。

で、年が明けた1月1日。チョームのツイッターに、久々に長渕剛調のこんなツイートが書かれていた。

『皆さん明けましておめでとうございやす。お正月にお参りで今年の祈願をお願いするけど、どんな年でも良い事があり悪い事もあるものです。悪い事が起きても腐らず人の為に無償でがんばった人は幸せにならなくちゃいけねぇと思います。そんな人を心より応援します。押忍！』

昨日、オレたちに久々に会ったチョーム。それはヤツの復帰宣言だった。自分の近くには誰もいなくなったと思っていたが、昨日今まで付き合いのあったヤツらとも言葉を交わし、再び自分はまたツイッターに出てきてもいいんだと確信したのだ。

オレは先日、近所のホームセンターでチョームに会った時に、奴が一瞬だけ見せた〝弱く震えた瞳〟を思い出していた。

（いいんだよ、チョーム……。出て来いよ、その穴から）

27 一本背負い

合田7年1月2日。セージは、年始に3日前に会ったばかりのチョームの家に行き、奴に新年の挨拶をしてから職場がある名古屋に帰った。その時にセージ夫婦はチョームの家には上がらなかったらしいが、玄関の扉越しの立ち話に4時間も捕まり、名古屋のアパートに着いた頃には夜中になっていたという。

合田7年4月。その日、オレは香川県観音寺市の駅前にあるセントラルホテルの一室で寝ていた。今回香川に来たオレは、いつもの高松市のウルトラホテルは取らずに、合田とスグ会えるように観音寺市にあるセントラルホテルを予約し、そこのロビーで合田と待ち合わせをしたのだ。が、実は昨夜のオレは異常に寝付きが悪く、結局2時間ぐらいの睡眠で車で香川に向かうハメになり、その上、待ち合わせの時刻より2時間も早い午後1時にはセントラルホテルに着いてしまった。で、どうにも眠く、チェックインが出来る時刻は午後3時だったが、オレはフロントにいる従業員に2時間早く部屋に入れさせてもらえないか頼んだのだ。すると、部屋の掃除はとっくに済んでいるし、別に構いませんよということで部屋に入れてもらったオレは、枕元にある目覚まし時計をセットして、そのままそのベッドで気を失ったのである。

（おっ……3時10分前だ！）

枕元の目覚まし時計から鳴る電子音。それで目を覚ましたオレは、顔を洗ってからホテルの1階にあるロビーに降りた。が、そこに合田の姿は、まだ見当たらなかった。

20分後。合田のケータイに電話をするオレ。が、3度掛けても出ない……。以前、高屋神社で合田と待ち合わせをした時の記憶が蘇ってきた。

（おい、何か無性に嫌な予感がするんだけど……）

オレはその後、じっとしておられず車で合田の家に向かった。が、家にいた合田の母が言うには、合田はもう4時間以上も前に自分の車に乗って家を出たということだった。その後、どうしようか迷ったが、とりあえず合田の母には自分は観音寺駅前のホテルに戻るから、電話があったらそう伝えてくれと言っておいた。

（ん……？）

セントラルホテルの真ん前にある広い駐車場、そこに車を停めてホテルの入口に向かって歩き始めた数秒後、オレの視界の隅に流線型のモノがコチラにモノ凄い勢いで近づいてくるのが見えた。

（えっ……な、何だよっ!?）

ワンワン！　ワンワンワンワンワンワン！

その正体は中型犬だった。オレは反射的に身構えた。ところが……、

（おいっ、この柴犬って、カッ……カールじゃねえかよっ!!）

そのカールと思われる犬は、オレに何度か吠えかかった後、今度は一転して鼻をクンクンさせながら駐車場で何かを探し始めたのである。そして、スグに1台の軽自動車の真横で立ち止まると、その車に向かって再びけたたましく吠え始めた。

（ん、この後ろのバンパーに小さな傷がある黒い車って、たっ、確か合田の……）

そう思いながらオレもその軽自動車に近づいていくと、車の運転席のシートを倒して合田らしき男が寝ているのが見えた。

「おい、合田くん！　オレだよっ、合田くん！」

そう言いながら運転席側の窓を激しくノックすると、ようやく合田は気づいて顔を上げたのだが、

「どっ……ど、どうしたんだよっ、おい!?」

合田の左目の周囲がお岩さんにでもなったかのように腫れ上がっており、また、右の耳には大量の血が垂れた跡が生々しく残っていた。

「ハンパじゃないケガをしてんじゃねえかよっ！

な、何があったんだよ!?」

その後、けたたましく吠え続けていたカールを何とかなだめ、まだ半分ボーっとしている合田から聞き出した話によると、次のようなことがあったらしい。

合田はいつもの習慣で、オレと待ち合わせをしたセントラルホテルのロビーに早目に行っていようと思い、午前11時過ぎにはココの駐車場に着いていた。そして、ホテルに入ろうとした途中でチンピラ風情の男に突然声を掛けられた。その男は「ワシは覚えとるぞ。きさん、前にゴローとかいうワシらに向かってチャカを弾いたガキと一緒にいた小僧やろ!?」と凄み、合田が無視してホテルの中に入ろうとすると、思いっきり合田を殴り、彼のことを自分の車で自宅と思われるマンションまで連れ込んだという。そして、そこでもゴローの居場所をしつこく尋ねてきて、その度に「俺は知らないきん!」と返していると、いきなり押し倒され、カッターナイフで右耳の付け根の上部を切られたという。で、気がつくと合田も近くにあった花瓶のようなモノで思いきり相手の頭を叩いて、そのマンションを脱出。そして、自宅に帰るところを見られたら自分の両親にも迷惑がかかると思ったので、とりあえず車を停めているココまで何とか歩き、そして、自分の車に乗ってシートを倒した瞬間、そのまま気を失ったという。

そう、オレと合田は、6年前の合田元年に自分たちが巻き込まれた、あの拳銃事件をすっかり忘れていた。オレは昔から物事の見切りが甘かった。だから合田が桃畑農園に就職が決まりそうになった時も、変に感傷的になって泣きながら大阪から東京に帰ったが、もう少し頭の回る男だったら、その4~5日後くらいまでは合田と一緒にいて、彼がよりスムーズに物事を進めるサポートをしてやらねばいけなかったのだ。そして今回、オレは前にゴローにカランできたチンピラと合田が同じ観音寺市に住んでいたら、いつかはこうなる可能性もあるということを疑いもせず、呑気にうどんばかりを食べていたのだ。

　ドンドコドコドコッ、

　ドンドコドコドコッ……。

ふと、頭の奥でそんな太鼓の音が小さく響き始めた。

オレのもう1つのふるさと香川県、そして、オレの大好きな合田、それらを傷つけようとする奴は許せねえ。

　ドンドコドコドコッ、

　ドンドコドコドコッ……。

自分の中のギアがバキン！と上がったのがわかった。オレは、合田を襲った男はココから程近い室本《むろもと》というところの海岸近くにある「コーポ高田」という古いマンション、その1階の向かって一番左の部屋に住んでいるということを合田から聞き出した。

そして、合田にはカールを車に乗せたまま近所の病院に行き、そこで右耳の治療をしてもらえと言った後、自分の車に乗って、その室本方面へと向かった。

　ドンドコドコドコッ、

　ドンドコドコドコッ！

「コーポ高田」は、その室本という地域にあるガソリンスタンド、そこの兄ちゃんに訊くと意外なほど簡単にわかった。海岸沿いの道を三豊市方面に向かって走ると、右手に漁業会社の網やボートの小型エンジンが収納されている青い屋根の倉庫があり、その隣に建っているボロボロのマンションがソレだということだった。

　ドンドコドコドコッ、

　ドンドコドコドコッ！

（この建物だな……）

目的のボロマンションを見つけると、その前に車を停め、1階の一番左側にある部屋の前に立つオレ。入口の表札には「橋爪」という名前が書いてあった。ドアのノブを回して手前に引いてみると、何の抵抗もなくドアは開き、味噌汁が腐ったような匂いがツンと鼻を付いてきた。

ドンドコッ!! ドンドコッ!!

ドンドコッ!! ドンドコッ!! ドンドコッ!!

「テメーかっ、オレのダチに上等なことをしてくれた糞野郎はあああっ!?」

靴も脱がずに室内に上がり、台所の奥にある和室に寝転んでいた男を怒鳴り飛ばしていた。

「なっ……何じゃい、ワリャあ？」

慌てて上半身を起こし、そんな裏返った声を上げるいかにもチンピラ風情の男。

ドンドコッ!! ドンドコッ!!

ドンドコッ!! ドンドコッ!! ドンドコッ!!

「じゃかあしいわあああああっ!!」

そう叫びながら相手の顔面を蹴っていた。

「き、きさん……」

続いて仰向けに倒れた相手の上半身に跨《また》がり、上からメチャメチャにパンチを繰り出していた。

ドンドコッ!! ドンドコッ!!

ドンドコッ!! ドンドコッ!! ドンドコッ!!

「きさん、ぜってーブッ殺……」

男がそう言い終わる間もなく、依然として相手の顔面に降るオレの拳。

ドンドコッ!! ドンドコッ!!

ドンドコッ!! ドンドコッ!! ドンドコッ!!

ふと、真横のテーブルの上にカッターナイフが置いてあるのが見えた。

「テメーはコレでオレのダチの耳を切ったんだなああああっ!?」

気がつくと、そう叫びながらカッターを握っていた。

ドンドコッ!! ドンドコッ!!

ドンドコッ!! ドンドコッ!! ドンドコッ!!

「きさん、やっ……やめろっ！」

「オレは以前、脳味噌の血管をド派手に切って一度は死んでるからよおおおっ!! 今、この瞬間も生きてること自体が〝おまけ〟なんじゃいいいいっ!!」

「やっ………やめてきゅれれれっ」

ドンドコッ!!　ドンドコッ!!

ドンドコッ!!　ドンドコッ!!　ドンドコッ!!

「これで顔のド真ん中を刳《えぐ》ってやろうくぅわあああっ!?」

そう叫びながら、相手の鼻の上あたりに、カッターナイフの先を近づけていた。

「ぎょ……ぎょめんなちいいいっ！」

ドンドコッ!!　ドンドコッ!!

「ぎょめんじゃねえよっ、バカ野郎をををを!!」

ドンドコッ!!　ドンドコッ!!　ドンドコッ!!

「き、消えまちゅ……この町から消えまちゅからあああっ！」

「そんな与太をオレが信じると思うくぅわあああああっ!!」

「ホ、ホントれすっ……信じて下ちゃいいいいっ!!」

ドンドコッ!!　ドンドコッ!!

ドンドコッ!!　ドンドコッ!!　ドンドコッ!!

合田7年8月10日。セージが名古屋からお盆帰りしたこの日、奴は真っ先にチョームの家に顔を出したとのこと。

家のチャイムを何度か押すと、ようやく出てくるチョーム。彼は、また少し痩せたようで、右目も何だか霞《かすみ》がかかったようにさらにショボショボしていたらしい。また、その時に穿いていた下着のパンツは後ろの方がダランと伸びていて、何日も洗っていないような黄ばみも浮いていたという。セージと嫁のミカは、わざとそこには気づかないふりをした上でチョームに訊いたという。

「チョームくん、今、仕事はしてんの？」

「……いや、今は何もしてない」

「え、じゃあ、生活費なんかは……」

「貯金がまだ少しだけあるからさ。それを切り崩しながら何とかやってるよ」

オレは、セージからその話を聞いて、チョームはもうセージに見栄を張るのは一切止めたのだと思った。オレは、それでもチョームの家には行かなかった。いや、少し前から疑い始めた自分自身に対する薄ら寒い予感、それがチョームと一対一で話すことにより決定的になってしまう気がして行けなかったのだ。


合田7年10月。その日、いつものように出版社での打ち合わせの帰り、中野にあるファミレスで有華と待ち合わせをした。

「私、最近頭の中が特にうるさくて、この前、久々に病院へ行って薬をもらってきたんですよ」

「えっ……薬とかって普段は全然飲んでなかったんだ?」

前に有華から彼女自身の発達障害の話を聞き、その強烈な一連の症状に驚かされたので、彼女が合田のように頻繁に薬を飲んでいなかったことは正直意外だった。

「東京に出てくる前は時々飲んでたんですけどね。で、先日久々に処方された薬を飲んだら、頭の中が凄く静かになったんです」

「え、静かに?」

「ええ。で、この世の中の人たちっていうのは、こんな静かな環境で生活してるのかぁ〜って、凄く羨《うらや》ましくなって」

「じゃあ、これからも定期的にその薬を……」

「ところがダメなんですよ」

オレの言葉を途中で遮《さえぎ》る有華。

「その静かな頭だと、漫画のネームが全く思いつかなくなっちゃって」

「えっ……」

「結局は、その薬を飲むのを止めましたよ」

そう言って諦めたような表情を作りながら笑う有華。

「まったく、お前の疾患も大変だなぁ……。あ、そう言えばこの前、セージがお盆帰りした時に話したんだけどさ。ほら、オレの妹の麻美の一人娘って、結構重い自閉症だってことはお前にも話したことがあるだろ？」

「ええ。随分前に聞きました。スリムさんは、その麻美さんが最初は自分の娘がどうしても自閉症だってことを認めたくなくて、小学校に入る時に地元の市立の小学校の先生たちに、自分の娘をこの学校に入れてくれないかって頼み込んだって言ってましたよねぇ？」

「そうそう。で、結局は『じゃあ、お母さんが娘さんと一緒に6年間、ズーッとこの学校に通ってくれるなら入学を認めます』ってことになって、オレの妹の麻美は6年間娘と同じクラスで過ごしたんだよ」

「立派な妹さんですよね」

「まぁな……。あの意志の強さは、まさにウチのオフクロ譲りなんだよな」

「いや、でも、普通のお母さんなら、そういう娘さんを普通の市立の小学校に入れたら3～4日、もしくは長くても2週間以内には、やっぱり特別学級のある学校に転校させて下さいって言いますけどね」

「お前、何言ってんだよ!! オレの妹は意志が強いから、そうやって6年間も娘と一緒に通ったんじゃねえかっ！」

気がつくとムキになっている自分がいた。が、有華は顔色一つ変えずに話を続けた。

「いや、その意志の強さは認めますよ。でも、麻美さんはクラスの中で言葉が唯一しゃべれない娘さんが、その状況のまま6年間も過ごすことについては、どう思っていたんでしょうか？」

「そ、それは……」

「あと、そのクラスの他の生徒たちだって、自分の母親と同じ年ぐらいのオバちゃんがいつも同じクラスにいるって日常は嫌じゃなかったんですかね？」

「……………」

「普通の人は、仮にそうやって自分の欲求を押し通したら、それと同時に肝心の娘はどうなのか。また、その周囲はどうなのかって考えるんですよ。だって、この世の中、自分と自分の娘だけが生きてるわけじゃないんですからね」

ズッダアア〜〜ン!!

突然、そんな衝撃に貫かれた。それは、オレが自分の半分ぐらいしか体重の無い有華に一本背負いを食らった音だった。

オレは思い出していた。オフクロが生きていた頃、よくそのオフクロと妹の麻美は口喧嘩をしていた。当時は、女同士だったし、2人の性格が似ているから逆にぶつかり合うこともあるんじゃないかと思っていたが、今冷静に考えてみると、アレは自分の周りを冷静に見ることが出来る者と出来ない者との喧嘩のような気もしてきた。

ウチの近所の、職員の数だけでも200名を超える老人ホーム、そこにいる4人の園長の1人として働きに出ていたオレのオフクロは、家の中で麻実と言い合っている時、頻繁に「もっと周りのことも見なきゃダメだよ!」という言葉を吐いていたことを思い出した。オフクロは、そんな麻美の物凄く真面目なんだけど一点しか見られない性格、そして、彼女の娘のことを心底心配しながら67という若さで他界してしまったのだ……。

その後、家に帰ってもオレは仕事部屋に籠《こも》り、いつもよくやるように机の上に足を乗せて椅子に座り、真っ暗な天井を見つめていた。

(オレは、脳出血をやって高次脳機能障害を患ったから自身にポンコツなところが出てきたと思ってたけど、根はもっと深いところにあったんだ。よく考えてみたら、バアさん、親父のケンちゃん、弟のセージと、ウチのバカの血は一子相伝だと思ってたんだけど、最もまともだと思ってた妹の麻美でさえ……そう考えると、やっぱしオレ自身も発達障害のグレーゾーンに入っているって考えるのが普通だよな。

たまたま文章を書いて生活はしてるけど、難しい問題が目の前に来ると、途端に脳味噌の中に綿アメのようなモノが出てきちゃって、まともに考えられなくなる。しかも、漢字だっていつも同じ字を何千回と辞書で調べてるし、映画のＤＶＤを観てても少しだけ内容が複雑になると全く話が追えなくなるしさ。あと、特に目上の人と話してると「はい、はい」って肯いてるけど、実は何を話されてんだか殆どわかってないことも多いし。ケンちゃんやセージみたいに衝動的に物事を決めて失敗するケースも多いし、何たって有華は12年、チョームに至っては46年間も友達として付き合ってきたのに、少し前まで2人ともあんなに強烈な発達障害を持っていることにも気づかなかったんだもんなぁ……。

そう、オレはたまたま物事を記録するっていう、言わば書記係の才能だけはあったんだよ。そして、たまたま自分の周囲に普通じゃない人間が多くいて、そいつらのことを記録したものを発表したから、少しはそれを面白いと思ってくれる読者も出てきて、現在の職業が何とか成立していたんだ。そう考えるとすべてに納得がいく。大体、学生時代に全く文章なんて書いてなかったオレが、本来は物書きなんていう職業を何年も続けられるわけがないんだよ）

続いて、合田の担当医だった福袋、彼に別れ際に言われた言葉が前頭葉に流れた。

『合田くんと佐藤さんが仲良くなったのは、何か必然的なような気もしますね』

（そう、つまり、福袋先生は合田のことを友達として心配して、自分のところにわざわざ話を聞きに来たオレのことも精神的な疾患があるんじゃないかと思ったんだ。これは何かの本で読んだことがあるんだけど、そういう疾患や病気がある者同士は何故かお互いを引き寄せ合うことが多いらしいんだ。チョーム、有華、合田……奴らとオレが親しくなったのには、ちゃんとした理由があったんだ。……やっぱり、そうだったんだ）

合田7年12月27日。チョームに今年も12月30日に忘年会をやるから、またオレの家においでよというDMを入れる。

が、チョームからの返信は無く、奴は忘年会には来なかった。その代わりに、忘年会が終わる時刻にチョームから次のようなDMが返ってきていた。

『DMを見たよ。実は2日前に風邪を引いて今は全く食欲が無くて寝込んでますわ。すまん』

そして、年が明けた合田8年1月2日。その日、再びセージ夫婦が名古屋に帰る前にチョームの家に寄ったという。

チョームは、さらに病人然としており、が、またしてもセージ夫婦は玄関の扉のところで奴のおしゃべりに2時間捕まったという。で、その際にセージが「そんなに全身ガタガタなら、生活保護を受ければいいじゃん」と言うと、チョームが「いゃあ〜、生活保護の受給っていうのは、そんなに甘くはないんだよ」と答えて疲れたように笑った後「ま、いざとなったら家と土地を叩き売っちゃうよ」と言ったらしい。

オレは、翌日にそのことをセージから電話で聞いたが、やはりどうしてもチョームに会いに行く気にはなれなかった。

少し前に読んだ本に書いてあったのだが、発達障害を患っている者は〝認知の歪《ゆが》み〟という要素があるらしい。その意味は、誇張的で非合理的な思考パターンを指す言葉で、人を敵か味方か、つまり自分にとって0か100かという思考や、拡大解釈、マイナス思考、安易なレッテル貼りなど、自分に現実を不正確に認識させ、否定的な考えや感情を強化してしまい、その結果、いきなり衝動的とも言える行動に出てしまうことが多いという。

オレとチョームは、もちろん違うところも沢山あるが、物事を大上段から否定的に判断し、それに対して衝動的なことをやってしまうというところは同じような感じがするのだ。約8カ月前に合田を傷つけた香川のチンピラのアパートに反射的に殴り込んだのも、オレが知らずに抱えているそういう障害が元になっているような気がした。

つまり、オレは何が言いたいのかというと、まぁ、あの香川のチンピラのことは置いとくとしても、オレもチョームと同じく自分のわからないところで人にハンパないストレスを与えているような気がしてきた。そして、そういう要素を持ちながら、物書きという商売をやっていることがハンパなく怖くなっていた。


それから5日後の晩。オレは、再び夢を見た。

その時、オレは山間部のような場所を歩いていた。そして、少し離れた所に数名の男女がしゃがみ込んでおり、さらに近づいていくと、どうやら奴らは自分の足元に空いた穴に向かって口々に何かを叫んでいた。


「とにかく、そこから出てきなさいよ」

「いつまでもそんなところにいると、熊か何かに襲われちゃうわよ」

「上等だっ、クソ女。テメエこそ、熊にマ○コから食われちまえっ!!」

「あんた、そんな強がってないでさ」

「いいからアッチに行きやがれっ、このダニのゲロどもが!!」

直径1メートルほどの穴、その中にいる人物を助けようとするも、なぜかメチャメチャに文句を浴びせられる男女たち。そして、オレもその穴の中を覗いてみたところ、

「……ああ、コーちゃん」

穴の中から突然そんな冷静な声が聞こえ、さらに目を凝らしてみるとナント、そこにはチョームがいたのである……。

「おい、チョーム。そんなところで何やってんだよっ。とにかく穴から出してやるから、オレの手につ

かまれよ」

　そう言って、穴の下にいるチョームに向かって腕を伸ばすオレ。

「うふふふ……コーちゃん……うふふふふふ」

「お前、なに呑気に笑ってんだよっ。早くオレの手につかまれよ！」

「うふふふ……やっぱり来てくれたのか。……うふふふふふ」

「とにかく早く手を伸ばせよっ、チョーム！　早く!!」

「コーちゃん……うふふふふふ」

　そう言いながら、なぜか徐々に薄くなっていくチョーム。

「おいっ、チョーム。ど、どうしたんだよっ、お前!?　……おい、チョームウウウウウ〜〜〜!!」

　そこで目が覚めた……。真冬だというのに、やっぱりオレは大汗をかいていた。

28罰

合田8年6月5日。その晩、オレは珍しく深夜2時を過ぎても全然寝つけなかった。

（ツイッターでも見るかぁ……）

この頃にはオレのツイッターのフォロワー数も1万人を超えていて、ケータイでそのページをチェックする度にオレのツイートに意見を書いてくる者やDMを送ってくる者もいた。

（お、またDMが1本入ってるな）

そのページを開いてみると、DMの主は前にオレが自分のネット連載にチョームに対する文句をブチまけた際、チョームを擁護するようなことをツイートしてきた「海草オジジ」だった。

『スリムさん。チョームさんの直電話に電話。親戚の方と話しました。これならわかると思いますが、宜しくお願いします。真実を』

（はぁ……？　何だ、コイツ。深酒して書いたのか、相変わらず何が言いたいのか殆どわからんわ）

ケータイを閉じたオレは、再び枕に顔を沈めて寝ようと思った。が、今度は微かな胸騒ぎのようなものを感じるようになり、再びケータイを手にすると、特に仲のいい友達同士で作ったグループＬＩＮＥに先程の海草オジジからの文章をアップして、その後に『これって何が言いたいんだろ？』という文章を加えて送った。すると15分も経たないうちに友達の1人から『スリムさん。夜更かしが過ぎます！　お肌に悪いですよ。この手の人は相手にしない方がいいですよ』という返信があり、オレもその言葉で安心したのか、間もなくして寝落ちしていた。

（ん……6時半か。……3時間ちょっと寝れたんだ）

ショボショボと目を覚ましたオレは、その後、トイレに立ち、再び仕事部屋にあるベッドに横になりながらケータイを開いてみた。ハッチャキから数時間前の海草オジジのＤＭに対するＬＩＮＥが来ていた。

『多分これはダイイングメッセージですね。ヒントは縦読みです』

ハッチャキは時々こういう下らないことを返信してくる。少しムッとして、オレは『笑えません』と返信して、そのままケータイを閉じた。

約1時間後。再びケータイを見るとハッチャキからのLINEが届いていた。

『先程は申し訳ない。ちゃんと読んでなくて内容を把握してませんでした。念の為、午前中にチョームに連絡してみます』

オレは、すぐに返信した。

『おお、頼むよ。チョームはオレからの電話だと出ない確率が高いからさ』

そして5分後。グループLINEに再びハッチャキからのメッセージが入った。

『ちょっと早過ぎたのか電話に出ません。折り返し無かったら、また後で掛けます』

オレは、再びソレにすぐに返信した。

『チョームのケータイが留守電にならなかったら、「元気ィ？」っていうDMをツイッターに送っとけばいいんじゃないかな？　てか、悪いな、ハッチャキ。本来ならオレがやらなきゃいけないことなのに』

そんなメッセージを返してから、オレは思った。

（もしかしたら、チョームはハッチャキからの電話にも出なくなっちゃったのかな？　つーか、もしそうだとしたら、今日の午後にでもチョームの家にいよいよ行ってみるか……）

9時42分。オレのケータイが鳴った。電話の主はハッチャキだった。

「えっ、チョームから返信があったの⁉」

『いや、さっきもう1回俺の方からチョームのケータイに電話を掛けたんだよ。そしたら今度は出たんだけど、話が全然通じないんだよ』

「はぁ？　……ど、どういうこと」

『いや、それでおかしいなぁ～と思ってたら急に〝直樹の友達ですか？〟って言ってきてさ……』

「えっ……」

『電話に出たのはチョームのお兄さんだったんだよ。……で、〝あ、自分、前までそちらにお世話になってたハッチャキですけど、直樹くんは？〟って聞いたらさ。〝直樹は今年の1月8日に死にました〟って言ってきてさ』

「……えっ……ええっ!?」

『いや、俺も驚いちゃって□△××○□×△□×……』

そこからハッチャキの声が全く届かなくなっていた。いや、ハッチャキの声だけではなく、すべての物音が消えていた。

ち、ちょっと待てよ……。今年の1月8日に死にましたって、今は6月の5日じゃねえかよ……。

2日後の6月7日。その夕刻、オレはハッチャキとシンヤを連れてチョームの家を訪れていた。

チョームの兄は落ち着いた、しかも、オレたちに対して丁寧な態度を取っていた。彼の話では、今年の1月8日の朝、1階に下りていくとチョームが酷い寝相で寝ていたので、声を掛けたところ既に彼は冷たくなっていたという。その後、医者に言われた死因は心筋梗塞だったとのこと。そして、遺体は荼《だ》毘《び》に付した後、その遺骨を長野県の飯田市にあるお寺に納めたらしい。

「亡くなる前、なんか様子がおかしかったことって無かったんですか？」

チョームの遺影が飾ってある小さな仏壇、そこに手を合わせて香典を納めた後、チョームの兄にそんなことを尋ねるハッチャキ。

「うん……とにかく、アイツは週に3～4日は色々な病院に通院してたみたいでさ。でも、死んだ週には、その病院にも行けなかったみたいなんだよね」

そんな答えを小声で返してくるチョームの兄。再びオレは仏壇のチョームの遺影を見つめていた。が、遺影というか、改めて見るとソレはチョームの運転免許証の写真を無理矢理拡大コピーしただけのモノだった。

その後、オレはハッチャキとシンヤを連れて、自分の家の近所のファミレスに入った。

不思議だった。全く悲しくないのである。ただチョームがこの世から、しかも、5カ月も前に亡くなっていたという事実に対しての呆然とした感覚だけがオレを包んでいた。

「理由は1つじゃないと思うんだけどさ……」

テーブルに着き、3人ともアイスコーヒーを注文した後、静かな間を破るようにハッチャキが口を開いた。

「チョームは昔みたいにスリムを自分の方に振り向かせようとして、俺やシンヤくんやセージを自分の勤めてる会社に誘ったってのもあると思うんだよね」

「えっ……」

「いや、だって俺もシンヤくんもセージも、早い話が稼ぎのいい仕事を探してたわけじゃん。だから、その役に立とうとして……」

「ちょっと待てよっ」

ハッチャキの会話を止めるオレ。

「つーか、お前ら3人を自分が勤めてる会社に誘ったのは、それは自分がお前たちの指令塔になりたかったからだろ？」

「いや、もちろんそれもあるとは思うけどさ。それと同時に、オレたちを助けることによって、スリムに感謝されて、また昔みたいに気兼ね無くしょっちゅう会える関係に戻りたかったっていうのも絶対あったと思うんだよね」

「…………………」

「やっぱりチョームはスリムのことを一番意識してたよ」

「……あっ」

その時、オレは気づいたのだ。確か今年の1月8日って……ちょうどその頃、オレの夢にチョームが出てきたのだ。そして、何の偶然か、現実の世界でも、ちょうどそのあたりにチョームが他界してしまったのだ……。

ハッチャキ、シンヤと別れて自室に戻ったオレは、名古屋にいる弟のセージに電話でチョームの死を知らせた。

セージは、自分が会ったたった6日後にチョームが死んだことに驚き、そして、間もなくすると奴の声が滲み始めていた。

「……お前、な、何で泣いてんの？」

オレは思わず、そんなことを訊いていた。すると……、

『いや、アニキが可哀想でさ……』

オレも驚いた。可哀想も何もオレは正直、まだ何の感情も湧いていなかったのだ。5カ月も前にチョームが死んで、葬式もなく、死んだ顔だって一度も見ていないのだ。おまけにその遺骨は、ここから300キロ近く離れた長野県にある墓に納めたと言われても、悲しいという感情が何一つ込み上げてこないのだ。

っていうか、オレはチョームの死に最もストレートに悲しみを感じるのはセージだと思っていた。だってそうだろう。オレはチョームと2人で会ってもどういう対処をしていいかわからず、いや、もっとストレートに言えば、奴と会うのが怖いと感じていたのに、セージは年の初めとお盆にはチョームの家にまで足を運び、その玄関で奴のあの止まらない長っしゃべりに延々と付き合っていたのだ。それなのにチョームの死を知らせると、このオレが可哀想だと泣き始めるセージ。コイツは何て純な心を持った男なんだろう……。

さらに、その翌日。オレはチョームの死を報告す

るため、有華と中野のファミレスで会った。有華はオレの話を黙って聞いた後、少し遠くの方を見るような目をしながらゆっくりと言葉を吐き出した。

「相手を喜ばせようと思っていても、それに反するかのように歪んだ認知や自動思考でやっちゃう行動……。あんなに仲が良かったのに、何もかもが上手く運べない。周囲に掛けてる迷惑もわからない。そして、どんどん人が去って行く。………体調もままならず、チョームさんにとっての特に、この数年はわからないことが続く恐怖の連続だったんじゃないでしょうかね」

（た、確かに……）

「でも、そんな中でも、スリムさんの家での忘年会にはちゃんと誘ってもらっていた。それでまだ繋がってると思ったまま亡くなったのなら、それはそれで救いになりますよね……」

　去年の暮れの忘年会が終わる時刻にチョームから届いたDM、それが頭の中に蘇っていた。

『DMを見たよ。実は2日前に風邪を引いて今は全く食欲が無くて寝込んでますわ。すまん』

（あれはオレに対しての、奴なりの精一杯の意思表示だったのかもしれねえなぁ……）

「結局、日本みたいな島国では、まだまだ発達障害のためのホントの教育は出来ないんですよね」

　再び遠くを見てしゃべりだす有華。

「ちなみに、発達障害だって言われてる日本のフリーアナウンサーがいて、その2人の子供も生まれながらに発達障害を持ってて、小学校の頃から他の生徒たちにイジメられてたらしいんです。結局、そのアナウンサーは、一家でオーストラリアに移住したんですよ。何でわざわざオーストラリアになんか行ったかっていうと、あの国の学校は色々な人種が通ってるから、例えばイスラム教系のクラスとかヒンズー教系のクラスとかもあって、その中の1つに発達障害系のクラスもあるんです」

「発達障害系のクラス!?」

「そうなんです。オーストラリアでは発達障害の子も特別扱いしてなくて、沢山のジャンルの中の単なる1つとして教育を受けてるんですよ。で、そのフリーアナウンサーの子供たちもその中に入ってノビノビと勉強してるらしいんです。だからホントは日本もそうならないとダメなんですけど、とにかく日本は完全な島国で、まだまだ外から入ってくるモノに対して警戒心が異常に強いから、発達障害の子は普通とは違う〝異物〟として避けられたり弾かれたりすることが多いんですよねぇ……」

(確かに日本では今でも発達障害って言葉は、まだまだ一般的にはなってきてねえもんなぁ……。オレだって、つい最近までは自分の周りにもそういう無いモノとされてる世界があって、この世の中って実はもっと立体的に出来てるってことを全く知らないでいたもんなぁ……。ホント勉強になるわ、有華と話してると)

その後、オレたちはファミレスを出て、そこで別れることになったのだが……、

「あ、スリムさん」

「何だよ……」

「私、前から一緒に住んでる漫画家の彼氏と入籍したんですよ」

「えっ……ああ、良かったじゃん」

「今、彼はそんなに漫画の仕事は多くないんですけど、一番初めに私に漫画家としての才能があるって言ってくれたのは彼なんです。それから漫画の描き方や取材のやり方なんかを教えてくれたのも彼ですし、私が発達障害で必要以上に苦しまないように近くで注意していてくれるのも彼なんです」

「うんうん」

「つまり、私と彼が合わさって初めて一人前になるっていうか……」

「うんうん……。いい奴と巡り合ったな。これからツッ走れるところまでツッ走れよ。お前ならかなり遠くまで走れるからさ」

「ま、そんなこと言いつつ、ケンカばっかかしてるんですけどね」

そう言って笑う有華。

（いや、とにかくお前は、発達障害やその他イロイロなことをオレにメタメタわかり易く教えてくれた先生だよ。ホント、感謝してるよ……）


合田8年8月10日。名古屋からお盆帰りしてくるセージ夫婦。

オレは奴らと自宅の庭で迎え火をしてから、セージに親父をはじめとするオレの家族と発達障害のことを超わかり易く話した。そして、その上で次のようなことも伝えていた。

「もちろん、オレもその発達障害を疾患してて、いや、今までは文章を書くことを職業にしてたから、自分は違うと思ってたんだけどさ。早い話が、発達障害者は普通の人と比べてダメなところも多いけど、中にはその分、ある1つの面に関しては特技を持ってる奴も多いらしくてさ。つまり、オレの場合は作家としてっていうカッコいいものではなく、単なる〝書記係〟としての才能だけはあったんだよな」

「書記係ぃ？」

「うん。つまり、例えばこの佐藤家のバアさん、ケンちゃん、そして、お前なんかが巻き起こす、普通の奴ならおおよそやらないようなことを頭の中にメモしといて、それをそのまま雑誌に発表することによって、何とか物書きとして生活が出来てたんだよ。要するに、発達障害のおもしろ家庭をその内部から……」

「そんな発達障害なんて関係ないよ」

突然、オレの会話を遮ってくるセージ。

「そんなことを言ったら、誰だって何かしらの重りは背負ってるんだよ。それに佐藤家の人間は確かに変わった奴は多いけど、嫌な奴とか意地悪なことをする奴なんかはいないんだから、身内の兄貴がソレを本に書いて人を笑わせるのは別に悪いことなんかじゃないじゃん」

（コイツの言うことって、正解か不正解かってことは置いといて、とにかく何か人のことをホッコリさせるんだよなぁ……。そうだよな、ここ最近、オレは自分も発達障害のグレーゾーンにいるんじゃないかっていう考えに囚《とら》われ過ぎちゃってたけど、別に発達障害を持ってたって、こうしてそれなりの数の友達に囲まれて楽しく生活してんだから、そんな問題で必要以上に神経質になることはねえんだよ。有華も言ってたもんな。発達障害があるってことは不幸なことじゃないって）

が、やっぱりその晩、オレは自分の仕事部屋の薄暗い天井をボーっと見上げながら、チョームのことを考えていた。

（奴はきっと夜中に具合が悪くなったんだろうなぁ……。でも、兄貴とは仲が悪かったから声も掛けられず、3〜4キロ離れたところにオレの家があったんだけど、やっぱりオレには引け目のようなものがあって助けを呼べなかったんだろう。つーことは、アイツも胆石を我慢し過ぎて亡くなった自分の父親と同じ〝遭難死〟だったんじゃねえのかな……）

オレはそんなことを思いながら、自分の胸が締め付けられているような感覚になっているのを感じた。

（5カ月……。オレは自分の一番の幼馴染が死んだというのに、そんなに長い間それを知らなかったんだ。……発達障害が云々《うんぬん》って話以前に完全に失格だ。奴との付き合いをめんどくさがった罰が当たったんだ。……にしてもチョームは随分悔しかったろうな。奴は自分が数々の病気にかかってなきゃ、また若い頃のように次々と自分の願望を形にできると思ってたんだろうな。いや、マジであんな病気のデパートたいな状態にならなければテロではなく、ホントに小さな革命を次々と起こしてたかもしれねえもんなぁ……）

ふと天井の角の一点がボンヤリと光っているのを見つけ、その光を視線で逆に辿ってみると、オレが足を乗せている机の上に小さな手鏡があり、そこに部屋のドアの隙間から入っている淡い光が当たって反射している光の影だった。オレは、その鈍光に目をやりながら、再び自分自身に語りかけていた。

（それにしても有華が前に言っていた、チョームが特に女に隠していたっていう奴の弱みって一体なんだったんだろ？　特に気になる弱味なんてモノは……………あっ！）

　オレは、少し前に有華から教えてもらった長期記憶障害、もしかしたら自分にもあるそのせいで記憶の片隅に埋もれていた言葉を思い出していた。それはチョームが25歳の時に膀胱癌になり、約1年後に完治して病院から退院する日に奴の口から出た言葉だった。病院の長い廊下を2人して奴の荷物が入った段ボール箱を1つずつ持ちながら歩いている時に、確かオレは笑いながらこう言ったのだ。

「チョーム、良かったなぁ……。今日からは、また自分の部屋で他人の目を気にせずにオナニーが出来るじゃん」

　すると奴は微かに笑いながら、確か、こう言ったのだ。

「いや、命は助かったけど、手術の時に切っちゃいけない線までカットされちゃったみたいだから、多分もう二度と立つことはねえよ」

　オレはチョームの笑顔を見ながら、その言葉を流して聞いていた。チョームが病院に持ってきた何かの人形、その電線が切れて二度と操れなくなったのか？ぐらいの超いい加減な感じでしか自分に取り込んでいなかったのだ。今、冷静に思い起こしてみると、あの時の〝多分もう二度と立つことはねえよ〟の立つは〝勃つ〟だったのだ……。

　自分の視野にアップになっていた鈍光、それがモノ凄い勢いで揺れ始め、やがてそれがみるみる滲んできた。

（チョーム、辛かったなぁ……。もどかしかったなぁ……ジェロニモ会を開いて気に入った相手がいて、その女と仲良くなっても結局は肝心なことが出来ないから、途中でその女の背中を押してしまう。そして、また新しい相手を求め、でも、その女とも肝心なことが出来なくて、またしてもソッポを向くしかない。

　この世の中には同じように勃たない奴だって沢山いて、中には道具を使って相手を喜ばせている奴もいるとは思うけど、プライドが高いチョームにはそんな真似は到底出来なかったんだ……。でも、そんな地獄を味わいながらも、お前はみんなから「チョームさん、チョームさん」って慕《した》われることにも堪らない魅力を感じてたんだよな。だから、たとえ体調が明らかさまに悪くなっても、仕事をクビになっても、ジェロニモ会を開くのを辞められなかったんだなぁ……。それを最終的にはオレに叩き潰されて………悔しかったろうなぁ）

　オレはその晩、チョームが死んでから初めて涙が枯れるほど泣いた。

29 めんどくさくないめんどくささ

合田8年9月11日。オレはその日、チョームの墓参りのために、中央高速に乗って長野県飯田市にある寺に来ていた。

思えば、この寺に最初に来たのは今から11年も前のことだった。その頃、オレは取材で毎週のように車で全国各地を訪れており、その回は長野県飯田市の山の中にあるというのに湧き出ているお湯がなぜか塩っ辛い温泉。それと、そのスグ近くにあるジビエ料理を出す食堂を訪ねる予定だった。すると、そのことを数日前に知ったチョームが「飯田市ってぃったらウチの墓があるところだから俺も付き合うよ」と言って、当日奴もオレの車に乗ってきたのである。

そして、その温泉とジビエ料理屋の取材を終えたオレたちは、最後にチョームの先祖の墓がある寺に寄ったのである。

「元々この墓は俺の母ちゃん側のもので、俺も中学生ぐらいまでは年に1～2回は親父の車に乗せられてココにお参りに来てたんだわ」

チョームはそう言うと、途中で買った花束を割と大きくて立派な墓に供えて手を合わせ、その後でオレも彼に倣《なら》って手を合わせた。

（あれからたった11年後に、まさかココでお前の墓参りをしてるとはなぁ……）

その後、再び中央高速に乗ったオレは、今度は名古屋方面を目指し、夕刻の6時過ぎには香川県高松市にあるウルトラホテルに到着。そして、その日は早々にベッドに入り、翌朝の8時に再び車に乗って観音寺の合田の実家を訪れていた。

ワンワン！　ワンワンワンワン！

相変わらずカールの出迎えは喧かったが、でも、先日の犬の神通力としか言いようがない一件でオレと少しは気が通じたのか、その尾っぽは嬉しそうに左右にブンブン振られていた。そして、そんなカールをなだめながら姿を現す合田の両親の顔には、限りなく優しそうな笑みが溢れていて、それを見たらなぜか反射的に涙がこぼれそうになったが、何とか捕まえたカールの頭をゴシゴシ擦ってソレを誤魔化した。

数分後、オレは合田を助手席に乗せて、合田の実家から車で10分ちょっとの室本という海辺の地区に向かっていた。

「ホントに、あのチンピラ風情の男は観音寺市から出ていったの?」

「ええ。観音寺に住む、昔、ボクがゲーセンでバイトしてた時に知り合いになった奴が、その室本という場所の近くに住んでて、あの地区ではボクを襲ってきたあの橋爪っていうチンピラは、昔から何かあるとスグに騒いだり暴れたりして近所の鼻つまみ者だったらしいんですよ」

「まぁ、イイ年コイてんのにあんな根無し草のような生き方をしてれば、ドコに住んでたってそうなるわな」

「ところが、昨年の春先あたりから仲間も集まらなくなって、おまけに急に大人しくなったらしくて」

(オレが奴のヤサに殴り込んだのも、確かその時期だったよな……)

「で、噂では長年住んでた、あのボロマンションを出てっちゃったらしいんですよ」

合田がそう言い終わった頃に、まるでそれに合わせるかのように、海岸沿いの道の右手にある青屋根の漁業会社の倉庫が見えてきた。

(あの野郎が住んでるマンションは、あの倉庫のスグ隣にあるマンションだったよな……)

そして、車がその倉庫を通過した次の瞬間、

「……あ、無くなってる!!」

オレと合田の口から、ほぼ同時にそんな言葉が飛

び出ていた。

　そう、約1年半前にはソコにあったボロマンションが、それがきれいサッパリ無くなっていて、今はすっとぼけたような更地になっていたのである。

「あのチンピラは、スリムさんにホントに殺されると思って、住んでいたボロマンションと共にドコかに消えちゃったんですね」

「おいおい、そんな大げさな話じゃねえっつーーの」

「ガハハハハハハハハッ!!　しかし、アイツもいきなりスリムさんが家に殴り込んできてコロコロ舞いだったでしょうね。ガハハハハハハハハハハハハッ!!」

（コロコロ舞いって……しかし、久々に出たな、その笑い。いや、最近では合田の前から突然消えた銭田やイカ天の気持ちも少しはわかるようになってきたよ。そりゃ、この密度で交流してたら、たまらなくなるよな。銭田のことはさて置き、イカ天は2度目に会った初日までは合田のことは気に入ってたんだ。ところが、その晩に何でも過剰な合田のことが急にうっとうしくなって、それで2日目に急にあんな態度を取ったんだろうな。でもな、イカ天。合田は毎日大量の薬を飲みながらも、お前が少しでもどん天国の香川県を楽しめるよう、それこそ100%お前をサポートしようとしてたんだ。なら、せめて1〜2日は、お前だってソレに乗ってやるのが礼儀なんじゃねえのか。しかも、あんなに案内役を頼んできたのは、お前の方なんだからさ）

　チョーム、有華、合田……。オレは自身が脳出血を患ったのをスタートとし、それからこの3人とツルみながら、現在では自身も発達障害のグレーゾーンにいる可能性もあることを知った。が、弟のセージが言うように、そんなことを言い訳にはしない。時にはめんどくさくてシンドいこともあるかもしれないけど、大方の人間は何かしらの重りは背負っているのだ。

「で、スリムさん。これからどうしましょうか？」

　更地の前で止まっている車。その助手席から、そんなことを訊いてくる合田。

「えっと……合田くんは宿泊する準備とか持ってきた？」

「ええ、このバッグに下着と西武ライオンズのユニフォームが入ってますから」

　そう言って、自分の足元に置いてある肩掛けバッグを嬉しそうに指さす合田。

「よしっ。じゃあ、少し早いけど、今日のナイターの席を桃畑さんが取ってくれてるから、このまま大阪の京セラドームに行っちゃおうぜ」

「ガハハハハハハハハッ!!　はい、行きましょう。ガハハハハハハハハハッ!!」


　にしても、1回だけ言っていい？　チョーム、合田、金野有華。お前らって、どんだけ濃いんだよ……。

［参考文献］

●『統合失調症がわかる本　正しい理解と対処のすべて』福西勇夫・編著（法研・2002年）

●『ICD-10　精神および行動の障害　臨床記述と診断ガイドライン　新訂版』融道男、中根允文、小宮山実、岡崎祐士、大久保善朗・監訳（医学書院・2005年）

●『発達障害』岩波明・著（文春新書・2017年）

●『人付き合いが苦手なのはアスペルガー症候群のせいでした。』吉濱ツトム・著　カタノトモコ・画（宝島社・2017年）

●『発達障害の僕が「食える人」に変わったすごい仕事術』借金玉・著（KADOKAWA・2018年）

カバー&
登場人物イラスト
西原理恵子

デザイン
金井久幸
（TwoThree）

編集協力
新保信長

編集
加々見正史
（徳間書店）

ゲッツ板谷

（げっつ・いたや）

1964年東京都生まれ。10代の頃は暴走族やヤクザの予備軍として大忙し。その後、紆余曲折を経てフリーライターに。著書は『板谷バカ三代』『インド怪人紀行』『情熱チャンジャリータ』など多数。また、小説『ワルボロ』『ズタボロ』は東映から映画化。最近悲しかったことは、好きな歌手の大橋純子さんが1年前に死んでいたこと。さらに悲しいことは、西武ライオンズの怒濤の山賊打線が、いつの間にか零細こぢんまり打線になっちゃったこと。

ともだち

めんどくさい奴らとのこと

第1刷　2024年11月30日

著者　ゲッツ板谷

発行者　小宮英行

発行所　株式会社 徳間書店

〒141-8202　東京都品川区上大崎3-1-1
目黒セントラルスクエア

電話　編集（03）5403-4344
販売（049）293-5521

振替　00140-0-44392

印刷・製本　三晃印刷株式会社

ISBN978-4-19-865928-8

徳間書店の本

好評既刊！

おーづせんせい

児島秀樹

お近くの書店にてご注文ください。